m

—————— 阅读之前 没有真相

午夜文库

独眼少女

[日] 麻耶雄嵩 著

张舟 译

新 星 出 版 社　NEW STAR PRESS

目录

1	**第一部** 一九八五年·冬
247	**第二部** 二〇〇三年·冬

主要登场人物

种田　静马　　大学生
御陵　御影　　侦探
山科　恭一　　御影之父

琴折　达纮　　琴折家当代的主人
　　　比菜子　栖苅，达纮的长女
　　　伸生　　比菜子之夫
　　　昌纮　　达纮之子
　　　纱菜子　达纮的次女

　　　和生　　比菜子之子
　　　春菜　　比菜子的长女，三胞胎之一
　　　夏菜　　比菜子的次女，三胞胎之一
　　　秋菜　　比菜子的三女儿，三胞胎之一

　　　美菜子　比菜子的姨妈
　　　登　　　美菜子之夫
　　　菜穗　　美菜子之女

　　　久弥　　比菜子的堂兄，琴乃汤的主人
　　　光惠　　久弥之妻

岩仓　辰彦　　琴折家的客人

别所　刚　　　刑警
坂本　旬一　　刑警

市原　早苗　　琴折家的用人
二之濑源助　　琴折家的用人

第一部　一九八五年・冬 ───

【琴折家家系图】一九八五年

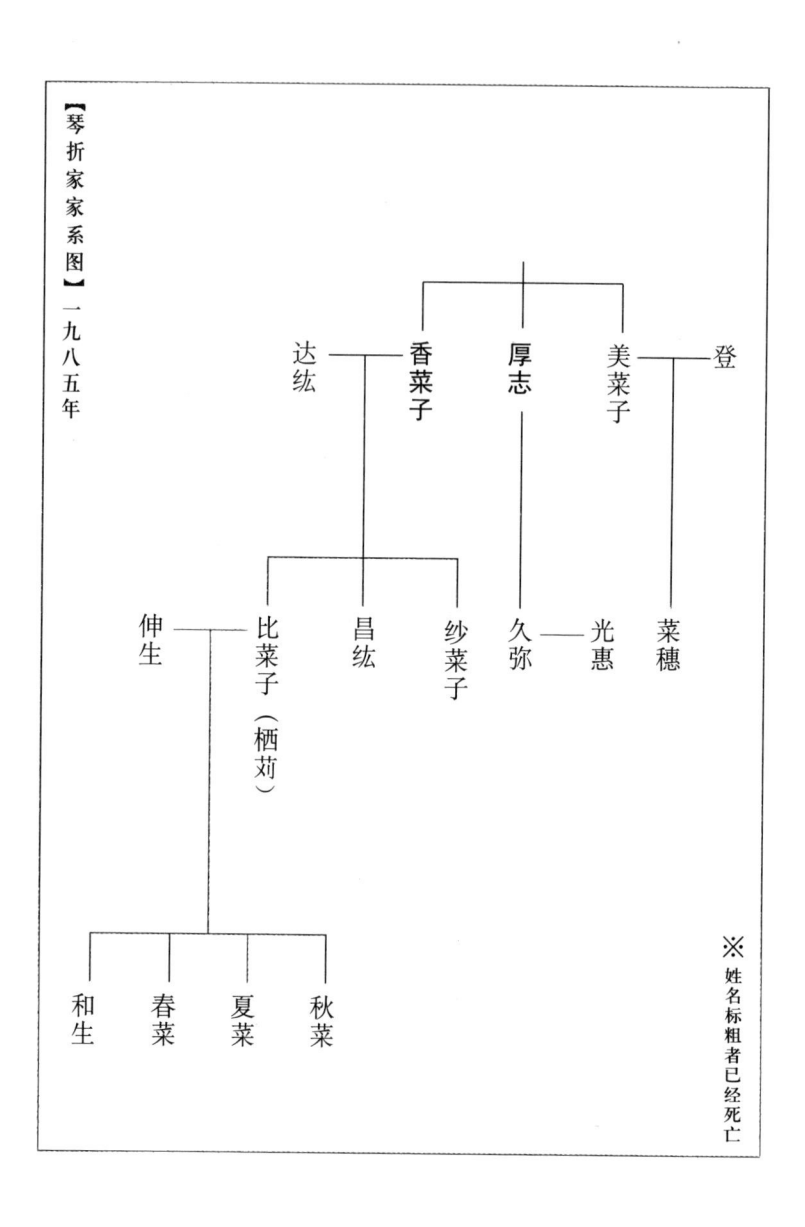

```
                          ┌─────┬─────┐
          ┌──登   美菜子   厚志   香菜子──┬──达纮
          │                                │
          ├──菜穗                          ├──纱菜子
          │                                │
          ├──光惠                          ├──昌纮
          │   │                            │
          │   └──久弥                      └──比菜子（栖苅）──┬──伸生
          │                                                      │
          │                                                      ├──秋菜
          │                                                      ├──夏菜
          │                                                      ├──春菜
          │                                                      └──和生
```

※ 姓名标粗者已经死亡

栖苅缘起·抄录

那是一千多年前的事了。居住在村子里的琴折翁发现山中涌出了温泉，泉口诞生了一个女孩。琴折翁没有子嗣，于是和妻子一起精心养育了这个女孩。

不久，女儿漂漂亮亮地长大成人了。有龙出现，在村子里引发了洪水。女儿拥有不可思议的力量，封住了龙的异动。可是她并没有彻底把龙消灭，因此，洪水四年一度继续了下去。

女儿的力与美同时得到了盛赞。没多久，就有无数听闻了传说的人从各地赶来求婚。女儿给他们出难题，说她会选择手持蓬莱之琴的人当夫婿，然而谁也没中选。虽然也有拿赝品过来的人，可女儿一弹，琴弦立刻就断了。不过，有个从东方来的男人，历经千辛万苦终于成功了，女儿如约与他结了婚。

没多久，夫妻俩生下了一个女儿，即栖苅。栖苅长大后，发挥了比母亲更强的力量。在龙卷土重来时，栖苅弹起了蓬莱之琴，琴音斩下了龙首，漂亮利落地把龙消灭了。与此同时，完成了使命的蓬莱之琴也裂成了两段。

村里人都很吃惊，询问女儿为何能办成母亲办不到的事。

于是母亲回答说，虽然她继承了大量的神代①之力，但只凭这个无法消灭同属神代的龙。正因为栖苅混合了优秀的人类血统，才能灭龙。栖苅虽然只继承了母亲一半的力量，却继承了父亲全部的力量。想要灭龙，神代之力与人类之力，两者缺一不可。

栖苅年满四十时，把名号让给了自己的女儿，下凡成了普通人。女儿也继承了母亲一半的力量和人类全部的力量。栖苅虽然也有儿子，但儿子只能继承母亲一半的力量，不能继承父亲的力量，所以无法继承栖苅之位。此外，栖苅也说了，如果由最能继承自己力量的人继承衣钵，村子就可以长治久安。

此后，栖苅家代代有女继承力量，妥善地治理着村子。这就是如今的琴折家。

---

①神代：在日本神话中，指神武天皇登基之前的时代，即神话时代。

1

种田静马这是第二次拜访琴乃汤了。第一次是在两年前。他有个老气横秋的爱好，喜欢环游温泉，所以和大学的友人意气相投。两年前的寒假，他俩在信州冷门的温泉地转悠了整整一个月。那次旅行很寒酸，他俩在各个目的地打工赚旅费，仔细调查旅游指南杂志，尽量选择便宜却又看似氛围良好的旅馆投宿。虽然囊中羞涩的时候他俩会搭便车，但菜肴，只有菜肴是个例外，他俩要求具有一定水准的美味佳肴。这对于平日只吃垃圾食品的他俩来说，可谓略显豪奢。

被雨淋啊，步行两小时啊，这样的苦头他们虽然吃了很多，但正因如此，满足感也特别强，如今已成人生的美好回忆。一连走了将近二十个温泉地，在旅行临近尾声时，他俩顺路走访的温泉，就是琴乃汤。

琴乃汤是很小的温泉旅馆，所以连旅行指南上都没有刊登。当初他俩也没有走访的打算，只是从前一天投宿的旅馆老板那里听说，有个默默无闻的秘密温泉，他俩的计划才突然变更了。默默无闻的不仅是那个温泉旅馆，琴乃汤所在的栖苅村也一样。旅行指南的粗略地图上连村名也没写，只是在表示山顶的三角记号前画了两条线，一条是河，一条是戛然而止的山道。

"这样的地方，是个不为人知的妙处啊。"

就像发现了阿拉斯加金矿似的，友人露出了熏黄的牙齿。然而他俩换乘了几辆公共汽车，抵达栖苅村后一看，大吃一惊——村子比想象中的还小。被险峻群山环绕的低洼地上，坐落着这个荒僻的小村庄，村内只有稀稀落落的庄院排列着。村中央流淌的河把村子一分为二，仅有的一点平地上，铺陈着水田和梯田。从两侧逼近的山脊银装素裹，压迫式地遮掩着天空。他俩下了公共汽车，找村里人问路。村人露出了稀奇的表情，指了指河的上游。追问缘由，对方答说，虽然每年会有少量旅客来温泉疗养，但大家都是开车来的。这也是理所当然的，去旅馆的路不通公共汽车，静马和友人背着登山包走了三十分钟左右的坡道才到。

关于两年前的琴乃汤，静马就只有这些印象了。道路虽然记得很清楚，但那个最关键的旅馆是什么样的构造，他已经记不大清了。建筑物也好，露天浴池也好，设施一应俱全又十分陈旧，但被照管得无微不至。也是因为没有别的客人吧，氛围极佳——静马脑中只剩这些模糊的印象了。尽管温泉和旅馆都不错，但没给人带来多大震撼，不至于一直留存在记忆里。因为是小村子，也没有打工的机会，两人只住了一晚就匆忙离去了，这也是印象淡薄的原因。这个萧条的温泉旅馆跟金矿差得太远了。

因此，就在一个月之前，琴乃汤还被静马丢在记忆的角落里呢，简直可以说是忘了个精光。静马突然想起琴乃汤，是因为琴乃汤老板讲的那个老故事。

"种田先生，你今天去哪里？"

静马正要走出旅馆大门时，老板琴折久弥客气地上来搭讪。这是个三十五岁左右、看起来挺粗鲁的山里人，但他的语气和态度却颇为柔和。

他的脚边缠着宠物藏白。藏白是身长二十厘米左右的纯白色雪鼬，只有尾巴梢是黑色。去年，在收纳于里仓的石臼中，受伤的它被人发现了，因此被命名为藏白。据说雪鼬是警戒心很强的动物，不过，也许是久弥照料它的时候它刚出生不久，因此性情很温顺，和人格外亲近。据说，它现在作为琴乃汤的吉祥物被放养着。

"再去看看龙之首什么的。"

"龙之首啊……"

久弥露出了"又是那里"的表情。这也是理所当然的，因为静马在这四天来老往龙之首跑。

静马逗留在这里，已经三天过去了。按照一般的想法，这里并不是二十出头的年轻男人会独自度过很多天的场所。为了不让别人觉得自己可疑，静马姑且拿"为了毕业论文，在此实地考察"做了幌子，虽然久弥说这里偶尔会有学者来，但他究竟有没有多心猜疑，就无从判断了。说不定，他频繁地和静马搭讪，就是为了窥探静马的动态。

"可是，有那么需要调查的东西吗，在那种僻静场所？"

"嗯，因为是实地考察，和那种为了毕业的修行差不多。"静马移开视线，随口搪塞着。

"大学还真辛苦……对了，要不要我把钓具借给你？钓鱼的时候也能观察，对吧？那一带常常能钓上鲑鱼来。"

久弥用粗壮的手臂做出了甩竿动作。他个子大，腿和双臂似乎有静马的两倍粗，身材魁梧，黑黝黝的脸庞棱角分明，却总是一副眼角下垂的柔和表情。这相貌和明朗的性格一起，酿出了实实在在的健康朴实农家男子的气息。狩猎期一到，他就会单手扛着猎枪进山打猎。上次是这样，这次也是。久弥捕获的野猪和鹿，在晚餐时被做成了火锅。他说他结婚了，但没有子嗣，双亲早逝。静马上次来时，琴乃汤是他和妻子光惠两个人一起料理杂务的，然而光惠在一年前病倒了，卧床不起，所以现在基本上是他一个人操持了。

静马来的第一天，听到这些情况，就说了一句"真辛苦呢"，向久弥表示了同情。久弥却爽朗地笑道："不，遗憾的是店里很清闲，所以并不怎么辛苦。偶尔几拨客人撞在一起来，那种时候村里会有人来帮忙。"

"……钓鱼？可我一次也没钓过啊。"

"一次也没？"在村里长大的久弥似乎难以置信，惊讶地瞪大了眼，"不过，如果你试着钓一下，就会发现钓鱼出人意料地容易。我这里有秘传的钓饵。拟饵钓鱼的话呢，需要种种巧技，但用鱼类可食用的真饵就没那么辛苦了。今年夏天有一位年纪超过六十岁的客人，在两小时内钓上了六条鲑鱼，非常高兴。他说他从幼童时期以来，应该足有五十年没钓过鱼啦。"

拒绝的话，似乎会把谈话拖长，于是静马顺从地借了钓具。再说了，反正今天没什么事要做，也许钓鱼是个消磨时间的好活动。

久弥从屋子里取出钓具，对静马进行了简单的教学课程之后，又说："你钓上的鱼，我会做成今晚的菜肴哟。虽然鱼的季节已经过了，但我保证是美味。老是吃肉，现在已经到了快吃腻的时候了吧。总之用那个钓饵的话你准行。"

他又这样追加了一句，一副"静马怎么笨拙都能钓上鱼"

的样子。他的大脑里,已经在转"钓上来的鱼该怎么烧"的念头了吧。

静马无可奈何地用右肩架起钓具,在冬季的透明阳光中向龙之首走去。一到十二月,山貌就变作了灰蒙蒙一片,曾经蓬勃的生命力消失了。这是"忍耐"的季节吧,可静马却产生了"真的那么想生存下去吗"的念头。

他踏着刚刚开始腐烂的潮湿落叶,从琴乃汤出发,沿着河边的狭窄捷径一路向北往上走。过了十五分钟左右,他来到了一个略为开阔的场所。溪流从上游突然拐弯,形成了一个潭,其内侧则成了小河滩。这个地方人称龙之潭。在潭旁,只能隐约听到沉静下来的潺潺水声,完全没有人的气息,只有野鸟寂寥的鸣叫声和凉风把针叶树摇得簌簌作响的声音。

几乎直抵天空的树枝肆意伸展着,潭的内侧虽说是河滩,却只是个滚着嶙峋乱石的场所,粗砾不堪,不是铺开塑料纸吃午饭的悠闲之地。而且在潭的外侧,水流比较湍急的地方,耸立着刀削般笔直的崖,严重遮蔽了视野。河滩的背后又紧接着山的陡坡,通向上游的道路在这里被截断了,所以,死胡同般的憋屈感无比鲜明。

河滩最里面,正对着潭的方向,有一块巨大的岩石从山坡边竖起,直指天空。这块简直像是从树木间骤然出现在人眼前的突出岩石高约四米,其前端朝潭的方向探出着,有一定倾斜角度。由于河滩狭小,存在感比它的外观看起来更强。这块把周围一切压倒的暗灰色岩石,名叫龙之首。

虽然是双臂展开也及不上其宽度的大岩石,却像个四角锥似的,干脆利落地向着上方变细变小,唯有前端略呈弯曲状,横向朝潭的方向伸展。据说它的形状像被斩首的龙,因此被命名为龙之首。

这样的话,就不该是"龙之首"而是"龙之胴体"啊。不过,根据村子的传说,曾经为村子带来灾难的龙被消灭后化成了这块岩石,被斩下的首级长眠于岩下。

大岩正面的下部被掏空了一块,空洞高约五十厘米,深约三十厘米。换个角度看,未必不能理解为祭祀龙首的祠堂。不过,虽然是传说中的遗迹,这河滩上却没有注连绳①和指示牌。如果不是事先听过故事,人们大概会想着"只是一块单纯的怪石头",毫不在意地走过吧。

静马在身边挑了块合适的岩石坐下,抬头看着龙之首。从遮蔽着天空的树枝间泻下的阳光,在岩石表面投下了斑驳阴影,宛如龙鳞。而且每次有风吹来,斑驳的阴影就会摇晃,看起来就像是失去了首级的龙还活着一样。

他姑且把钓具往脚边一放,正如这三日间一直做的那样,从左侧起步,向岩的上部攀去。土质虽然干燥但有黏性,沿着斜坡很容易爬上去。以前就有很多不文明的爬岩人吧。岩面上有一些感觉挺不错、可以当落脚点的小坑。因为龙之首的右侧有三块大岩密集聚在一起,不好下脚,所以攀登用的小坑都集中在左侧。

龙之首的前端是横向延伸出去的,上方平整,可以坐在顶端。由于宽度厚度都十分充足,坐上一个人也不会折断。

从上面掉下来会怎么样?最初,静马只是怀着单纯的好奇心,试着爬了上去,上去后却发现意外地心旷神怡。结果,他每天过午都会走出旅馆,在这特等席上迷迷糊糊坐到太阳下山。

---

①注连绳:挂在神殿前表示禁止入内或新年挂在门前取意吉祥的稻草绳。

因为崖比岩更高，所以视野并不好。不过，迫在眉睫的憋屈感和朝向天空时那种"简直只能向天上迸发、唯此一途"的开放感，他非常喜欢。从河上吹来冬季的风，不时拂过他的面颊和衣领，阳光却意外地温暖。

——在这里等待第一场雪降临也不错。如果是在这里，就可以心平气和地等待了。

他觉得自己终于找到了安居之所。这天，他也一如既往地、单纯地眺望天空。然而当山鸟飞起的声响让他情不自禁地回转过身时，他发现斜后上方的山腹中，有一座浅褐色的西洋风尖塔从树木间露了出来。那座塔从地上是看不到的，他又一直只顾眺望潭的方向，所以直到此刻才发现。虽然只能望见尖塔的上半部分，但隐约可见，在西洋风的圆锥形屋顶下，豪奢的露台向这边突出着。距离太远，因此不知道细节如何。从位置来判断，大概是琴折家的建筑物吧。

所谓琴折家，是几乎拥有栖苅村全部山林的土豪。据说是打倒了静马胯下这条龙的英雄后裔，至今依然深受村人尊敬。琴乃汤的老板久弥也是琴折家的旁系。

静马想起了久弥昨晚说的话。最初，为了监视被打倒的龙，那里才建造了塔。据说以前是老式的望楼，大正时期才建起西洋风的尖塔，取代了望楼。

这么说起来，自己竟跨坐在如此重要的史迹上，如果有人来盘问，可能会变成大麻烦。静马心头突然涌起了不安。麻烦绝对要避免，但这个场所实在是太让人心旷神怡了，他不想放弃。

"你在那里干吗？"

正在静马犹豫着是否要在引发纷争前下岩时，脚下突然传来了年轻女性的声音。

他慌慌张张地往下看，声音的主人是个身材娇小的少女，像个高中生。她仰着白皙的脸，从下面望着自己。

突然被她这么一叫，静马自然很吃惊，但更让他吃惊的是她的衣着，那简直就像是从平安时代冲出来的古风装束啊。这衣服应该是叫水干①吧，静马心想，牛若丸②穿的那种。上部是用薄薄的纯白布料绕颈覆盖的衣襟，在右肩处以细带固定。两肩有裂缝，能看到里面的赤色单衣。白色细带穿过舒展的袖口垂在下方，胸部与肘部各有两个堇色的菊缀纵列着。衣摆垂向前，衣摆下面的红裙裤在脚腕处扎了起来。也许正因如此，下面松松垮垮地膨胀着。脚上似乎穿着足袋③和黑鞋。毕竟是因为没戴乌帽子吧，少女那乌黑靓丽的长发在脑后用白布扎成了一束。

是村里人？是神职人员还是什么？静马看不清少女的细微表情，但从她的口气里能感觉出谴责的意味。

"我在眺望风景，不行吗？又没写禁止攀爬。"

静马不由得说出了辩解的话。在辩解的时候，他并没有立刻意识到自己正在承认错误。

"也就是说，虽然这里没写禁止，可你也知道不能攀爬，对吧？"

少女用响亮通透的语声直指要害，静马无言以对。她则从

---

①水干和乌帽子：日本古朝臣礼服，狩衣的一种。水干与狩衣同源，最早是平民的日常着装。与狩衣的式样不同，水干在前、后身的缝合连接处，都以"菊缀"进行加固；另外，水干没有狩衣的颈扣，而是以细带接系领口。随着时代的推移，水干逐渐成为武家及一部分公家的日常服装，并很快成了礼服的一种。现在，女性神职人员有时也穿没有菊缀的水干。冠帽方面，五品以上的官员配戴乌帽子，六品以下则用风折乌帽子。
②牛若丸：源义经，幼名牛若丸，源义朝的第九子，日本平安时代末期出身于河内源氏的武士。
③足袋：日式短布袜，大脚趾与其他趾间有分叉，一般由木绵布制成。穿草履、木屐等日本传统履物时通常要穿上足袋。

怀里取出扇子掩口轻笑,

"总之你先下来再说?别担心,我不是这个村子里的人,所以没有谴责你的意思。"

不是这个村子里的人?但是,居然会有穿成这样旅行的人?

静马正要这么问,忽然想起来,他来琴乃汤的时候已经有一组客人先到了。是父女俩,半个月前就开始逗留在此。父亲呢,静马见过几次,也寒暄过,但女儿却一次也没见过。据久弥说,他俩是占卜师,以父女组合的形式周游各地。父亲大概四十五岁,哪怕在旅馆里,也会用笔挺的藏青色三件套西服全副武装,表情与口吻都给人刻板的感觉。静马对占卜师这种职业有先入之见,总觉得他这形象不怎么对劲。不过,细问下来才知道,原来实际上进行占卜的是女儿,而且谈话对象来访时,为了启动"仅限二人"的占卜,父亲会被女儿撵出房间。

"难不成,你是投宿在琴乃汤的占卜师?"

"我,虽然承蒙琴乃汤照顾,可不是什么占卜师。"

少女立刻用严厉的口吻回应了静马。看到这样的变化,静马有点明白了,看来,她刚才真的没有谴责他的意思。

似乎是"占卜师"这个词让她不快了。父女俩在村里得到了一些好评,村里人会上琴乃汤来,就失物呀烦心事呀之类的向她咨询。静马也曾多次在走廊里和前来咨询的村里人擦肩而过,多的时候一天会来四五个人。至于静马自己,事到如今,早没了请人看看未来和运势的心思,所以对这父女俩完全没有兴趣。

一般来说,在旅馆中做这种奇怪的生意会惹人厌。不过,也许是因为久弥老板性格开朗吧,他完全没有怨言,还和被撵出房间的父亲优哉游哉地下起了将棋。唔,正因为是这样的旅馆，所以对静马也没怎么盘查，任由他混到了现在。

"抱歉啦，因为我听到了那样的传言。"

"你很直率，很好。不过，你打算居高临下俯视我到何时？"

"哦，确实。"

总比你在下面往上窥探好吧——这种低俗无聊的俏皮话，静马终究还是没能说出口。他匆匆回到了地上，然后拍着裤子后头的灰尘，站在少女面前问："这样行了吧？"

"OK！"少女点了点头，措辞和衣装毫不相称。

她身高约一米五。从正面看是个美人，长着白皙而又端正的鹅蛋脸。不过，与其说是美女，还不如说她的相貌偏中性，被当成少年也说得通。看似没化妆，但大眼睛令人印象深刻，气血良好的嘴唇是那么红润，让人的目光禁不住深受吸引。也是托了衣着的福吧，在她身上感觉不到城里孩子的时髦俏皮，却也不觉得她有农家少女的淳朴。她身上有种与世隔绝的气息，除了那可以充分判明其性别的女高音，总体上说，是个偏中性的少女。

"爬到那么高的地方，你在那里看什么呢？或者说，你是喜欢登高的人种？"也许是心情好转了，少女恢复了柔和的口吻，向静马询问。但即便如此，语气中也残留了十足的犀利感，这恐怕是她的本质吧。

"不，就是看看天。我绝不是喜欢爬高。"

"看天啊。"

少女以娴静的姿态抬头仰望天空。她的动作实在是太流畅舒展了，所以静马被带着抬头看了看上空。

"原来是这样。透明度高、冬季特有的天空啊。蓝色很深，天空和云的比例是八比二，风向东缓缓吹拂。这么看起来，明天也是个晴天呢。"少女用清澈的声音说道。

静马向她解释说自己是在看天,可他并没有特意观察天空,只是呆呆地一边想心事一边眺望,反而是少女的话语,让他第一次知道了天空的样子。

"哎,但是为什么,你说明天也是晴天?"

"天空的颜色这么深,就说明空气有多么干燥。湿气重的时候,我们不仅能看到蓝色,红色系长波长的光也会散射,看起来就会泛白啦。今天是吹西风,可知西方干燥,没有降雨的迹象,因为天气是从西方开始变化的,就像那句老话说的,'晚霞若绚丽,翌日亦放晴',一个理。"少女答道。她的声音没有丝毫抑扬顿挫,宛如读稿子的天气预报员。

"呀,有过硬的理由。我还以为你肯定是占卜出来的。"

"我说过我不是占卜师吧!你没听到?"

看来占卜师这个词是她的禁语。"抱歉,抱歉。"静马连声道歉,"我没那个意思。不过,只是看看天,你就能知道这么多呀。"

少女一脸意外地问:"这么说,你什么也不看,光是看着天?"

"所谓眺望天空,不就是这么回事吗?"

"你似乎不知道'看'的重要性。"少女睁大了眼,用叹息般的语气说。

就在这时,静马第一次发现她的右眼和左眼瞳色不同。因为背着光,他之前一直没察觉。她的右眼和头发一样是漆黑的,左眼却微微透着绿。仔细看,和润泽灵动的右眼比起来,绿色的左眼有一种人工制造的感觉,动也不动,看来是义眼。

——所以这么强调"看"这件事?

静马恍然大悟了,但没有把这话说出口。他可不是没礼貌的人。

"就算你向我宣扬'看'的重要性，也是'发呆'跟现在的我比较配哦。再说了，我有名字，种田静马。从刚才开始就管我叫你你你的，这种叫法我怎么也不可能喜欢上。"

"你也管我叫你你你的啊，我们彼此彼此。你这么在意自己的事，却对别人的事漠不关心，也太以自我为中心啦。你有没有被别人叫过新人类？"

少女把收拢着的茶色扇子的前端伸到了静马眼前，动作非常敏捷。静马在感到要被打中的一瞬间往后仰去，扇子却在他鼻前五厘米处突然停住了。

"知道了知道了，就算'新人类'的叫法现在正流行，可我怎么也想不到，会被比自己年纪小的人叫成新人类。好吧，我会好好用名字称呼你的，把名字告诉我吧。"

"御陵御影。"少女答道。

"真有个性嘿，姓也是，名字也是。御影妹子。"

"这次缀上了妹子？"御影不服般地瞪着他。精确点说，她只用了右眼瞪。

"可你比我小，对吧？我会叫你御影小姐吗？"

"我今年十七岁，是比你小吧。不过，你明明是个风华正茂却只会呆呆看东西的人，居然还有无聊的自尊心。"

"单单看天这一件事，你就给我定死罪啦！我和你才相遇啊。"

静马终究还是生气了，所以才会这样回话。

御影任由自己的长发在风里拂动着，淡然道："这点事，我顷刻间就判明了。我和你不同，我是靠观察维持生计的。"

"我懂了……好吧，我决定用御影称呼你。"

静马说了针锋相对的话，但意外的是，少女干脆地点头说了句"行啊"，让静马觉得挺扫兴。

"那么，作为回礼，我也会用种田称呼你。"

直呼姓名吗？一瞬间，静马有点踌躇，不过，反正是仅限于此时此刻，所以他决定不冒昧反抗。如果她明天开始也到这一带来转悠，虽说遗憾，但自己去找别的地方就行了……再说了，他还有"跨坐在龙之首上"这一把柄在她手里，如果得罪了她，她去村里一宣扬，恐怕他连琴乃汤都很难住下去了。他无论如何也想在这个村里待到第一场雪降临的时候。

"好吧，也行。我可是有挥泪斩马谡的觉悟的。"

"干吗说得这么夸张，你又不知道马谡做了什么才被斩。"御影嗤之以鼻，小而尖的鼻头傲慢地向上一抬。

"不过，反正都要直呼姓名了，你别叫我的姓，叫我名字好不好？我不喜欢自己的姓。"

"不喜欢自己的姓？我倒也没觉得你的姓特别古怪。"

"不，唔，一言难尽。"静马支吾起来，御影也没有进一步追问。

"好吧，家家有本难念的经，我让步了，我决定用静马称呼你。"

明明结果是直呼姓名，却变成了"对方让步"，静马总觉得难以释怀，简直就像狐迷了心窍似的。

——难不成，她真是狐？

山的深处，荒无人烟的潭，地点正合适。她身上又是脱离时代的古风服装（静马一直让自己尽量别在意这一点），往遇到狐上面想，就想得通了。

不过，这种想法毕竟连他自己都觉得荒谬。就在他正要把自己的突发奇想从心中撤回的时候，御影一针见血地丢过来一句话："静马，刚才把我想成了狐吧？"

"你怎么知道？果然！"静马不由得后退了一步。

紧接着，御影在附近的岩石上坐了下来。

"没什么好惊讶的，这答案，只要稍微有点观察力和洞察力，就能轻松地预测出来。你刚才用一副狐迷心窍的表情看我的装束，然后视线移向四周，最后变成了自嘲的表情，没错吧？"

"可你为什么断言是狐？也许我想的是幽灵或精怪啊。"

"因为你是一副狐迷心窍的表情。在我看来，你的脸被狐这个字覆盖着哦。"

"我不是很明白，不过，也许我是'被狸忽悠'了。"

"你并不是一副被狸忽悠的表情。这两者是有微妙区别的。当然啦，如果你不知道'狐迷心窍'这一俗语——尽管我觉得你不至于笨到这种地步——我的推理就算错了吧。不过，刚才，静马的视线是在确认我背后有没有尾巴，所以我确信你想的是狐哦。还有一个理由，要问我是两种动物里的哪一种，和狸比起来，不如说我有一张狐脸。山里不会有这么可爱的狸，是吧？"

"你对自己的评价真高。唔，虽然你确实有张可爱的脸。"

御影的最后一句话让静马有点吃惊，于是，他说了上面的话。

"那是自然。不能客观地看待自己，就当不了侦探了。"

"侦探？"

一个比狐和狸更离奇的词。静马情不自禁地反问了一句。

"我不是占卜师，更不是狐，我是侦探，虽然现在还处于修炼阶段。"

御影的表情非常严肃，看来不是说笑。静马盯着她，重新打量了一番。如果是占卜师或预言者的话，倒又另当别论，侦探？这身脱离时代的装束和侦探这种职业还真联系不起来。

"那么，你这衣服也是侦探的服装？"

"是，这是我的正装，也是我的日常装束。"

要说静马所知的侦探形象，那就是在电视剧里看到过的造型，金田一耕助皱巴巴的和式服装与明智小五郎的笔挺套装。当然了，他一点也不知道现实生活中的侦探是什么样，但是，至少，穿上这种醒目的服装，征信所的职员就干不了活儿了吧。若说是皇族的私生子，倒还比较能让人接受。

"那么，村里人找你咨询也是……"

"是侦探修炼的一环啊。"

"可村里人好像以为是占卜。"

"我只是没有一一说明，因为很麻烦嘛。只要能得到结果，对于他们来说，侦探还是占卜，哪种都行。而且我还在修炼呢，不允许自称侦探，这也是原因之一。"

对于侦探来说，资格证书是必不可少的吗？静马想。与此同时，他察觉了一件事。

"难不成，你到这里来是为了找我？"

御影"啪"的一下打开扇子（扇面上绘有凤凰的图案），掩住嘴，大声笑了起来，好像觉得非常可笑。

"别担心，没那回事。和你在这里相遇是个偶然……或者，你正在做什么亏心事，担心被人追查？"

御影从扇子的上方窥视着静马，那黑瞳突然变得极为锐利，像真正的侦探一样。静马被刺穿了。

"怎么会！"静马慌忙摆手否认，"我就坐了坐龙之首，别的什么也没做。"

"真的？不过，我既然是侦探，没有人来委托，我对别人的私事就不会感兴趣。本来嘛，爬那块大岩难道是做坏事？从你的口气听来，像是这样没错呢。"

"不。"为什么非得告诉她自己哪里做得不对？静马难以释怀地答道，"那不是一块普通的岩，它叫龙之首，是这个村子的重要史迹，有着古老的传说。"

"原来是这样。你误以为我是村里人，所以才那么慌张。唔，我这副打扮让人以为不是旅客，或许，也是理所当然的吧。"

看来她也知道她的服装有多奇特。

"那么，既然你心里认为是在做坏事，为什么还是爬了那块岩？听你的口气，今天还不是第一次爬。"

"你不是对别人的私事没兴趣吗？"

静马以为能驳倒她，可她的长睫毛一动也不动。

"不回答也没关系哟，又不是我特别感兴趣的事。"

"什么啊，这说法还真叫人心里放不下。告诉你好了，不是什么需要遮掩的事。我是在等今年的第一场雪降临……对了，明天会降雪吗？你很擅长猜天气吧。"

"就算我知道明天的天气可能会变成什么样，也无法判断初雪会不会降落，因为太缺乏数据了。你还是看报纸的天气预报栏吧，那个比较确凿。"御影冷淡地答道，"而且，委托我办事的时候，会产生委托费，这一点你还是注意一下比较好，因为我是靠这个糊口的。"

"啊，铭记在心。"

反正静马没有什么需要侦探费心的事。今后，漫长的人生如果延续下去，也许会有那种事，然而静马并没有延续下去的打算。

不可思议的少女自称侦探。静马和她分别时，西边的天空已经开始泛红了。

趁势问了她初雪的事，是失策了吧。回到旅馆后，静马就有点后悔了。那个聪慧的少女，把初雪跟这个村子的传说一合，或许就会看穿静马的意图。

静马来琴乃汤，是因为想起了久弥曾经对他讲过的老故事，和龙之首的传说不是一回事，是另一个故事。

那是江户时代的悲恋故事。村里有一个女人，为了身份悬殊的恋情，跟随着初雪，投入了龙之潭，龙背起她的遗骸飞上了天空。就内容而言，这是个常见的陈腐故事，但不可思议的是，"初雪之日死去"这句话，留在了静马的心灵一角。

是的，静马是为了寻求死的场所，才到这个村子里来的。

2

母亲是在十月中旬被杀的。那天傍晚，静马从大学回来，就看到了倒在厨房的母亲。她的胸口被胡乱刺了一刀。静马不由得冲过去抱起了她，但她已经咽了气，身体像冰一样冷透了。

之后的事基本没有记忆了。母亲流出的血把静马的运动服染得通红，只有这件事，静马清晰地记得。

最初，母亲被认为是强盗所杀，因为家里被弄得乱七八糟。当然静马也对此深信不疑。然而母亲头七结束的那天夜里，静马知道了真相。醉醺醺的父亲一边吃着下酒的小菜柳叶鱼，一边轻轻嘀咕说："你妈最后烧的也是柳叶鱼啊。"

听到父亲的话，静马想起来了，那天报警后，自己茫然若失地吃光了桌上摆着的柳叶鱼。

直到现在静马也不知道，自己为什么会在母亲的尸体前做那种事。完全是无意识的行动。在父亲说那句话之前，静马彻底忘掉了吃鱼的事。母亲经常在晚饭前给静马少量的食物填填肚子。他像往常一样吃了柳叶鱼，把盘子浸到了水池里。当然，他也没对警察说。那么，为什么父亲会知道柳叶鱼的事？

他跟着上了二楼的父亲追问。醉醺醺的父亲大概是自暴自弃了，用粗鲁的口吻坦白了一切。杀死母亲的是父亲。

父亲有情妇，为保险金杀死了母亲。听了父亲的自白，静马眼前一片漆黑。这一瞬间，他从遇到强盗杀人的可怜遗属，变成了继承着杀人犯血脉的人。

为保险金，为情妇，但是，为这些就能胡乱动刀刺人吗？不管怎么说，也一起生活了二十多年……没看出夫妇关系有什么不好，父亲在外面养情妇的事静马也不知道。据说母亲早已发现了情妇的存在，曾逼父亲离婚。

然而在静马面前，他俩装成了关系良好的普通中年夫妇。静马大意了，对家里的异变一点也没察觉。母亲的葬礼结束后也是。"从此你我二人不得不相依为命了，所以你也要振作。"父亲努力地鼓励着消沉的他。那算什么玩意儿？

静马信赖的一切都崩坏了。他借着怒意重击父亲的前胸。父亲向后一倒，滚下了楼梯，在平台上蹲踞着，一动不动。静马恢复了理智，冲过去，发现父亲已经干脆利落地死掉了。

父亲失足摔死，也有喝醉的因素在——这件事被警察这样处理了。静马没能说出自己的罪行。

警察似乎也怀疑父亲，所以，父亲头七时，周围的人渐渐开始议论，多半是男人杀了妻子吧，云云。最初的同情变成了谈资，对于静马来说真是无比艰辛。

从此之后，静马独自待在光明已逝的家中，诅咒着，慨叹着自己的糊涂。一切都是假的。一切都是谋算。对这世上所有的欺瞒，他感到了愤怒。然后……他对自己，没能坦白弑父罪行的自己，也产生了愤怒。

半个月前的某个傍晚，为了母亲的人寿保险，保险员拜访了静马的家。在穿着皱巴巴睡衣的静马面前，中年保险员公事公办地传达说，受益人有杀人嫌疑，所以保险金不能立刻支付。

"保险金也没有吗，都是父亲的错……"

如此怨言，在心灵一角闪过时，静马愕然了，然后想到了死。

自己也是继承着父亲血脉的杀人犯啊。

和御影相识两天后的早晨。

那天，静马没有像往常一样舒畅地苏醒过来。出于学生的习性，他在琴乃汤也一直会睡到将近中午，但那天从大清早开始，他的安眠就被走廊里匆忙来去的脚步声妨碍了。他一边揉着沉重的眼睑一边打开门，就在这时，昏暗的走廊里，一个身穿套装的高个子男人在他眼前快步走过。是御影的父亲。

"早上好，发生了什么事吗？"静马叫住他。他像玩具机器人似的骤然停住脚步，只有头部向静马转了过来。

御影的父亲肤色白皙，面颊瘦削，下巴像葵花子一样尖尖的；高鼻梁，脸的轮廓比较深，但相反的是，口、耳、眉等部位却颇为小巧。只有眼睛异光炯炯地瞪出来，外凸着。尽管他没蓄胡髭，却让人觉得他是那种会在怪兽电影里出场的诡异科学家。然而这样的一个人，却压低了嗓门，用朗读报告似的、毫无抑扬顿挫的口吻回答静马说：

"好像发生了杀人案。"

"杀人案……在这里？"

静马一下就清醒过来了。

"请放心，不是在这里。"

这话让静马松了口气。但男人的说明并没有到此为止，他用更小的声音说：

"不过，被杀的好像是老板的亲戚。"

"久弥先生的亲戚？所以大清早开始就乱哄哄的啊？"

"好像是这样没错。久弥先生刚才去现场了。我也想和女儿去看一下情况，你也一起去吗？"

"我也一起？"

御影的父亲几乎可以说是板着面孔的。看着他认真的表情，静马无法认为他只是为了去凑热闹。而且他说的是和女儿一起去，这让静马有点在意。前天，御影还自称是侦探呢；虽说侦探去发生了命案的地方是理所当然的事。

"莫非，你们是受久弥先生的委托去查案？"

"你为什么知道御影是侦探？"

虽然是平静的口吻，但静马能听出其中的惊愕。投射过来的目光之锐利，让静马情不自禁地退缩了一下。而对方似乎立刻就想通了：

"啊，对啊，女儿说和你见过面，就是那时告诉你的吧。"

"是，御影小姐说自己是侦探……"

是不是说了不高明的话？静马带着少许悔意解释道。对方的表情变得不悦起来。

"真是的，明明还是个半吊子侦探，只有嘴巴这么能说。"

他烦躁的咂嘴声传了过来。看来，和暴露来历比起来，自称侦探才是问题所在。

"唔，既然御影都对你说了，现在再隐瞒也没用了吧。正如你所言，御影是个侦探。正确地说，她是一个今后将会成为侦探并大展身手的人。另外，我们并没有接到久弥先生的委托。女儿还没有实绩，不可能接到别人的委托。我们只是单纯地去瞧瞧情况。"

他说话时，薄唇微妙地抽动着，好像是想做出一个笑容，却不擅长这方面的情感表现。一开始,静马觉得他有所图谋,是想去现场看看有没有机会弄到委托。可是看着他这副游刃有余的样子,感觉不到耍小聪明的意思。话说回来,久弥的亲戚被杀了,他脸上却也不像是因此而悲伤的表情。

"那么,杀人案是在哪里发生的?"

其实静马已经不想和杀人案什么的扯上关系了,光是自己的事就够让他腻味了。不过到了这种时候还坚持漠不关心的话,可能反而会显得很怪异,招惹旁人不必要的追根究底。静马立刻就下了判断:像普通人一样做出反应是上策。他像普通人会做的那样问了上面那句话。然而,对方的回答却出人意料。

"一个叫龙之潭的地方,你知道么?"

"龙之潭!案件是在龙之潭发生的吗?我和御影小姐相遇的地方也是那里啊。"

直到刚才为止,静马几乎都没有接受对方邀请同行前往的意思。但现场是龙之潭,他心里就涌出了别样的兴趣。不管怎么说,这数日来,他一直是在那个安宁的场所度过的,要说毫不在意才奇怪呢。

似乎是读出了静马的心境变化,对方微微眯起了眼:

"是这样吗?那么和我们一起去吧?我们也担心久弥先生。"

没等静马回应,对方就又一次在走廊里迈开了步子。他在转角处朝里面呼唤:

"御影,走啦,收拾好了吗?"

"是,父亲大人。"

走廊的另一端传来静马耳熟的声音,御影慢条斯理地现了身。上次见到她还是在前天,今天她仍是一身水干装束。不过,那绷得紧紧的凛然表情和前天截然不同。

"啊呀，静马也去？"御影发现了门口的静马，右眉稍稍扬起，"你也太爱凑热闹了吧。"

一贯地直呼名字，没有后缀。不过，好歹是记住了静马的名字。

"凑热闹，彼此彼此吧。"

"别把我们跟你相提并论。我们并不是去凑热闹。"

"是我邀请了他，他也担心久弥先生嘛。"

山科打着圆场，脸上依然毫无表情。

"哦，父亲大人邀请了他，就没办法了。不过父亲大人做事还真离谱啊。"

御影用扇子掩着嘴，吐出了一口气，也不知算不算叹息。她的一言一行都令人发怒，但静马知道现在不宜回应她这挑衅。他默不作声地回房，麻利地换着衣服。他决定，不管怎么样，都要跟父女俩一起去。

在刺骨的寒气中，一行人走上沿河的小径，去往龙之潭。途中，静马得知这位父亲的姓名是山科恭一，和御影姓不同。静马正觉得奇怪……

"御陵是她母亲的旧姓。"

山科很擅长察言观色，立刻进行了这样的说明。不过，他没有解释御影为何用旧姓自报家门。静马也没有追问。

向龙之潭走去的途中万籁俱寂，很难想象那里发生了杀人案。

"令人难以置信地安静。"

静马一边说，一边把塌倒的衣领竖了起来。

"去龙之潭还有条路，是从山道那里下斜坡。"

山科说,其实那条路才是主要的路,使用沿河小径的大概只有琴乃汤的人。

正如他所言,三人走过小径与山道的交叉点后,渐渐听到了嘈杂的人声。在大约百米之前,昏暗的龙之潭入口处附近,聚集了一大堆人。好像都是村里人,有二三十个吧。他们的表情中混杂着好奇与恐惧。他们交头接耳,窃窃私语。从人墙里面,传出了"退开,退开"的声音,以命令口吻制止人群。多半是警官吧。听声音是个年轻男人,但被村里人遮住了,静马看不到他的身姿。当然了,现场的情形也完全无从得知,映入视野的,只有清晨雾蒙蒙的天空与对岸的崖。

"谁被杀了?"静马无可奈何地对着站在最外侧的男人后背,搭话询问。三个中年男女转过身来,怀疑地打量着静马的脸。

"是本家的小姐。据说是春菜小姐。"被静马搭讪的男人用沮丧的声音答道。本家应该是指琴折家吧。

"明明还年轻,究竟为什么会遇到这样的……"

"……春菜小姐才十五岁吧。和三井家的千佳子是同一个年级的学生,据说是位温和的小姐。"

"而且栖苅大人的……"

距离近了些,村里人的窃窃私语声,零零落落传了过来。

"说是被砍了头,真残忍啊。"

"头!"静马不由得叫了起来。理所当然的,很多村里人的注意力转向了他。大家发现他是外乡人,眼中浮现出警惕的神色。不仅限于村里人,连警官的注意力也投射了过来。一直在制止群众的年轻警官走到静马跟前:

"你是被害者的熟人?"

"不,我是……"

静马支吾起来。警官的眼中透出了怀疑。

"看起来,你不是这里的人。"警官逼问他。

"我在久弥先生那里投宿。我听说被杀的是久弥先生的熟人。"虽然语无伦次,但静马好歹进行了说明。

"什么啊。来凑热闹的啊。"警官不悦地嘟哝了一句。

"这里不是只凭兴趣来的地方。快回去!"

然后,他赶狗似的"嘘嘘"地挥着手。虽然村里人也一样是凑热闹,但很难直接开口说他们,所以警官在拿外乡人静马撒气吧。接着,警官的注意力似乎移到了站在后面的御影身上。

"你是神社的巫女?这可不是孩子看的东西。你也快回去!"

"别把我看成孩子好吗?虽然是警察,也不该采取高压态度,你说是吧?"御影没像静马那样退缩,而是向警官回敬了反抗的视线。气氛立刻紧张起来。村里人也瞬间忘记了案件。迄今为止,一直朝向现场的人群弧线,被他们反转了过来。人们围住了静马他们。

"你还挺精神的,不过……"这时,警官终于从村里人的表情中察觉了什么,"你也不是这里的人吧?既然如此,你这副打扮算怎么回事!真可疑。"

"先是把我当孩子对待,紧接着就是以衣取人吗?你太轻率了。要是我真杀了人,哪会打扮得如此醒目?"

御影若无其事地进行了反驳,但警官明显是感到自己被嘲弄了。如果静马是警官,也会这么觉得吧。

"这种事该由我们作判断,你给我来一下。"

焦躁的警官正要抓御影的手臂,身在现场的久弥跑了过来,伴着他跑过沙砾道的脚步声。

"请等一下。这几位是在我的旅馆里投宿的客人,绝不是可疑分子。我保证。他们一定是担心我才来的。"

久弥快嘴快舌地打着圆场,警官勉强表示了接受,不再跟他们纠缠。以此为契机,村里人的注意力又一次回到了案件上,陆陆续续背转过身去了。

"谢谢,这么要命的时候,还要你为了这么无聊的事费心照应我们。"御影郑重地向久弥低下头。

"没什么,我也把客人们丢下了啊。"和之前不同,久弥没能顺畅地笑出来。从他的黑眼圈可以看出,他疲倦到了极点。背也有点驼了。

"抱歉,我想我暂时不能回旅馆了,我会安排人为你们准备午餐的。"

久弥只丢下了这句话,就又一次向现场跑去。御影和父亲溜进他挤开的人群缝隙,在人群最前列占到了位置。毫不畏惧,堂而皇之。特别是山科,连女儿和警官争执起来的时候也没出来调解,一声不吭地旁观到底。真是奇妙的父女俩。

大概是因为风波告一段落了吧,村里人这回没再对他们表示出兴趣。无奈之下,静马也跟在父女俩身后,走到了人群前列。

河滩仿佛突然变成了流行的休闲场所,大批警界人士使这里变得拥挤不堪。黄色的带子纵横交错,围住了龙之首和周围的岩场,令人无论如何也无法认为,这地方跟往常的河滩是同一个场所。鉴识官和警官们在狭窄的潭周围干活,不时传出指示声,他们以数人为单位,互相配合,麻利地四处活动。一旁有男女数人,看来是死者的亲属,其中有人一直站着,有人深深蹲着。这副光景看起来,就像在某处的宴会后,热闹与寂寥交织,很奇妙。或许是因为警官们的身姿像撤收设备一样机械而冷漠吧。

在悲伤的人群中央,也就是龙之首正对面的水边,搁着罩有白布的担架。担架两侧的岩石上有大量的血痕,是死者被斩首时流淌出来的吧。担架上恐怕正躺着那个被杀的少女春菜。综合村里人窃窃私语的内容,可知被害者的遗体是俯卧在潭边的。还有,她的头并不是被拿走了,而是被面朝外放在了"龙之首"胴体的那个空洞里,宛如祠堂供奉的神体一般。

担架隆起的布下不是病人,而是变冷了的尸体——而且还被斩了首——想到这里,静马感觉后背变得沉重了。母亲葬礼上的遗骸突然在他脑中闪过。母亲也是在身首分离的状态下被放入灵柩的。

静马对"为兴趣而来"这一点极为后悔,他静静地合起了掌。

就在这时,一直在和刑警交谈的警官发现了静马,他慌慌张张跑了过来。那张脸静马有印象。几天前,来琴乃汤时静马向他问过路,他叫穴太,五十多岁的样子,是一位派驻警官。

"就是他,这男人就是种田静马。"

这句话像一个信号,两个刑警向静马冲了过来,犹如发现猎物的猛兽一般。其中一个是小个子,四十多岁;另一个很高,有二十多岁。

"你就是种田静马,对吧?"年长的刑警向静马问道。他有一张四方脸,用发蜡固定着三七开的头发,个子矮但体格健壮。静马从刑警的表情中感觉到了危险,老老实实地点了点头。"请到这边来一下,可以吧?"刑警用低沉的声音把静马叫到岩的背阴处。那口吻虽然平稳,却有着不由分说的压迫力。看来,如果静马反抗,他就算用拖的,也会把静马拖过去。

刑警把静马带到了亲属们面前，问道：

"你们对这男人有印象吗？"

看来，是想让这些相关人士看看嫌疑人，指认凶手。亲属们摇着头，没有一个人有印象。这是理所当然的。因为在静马看来，他们也都是素未谋面的人。久弥不在其中，是去了别的地方吧。

"真的没印象，是吧？"刑警追问道。就在这时，亲属中的一个人瞪起了静马。

"是你……"他凶神恶煞般地质问道，"你把春菜搞成了这样？"

这男人个子虽小但肌肉发达。他用指节粗大的手揪住了静马的胸襟，一旁的年轻刑警慌忙制止了他。

"是你干的吗？"

静马不明所以，困惑地看看刑警。

"这位是春菜小姐的父亲。"中年刑警用毫无波澜的声音介绍道，然后仔细打量着静马，好像是要观察静马的心绪。

"这是干什么？究竟怎么回事，我又不知道……难不成是要说我杀了……"

太荒谬了！为自杀而来的人，会杀人吗？他真想这样诉说出来。不过，究竟为什么会被怀疑呢？静马一点头绪也没有。

"这个，你有印象吗？"

刑警取出一个透明的塑料袋，里面有一本厚皮的艾蒿色笔记本，是静马的物品。静马是在大学的小卖部里买的，所以封面上印着校章。

"是我的东西，可……"

"掉在了这岩的前面。"年长的刑警用手指了指龙之首的正前方。

"这几天我每天都来这里啊,就是那时候掉的吧。不会吧,因为这种事就怀疑我?"

笔记本一直是被随手放在包里的,但来了琴乃汤之后就没有必要使用了,所以连掉了也没察觉。

"当然不仅限于此。"

出人意料的是,刑警的自信溢于言表。静马变得不安起来。

"从春菜小姐的房间中找出了一个红边框的信封,里面有张纸,用红色马克笔大大地写着你的名字。"

"我的名字?"

"再问你一次,你认识琴折春菜小姐吗?"

"不认识。应该连面也没见过。因为,本来嘛,那个叫春菜的人长什么样我都不知道,而且名字也是刚刚才听到的。"

虽然立刻做出了回答,但静马脑中一片混乱,完全理不清头绪。

"是嘛,那么,为什么写着你名字的信封会在春菜小姐房间里?"

"这种事就算问我也搞不清楚的啊。因为和我毫不相干。"

静马不由得焦躁起来,变成了反抗式的口吻。"圈套",这个词在静马脑中直打转儿。但是为什么明明与此毫不相干,自己的名字却会在死者房里?连静马自己都想问啊。

"那么,我们得换个地方问了,直到搞清楚为止,可以吧?"

年轻的刑警把这句话当成动手的信号,伸手抓住了静马的手臂。静马想甩脱他,却动弹不得。看不出这刑警握力这么大,手像虎钳似的。

"都说了我什么也不知道。"

"都说了，这件事，我们要换个地方好好问你。"

年轻的刑警眉毛很细，长着一个向前突出的尖下巴。他瞪着静马，言辞近乎粗鲁。看那眼神，明显是打一开始就认定静马是凶手了。

"喂喂，动粗可不行。"年长的刑警婉言规劝着同事，又对静马说，"哎，种田君，这里人多眼杂又闹哄哄的，安静的派出所对你我双方来说都比较好，对吧？"

措辞虽然比较平和，但静马感觉得出来，年长刑警那掩藏着情绪的眼睛，比血气上涌的年轻刑警恐怖好几倍。与此同时，静马也认识到自己已经被蛛丝巧妙地黏上了，被不知是谁布下的阴湿蛛丝，就算他想在这里抵抗，也无济于事了。

"我懂了。"

他放弃了抵抗。就在这时，一直不见踪影的久弥，带着御影父女走近前来。

"关于这次的案件，我女儿说有话要说。"山科开了口，语声一贯地平稳低沉，也不知他是否了解静马的窘境。

"你是？"年长的刑警怀疑地转过脸看他。

"我叫山科恭一，曾经在警视厅的搜查一课工作，大约在二十年前辞了职。"

警视厅一词，让他的谈话对象略显畏缩了。

"那么，山科先生对于这次的案件，知道些什么？"

"然后，这位，是我的女儿御影，御陵御影。"山科没有理会刑警的询问，继续介绍下去。这态度，好像是想给对方留下己方在上的印象。

"御陵御影……我听说过这名字。'独眼侦探'对吧？可我听说那位侦探已经去世了。"

"这女孩是御影的独生女。"

"……你是说,这女孩也是?"

十秒,不,也许是二十秒,刑警和山科沉默不语地对视着,仿佛在探索对方的内心。

"究竟是怎么回事?我先把这家伙带走啰。"一头雾水的年轻刑警想要拉静马。

"不不,等一下。山科先生,我是县警察本部的别所刚,这位是坂本旬一。请问山科先生你有何贵干?"别所刑警询问道。他的措辞比先前更慎重了。

"关于案件,这女孩说她知道重要的事。稍后再把种田君带走也没关系吧?"

山科的身体向旁边让开了一点。御影带着无所畏惧的毅然表情,向前踏出一步。

"初次见面,我是御陵御影,今后还请多多关照。"

郑重地打过招呼之后,御影说明了村人们到她那里咨询的事。这半个月来,她在琴乃汤开了个万事皆可谈的咨询(绝对没用占卜一词)摊子。

"这几天,春菜姑娘到我这里咨询了两次。昨天傍晚也来咨询过,但每次都是一样的话题,她说最近有人想要她的命。"

"命?"别所急忙看向死者的家属们。

"太荒谬了。春菜什么也没说过。"

先前那位父亲立刻做出了否定。边上的年轻女性也跟着一起摇头。

"真的吗?"

"没错。她不能对家人说,因为会造成不必要的担心。她只对我吐露了心事。我不便在这里细诉详情,但可以稍微透露一点儿,她说她收到了带有恐吓意味的信。"

"恐吓信?"

"确实,春菜心事重重地找过御影小姐,我知道,却没想到竟是这种事。"

久弥仰望着虚空嘟哝了一句。

"久弥你知道?为什么不告诉我!"

春菜的父亲这回逼向了久弥。

"抱歉,我以为她的烦恼多半是孩子气的,琐碎却不能对父母说……"

脸色苍白的久弥一个劲儿地道歉。

"责备久弥也无济于事了吧,这位小姐姑且不论,久弥又不知道咨询的内容。"

一直沉默的白发老人,以颇具威严的口吻制止了死者的父亲。听男人口称岳父,看来是死者的外祖父。那么,就是琴折家的家长了吧。确实,和别的人不同,他虽然表情严峻却毫不慌乱,跟他的地位相称。

"刑警先生,很抱歉打断了你的话。请继续。"

别所听了,就想回到原先的话题上去:"那么御陵小姐,她真的去你那里咨询了?她有没有对你说是谁想要她的命?"

"没,"御影摇摇小巧的头,"她好像也没什么头绪,所以让我帮她查明是谁。"

"那么御陵小姐你是怎么做的?"

"这个嘛,"御影的视线垂了下去,"我也没能一下就相信她。何止于此,我甚至没认为真有人想要她的命,直到本案发生。因为啊,我听她说,收到的恐吓信已经烧了,没有了。我知道她即将继承守护村子的重大使命,就轻易地下了结论。我想她是产生了心理压力才会那么做的。这完全是我的失策。"

御影不甘心地咬着唇边,这让静马忘了自身的处境,不禁同情起她来了。心高气傲的少女承认自己出了差错,是非常屈辱的事吧。

然而静马还没来得及跟她搭话,她就扬起了脸,再度恢复了凛然的表情。那大睁的右眼里,显然有强力的意志存在。

"所以我,也是为了母亲,我不能再犯第二次愚蠢的错误。现在别所先生你们想把静马带走,我觉得这是错的。理由虽有很多,但最重要的理由是,本案给我的印象是比乍看起来更具计划性、更复杂。但相对地,静马却不是一个很复杂的人。"

这评价多失礼啊!别所居然也赞同地点着头。

"没有人委托我,所以我本来是没有理由介入本案的;但我不能允许自己看着你们把他拘捕,让自己再度陷入懊恼之中。怎么样,让我稍微调查一下案情可以吗?"

"我也向你请求,别所先生,给御影一个机会好吗?"在御影和别所刑警对话时退下了一步的山科,用他那一贯的低沉而又含有几分感情的语声,为御影助势。别所的目光在他俩身上交替,好像在比较着什么。

"……先代御陵小姐的传闻我也听说过。她经常配合我们工作,托她的福,我们屡次三番得到了帮助。好吧,我知道了,只要一点时间的话,也没什么不可以吧。不过,不管怎么说,也只能是一点时间噢。"

别所刑警这态度,与其说是勉强同意,还不如说是想看看对方的本领。静马产生了这样的印象。

"谢谢,那么事不宜迟,我这就开始了。"

御影并没有露出喜悦之色。她施了一礼,以行云流水般的动作靠近了担架上的遗体，轻轻挽起白布。在被斩首的尸体前，她也没有畏惧的样子。

"怎么回事，别所先生？我不知道这是什么人，可你让她这样任性妄为……"一脸不服的坂本刑警向别所逼问道。别所婉转地接住了年轻刑警的攻势。

"唔，像你这样的年轻人是不知道的吧，从前有位名叫御陵御影的独眼大侦探。大家都说她左眼的水晶能看穿一切真相。她无数次大展身手，我们也甘拜下风。我虽然没有见过她的英姿，但经常听到她的传闻——上个月在东京，这个月在名古屋，解决了疑难案件什么的。从这层意义上说，她是活生生的传说啊……对了，从前，在东京发生的首都电车密室杀人案，你记得吗？"

"那个半数乘客是共犯的案子？我有印象，小时候看过新闻。那可是不得了的命案，所以我现在还记得。不过，难道你是想说那案子是她破的？"

"没错，我们也是要面子的，几乎没有向大众公开过她的名字。她自己也明白这一点，基本上不怎么抛头露面。也就是说我们欠了她不少人情。但是，十多年前我听说她死了。这女孩据说是她遗留下来的孩子。古风的装束和左眼为义眼，也跟传说一致。"

静马在一旁侧耳倾听两人的对话。和年轻刑警一样，静马也不知道这些事。看起来，御影好像还真是个侦探呢。

"可是，若是她本人的话倒另当别论，这里这个不是她女儿吗？就算装束一样，也不过就是个外行啊。"

坂本说出了理所当然的疑问。就算真是那位传说中的名侦探的女儿，可她能像母亲一样大展身手吗？虽说她的能力牵连着静马的自由……不，正因如此，静马才泄了气。运动员也好演员也好，几乎没有第二代能像了不起的前辈一样活跃。

"当然了，我没打算让这孩子任性妄为。如果她什么也没发现，我会请她闪开，拘捕种田静马的。就是这么回事，别担心，我会负全责。"

"既然别所先生都说到这份儿上了……"

一脸不快的坂本退了下去。但是，静马的手臂还是被他强有力地抓着。那么用力，简直让人担心上臂会不会留下乌青块。

就在他们如此这般交涉的期间，御影离开担架，带着从容镇定——让人无法相信这是看过杀人现场的少女——的表情，回到了刑警身边。

"喂，明白点儿什么了？"别所的声音里混杂着少许好奇。

"还没呢。只是，被害者脸上稍微沾了点土，她的头被砍后，有被潭水清洗过的痕迹啊，你不觉得奇怪吗？"

"凶手把头颅从潭边拿到龙之首去的途中，也许曾经掉到过地上。"

"但是，龙之潭和龙之首之间只有岩石与石砾，根本没有露出泥地的地方。"

"原来如此，真不愧是名侦探的女儿，"别所从容不迫地微笑着，"不过，这种程度的事情我们也注意到了。看一下龙之首右侧的那块岩石后面你就能明白了，那里应该还残留着那样的痕迹吧。或许凶手是想从潭起步，直接走到龙之首去，却走不过去，于是只好避开石块绕远路，结果头颅撞在岩石上掉落在地了。"

"原来如此。"御影向龙之首走去。边上的鉴识人员静静地让开了路。他们没有像坂本那样表现出抗拒的样子，反倒用很有兴趣的目光默默地看着少女开始做什么。不管怎么说，她也是传说中的名侦探之女啊。一直喧闹不已的村人也露出了一副看热闹的表情，观望着御影的举手投足。杀气腾腾的杀人现场，被这少女一个人支配了。

龙之首的右侧，斜坡前，聚集着三块高约一米的岩石。人站在岩石前朝岩后看，看不到后面的样子。御影的手撑在岩石上，探出身子窥探岩后。那里是山的斜坡和平地的交接处，几乎没有石头也没有草，露着泥地。有一个坑，在龙之首的正侧方。

"确实，土地下陷了一块，大小也似乎正相当，只有凹陷的地方霜消失得一干二净，由此看来，你们连模子也取了吧？"

"没，只拍了照。这就够了吧？"

"是吗？我觉得地上弄出来的坑比我预想的深。如果凶手是把头颅拿在手上，高度最多也不到一米吧。这一周又没下过雨，所以，虽说是本来就比较柔软的土地，但我还是不认为头颅从一米高的地方落下，会留下这么深的痕迹。而且，如果拿在手上的头颅是撞到岩石才掉落在地的，那么一般来说，应该会掉在跟前而不是岩石的后面。"

返回到岩石前的御影掸了掸长长的袖口，把一块和人头差不多重的石头举到胸口，然后让它掉落到身边的地上。

"确实，那个坑更深。这么说来，凶手是特意把头颅往地上砸了吗？"

别所嘴里吐出"凶手"一词的时候，坂本瞥了静马一眼。这态度真可恨。静马怎么会知道答案嘛。

"有这个可能，看来凶手对春菜姑娘持有斩首也无法满足的憎恶感，不过……"御影语声一顿，"我还没问关键的问题。警方认为犯罪的时间是?"

"昨夜十一点到今天凌晨一点之间。具体时间还要等解剖后才知道,不过应该不会差太远。"

"是吗?这么一来,可就合不上了呢。"

御影说完这句话,就闭起了右眼。她两手握住扇子的两端,深绿色的义眼大睁着,整个人陷入了沉思。十秒,二十秒……静谧的时间流淌着。少女动也不动。只有河上吹来的和风,让她的黑发和樱色的水干摇动不已。警官和村里人都屏息注视着她,想看是什么拉开了序幕。

奇妙的光景,时间就像被切割开了似的。在不知道御影左眼失明的人看来,这个睁着一只眼、以不动的目光持续凝视着一点的少女,是怎样的形象呢?抑或,她看起来像是那种会用目光把人变成石头的妖怪?然而对于静马来说,朝霭的单调景色和遥遥围拢的紧张群众,及其中心这个只有义眼熠熠生辉的少女,这一切,感觉像一幅画,一幅把出尘的世界烙印下来的画。静马忘了自身的处境,感受到了美。

不久之后,御影再度睁开右眼,用充满自信的声音说道:

"我的左眼看穿了真相。"

澄澈的声音,乘风飘向村人所在的河下游,慢慢地消逝了。

"你的母亲据说也是如此,拥有漆黑的右眼和翡翠色的真相之左眼。那么,真相之眼捕捉到了什么?"别所催促着问,露出了半信半疑的眼神。

"嗯,捕捉到了若干事项。在讨论这些事项之前,我先问一下,那上面搜查过了吗?"

御影指的是龙之首的上面,静马到昨天为止还跨坐的地方。

"没,喂,坂本,你去搜查一下。"

"……知道了。"坂本刑警不情不愿地向上攀登，但是，到了顶上之后，他突然叫了起来，"别所先生！这里残留着血迹，而且量很大。"

"你怎么会知道？"别所飞快地下了仔细勘查的指示之后，大大吐了一口气，又向御影发问。

于是御影用右眼笑了起来。

"很简单。如果头颅不是被刻意砸下地的话，就肯定是从高处落地了。然后，在这里，所谓的高处也就只有龙之首上面了。"

"原来是这样。凶手开始是想把头颅搁在那块大岩石上。但搁不好，头颅掉了下来。于是凶手放弃了，摆在了岩石下面。就是这么回事吧。这么一来，这个男人不是越发可疑了？他每天都爬到那岩上去，是吧？"

"我话还没说完呢。岩的上面残留着血迹，由此可见，凶手最初确实想把头颅搁在那上面，但是，这么一来，就有了个大问题。"

"问题？"

"这一带薄薄地降了一层霜。因为不到中午阳光不会照进来，所以霜没有融化，还残留了一地，对吧？但是……"御影指着那个坑，"坑里没有霜。而且你刚才也说了，鉴识人员并没有碰过这个坑。"

"确实，我之前看时，这坑里也没霜。换言之，这坑是在霜降之后弄出来的。"

"大概是吧。可我刚才听你说，犯罪时间是在夜里十一点到一点之间，对吧？"

别所无言地歪了歪头，随即又说："凶手天亮时把死者运到这里，斩首，是这么回事么？"

"从现场残存的血量来看，杀了人不久后就斩了首，这一点是毫无疑问的。还有，遗体的衣服上也有霜。这么说起来，凶手是夜里在这儿杀害了春菜姑娘，砍下了她的头颅。你不觉得合不上吗？"

"确实合不上。"

"坂本先生，龙之首的上面有霜吗？"

突然被点名的坂本刑警答道："是的，有霜。但是，我们推测放过头颅的地方及其右侧，没有霜。"或许是因为太突然了，他老老实实而且用敬语回答了御影的问题。

"也就是说，死者被杀害时，头颅曾经一度被搁在了上面，但天亮时掉了下来，是这么回事吗？"

别所心领神会地点着头。坂本的反应则与他相映成趣。

"可是这岩上挺平坦的，宽度也有七八十厘米。我觉得头颅轻易不会掉落。这一点你怎么解释？"

大概是后悔先前的恭顺回答了吧，这一回，坂本盛气凌人地进行了反驳。

"不能认为是风让它掉下来的么？河下游的琴乃汤啊，这个星期以来，每天早晨都有强烈的风从山里吹来，吹得窗子摇动不已。"

"这个季节，每逢天亮，强风就会从山里沿着河吹下来。我们这里叫龙之岚。"一直沉默着陪在静马身边的久弥，用兴奋的声音从旁进行了说明。回头一看，后面的死者家属们也纷纷点头。

"这么说，是龙之岚把头颅吹下来了？于是凶手放弃上面，转而把头颅放进了'龙之首'胴体处的那个小空洞里。因为那里受风的影响很小……不过，对于展示头颅这件事，凶手还真是执着啊。"

"好像是这样呢。目前还不知道明确的理由。不过,凶手为什么会发现头颅掉下来了?"

别所抱起双臂陷入了沉思。取而代之的是坂本,他用一种答案只有一个的姿态断言道:"很简单,凶手发现笔记本掉了,天亮时回到这里寻找。就是在那时,凶手发现头颅掉下来了。如果从旅馆沿着河走到这里来,是不会被任何人看见的。"

看来这位刑警无论如何也想把静马当凶手。

"原来是这样,那么,笔记本是在哪里发现的?"

"就在这里。"坂本用粗率的动作指了指龙之首的正面,一个离岩石不到一米的地方。

"也就是说,深更半夜的话姑且另当别论,如果是早晨,这是个很容易被看到的地方,把头颅往空洞里放时就能看到,是吧?这样说起来,明明是冒险来找笔记本的,却只把头颅重新摆好,最关键的笔记本反而没拿就回去了,这说不通啊。"

御影的询问流利而又严峻,就算是坂本也沉默不语了。他吊起了细眉,拼命思考着答案。

就像是两三人一组的摔跤比赛中,触击一下就交替的法则一样,这回是别所用职业化的冷静声音开了口:

"你似乎是想说,凶手为了嫁祸给这位种田君特意把笔记本留在了这里呢。可你好像忘了,被害者的房里留下了写着种田静马名字的纸。看起来是被害者自己写的哟。这该怎么解释?"

一回神,他嘴上已经叼起了一根点燃的烟。

"巧妙地找理由让她写下了他的名字。抑或,是凶手模仿春菜姑娘的笔迹写的。仅此而已,不是吗?"

御影一副胸有成竹的样子,泰然自若。

"这么说凶手知道种田君的名字了，而且还有机会进琴乃汤偷笔记本。比如说，这位琴折久弥先生。"

"也不见得，"对于他的讽刺，御影只当听不懂，"如果凶手在这里捡起笔记本，从笔记本上得知其主的名字，那就谁都有可能了。一个年轻男人投宿在琴乃汤，村子这么小，相应地，知道这个消息的人也不会少吧，所以串联起来是很容易的。"御影打开扇子，掩住了嘴，"而且，还有一个重大因素你们看漏了。就算是凶手出于什么目的回到龙之潭来，又为什么会知道头颅掉下来了呢？在那个坑前排列着墙壁似的大岩，就算头颅掉了下来，一般也不会被人发现，是吧？"

"笨蛋，很简单，凶手多半是发现龙之首的上面没有头颅了。"

御影正中下怀似的，微笑着点头道："不过，龙之首的前端意外地宽阔，据刚才那位坂本先生说，有七八十厘米宽。站在我们这里是无法判明搁在上面的头颅有没有掉落的。此刻站在上面的鉴识人员，我们也看不到他们膝盖以下的部分。这么一来，凶手就只能是在别的场所确认头颅是否还在了。但是，我们来的路——从下游上来的路，不可能看到。而从斜坡下来的路草木丛生，也不可能看得到吧。让我看看哦，此外，似乎还有一条从琴折家那里过来的小路……"

"我们这边也不可能，因为有树木遮挡。"很有兴趣地侧耳倾听的老人，静静地回答道。

"于是，站在到这里来的三条路上，都不可能发现头颅从龙之首上掉了下来。"

"那么，凶手是在哪里发现的呢？"别所环顾着四周，"和城镇里不同，这里能看到的只有山和树。难不成凶手是个生活在树上的家伙？不至于吧。"

"是那个尖塔！"静马情不自禁地叫了起来。作为在龙之首上面唯一看得到的建筑物，那个塔既有窗也有露台。

御影看着静马微笑道："没错。人在龙之首上能看到琴折家的尖塔。反过来说，人在塔上也能看到龙之首。只有站在那个尖塔上，才能发现头颅掉落的事。这么一来，凶手回到这潭边来的理由也就一清二楚了。因为头颅掉了下来，凶手才回到了这里。还有，只有能进入尖塔的人才会发现头颅掉落。"

"喂，你们那边能看到尖塔吗？"别所呼唤着正在忙活的鉴识人员。

"能看到。"对方立刻回答。

"那么，"真不愧是别所，领会得很快，"凶手是那个宅邸里的人？"他顾虑到家属，压低了语音，但即便如此好像还是被他们听到了。荒谬——抗议的声音此起彼伏。

"虽然乍听之下难以置信，可是，到了早晨来这里把头颅重新放好，这一事实指出凶手正是琴折家宅邸内的人。"

御影用灵动的右眼压迫着他们。或许是被她的气势压倒了，众人带着不满的表情陷入了沉默。

别所看看御影又看看死者的家属，来回比较着什么似的，但没多久他就下定了决心，掏出衣袋里的便携式烟灰缸把烟揉灭。

"我们不得不向各位再进行一次详细问话。"他用庄重的口吻宣布道。

他将静马抛到了背后，紧绷着脸向家属们走去。坂本也"喊"的一声咂了咂嘴，松开了抓着静马的手，跟在别所身后。

"谢谢，御影……不，御陵小姐。"

静马重获自由，从正在感叹这一幕华丽推理的村人中挤了出来，跟御影一起走在回琴乃汤的小路上。山科说有事，让御影先回旅馆，他本人则留在了龙之潭。

村人们目睹了御影的活跃表现，转过身来，向她投以赞赏的目光，同时，也向静马投射着带有些许怀疑的目光。

"不用放在心上。不过，你现在倒管我叫起小姐来了，感觉很不好呢，叫御影就行。我既然已经认可了这种叫法，就没打算轻易更改。"

御影的语声中有几分兴奋，雪白的面颊也泛起了潮红。在刑警面前她完全没有表现过这种样子，所以，或许是她完成了重大使命就松懈下来了吧。

然而，令人羞愧的是，静马比她更兴奋。

"那么我就一如既往地叫你御影了哟。但你可是著名侦探，刚才的推理也非常了不起。"

"著名的是我母亲，别说杀人案了，连在警察面前进行案情分析，我这也是第一次。"

"这就叫有样学样吧。那么，御影你不跟那些刑警一起去也没关系吗？要说名侦探初登场的舞台，可没有比这更好的啦。"

"怎么会？"御影夸张地耸了耸肩，"侦探没有委托就不会介入案件。我只是碰巧和你投宿在同一个旅馆，帮你做了次义务劳动。而且，反正我是必须向警察汇报春菜姑娘找过我咨询这件事的。"

"委托……我也可以委托你。"

静马打算在琴乃汤等待今年的第一次降雪，所以经费相当充足。反正想死，钱什么的也就没有意义了。然而御影却不接这个茬儿，仰望着天空说道：

"就算被静马你委托也不行，因为你是和案件无关的外人，而且也不知道你光凭兴趣能坚持出钱到什么地步。所谓查案，可不是一天两天就能了结的事情哟。而且看你的服装和言行，也不像是能为娱乐花钱如流水的人。如果你中途改了主意，上屋后被你抽了梯，就再糟糕不过啦。而且调查想要顺利进行，没有家里人或警察的委托是不行的。"

"……难不成，山科先生就是为了这个目的留在了龙之潭？"

"是啊，父亲认为我到了该出道的时候。我也想尽快投身到母亲待过的侦探世界中去，所以现在只能在琴乃汤等待结果。"

"那么，你是说，你要作为侦探成功出道，就得看山科先生的交涉结果了？在杀人现场商议这种事么，总觉得好冷血啊。"

"侦探就是这么一种人，别抱什么奇妙的幻想比较好。还有，我就是为了成为这样的人，为了继承母亲的事业而生的。话说回来，对于社会来说，这也是必不可少的工作岗位。"

御影的话语中，透出了毫不动摇的坚定决心。如此年轻的少女，已经决定了自身的人生使命。在钦佩的同时，静马又觉得有点可怕，无法想象养育她长大的环境是什么样的。

"就是说，御陵御影二世，是御影的目标么？"

"是啊。"御影点头。就在这时，背后传来了冲上前来的脚步声，与此同时，"喂"，一个严厉的声音叫住了他俩。

回过身去，只见一个头发花白身穿劳动服的男人瞪向这边。意外的是，杀气腾腾的视线并不是冲着静马，而是冲着御影的。

"你别太得意忘形了。这个村子是属于栖苅大人的。就算你能蒙蔽其他人，也骗不了我。"

面对他那副唾沫像要飞过来的势头，御影打开怀里的扇子掩住了脸。这种行为恰似火上浇油。

"喂，你给我说点什么啊。"

男人勃然大怒，简直就要打过来了。静马情不自禁地把自己的身体插进了两人之间，虽然他完全没有吵架的自信。

"你要动真格的？"

这回杀气投向了静马。男人又向前逼近了一步。就在这时，追过来的两个村里人抓住了男人的身体，拼命安抚着反抗的男人。

"放心吧，我是人，绝对不是神哟。"

御影抛出了一句话。冷静的声音里，先前的兴奋已经消失得无影无踪了。她利落地转身，又一次迈开了步子。

"这是怎么回事？究竟怎么了？"静马追着她，不止一次地关注着背后。

"琴折家有神在，所以讨厌像我这样的占卜师（御影啐了一口似的说出了这个词）出风头的人，也不在少数。"

"神在琴折家的宅邸里？"

"这个村子是由一位绝对意义上的女神统治的。难不成你在这里待了这么多天，竟没有意识到？"

御影发出了错愕的声音。她好像不是装样子，而是真的很吃惊。

"不好意思嘿。"自身的事已经让静马精疲力竭了，所以村子的事情，静马既没有余力也没有兴趣知道。

"你还真说得出口，在这里实地调查什么的。你究竟是为了研究什么才来的？"御影目不转睛地盯着他问。之前漂亮地将静马从绝境救出来的翡翠色左眼，似乎看穿了一切，所以静马不由得扭过了头。

"不行吗？反正毕业论文什么的，随便做做就行的。"

"大学还真是个马虎的地方，是吧？"

"就是这样的。对了，琴折家是祭祀天照大神什么的？"

"虽然我不知道具体的系谱，但是据说神社里有一位名曰栖苅的神。"

"栖苅大人？我从没听说过。"

当然了，静马对宗教神学什么的并不是很内行，只是逞个强争个面子。然而他这突发的逞强行动似乎被御影轻易看穿了。"也许吧，"她轻松地说着，点点头，"你似乎是误会了，所谓栖苅大人，并不是神社祭祀的神明，而是活神仙。"

"活神仙？"

"被杀的春菜姑娘的母亲，就是栖苅大人。还有，栖苅大人是受到全村人虔诚信奉的。"

"你给我等一下，"静马拼命整理着思路，"……你是说，栖苅大人是这个村子的教祖，所以被害者是神的孩子。这样的孩子被杀了，那不是不得了的大事吗？"

"什么啊？你现在嚷嚷起来了。不仅如此，本来，春菜姑娘还会继承栖苅大人的衣钵。现在的栖苅大人身体欠佳，所以那本是指日可待的事。"

对于村民来说，死者似乎是比单纯的大家闺秀更重要的人。如果静马像先前那样被怀疑下去，甚至说不定会被私刑处死呢。他顿觉背后一凉。就算是为了死才来到这里，他也不想被惨兮兮地杀掉啊。

这就更得感谢御影了。虽说是侦探却义务给了他帮助。他正想再次致谢时，御影又说：

"所以呢，你还是暂时老老实实待在琴乃汤比较好，因为不知道刚才那些话村里人听进去了多少，而且，反正龙之潭目前也进不去。"御影轻蔑似的"嗤"地一笑，没拿扇子遮掩。

"这番忠告我痛切地领教了。不过，御影你怎么办？像刚才那家伙一样对你抱有反感的人很多吧。"

"恐怕要让你遗憾了，我会自己保护自己，否则就当不了侦探了。刚才你姑且算是想要庇护我吧，不过我从父亲大人那里扎扎实实学了防身术，所以面对那种没有杀意的威吓，我是完全不会慌张的。"

"也就是说，我白忙了一场啰？"

静马发牢骚的时候，望见了琴乃汤木质的后门。在门口，藏白用两条后腿立着，焦急地等待主人归来。它用那双对命案一无所知的眼，看着正前方。藏白认出了御影，一溜烟地攀上了她的身体，端坐在她的右肩。这么说起来，静马想起昨天久弥抱怨过，藏白喜欢御影，比对他本人还亲。不过，它对静马一点也不亲。

被藏白用一种看情敌似的目光瞪着，静马就此与御影道别。御影说要稍作休息，这是理所当然的吧，就算言行和头脑都像成年人，但体格毕竟是纤细的少女。初登舞台的她虽然没有表现出紧张，但对她来说这毕竟是很吃力的事吧。

由于被人无端怀疑，静马也精疲力竭了。于是他决定泡个澡再睡个回笼觉，心中还祈祷着，今天，就别降初雪了。

3

案发两天后,琴折家庄重肃穆地举行了春菜的葬礼。静马一直在旅馆里闭门不出,没有参加。不过,听临时雇来的女招待加代说,基本上,全村的男女老少都去了琴折大宅吊唁。当然了,她也去了。她摆着晚餐,对静马泛起了泪花,说那么可爱的小姐,为什么非得被杀不可呢。果然如御影所言,栖苅大人的存在,对这个村子来说意义非常重大。

探案方面,目前似乎是没有进展。没有听说凶手被捕的消息。也许是因为静马的嫌疑被洗清了吧,刑警们没再在他眼前出现过。也许正暗中监视着他,但这种事他是不可能知道的。不过,刑警似乎来过琴乃汤好几次,向御影询问情况,多半是来问春菜的咨询内容吧。

至于御影能否参与探案,商谈最终是否顺利达成,静马一无所知,因为他既没有和御影见过面,也没有跟山科碰过头。为什么呢?因为这期间他没出过旅馆,不,如果不是非常必要,他连房间也不出一步。他并没有完全澄清冤屈,不想笨拙地刺激村人或刑警——这当然也是原因,但最主要的原因是懒得外出。这里和之前的偏僻小村子不同了,命案发生后,就连待在琴乃汤,也能感受到喧闹的气氛。静马每天过午起床,吃饭,衣服也不换就看电视，抑或眺望窗外的景色，无所事事地度过一整天。这样的生活，持续着。

幸好第一场雪还没有下。如果在这种时候死去，简直就像承认自己有罪了，谁知道会被人怎样泼脏水嫁祸。就算他离开这个村子，到别的地方去尝试自杀，情形也差不多。所以在案发前翘首以盼的初雪，现在他只希望破案之前千万别下。

琴乃汤也受到了案件的影响，处于半休业状态，不接收新客（虽然也未必有新客），只有静马和御影父女在加代的照料下安静度日。来找御影占卜的村里人现在也绝迹了。

静马一直过着没有真实感的生活，而变化发生在葬礼的翌日。

那天下午，静马听到呼唤，就走出房间进入走廊，只见久弥站在门口。命案发生以来，这还是他第一次和久弥碰面。久弥的脸瘦了许多，往日的开朗也消失不见了。不过，他在案发当日的早晨那种非常严峻的神色，现在总算是消退了。

久弥背后站着御影父女，他俩基本没有变化，服装也一如既往，水干和套装。藏白像披肩似的坐在御影的右肩上。

"怎么了？三个人聚在这里？"

又发生什么案子了？静马背部一紧，一阵紧张。

山科以一贯的低沉语声答道："我们现在要去琴折家的宅邸。当然，是为了查案，我们会住在那里调查。"

"这么说，委托协议达成喽？"

静马情不自禁地想说恭喜，但随即意识到在久弥面前说这个也太不谨慎了，慌忙住嘴。他想掩饰一下，于是又把脸转向久弥。

"那么，是久弥先生做出了委托？"

然而久弥摇了摇头，说："不是我。我只是从中斡旋，是本家的达纮先生委托了御影小姐。"

"……达纮先生？"

"栖苅大人的生父，也就是春菜姑娘的外祖父哟。"

御影在一旁说明。虽然是一副教育记性不好的学生般的教师口吻，但这句话总算让静马想起了达纮是谁。那是琴折家的当家人，一个刚刚步入老年的男人。那天，在琴折家的遗属们哭得死去活来、咒骂身负嫌疑的静马时，他虽然表情阴郁，却独自一人显出了坚毅的姿态。

"哦，这么一来，我可就孤单了。"

"那什么……"久弥支吾着说，"我希望请种田先生陪御影小姐他们一起去。"

"我也去？"

久弥抱歉似的看着静马说："是。本家的帮佣非常忙，各方面照管不过来。我又得照顾生病的妻子，也不能请加代小姐一直帮下去，直到一切平息。本来呢，是该请你搬到别处去住，但村里的另一家旅馆已经有刑警住着了，我想种田先生也会觉得不舒服吧，而且……"

"静马你还是嫌疑人，所以警察也不想让你离开村子。不过看这三天来的情形，你也没有离开的意思。只是，如果我们都走了，你成了唯一的住客，为了招待你一个人，运作起来各方面都麻烦啊。况且加代小姐又是妙龄少女，不能让她整天在一个只有单身男人的地方做事。"就像是为了给摇摆不定的久弥接力似的，御影直言不讳地帮着解释。不过，这番话里应该也有久弥没有想到的部分，特别是后半部分。静马宁愿相信是这样。

"原来如此……嗯，我无所谓，因为好像也没别的选择。不过，倒是琴折家的人，对于他们来说不是添麻烦了么？而且也还有人怀疑我。"

"没关系，那天御影小姐明明白白地洗清了你的嫌疑。琴折家想把种田先生你当成重要的客人，请你和御影小姐他们一起去。"久弥断然说道。可是，和坚定的话语相反，久弥脸上浮现着不安之色。他是个正直的人，心事全挂在脸上。

"那敢情好，只是……"

"还在摇摆不定！你是不是个男人啊。我姑且帮你跟他们说吧，静马是我的见习助手。这样一来，警察应该也不会说三道四了。"

御影将合拢着的扇子往静马眼前一戳，生气勃勃的右眼中充满了烦躁。藏白也有样学样，用圆眼睛盯着静马。

"助手？我？"

不会是听错了吧？静马指着自己。

御影和藏白一起大点其头。

"不，是见习助手，见习的。侦探嘛，总得有个助手跟着。我开始是想请久弥先生帮忙，但久弥先生现在可没工夫做这个。"

"有山科先生在不是吗？他曾是警视厅的刑警吧。"

"你说什么呀，我怎么能差遣父亲大人跑腿。人是分三六九等的哟。而且老是有父亲大人帮忙，我就不能作为侦探独当一面了，是吧？"

"这样啊……那么，你是不是该给我工钱？"

他试着向御影投去居心不良的目光。然而御影摆出了嗤之以鼻的架势。

"看不出你这么贪财。助手的话倒又另当别论，见习助手，居然还要钱。住宿费全免，还能在这个村子里得到像样的地位，这样你还有不满?"

"没,我只是随便说说嘛。"

姑且让自己发出带有不满情绪的声音,但静马从一开始就没打算拒绝。别无选择也是个原因,但不知道怎么搞的,他对御影产生了兴趣。或许,把这当成一生的回忆也不错。

"那么说定了。好事啊,十分钟之内你给我准备好,这是命令。"

御影突然耍起了上司的威风。

由久弥驾车,静马等人向琴折大宅进发了。据说从琴乃汤到琴折大宅车程不足十分钟。被高耸杉林围绕着的山道很陡,所以,虽然听说春菜是徒步上学(村里的初中),但静马没有立刻信以为真。城里人和乡下人的身体构造或许有根本性的差异。途中,车子经过了通往龙之潭的小路,路口拉着表示禁止进入的绳子。这三天来,静马和尘世断绝了接触,当然了,三天前的记忆还鲜明地留在他脑海里。此刻他又一次真切地感受到,命案是真实发生了的,同时也真切地感受到,自己正向那命案的旋涡中投去。

"喂,御影,所谓助手,具体要做些什么?"

在未经铺设的蜿蜒山道上,静马的身体大幅度地摇晃着。他渐渐不安起来。

"你是见习助手。话说回来,你明明都应承下来了,现在就没干劲啦?"坐在副驾驶座的御影一脸不满地回过头来。

因为藏白留在了琴乃汤,她的右肩看起来有点冷清。

"没那回事,当见习助手没问题的,我只是揣摩不出自己将要做什么,所以问问而已。侦探什么的,我还是头一次见到呢。"

"静马没看过推理类的节目？你现在只要和我一起行动就可以啦。听我的话，别一个人擅自行动就足够了。必要的事到时候我会传达给你的。"

"我就是当当保镖什么的？"静马随口说出这么一句，但立刻想起案发当日御影所说的话。果然，御影"嗤"的一声笑了起来。

"静马，你说你能做什么？而且父亲大人也在这里。"

"是啊，你那边不缺人手啊。"

"所以呢，就算静马起了什么邪念，也只会落得个手足关节被拗折的下场。我现在姑且忠告你一下吧。"她嘲弄似的追加了一句毫无必要的话。

"刚才你也是这样。不过，你究竟为什么要把我当成变态来提防？我对御影你做了什么吗？"

"因为和静马初会之后，父亲大人说了，要我提防着点儿。"

"山科先生？"静马慌忙看向身边的山科。

山科苦笑着搔搔头："抱歉，她还是个孩子，我只是对她进行一般意义上的嘱咐，并无他意，而且那时我还不怎么了解种田先生。现在我已经知道了，种田先生你是个正经人。"

"我不是孩子了，父亲大人。"

"知道了，知道了，那就别这样噘嘴，你不是孩子。不过，御影你作为侦探算不算够格，要等顺利破解这桩命案之后再说了。"

"既然背负着母亲大人的声名，我也知道自己是不能失败的。"像是为了表决心，御影的嘴抿成了一字形，头也转回了正前方。

被父女俩的拌嘴绕了进去，静马愤怒的矛头失去了方向。

节奏完全被他俩操控了。

不久之后，坡道平缓了下来，建有气派街门的宅邸在前方清晰可见。街门上装着茅草的顶，门扉紧闭。久弥停了车，下车去按通话器。没多久，一个弓着背的秃顶老人从侧面的便门中探出了头，同时，大门向内侧打开了。

被灰泥墙环绕的宅邸，比想象中的更宽敞。街门与邸门之间设有能停十辆车之多的大空间。正面是有着厚重瓦顶的主屋，东西向伸展开去。在主屋两侧，各有一栋较新的别栋。不过因为是在山里，地势不可能完全平坦，东侧的别栋坐落在比主屋高一截的地方。而西侧别栋的近前方，耸立着那座能在龙之潭望见的塔（据说名叫凤见塔）。听人说，主屋的里侧，也就是北侧，有着宽广的庭园，那里也建造着若干小屋。

顶着巨大千鸟破风①的邸门，从主屋中央凸了出来，伸向前方。可以看到鬼瓦②上有琴形的琴折家家纹。下了车，沿着石子铺就的路向邸门走，之前开门的那位老人用嘶哑的声音说着欢迎光临，出来迎接了。他将近七十岁了吧，瘦瘦的小个子，因为弓着背，看起来尤其小。不过，那张面相顽固的脸上，闪亮的双眼依然熠熠生辉。

"这位是守门的源助老爹，这位是侦探御陵御影小姐，还有……"

在久弥介绍完毕前，老人打断了他："事情我已经从老爷那

---

① 破风：东亚传统建筑中常见的正门屋顶装饰部件，为两侧凹陷，中央凸出，类似遮雨棚的建筑部件。一般认为，破风源于中国古代建筑中的博风，传到日本后经过演变，得到了发扬光大，在许多日本建筑上都能看见其踪影。根据线条运用和建筑布局的差异，破风可以分为唐破风（からはふ）、千鸟破风（ちどりはふ）、入母屋破风（いりもやはふ）以及切妻破风（きりつまはふ）。
② 鬼瓦：大梁或檩端的装饰瓦，有兽面、莲花形的纹样等。即使不用鬼面也称鬼瓦。文中琴折家所用的纹样是琴形。

里听说了。老爷一直在等，所以请快点进去吧，我来带路。我本来听说各位会来得更早些的。"

老人催促大家快点儿进行下一步。

"源助老爹为琴折家工作了近五十年，在我出生前很久就开始了。我年幼时也做过种种淘气事，被他训斥过。"

久弥一边跟着带路的源助走，一边道歉般地小声向同伴解释。看来，在这位老人面前，久弥是一副抬不起头的样子。

在边边角角都被磨得黑亮的走廊上拐过两三个弯后，众人被让进了达纮的房间。源助打开拉门，只见琴折达纮正背对着置有山水画挂轴与青瓷壶的壁龛，坐在那里。他那粗线条的脸总体上说棱角分明，像木雕的熊。他本人简直就像房间的摆设之一。

"我是当家人琴折达纮。事情已经听久弥说了。"

达纮身体的右半部分沐浴着从窗外射入的柔和阳光，他用沉重的口吻自报了家门。他似乎还不到六十岁，不过，或许是因为那浑浊的语音和白发，又或许是因为那笼罩着全身的威严气息，看起来像比真实年纪老十岁。

"御陵小姐的能力我在龙之潭目睹了，请你务必找出杀害春菜的凶手。"

御影挺直脊梁正坐起来，手搁在腿上，用毅然的表情点头说了句"明白了"。

"我也是接受过春菜小姐咨询的，所以无法认为此事完全与我无关。我一定要用这双手逮捕凶手。"

"你这么说，我就放心了。"微微展颜的达纮，又看了静马一眼，"这位，我记得是……"

"他，将作为我的见习助手来帮忙。如果您有所不满，可以让他一个人回村子。"

达纮的视线又一次回到了御影身上。

"不，不用，虽说是个误会，但家里人毕竟曾对他口出恶言，倒是我这边觉得抱歉呢。如果御陵小姐需要他，我们会高高兴兴表示欢迎的。还有，你们需要什么，请对我或我的女婿伸生说，我们会尽量与人方便。当然了，我对家里的人也仔细嘱咐过了，要他们好好协力。"

"那么，栖苅大人我也可以见见吗？"

御影的问题，让达纮的表情一下僵硬了起来。

"只有这件事有点难办，请你再等一段时间，她还没有从失去春菜的打击中恢复过来，正卧床不起。如果你无论如何也要与她会面，可以先通过我吗？"

"我明白了，现在并不需要立刻会面，需要面谈的时候，我会先来问您一声。"

之后，御影和达纮谈起了事务性的话题。

话题告一段落后，御影重新正了正坐姿，用凛然的声音说道："对了，我想您已经听说了，春菜姑娘约在一周前收到了恐吓信。'你是兇业之女。如果兇业之女成为栖苅大人，村子就会毁灭。因此，你必须把栖苅大人的继承权推辞掉。不然的话，灾难大概就会降临到你身上。'信的内容大致如此。春菜姑娘感觉很不好，就把信烧了。不过我是想问，恐吓信里提到的'兇业之女'是指什么？"

"兇业之女……"达纮小声地重复着，蹙起了修长的眉，"唔，我完全没有头绪，这个词也是第一次听到……恐吓信上确实写着'兇业之女'这四个字？"

"当然了，我并没有目睹，不过春菜姑娘断言信上是那么写的。她同时还指出，兇这个字，不是一般的'凶'字，而是'兇'。只是她似乎也毫无头绪。因为信的内容是这样，她说她没有办法跟家人商量。"

"是嘛。"达纮抱起胳膊，似乎在追索记忆，他轻轻闭上眼，但最终还是摇了摇头。"果然还是什么都想不出来，是谁在恶作剧……我很难认为村里人会做这么恶劣的事。不过，为什么春菜不来找我们谈谈呢？"

"她没找家人商量，信的内容固然是一个原因……但还有一个原因，那就是信封上没贴邮票。她说放学回家就看到信被丢在桌子上。"

盯着达纮的眼睛，御影清晰地说出了这句话。达纮立刻理解了话语的含义，问道："你是说，写恐吓信的人就在这个家里？"

"恐怕正是如此。还有，正如我前些天所做的推理，杀害春菜姑娘的人也在这个家里，多半是同一人……达纮先生，这个家里，有没有人不希望春菜姑娘成为栖苅大人的继承人？"

达纮回视御影片刻后，用斩钉截铁的口吻回答道："这个家里没有讨厌春菜的人。"

从那僵硬的表情可以看出，他的身体铆足了劲。

"但是，事实上，春菜姑娘被杀了。既然结果俨然存在，就应该有原因。而且杀人这种事，为了立场而非人品产生动机，也很常见。"

御影的话让达纮苦涩地歪起了嘴角。连静马也觉得没必要追缠到这种程度，但御影却毫不容情。

"唔，怎么说呢。"达纮摇着头，像是想摇去什么似的，"在龙之潭听了你的推理，我就怀疑杀害春菜的凶手是家里人了，但怎么也想不出头绪来。确实不能说家里所有人都关系良好，可是，虽然也许有人怀有小小的私欲，但我怎么也无法想象，会有人做出恐吓、杀害下任栖芶大人……这种无法无天的事。"

同席的久弥也带着怏怏不乐的表情点了点头。他也是琴折家的一员，像达纮一样反复思考过很多次吧。

怀疑自家人，很痛苦。但家人之间的残杀并不是什么异常的事。当然了，就在两个月前，静马也不是这么想的。父亲竟然嫌母亲碍事嫌到了杀人的地步。父亲是个为了情妇和保险金就能轻易杀人的人，这种事，静马连一秒钟也没想到过。然后，自己会杀父，他也完全没有想到过。

但现在不同了。家人和外人一样会互相残杀，这一点静马已有切身体会。或许正是因此，他发现自己一进房间就开始冷静地观察他们了。

大概是意识到再追问下去也不会有进展吧，御影轻轻叹了口气说："我想问个也许有点失礼的问题，栖芶大人真的那么重要？不，重大，重大到凶手不惜杀害春菜姑娘让她无法继任？"

"与其说重大，还不如说令人惶恐。外界的人无论如何也理解不了吧，但是，对于这个村子来说，栖芶大人确实等同于神。这宅邸，这山，这村庄，都是为了栖芶大人而存在的，这么说毫不过分。"

"你是说，因为令人惶恐，所以应该不会有企图加害的人？"

"没错。"达纮颔首。确实，想想在龙之潭，村里人的疑惑与叹息，还有静马被怀疑时，那些憎恶的眼神，以及村里人参加春菜葬礼的事，达纮的话也不难理解。然而事实是春菜收到了恐吓信，而且被杀害了。

"我明白。"达纮的两手指尖用力绞在了一起，"有人对春菜下了手，但我想象不出来，也不知道'兇业之女'一词是什么意思。我能说的就这些了。所以委托了你，御陵小姐。"

御影闪动着长睫毛，问道：

"兇业之女什么的，会不会是个幌子？其实是有人希望春菜姑娘的妹妹夏菜坐上栖苅大人的位置，企图获取由此产生的利益。有这种可能性吗？"

春菜是三胞胎姐妹的长女，她有两个同龄的妹妹，夏菜和秋菜。据说，春菜一死，栖苅大人的继承人就变成了次女夏菜。但达纮用一种"这太荒谬了"的表情，夸张地摇了摇头。

"春菜因为这种理由被杀？虽然也被警察问过好几次，但怎么都不可能啊，大家都喜欢春菜。再说了，就算讨好了栖苅大人，也不能仗势欺人，栖苅大人又不会直接干涉村里人的活动。而且，我家虽然经营着广泛的事业，但栖苅大人既不能参与企划也不能进行干涉。我是琴折家的当家人，所以非常清楚这一点。"

换言之，此地的神并没有实利性质的权限？虽然不能盲目相信达纮的话，但栖苅大人和常说的小国女王，似乎略有不同。

"这么说来，正如恐吓信所写，春菜姑娘身上有什么和栖苅大人不般配的地方啰？"

"这才叫荒谬呢。春菜这孩子，当上栖苅大人是无可挑剔的，从小她就是以继承衣钵为目标被抚育长大的。'那孩子不配'之类的批评，我从来没有听到过。"可能是感到心爱的外孙女被侮辱了，达纮强硬地否定着，连措辞都有点粗鲁，让静马感到这些都是大实话。

"但事实是，出现了指责春菜姑娘跟栖苅大人不般配的恐吓信。"

结果，话题又兜了回来。

"……我怎么可能明白这究竟是怎么回事呢？"达纮微微低下头，"这个拼命修行努力进步的孩子，被那么残忍的手段杀害了，如果不仅如此，连名誉也要受到损伤，她就死不瞑目了。"

这是从喉咙深处挤出来的声音。

在静马看来，一直为了保持威严而戴着假面具的达纮，第一次流露了带有感情色彩的情绪。

"那么，现在，我要去向家中的各位成员询问情况了。"

御影掸着裙裤的下摆正要起身，门猛地被打开了。是别所刑警。

"这是怎么回事？"

别所看看御影的脸，又看看达纮，来回看着，好像在比较着什么。他带着迷惑的表情开口质问，难以抑制的怒气从种种细微之处透露了出来。

"为了早日逮捕杀害春菜的凶手，我委托御影小姐查案。"

达纮坐在抹茶色的坐垫上，慢条斯理地答道，他镇静从容的态度似乎进一步刺激了别所。

"搜查明明才刚开始，难道我们就这样无法被信赖？"

"不是不信赖你们。警察若能迅速逮捕凶手，比什么都强。我只是想让御陵小姐也来帮忙，案子或许解决得更快。"

"但是外人不必要的介入，反而有可能会让搜查停滞不前。"别所逼进了一步。然而达纮严厉地回瞪了过去，显然不肯接受他的异议。

"这是我，琴折家的一家之主决定了的事，哪有警察说三道四的份儿？对于警察来说，春菜的死不过是众多命案中的一桩，但对于我和家人来说，是无可挽回的大事，我想尽我所能地让凶手归案。再说了，我在龙之潭看到了你们的丑态，于是想请御陵小姐出力，你不觉得理所当然吗？本来嘛，若不是御陵小姐在，你们就会逮捕种田君结束搜查了，是吧？"

"这……"

别所语塞了。两个人一声不吭，互相瞪视着。山科突然插进了这紧迫的态势，用一种轻车熟路的语气说：

"哎呀，别所先生，我们并没有什么对抗意识，还不如说，我们想跟警察合作。我也当过刑警，深知警察的面子有多么重要，我们绝对不会做损伤警察颜面的事。你认识这孩子的母亲御陵御影，应该很清楚这一点吧。"

山科的登场，似乎为别所解了围。

"嗯，这倒是，这种意义的不良传闻倒确实没听说过。只是我想你也知道，我们不能毫无保留地合作。"

虽说山科已经退职，但毕竟是年长的前辈，或许正是因此，别所谨慎地征求着山科的赞同，以示自己毫无敌意。

"我当然知道。不过即便如此，事后我们也往往会受到感谢……这种事我们经历过多次。"

"……我明白了，但愿这次也是如此。"

别所的表情缓和了下来，他伸出右手，山科给出了回应，微笑着跟他握了手，看来是达成了和解。御影的母亲竟如此举足轻重。啊，当然了，也是因为御影本人在龙之潭显示了自己的实力吧。

别所重新转向了达纮：

"对于这件事，我不会继续说三道四了。只是，你们似乎误会了，我们也是会为逮捕凶手而尽全力的，决不会马虎行事。"

从达纮的房间里出来，御影跟别所一起进了客厅。和古色古香的外观不同，宅邸的内部各处进行了现代化改造，客厅也改装成了铺满绒毯、摆着沙发和玻璃桌的时髦洋室。坂本正在这里神经质地抽着烟，一见御影，就慌慌张张跳了起来。

"别所先生，这究竟是怎么回事？"

别所简短地说明了情况。起初坂本也十分抗拒，但最后还是怏怏不乐地点了头。不过，和别所不同，年轻的坂本刑警仍然显露着敌意。

"可以的话，我想请你们说说搜查的进展情况。"

两人的争执告一段落后，御影在沙发上坐下，静静地开了口。别所沉默了片刻，没多久，就点头低声说了句"可以"。

"不过，那边那位种田君……"

别所面露难色。御影瞥了静马一眼，说："我今天录用了他，让他当我的见习助手，我会负起责任管好他。"

"原来如此。这么说，他已经是你们的一员啦。那就没办法了。"

如此轻易就得到了认可，静马正觉得不可思议呢，果不其然，别所又说：

"那么，就从这位种田君的调查结果说起吧。他一九六三年出生，二十二岁，现在是东京八濑大学四年级学生，曾与双亲过着三口之家的日子。但是，他的母亲于今年十月十四日在家中被杀，他回家时成了遗体的第一发现人。搜查结果是他的父亲杀人嫌疑重大。但七日后，这位父亲又在自家的楼梯上失足滑倒，坠落身亡，被认为是单纯的意外事故。因此，在嫌疑人死亡的现状下，我们把文件送到了检察厅。种田君到这个村子来，可能是为了治愈命案给他带来的冲击。"

"慢着，你究竟在说些什么啊！"

静马慌忙抗议。而别所以一脸假正经的表情继续说道：

"因为这位侦探小姐想知道搜查的现状嘛。从种田君身上，目前没有找到与现在的被害者及琴折家相关的交叉点。虽然这是他第二次来琴乃汤，但上次他只是和朋友一起在琴乃汤住了一晚就回去了。"

"警察办事的手法还真阴险。"静马实在忍不住，说出了这么一句话。

然而别所连眉毛也没有动一下："不管怎么说，这可是命案。该调查的我们全都会调查，这就是警察的做法。"

这就叫技高一筹吧。虽然不甘心，可正是拜其所赐，静马才被允许留在这里。

"这么说，我和父亲大人也被调查过了，是吧？"御影微笑着插话。

"当然也对你们进行了调查，我们是不会有疏漏的。你母亲死后，你俩在奈良住过一段时间，这五年来辗转各地，做着占卜之类的勾当，到此地来还是第一次。据我们的调查所知，你俩似乎和种田君一样，跟这个家没什么关系。"

"这么短的时间就查出了这么多，真不愧是警察啊。不过，请你修正'占卜之类的勾当'这一说辞。我经营的是一个万事皆可谈的咨询摊子，是在为当侦探做准备，是一种修行。"

御影针锋相对地跟别所讲究起措辞来了。如果像她之前在车里说的那样，她做事的时候总是心心念念想着母亲的声誉，那么这近乎可笑的执拗，倒也不是不能理解。

"好吧，我知道了。不过，所谓没什么关系，只是暂时的结论，毕竟才过了三天。"

"这样很好，刑警做事就应该这么慎重。"发话的人是山科，他非但没生气，还一脸愉悦地看着后辈，"别所先生，看来你能和御影建立起良好的关系呢。"

别所的脸却阴着。

"难得您如此褒扬，真让我惶恐，可我想我会辜负您的期望。我虽然不会去做妨碍令嫒的事，却打算按照自己的方式进行搜查。"

"这是当然了，刑警和侦探之间必须保持适度的紧张感。沆瀣一气或只依赖一方，对双方来说都不好，不能好好查案，最后离真相就远了。双方立场都站过的我对这一点有切身体会。我看得出来，你是个率直的人，不会轻易听从旁人。御影的第一桩案子由你这样的人负责，真是太好了。"

可能是吃不准自己该不该全盘接受这番溢美之词吧，别所微微歪着头，以微妙的表情回了句"承蒙夸奖"。

"好了别所先生，我可以问问案发当时的情境吗？"

御影回到了原来的话题。别所在她对面"嘭"的一声坐了下来。

"没什么不可以吧。被害者琴折春菜是在七号夜里的十点至十二点之间被杀的。她十点回到了庭中的小社，之后再也没有人见过她的身影。据说她为了继承栖苅大人的衣钵正在努力修行，大约从一年前开始，就在庭中那个被称为小社的别栋里独自一人生活起居了。那天夜里，十点前，她在栖苅大人居住的御社里，一直跟母亲在一起，据说这也是继承的仪式之一，称为'传授'，星期天、星期三、星期五，每周进行三次。十点时春菜出了御社，去了厨房，告诉乳母市原早苗仪式结束了的消息，然后似乎就回小社去了。家人发觉春菜人不见了，是在次日的早晨七点。到了她平常起身的时间了,却不见她现身,所以早苗去别栋探查情况,结果发现连铺过被褥的痕迹都没有,就大声嚷嚷了起来。众人在家里搜了一通,最后,被害者的哥哥在龙之潭发现了遗体。"

大概是在村里混熟了吧,别所嘴里毫不费力地冒出了"栖苅大人"这一敬称。

"为什么和生会去龙之潭找人呢?"

"春菜自从母亲卧床不起以来,每天都在塔的露台上眺望龙之首。和生说,因为春菜是继承人,必须守望因缘深厚的龙之首。因此,他对龙之首有点在意,就去了那里。习俗之类的缘由,我觉得很难理解,或许你直接去问和生本人比较好。"

"原来是这样,那我就去问他本人吧。"

御影点点头,催促别所说下去。

"至于凶器,被害者是在后脑遭到击打失去意识之后,被细琴弦之类的东西从背后绞杀的,没有争斗的痕迹。从头部的裂伤和头盖骨的损伤来看,最初的一击,似乎是细长有棱角的硬棒所致,譬如说金属制的角材之类的。还有,被杀后她几乎立刻被柴刀之类的东西砍了头。大概是凶手的手法太好了,只砍了一下整个头就下来了。你看过现场,对这一点也不会有异议吧?"

"是啊,切断面出人意料地齐整。不过,你不断地提到'之类的东西',看来,凶器还没找到?"

"嗯,击打、绞杀、斩首,凶手总共使用了三件凶器,然而在现场和这宅邸中,一件也没找到。我们明天打算去淘龙之潭,不过潭比我们预想的深,就算凶器真的沉在了潭底,坦率地说,也不知道能不能顺利发现。再说了,就算凶器是埋在了深山里,也很难迅速发现吧。"

别所叹了口气，几乎是不抱什么希望的表情。他身边的坂本也一样阴着脸，他是一定会带头去淘潭的吧。

"按理该有三件之多的凶器，却一件都找不到，我很感兴趣啊。"

"这意味着什么？"别所诧异地问。

"隐藏凶器，说明凶手感到凶器可能会指向自己的真实身份，譬如说，这个宅邸里的某个人。"

"这个宅邸里的所有人我们都问了话。因为宅邸很大，丢在杂物间无人问津的东西也很多，所以谁也答不上来。特别是棒啊琴弦啊什么的，太多了，根本没办法调查。至于柴刀，由于切断面沾着少许锈迹，旧柴刀的可能性很高。只是从锐利的切口来看，应该是磨了之后再使用的……我觉得你老是想把案件和这个宅邸进行过度的联系，凶手也许只是单纯地担心留下指纹啊自身血液啊之类的能判明身份的痕迹罢了。"

于是，御影无可奈何地整了整白水干的袖口说：

"我没有预先断定什么。当然了，根据三天前的推理来看，我确定凶手在这个宅邸内。我之所以对前面说的很感兴趣，还不如说是从意义正相反的方面。比如说吧，如果我是凶手，想栽赃给静马，我就会用静马所持的物品杀人，然后放在现场附近容易被发现的地方。如果拿不到静马的物品，就拿琴乃汤的物品。"

"听你这么一说，既然凶手没么干，倒不像是宅邸内的人，反而像是种田先生了。他用琴乃汤的物品作了案，所以藏起了会暴露身份的凶器，听起来像是这样。"

"别所先生你真会开玩笑。正如先前所说，我确信凶手在这宅邸之中。那么，也可以认为凶手无法从琴乃汤拿到凶器……譬如说，凶手是足不出户的栖苅大人之类的。"

"不会吧，你这话不是认真的吧，她是母亲啊。"别所压低声音，瞥了一眼四周，幸好房里没有琴折家的人在。要是被达纮听到，不，就算只是被久弥听到，也会无比激愤吧。后果还不单单会是那样，不敬之徒即便是警察，恐怕也会被村里人团结一心地打出去。别所在这几天的搜查中已感觉到了这方面的微妙之处。

"不过是打个比方罢了，我只是用玩笑回敬别所先生你的玩笑。现在有好几种解释案情的方法，我不知道哪种正确，或许凶手只是单纯地伤了手导致自己的血留在了凶器上。不管怎么说，明明可以栽赃却没那么干，背后有什么隐情是确凿无疑的。不过，这个话题姑且放到一边吧……那么，杀人现场是龙之潭吗？"

"从岩场的血迹来看，斩首的地点是龙之潭没错。只是那里几乎没有留下别的痕迹，可见在别的场所杀人后再运到龙之潭的可能性也不是没有。遗体没有显现活体反应，从这一点看，她肯定是在死后才被斩首的。从宅邸到龙之潭，如果抄近路走，连二十分钟都不用。还有，驾车走那条铺设好的山路，把尸体运到通往龙之潭的小径上，途中多半也不会受到盘查。不过，到目前为止，好像谁也没听到那时有车子出入宅邸的声音。"

"近路和龙之潭没留下什么脚印吗？春菜姑娘如果是自己去龙之潭的话，应该会留下脚印吧？"

"这一周持续晴天，地面干燥，而且从和生发现遗体开始，家里有好多人走那条路去了现场，所以脚印基本被抹干净了。当然龙之潭也一样。又或者，之前凶手已经抹除了脚印，这个可能性也有。"

"你是说，凶手没找到，春菜姑娘在哪里被杀也不清楚？"

"是这么回事。"愁眉不展的别所用食指笃笃地敲着桌子。

"我并不是在责备你，因为我觉得凶手智商很高，做得相当缜密。这个案子里，头颅因风从岩上掉落是凶手不走运，对于我来说，就是走运啦。"也许只是表面上做做样子，御影摇着额发谦虚了几句，"那么，关于动机呢？"

"动机也尚未明朗。表面上，大家异口同声地都说没有。最有可能的动机是继承人之争吧，不过，杀害她谁能得利还不清楚。三胞胎中谁当继承人似乎都一样，但总有点隐情吧。被害者性格内向，不是特别招人喜爱的类型，但似乎也不会惹人厌。她在中学里朋友也很少。"

"是啊，恐吓信的事，也没办法对亲友中的任何一个人说出口，以至于到我这里来咨询。说到这件事，你们从我这里打听了一番情况之后就杳无音信了。你们有没有什么实际的发现？譬如说她向某人提过之类的。"

"家人和同班同学，似乎没有一个人听说过恐吓信的事，大家一致表示震惊。有个同班的女孩说，被害者问她你住在哪里。据那女孩说，那天和朋友谈你的传闻正起劲，春菜突然来问了这个问题，带着一脸想不开的表情，非常不平静的样子，那样的表情女孩还是第一次见到。问春菜缘由，她也没说，只答了句谢谢。"

"因为如果和继承人之争有关，就不能对外人随便说。要是我，能更善解人意一点……那么，关于不在场的证明，怎么样？"

别所舔了舔手指，翻开了笔记本。

"据调查，琴折家的成员构成是：春菜和三胞胎的妹妹夏菜与秋菜，哥哥和生，父亲入赘婿伸生，母亲栖苅大人——本名比菜子，栖苅大人的弟弟昌纮与妹妹纱菜子，当家户主栖苅大人的父亲达纮——他也是入赘婿，其妻即上一任栖苅大人香菜子已经去世，香菜子的妹妹美菜子和她的夫婿登以及他俩的独生女菜穗，还有看门的二之濑源助和乳母市原早苗，来琴折邸疗养的大学研究生岩仓辰彦，总计十五人。据说，其他帮佣并不是住家用人，所以晚上八点都回村去了。顺便说一句，琴乃汤的久弥是香菜子的哥哥厚志之子，算是现任栖苅大人的表兄，厚志已辞世。案发当夜全员都在宅邸中，但在十点到十二点的犯罪时间段内具备完全不在场证明的，只有死者的两个妹妹与哥哥和生。这三个人在和生的房间玩一种叫什么Mark3的TV游戏①，从十点前开始玩到了十二点之后。琴折邸虽说是老式人家，但也被改装过，改成了现代风格的独立单间，而且房间很多，所以各人的事情相互之间并不清楚。还有，美菜子虽然和其夫登在一个房间里睡觉，但那天美菜子有点感冒，吃了感冒药十点出头就入睡了，所以登的不在场证明并不确凿。不过，根据登的证词，美菜子是在他邻床呼呼大睡。唔，好啦，我想各人的不在场证明，你会自己再查一遍吧。"

"嗯，我会的。也就是说，目前凶器和动机都不明，绝大部分相关人员没有不在场的证明啰？简直是茫然无头绪的状态呢。"

"老实说这样没错。不过我觉得他们隐瞒着什么，因为这种老式人家会在奇怪的地方发挥他们的自尊心。如果大家都坦率作答的话，也许会有更多进展，不过……你还有别的什么问

---

① Mark3：世嘉(SEGA)于一九八五年十月二十日发售的家用游戏机。

题吗?"

"是啊。"似乎是为了整理思绪,御影的视线依次扫过天花板的四角,然后问道,"留在春菜姑娘桌上的信封,据说写着静马的名字,那笔迹确实是春菜姑娘的吗?"

"根据鉴定的结果,可以认为是她本人的笔迹没错。为什么她会知道种田君的名字,这是个谜。还有,春菜的房间里没有发现别的可疑物品。"

"或许是因为龙之首的事,她被凶手唆使了。静马是个不懂规矩的家伙,每天跨坐在传说之岩上,所以作为下任栖苅大人的她无法容忍吧。琴折家说不定残留了这样的诅咒方法。"

——我在一无所知的状况下被诅咒了?静马颈后不禁一凉。

"对了,案发当日的傍晚,春菜姑娘到我这里来时穿着水手服,被杀时却穿着崭新的漂亮连衣裙和外袍,这是她平常的穿着吗?"

"不,是她外出用的服装,也是她的正装。放学回家后她会穿另一套家居服,'传授'时也一样,不过那套衣服被她脱下来丢在被子上了。她为什么要换衣服,我们也不知道。"

"这么说,是回小社后偷偷换上的……譬如说,带她出去的凶手穿着齐整,她也有必要把自己弄成般配的形象,而不是穿平常的衣服。"

"幽会吗?这么说起来,有个叫岩仓的单身男人住在这里,肤色白皙,温文尔雅,大概很招人喜欢。你怀疑那家伙是凶手?"

"是可能性之一。我还刚到这个家不久呢。"

"我觉得你虽然是刚来,却一个劲儿地弄出各种各样的可能性来啊。好啦,就这样,大致上都说完了,我也必须去搜查了。"

别所像个老头似的哟嘿一声,正要站起来,御影却安坐在原位上叫住了他。

"还有一个问题,只有一个了,可以吗?"

"什么?"

"被杀的真是春菜姑娘吗?"

唐突的问题让别所一瞬间哑口无言,但他后来还是开了口:"你是说夏菜或秋菜和她调了包?确实那三胞胎的发型不同,脸却一模一样。不过,你为什么会问这个?"

"为了确认。"

御影嫣然一笑。别所无可奈何地又坐下了,说:"死者的指纹和春菜房里留下的一致。不过,就算骗得过我们,也骗不过家人吧?又或者说是家人合力欺骗警察?"

"因为,本来嘛,这个家族有着栖苅大人之类的常人难以理解的习俗,出于某些隐情不得不把被害者伪装成春菜的可能性也是有的。"

"的确如此。不过,朋友很少的春菜姑且不提,夏菜和秋菜在班里倒是有好几个挚友,连她们也要一直欺骗下去,很难吧。反过来,春菜被杀,为了抑制村里人的不安,伪装成夏菜或秋菜被杀,这样的话倒是能理解。但这次被杀的就是春菜啊。"

"我也这么认为,调包的可能性几乎没有,是吧。不过……没有清晰确凿的证据吗,齿形啊外表特征啊之类的?"

"知道啦,我会去确认一下。"

别所又一次想要起身,就在这时,御影又道:

"拜托你了。顺便,能不能说顺便呢,春菜她们是不是同卵多胞胎,也调查一下可以吗?"

"什么意思?"别所又坐下了。

"同卵多胞胎应该是二的倍数出生的，双胞胎或四胞胎。如果那姐妹几个全都是同卵的话，就应该还有一个，还有第四个妹妹存在。"

这时，一直默默坐着的坂本，"啪"的一下，双手敲了敲自己的膝盖，用一种已经无法继续忍受下去的声音叫了起来："你是在想被害者不是春菜吗？甚至要说凶手就是春菜本人？又或者只是耍弄我们？"

御影把脸转向怒气冲冲的坂本，一脸若无其事的表情，回答道："怎么会？只是，确认被害者的身份是搜查的第一步，我只是为了消除看起来不太会有的可能性才发问的。"

"是这样么？你母亲的搜查方法我是不知道，但你也继承了那一套吧。不过，要是像你说的，把所有看起来不太会有的可能性都考虑进去，那么，和春菜长得很像的人在日本某地被杀害了之类的，这一类的可能性是不是也得考虑进去啊？"

别所也是一副难以认可的表情。

"大概是吧。当然了，在我大脑的一角，非常狭小的领域中，存在着大量比这更过分，几乎可以说是妄想的可能性呢。不过，那些想法目前还无法确认，所以只要不是非常必要，我就不会提出来。但刚才所说的两点，只要想确认，应该立刻就能办到。"

"知道了……嗯，调查一下看看吧。"

别所带着一脸极度不痛快的表情应承了下来，离席而去。

4

他们走出客厅,就看到一个小个子少年站在走廊深处向这边窥视。那少年身材纤细,身高不到一米四,是小学或刚进初中的年纪吧。他长着白皙的圆脸蛋,半边身子藏在柱后,近乎警惕地看着静马、山科和御影。当然,御影也注意到他了。

"好像是春菜姑娘的哥哥和生。"

"哥哥?明明那么小,她哥哥不是高中生吗?"静马吃惊地问道。

"这有什么,十五六岁的发育是参差不齐的。这宅邸中没有别的男孩,再说了,他的脸也和春菜姑娘很像,是吧?而且我听说和生由于体弱多病,没有上高中,义务教育也是在家里由纱菜子教。啊,正好,就先从他开始问起吧。"

御影迈动了裹在红裙裤内的双腿,就在这时,山科拍了一下她的肩。

"那么,我先回房休息啦,后面的事都交给你了,没问题吧?"

面对着山科充满信赖的视线,御影的双瞳闪耀着光辉,她用力回答道:"是。请父亲大人好好休息。"

"等你的好消息哟,别让御陵御影的名号蒙羞。"

山科丢下一个安心的笑容,沿着走廊走向了相反的方向。御影挺直脊梁,凝视着他的背影。离开了老鸟巢、自立起来的雏鸟啊,山科似乎也对御影的能力深信不疑。从两人的行为看得出父女之间的羁绊,让静马情不自禁微笑起来的同时,又感到了羡慕。这是现在的静马盼也盼不到的好事了。就在静马于晦暗的走廊中感受着孤儿的寂寞时,御影开了口。

"你在干吗,我们要上场了!"

是大变了样的严厉声音。

静马的手臂被她有力地拽住了。她拽着静马大步流星地走到和生面前,向这个显出怯意的少年问道:"你是琴折和生吧?"

"是,是。"少年慌忙点头,"你是外祖父大人说的侦探吗?"他用一种尚未迎来变声期的、少女般的声音问道。因为比御影矮了将近二十厘米,所以他换成了仰视的姿态。大概是非常警惕吧,他的双手用力地握着方柱子,简直就像一只无处可逃的小狗。

"初次见面,我是御陵御影,来这里是为了逮捕杀害春菜姑娘的凶手。我可以稍微问你几句话吗?"

大概是为了解除他的警戒心吧,御影的声音无比柔和,简直让人无法相信这是先前斥责静马的那个人发出来的。

"在龙之潭最早发现妹妹的就是你吧?"

"是我……你真的是侦探?"

和生依然以一副难以置信的表情看着御影,对方是同样处于高中生年纪的少女,还有一身就算在乡下也显得奇特的装束。他感到疑惑也是理所当然的。

静马正想着御影会不会对和生的态度产生愤慨,御影却坚持了长姐般的温柔口吻。

"真的哦，人不可貌相，你妹妹不也是吗？春菜姑娘本来也是年纪轻轻就要继承栖苅大人衣钵的。"

"话是这么说……"

大概是想起了妹妹的事吧，和生深棕色的双瞳暗淡了下去。

"我明白这很痛苦，但为了逮捕凶手，希望你回答我的问题。那天，你妹妹没有什么怪异之处吗？"

"御陵小姐，你一定会帮我们逮捕杀害春菜的凶手，是吧？"

"一定哦。"御影用力点头。

和生似乎稍稍敞开了心扉，平静地开始了回答。

据他所说，春菜从案发的数日前起，样子就有点奇怪。本来她性格内向，体格纤细，不过随着栖苅大人继位之事的具体化，她的精神状态却日益亢奋。可最近又变了，变成了性质不同的、思虑重重的表情。她几乎每天都在风见塔上张望龙之首，从数日前开始，总觉得她有点心不在焉，经常含糊应对和生与妹妹们的话语。现在想来，可能是恐吓信造成的吧，但当时和生也完全不知道她一反常态的原因。虽然问了她好几次，但每次她都说什么事也没有。

"……如果我进一步追根究底，也许就不会发生这种事了。"

和生低头咬着嘴唇。从春菜被杀之日起，他一直在反复咀嚼这份悔意吧，嘴唇处泛出了紫色。静马正想说些安慰的话，御影已经抢先了一步。

"春菜姑娘是不想让别人担心、烦恼自己一个人扛的类型，对吧？这样的话，你怎么问她也不会坦率回答的。而且，如果你一直消极地后悔着，天国的春菜姑娘也会悲伤。最重要的是，现在，为了春菜姑娘必须尽快逮捕凶手。你不这么认为吗？"

看到和生轻轻点头，御影就提出了一连串的问题。关于凶手有没有头绪啊,讨厌春菜的人啊,"兇业之女"的意思啊,等等。虽然和生一一如实回答,却没有什么收获。御影也不露痕迹地问了他本人的不在场证明,但只是再次确认了别所所言,和生与夏菜、秋菜三人在他的房间轮流玩 TV 游戏,一直玩到了十二点之后。硬要问添了点什么信息,也就是一点小事了——由于搜查,他们偷偷摸摸的熬夜行为暴露了,被父亲训了一顿。

"和生,给我们带路好吗?虽然想过拜托久弥先生,但他看似很忙。"最后,御影提出了请求。

"为了春菜……"和生爽快地答应了,警戒心已经消失,变成了一副依赖御影的样子。

只是,"只有东侧的别栋……"和生支支吾吾地说。问他原因,说是姨婆美菜子和她的女儿菜穗叫人头疼。不过美菜子那个人赘进来的丈夫登倒不难相处。所以,只要没有太要紧的事,和生不会去东侧的别栋。

"看起来,你好像非常讨厌和美菜子婆婆她们打交道呢,和她们之间发生过什么?"

"没什么……美菜子姨婆她们,总是为了一些无聊的事骂人。春菜她们的想法也和我一样。"

是太难相处了吧。和生露出了一种"糟糕,棒球打破了窗子"般的表情。静马也有过不好相处的亲戚,所以能理解和生的心情。那亲戚在父亲死后,就和静马彻底断绝了来往。

"原来是这样。那么,先把我们介绍给你的妹妹们,好不好?"

"别问太严酷的问题哦。春菜的死已经让她们伤心欲绝了。"

"当然,我对和生你问了严酷的问题吗?"

和生摇摇头，然后把御影带到了姐妹俩的房间。琴折邸的主屋两端向后庭园突出，形成了凹字形，姐妹俩的房间在西侧的最深处。尽头是秋菜的房间，一廊之隔的对面是夏菜的房间，和生的房间据说在秋菜隔壁。

和生打开门，正躺在榻榻米上看书的夏菜和秋菜，把一模一样的脸转向了门口。

两个人身高介于御影与和生之间，都像哥哥一样白皮肤，只是脸颊透着红润。细眉、细眼带着圆弧的下荡感，耳际到下巴的线条有点圆鼓鼓，小巧的鼻子下面长着樱桃小口。静马连春菜死后的脸都没见过，不过，春菜多半也长着同样的脸。一直在他脑中只是模模糊糊描绘出来的春菜形象，一瞬间就清晰地聚了焦。与此同时，他对于春菜之死也有了切身的感受。

"哥哥，这些人是？"二人同时发问，声线也完全一样。

"昨天外祖父大人说过的侦探，御陵御影小姐。"

没有介绍静马，虽然静马并不在意。

在和生的催促下，姐妹俩进行了自我介绍。头发直溜溜长到肩头的是姐姐夏菜，头发比较短、露着耳朵的是妹妹秋菜。静马姑且这样区分。与其说是美人，还不如说她俩的面容都给人一种健康可爱的印象。

不过现在她俩的眼睛下方，积累的疲倦化作了阴影，使她们魅力减半。案发至今才三天，这也是理所当然的吧。双胞胎一个死了，另一个也会虚弱下来，静马的脑海中浮现了这样的传言。双胞胎和多胞胎虽然不一样，这方面大概差不多吧。至少，眼前的姐妹俩一模一样，看起来像是同卵多胞胎。

这时，静马想起了先前御影的话。她们如果是同卵，就可能有冬菜存在。虽然是荒唐的想法，却让人产生了一种不禁想要问问看的冲动。

"初次见面,我是御陵御影。"

御影用一种比先前对待和生时更温柔的表情,向二人搭话。二人都像早先的和生一样警戒着,但没多久就放松下来。御影是哥哥带来的,这也是原因之一吧。她俩手拉着手并肩在床沿坐下。

"你会帮我们找到杀害春菜的凶手?"

又一次同时出声,精彩的立体声。

御影一会儿对这个说,一会儿又对那个说。

"是哟,一定会找出来。所以想问问你们,案发前,姐姐有没有什么怪异之处?"

二人像和生一样答道,春菜从数日前开始就心不在焉,含糊应对大家的话。问她怎么了,她只是说"什么事也没有",闭口不谈。对于具体的原因,二人都没什么头绪。

"因为春菜偶尔会有顽固的时候。"

于是就没有继续追问下去,她俩说,半年前也是,春菜的发饰很可爱,她俩想借,但一直温柔待人的春菜却说是母亲给的,所以不能轻易出借。央求几次她都断然拒绝。

"以前我们借过她的鞋子,不小心弄脏了,所以她不肯借也没办法。而且我们很少直接从母亲大人那里拿到东西。"秋菜搔着短发苦笑。

"夏菜姑娘你们也见不到栖苅大人?"

"并不是见不到,只是因为母亲大人在御社里,那里不能擅自进入。"

"明明是母女啊,你们还真辛苦。"

"已经习惯啦,而且纱菜子姨妈和昌纮舅舅会代她陪我们玩。"

问她俩春菜有没有和谁起过争执,她俩都干脆地否定了。

"春菜温柔又端庄,和我们不同。"

"听这口气,你俩不是这样啰?"

二人难为情地吐了吐舌头:"我俩就很普通了。那天晚上打游戏到很晚,暴露了,父亲大人大光其火,说这么闲的话就去做作业。可是星期天也不能出去和朋友玩,看电视打游戏是仅有的乐子了。"

"不仅是春菜,休息日连你们也必须留在家里吗?"

"说是琴折家的人不可以和村里人太亲近。纱菜子姨妈会带我们去大街上玩,可我们其实想和朋友一起嘻嘻哈哈度过休息日。"

不满似的噘了嘴之后,二人近乎寂寥地垂下了视线。静马的脑海里浮现出"笼中之鸟"这个词。而且她俩还不能和母亲经常相会。御影温柔地抚着二人的肩问道:"春菜姑娘怎么样?也觉得憋屈吗?"

"没,春菜似乎没感到不自由。她认真完成作业,对电视和游戏也没兴趣,因为她真的满脑子都是栖苅大人的事。"

一个为了继承祖业心无旁骛地学习的优等生形象,漫画里很常见。静马在脑中描绘了起来。

"对了,你们没收到奇怪的信吗?"

这个唐突的问题,让姐妹俩照镜子般的面面相觑。看来万幸的是,恐吓信没有寄到她俩手上。

"这样啊,没收到,没收到好啊。春菜姑娘一死,你俩之中谁会成为栖苅大人?"

长发的夏菜脸上立刻阴云密布,她塌下纤细的肩,深深叹气道:"我,必须换房间了。为了继承栖苅大人的衣钵,春菜一个人住在小社，这回是我了……"

"明明刚出事不久，可外祖父大人却说这是长期以来的规矩。"

和生歪着嘴角丢出了这么一句话。据说，后天开始，夏菜就要在小社度日了。

"于是春菜姑娘的家具会搬出小社？"

"虽然想尽量保持原样直到凶手被捕，但他们说会把家具移到空房间去。"

"这样一来，春菜就好像真的不在了，我们明明讨厌这样……"

夏菜和秋菜吐露了心里话。

"那三个孩子，至今为止没起过争执吗？"

一定要抓住凶手哦——众人背负着姐妹俩的殷切话语出了房间，御影似乎是为了转换心情，把扇子一开，又一合，弄得啪啪作响，然后向和生发问。

"没有，虽然姐妹间也拌过嘴。"

"栖苅大人预定由春菜姑娘来当，是吧？夏菜姑娘和秋菜姑娘就这样满意了吗？"

"当然。因为她俩从小就是听着春菜将会成为栖苅大人之类的话被抚育成人的。大家都认为这是理所当然的。"

或许是终于意识到了御影话中的真意，和生带着意外之色瞪着御影。然而与和生的断言不同，至少有一个人不这么认为，这一点是确凿无疑的。御影安抚着他，说自己别无他意，随即又问道：

"这里有谁和夏菜姑娘特别亲近吗？刚才你们说过，纱菜子女士和昌纮先生经常陪着玩。"

"昌纮舅舅吗？他爱看搞笑节目，所以他们谈得来。"

"昌纮先生只和夏菜姑娘亲近吗？"

"不，没那回事。他又诙谐又是个好舅舅，和春菜秋菜的关系也很好哦。"

"那么，纱菜子女士呢？"

"和大家关系都很好，纱菜子姨妈对谁都那么温柔，一个好姐姐的感觉。这个家里讨厌纱菜子姨妈的，就是菜穗姨妈了吧。虽然纱菜子姨妈并没有那个意思，但菜穗姨妈单方面地把纱菜子姨妈视为对手，也许不该这么说……年岁相仿，都是美人，虽然类型不一样。我想她俩之间有很多事一言难尽。我觉得纱菜子姨妈更高雅更美丽。"

"嗯，和生也喜欢纱菜子女士，是吧？"

"纱菜子姨妈很温柔，而菜穗姨妈难相处……不是那种意思的喜欢哦。"

和生的双颊泛起了红晕。虽然感觉一目了然，但御影只是淡淡地微笑着，并不勉强去触碰这个话题。

"那么，带我们去小社好吗？在被清理之前必须看看。"

宅邸的庭园很宽广，庭中央坐落着一个被小巧庭木环抱的池，青色浓郁的池中有个岛，岛上建造着外观像神社的建筑物，古色古香，那就是栖苅大人的居所御社。正面的山形屋顶上带有盔型的气派饰物，阶梯延伸到高约一米的入口处，上面有代替屋檐的豪华向拜[①]。这风格，要是放上香资箱，简直会让人情不自禁地进行初次参拜了。建筑物有三部分：前方的正殿、内

[①] 向拜：神社大殿或佛堂的屋顶，向正面阶梯突出的部分。

里的栖苅大人寝所，还有相邻的浴场，这三部分由渡殿①连接着。还有，从宅邸东端到御社正殿，一路由带顶的游廊连接，池上则架着廊桥。御社的内侧，也架着可以直接走到庭园的小拱桥。

与之相对的，在池西畔，建造着春菜独自生活过的小社。和御社相比，小社非常小，入口处也只比地面高一截，上面只有无任何饰物的朴素山形屋顶。所以就算是外行人，也能看出显著的等级差别。话虽如此，屋顶是漂亮的茅草顶，和普通人家相比更风雅一些。

连接主屋和御社的游廊中段有个开口，从此处可以走到小社。因为没有鞋，御影的手伸向了身侧的木屐柜右门。

"来客用的是这边。"和生慌忙拉开了反侧的左门。木屐柜有四层，鞋子排成了一溜又一溜，和生从倒数第二层取出了两双鞋。"用鞋的时候，请从这一层的四双中挑选。"

和生说，家人、源助和早苗，大家都有出庭的专用鞋。左侧的上两层已经被夏菜秋菜两姐妹、昌纮与和生占用了，其余家人的鞋都摆在右侧。不过，栖苅大人的鞋没放在这里，因为她是从御社的拱桥出入庭园的。据说鞋子是出入神圣的庭园和小社时所用的，因此各自负责保洁，别人的鞋不可使用。和生小时候擅自穿了父亲的鞋，被怒斥了一顿。不过，只有下雨时，可以使用一下摆在最下层的橡胶制长靴。

从游廊起步，穿过一个小门，铺石子的路向庭园延伸，锦鲤在池中制造着水声，众人沿着池边向小社走去。虽然距离不是很远，但这条路和主屋与别栋之间隔着一人高的竹墙，所以

---

①渡殿：平安中期形成的贵族住宅形式中，被称为寝殿的主屋及其东、西、北的对屋之间，由渡殿（即带顶的走廊）连接。这种住宅形式后已简化。

极为冷清。室外没有灯,所以晚上会很暗吧。从满十岁开始,春菜就每晚独自一人走这条路去小社,在小社住宿,她没产生过怯意吗?

御影让和生在外面等着,打开了玄关的格子门。里面有块小小的三和土^①和一个小小的木屐柜。拉门内是春菜的房间,约为十叠^②大的和式房间。对面有壁橱和隔扇,隔扇内似乎有四叠大的小房间和盥洗室,虽然空调是装上了,但没有浴室。光看这屋子格局的话,不免会有廉价的学生公寓感。

如今的栖苅大人,春菜的母亲比菜子曾经在这里居住过。据说她和伸生结婚后也睡在这里,直到继承栖苅大人之位为止。伸生住在主屋,即所谓走婚形态。比菜子成为栖苅大人之后,也只是从小社换成了御社,婚姻形态至今一如既往。

即将搬迁,小社中的东西已经被打包了吧,屋内却并没有着手打包的迹象,就像还有人住着似的。从整洁的室内状况也能看出春菜那一丝不苟的性格,正如传闻所言。这里和静马那即便被小偷闯过空门也不会有人察觉的房间大不相同。虽然和男性的房间比较,也没什么比头。

淡粉色的窗帘,动物挂历,写字桌的架子上挂着的吉祥物,漂亮的垃圾箱。还有,从室内的种种细微之处,能感受到女孩子特有的柔和氛围。和古色古香的外观不同,这是一个普通的房间。不过,普通的只是房间的右半部分。左侧墙边排列着衣

---

①三和土:中文为"三合土",由泥土、石灰和水混合夯实而成。因混合了三种材料,故名三和土。文中是指用三和土浇筑而成的"土间"。日本传统民宅中,人们的生活空间分为两部分:高于地面、铺设木板的部分,和与地面等高的部分。后者即为土间,通常位于室内与户外的交界处。过去土间是进行家庭内杂务或炊事的场所,因此相当宽敞。但在现代民居中,土间变得狭小起来,成为单纯的脱换鞋地,即我们常说的玄关部分。
②叠:日本面积单位,一叠约等于一点六二平方米。

柜和橱、对开门的神坛等让人产生历史厚重感的庄严物品。神坛中供奉着纵向开裂的琴。这些物品的材质都很好，虽然陈旧，却几乎没什么损伤，从古董层面上来说，都是些价值不菲的东西。就某种意义而言，也许象征着春菜的立场，不，也许该说是身份吧。

拉开桌边的窗帘，帘后是带有竖条儿的狭小窗子。窗子只有这一个，从这里望出去，越过池子，可以清晰地望见御社的侧面。不过，也就仅此而已了，山景之外，别无他物。

"每天必须在这里独自入睡，很寂寞吧。"

静马嘟哝了一句。

御影却露出了意味深长的表情："对于中学生来说，也许是吧。"

"什么意思？"

"我举个例子，在这里的话，夜里和人幽会很方便吧。因为是女神候补，选夫婿总有点不自由。嗯，虽然这都是陈年旧事了。"她压低了声音，不让和生听见。

"原来如此，因为是神，所以不能在主屋明目张胆地做啊。"静马把御影当成了大学友人，附和着她的话，随即意识到对方是十七岁的女孩子，慌忙住了嘴。御影扑哧一笑，指了指写字桌。

"据说写着静马名字的信封就放在了这桌上哦，而且是郑重其事地放在了正中央。"

那封信早就被警察收走了。

"我毕竟是被诅咒了么，那封信，害得我被当成了凶手。"

"就算没那信，你也一定会被怀疑，因为静马你实在是很可疑。一个男人，在偏僻乡村的温泉逗留，这种人，不是打算自杀，就是打算犯罪啊。"

一个激灵，静马的身体僵住了。不过，御影似乎毫不关心静马的私事。

"而且，在自己并不知晓的场合，被没见过也不认识的人诅咒，这种事世间倒也有那么几桩。如果你事无巨细都放在心上，就没办法在外面和人说话啦。这德行，就像每次打喷嚏都会心情低落地怀疑是不是有人在说自己坏话一样哦。"

御影干脆利落地抛出了一大段话，随即开始检查房间的内部，相当特立独行的方式。她叉着腰站在房间中央，目光犹如探照灯般，朝四方缓缓移动。扫视了一通之后，她终于从头开始，依次翻查起抽屉、衣柜和壁橱来。

"做法真怪啊，我几乎没在电视剧里见过。"

"先捕捉全局大势，再区分各部一一检查。因为如果一开始就纠缠细节，就会看不到宏大的矛盾。找东西的时候这种做法也很便捷，所以静马看着点儿、学着点儿比较好哦。"

竖着食指教诲了一通之后，御影翻起水干的袖子，走向里侧的小房间。小房间没窗子，里面只有一扇通往盥洗室的门。墙边排列着摆有古籍的细长书架和带盖子的长方形大箱等，几乎就是个杂物间。大箱内塞着平安时代女官似的服装，以及春菜年幼时的衣物、双肩背书包和玩具等。听和生说，春菜的东西全部放在这里，而非主屋。本来，等她继承了栖苅之位，东西就会直接搬去御社，所以一辈子都不用放在主屋了。可预定在几天后的搬迁，似乎会让她情非得已地回归"故里"。

"怎么样？查出什么了吗？"

一番调查结束后，御影走出了房间，和生向她发问。也许是因为被风吹了吧，他双颊透红。

御影有气无力地摇头："我早就知道，果然不行，因为最初的搜查很重要。警察挑拣了之后，似乎没有什么重要的东西留下来……不过，只有一件事我挺在意。写着静马名字的信，据说是用很粗的红色马克笔写的，但我在房间里一支笔也没见到，而且别所先生也没说扣留了笔，和生你知道吗？"

"红色马克笔？夏菜她们也许知道点儿什么……不过，都发生这种事了，春菜的东西，我不认为她们会丢弃或擅自拿走。"和生虽然困惑，但还是做出了否定的回答。

"那么，也许是凶手拿走了。静马，高兴一下吧。"她突然抛来这一句。

"为什么？"静马问道。

"马克笔是凶手的东西，又或者，是凶手稀里糊涂放进了自己的衣袋。不管是哪种情形，总而言之出现了以下的可能性：凶手在春菜姑娘身边，让她写你的名字；或是模仿她的笔迹，亲手写了你的名字。"

"原来如此，这么说我并没有被春菜姑娘诅咒啰。"

毕竟是在和生面前，听了御影的分析之后静马没有喜形于色，但内心却窃喜不已，虽说自己已是将死之身——想想这还挺矛盾的。

御影似乎看穿了静马的心思，嗤笑了一声，随即催促和生道："对了，我这回想去风见塔，你愿意带路吗？"

5

人称风见塔的西式尖塔,处于宅邸的西南端。从分配给静马与御影留宿的西侧别栋起步,在水泥浇筑的小径上前进五十米左右,就是建起这座塔的地方了。这是琴折家最高的建筑物,约有普通大厦的四层楼那么高。在相当于三楼的位置,大理石的露台朝村子的方向突出着。

塔中各层都有若干房间,据说是临时客房,一般不住人。客房主要用西侧别栋的,正如给静马等人安排的那样,不过,只有别栋分配不过来的时候,才会使用塔中的房间。昨天春菜的葬礼举行时,十年未用的房间才再度被使用。虽说如此,由于平时一直进行清扫,所以除了有点霉味,和主屋并没有多大不同。

推开窗子,走上露台,穿越山间的强风迎面而来。这里似乎正巧处在风吹的路线上。手扶栏杆远眺,远远的下方,村子清晰可辨。沿河微微铺展开去的平地上,坐落着星星点点的民居。果然是个小村子。

把视线稍稍移向近处的下方,在树与树的空隙间确实可以看到龙之首。虽然龙之潭和岩场被遮住了,但龙之首的前端从灰不溜丢的枝叶中伸了出来。由于有一定的距离,所以看上去只有人的食指大小，不过，栏杆上固定着观光地常见的双筒望远镜，通过望远镜可以清晰地看到静马曾经心旷神怡坐过的坑。这样的话，头颅掉落自然是不消说了，光是躺倒，在这里也能进行确认。把双筒望远镜的筒头朝村子的方向一移，在村道上奔驰的小轿车，车种也大致能判明。

"不只是春菜姑娘，别人也能自由地来这里吗？"御影问道。山风吹拂着她扎起的黑发。

"这里风景好，我和别的人偶尔也会来。因为这里不上锁。"

"栖苅大人呢？看护村子本来是她的使命吧？"

"栖苅大人病倒以后，就不上这里来了。而且她本来也不是像春菜那样每天都来，一个月只来看一两次。"

"这么说，与其说春菜姑娘是为了义务或使命感，还不如说她喜欢在这里眺望风景？"

和生的神色中泛起了阴影。"春菜没出过这个村子。虽然并不是被禁止，但外祖父大人不会给她好脸色也是事实。当然了，在这里并不能望到村子外面。"

从出生至今的十五年，这里眺望到的风景是春菜的整个世界。如果她还活着的话，今后也会一直这样持续下去。

"一辈子都不知道外面的世界也行的话，倒是再好不过了。"

御影轻轻地嘟哝了一句，任由风吹拂着水干和裙裤，环视了四周片刻。

"在露台上看不到宅邸和庭园，被塔身遮住了。反过来说，人在宅邸里也看不到露台。换言之，凶手可以在这里眺望龙之首，不用担心受到宅邸里的人查问。我曾经觉得不可思议呢，就算是大清早，不管多么早，明明一个不小心就可能被宅邸里的人看到，却冒险特地到露台来确认头颅的状况。不过话说回来，出入这个塔的时候也有可能受到查问啊，凶手对龙之首有执念，这一点是确凿无疑的吧……和生你想到了什么吗？"

和生抱歉般地摇头。

"龙之首的事只在小时候稍微听过一点儿……而且我又不怎么有兴趣。"

"那样的恐吓信寄了过来，总有什么说头吧？关于传说，或许有必要仔细调查一下。"

"可是，不是很奇怪吗？"静马反驳道，他在御影的话语中领会到了难以释然的东西，"凶手想让大家以为是我这样的外人干的坏事吧。可是，如果假托了因缘交织的传说，不就判明犯案的是相关人士了吗？"

"这确实是个大矛盾。现在我解释不了。还有信的事，比起合理性，或许主要是信念方面的问题。"

就在这时，露台的门开了。一个戴着鸭舌帽、身穿茶色毛线套衫和工装裤的男人走了上来。他年龄在二十五六，个子高，脸色苍白，总觉得脸在哪里见过，却想不起来。

"啊呀，你就是众口相传的侦探小姐吧？看到有人进塔，我正想着莫非就是……"他浮现出笑容，走近前来，用一种让人听了莫名火大的语调寒暄道。

"你是谁？"御影反问，连眉毛都没动一下。

男人用做作的手势摘了帽子说："啊，初次见面，我叫岩仓辰彦，从三个月前开始，承蒙这个家族的照顾。"

"相传在这里疗养的俊美男生，原来就是你啊。"

"不是什么俊男，我生出来就这样，根本没什么优点。"

话语虽然谦逊，但样子看起来并不谦逊。这是个精英式的文雅男子，确实长着女人喜欢的脸。静马不经意地看了和生一眼，发现和生的目光变得阴沉了。

"岩仓先生似乎被和生讨厌着呢。"御影直言不讳地说。

岩仓眯起了略有些下垂的眼睛，打了个哈哈："因为妹妹们和我很亲近，做哥哥的自然是有所不满吧。"

"春菜和你不亲。"

和生虽然软弱而温顺，却对岩仓露出了敌意。

"因为春菜姑娘满脑子都是要当栖苅大人的事。对了，你也怀疑是我把春菜姑娘带出去的吗？"

"我只是在想，把凶手逮捕归案就好了。"

"话先说在前头，我可不是凶手哟……啊对了，和生君，昌纮先生在找你。"

"真的？"和生用疑惑甚深的目光回视着岩仓。

岩仓夸张地耸耸肩道："啊，不骗你。因为我也不想让你更讨厌我啊。"

大概是断定了他不是在撒谎，和生依依不舍、屡屡回头，但还是勉强地回去了。

"这么说，你不是凶手？"

合拢着的扇子被御影拿在手里，她富有节奏感地敲着，用和左侧义眼一样毫无感情的真眼，注视着岩仓。

"我是这么认为，但不这么想的人很多。你怎么想，侦探小姐？"

就像拂上露台的风一样，岩仓轻描淡写地应付了过去。真是无懈可击的男人。

"我持保留意见。不过看起来，你即使被怀疑也若无其事，简直是一副充满安心感的样子，你相信最后不会查到自己头上来吧。"

"我看起来像是一个因为进行了完美的犯罪而窃喜的人吗?你太高估我了。被怀疑也毫不慌乱……嗯,这就是我的性格,为此我可吃了不少亏,却没改掉。"

岩仓苦笑着,露出了洁白的牙齿。

"原来如此,那么,可以和我稍微谈几句吗?"

"没问题。反正我是在这里吃白食,时间有的是。站着说话有点欠妥,我们去那里坐坐,怎么样?我姑且也算是在疗养。"

他指了指门前那涂成了白色的长凳。他先走过去落座,然后御影在他身边坐下。因为是双人位的长凳,所以没有静马的位置。然而两人都无视助手的存在,径自交谈了下去。

"刚才你说姑且算是在疗养,既然说'姑且',那么其实是另有目的啰?"

"身体垮了虽是事实,但被叫到这里来,他们是说请我整理传承。因为我是琴折家的远亲,啊,虽然是非常远的亲戚关系……又是研究生院文学部的学生。不过,虽说是文学部,我专攻的却是英国文学,所以完全是不同领域啊。因此十分辛苦。说不定一身水干的你更适合这个差事呢。"

"既然研究领域不同,你为什么会来这里?虽然这里确实是个疗养的好地方。"

"嗯,那是表面上的说法。以前,达纮先生和伸生先生,似乎也是被琴折家以某些理由从外地请来的。有鉴于此,不就可以看出真正的缘由了吗?"岩仓用清澈的眼睛使了个眼色。

"就是说,你是被请来当春菜姑娘的夫婿啰。"

"多半是吧。虽然还没有清楚地对我说过。"

"真是傲慢无理的做法啊。这也是传统吗?"

"从外地选取夫婿,似乎是代代相传的规矩。因为最初的栖苅大人，也就是斩下龙首的那位，是远道而来的男人和她母亲生下来的。"

"你是说他们还墨守着这样的陈规？么说起来，我在琴乃汤见过你几次，你去那里是为了什么事？"

御影突然切入了这样的话题，这就叫张弛有度吧。原来如此，静马老觉得在哪里见过岩仓，是因为曾在琴乃汤和他擦肩而过。

然而，岩仓云淡风轻地答道："东侧别栋的后面有个收藏古籍的土窖，你知道吧？其实琴乃汤也有个土窖，那里沉睡着贵重的文献。本来嘛，是收在一个地方比较方便，但似乎是出于战争中受灾的教训，战后就被分开收藏了。"

也就是说，他是为了寻取栖苅教的文献才去琴乃汤的。

"从你刚才的话听来，你好像非常了解这里的传承。关于这次的案件，我可以请你从传承方面说说意见吗？"

岩仓意外地扬起了眉说："不问我的不在场证明，先问我的看法？真怪。"

"当然，关于不在场证明，我打算稍后好好问你，因为这是我的工作。不过，凶手斩下头颅，想要把头颅放到龙之首上，我从中感到了超越客观必然性的东西，如果你知道那是什么的话……"

御影的话语似乎也引起了岩仓的兴趣。他稍稍探出了身子："也就是说，这个案子和琴折家的传承有关系啰？"

"因为有恐吓信在先，我不认为完全无关。"

"原来如此，那么，御陵小姐你知道琴折家自古流传的栖苅传说吗？"

"知道一些片段。"

"那么，我就说说栖苅缘起的部分中最有说头的地方吧。嗯，虽然这故事已经普及到了村里人尽皆知的程度。"

岩仓讲起了栖苅的由来。且不说御影，静马对此也完全一无所知，所以岩仓从头讲起，真是要谢谢他了。

"真有意思，特别是这个，我正想着主角是从温泉中诞生的女性吧，却发现主角其实是她女儿。"

"就是啊，而且连名字也不给母亲安一个，真是很过分的对待方式呢。民俗学我是外行，所以不懂，不过，或许是有不能记载名字的隐情吧。"

"对了，栖苅之母诞生的温泉就是琴乃汤吗？"

"不是，你今天刚来所以不知道吧，这个宅邸中的浴场也是温泉。在庭园后头，走上十五分钟左右，就是源泉的所在地了。那里建造着古社，所以一看就知道。古社是曾经的御社，据说直到江户时代为止栖苅大人都是在那里生活的。而反过来，琴乃汤则是明治末年建起来的温泉疗养场，和传承没有任何关系。顺便说一句，这个村子禁止村人挖掘温泉。因为被人视为神圣的不仅是从温泉中冒出来的孩子，源泉本身也是吧。琴乃汤似乎因为是琴折家的分家，才获得了特许。"

"也就是说，靠信仰独占着温泉啰。这事姑且不提，凶手为什么藏起凶器？我由此看出了另一个可能性。"御影"啪"的一下合起扇子，自说自话了起来。

"是怎么回事？"

"龙是被蓬莱之琴的琴音斩下首级而死的，这是极为抽象的表述方式。不过，凶手应该是模仿传承杀人的，如果柴刀琴弦之类的实际凶器被发现，那就麻烦了。"

"原来如此，可被斩下首级的是龙，不是栖苅大人。春菜姑娘没有被杀的理由。传承明明正相反。"

"这里头也许还有未解的理由。岩仓先生你听说过'兇业之女'一词吗?"

"没,初次耳闻。"岩仓摇头。御影又追问栖苅大人的继承者有没有不合格的先例,岩仓的回答是宽政年间似乎有一个,但记录被抹消了,具体情形不清楚。

"没能帮上忙,我很抱歉。基本上,和传承本身比起来,我重点阅读的是关于规矩和祭祀仪式的古籍。他们要我优先弄这些方面的。所以我想,关于传承本身的问题,你问我,不如去问达纮先生和伸生先生,能打听得更详细。"

"也就是说,是要你从当夫婿必须了解的部分开始的啰?对了,被斩下的龙首怎么样了?你知道吗?还有,栖苅大人弹奏过的蓬莱之琴,现在还存着吗?"

"据说都在御社中供奉着,虽然我还没亲眼确认过。因为我受到的信赖还没到可以进入御社的程度。听伸生先生说,御社最深处有个被封印的神坛,但根本不可能打开来看里面吧。恐怕连栖苅大人自己也没看过。"

"因为是信仰的根源啊。而且,要是里面出来一个沙丁鱼头,问题可就大啦。盖上沉重的盖子捂住是最好的处理方式吧。"

"再说下去就危险了,我不奉陪哟。"岩仓故作姿态地把头扭向一边。

"没关系,我也没有继续下去的意思,而且搜查需要琴折家的成员协力,不可或缺呢。对了,你前面说,和生的妹妹们很喜欢你?"

"嗯,因此被和生君讨厌了。不过,正如和生君所说,春菜姑娘和我并不怎么亲密。"

"可是，你被叫到这里来，不就是为了当这位春菜姑娘的夫婿吗？"

"话虽如此，但她才十五岁，还年轻，你不觉得我要是不行，她还可以挑别人？而且和从前不同，就算突然订婚，也有无法顺利发展下去的可能……据说，其实上上代的栖苅大人和她的夫婿，也就是和生君等人的曾外祖父，夫妻关系不好，发生了种种叫人大伤脑筋的事情。因为村子发生好事是托了栖苅大人的福；但村子发生了坏事，也被认为是栖苅大人惹的祸。据说由于他俩夫妻关系不好，村子才发生了不幸。还有，如果成了栖苅大人的夫婿，也就会成为琴折家的当家人，所以这方面的资质也必须进行考察。"

"于是岩仓先生你被看中了？"

"唔，算是吧。"岩仓摇头，"我没被赶出去，由此可见没有被他们判断为不合格。但我想他们只是还没得出结论罢了。"

"如果他们正式要求你和春菜姑娘结婚，你会接受吗？"

岩仓毫不犹豫地回答道："如果春菜姑娘愿意，我就会接受。遗憾的是，我和她的关系还没有进展到那种程度。"

"可是你说夏菜姑娘和你比较亲。"

"嗯，是啊……这么说起来，也许人们会认为我为此杀害了春菜姑娘。"岩仓面不改色地说道。御影的右眼盯着他，似乎想看透他这话有几分出自真心。

"谢谢你坦率地回答了问题，不过你似乎喜欢给自己抹黑……"

"我自己完全没有这个意思，但以前就老是被人说，年纪轻轻却很别扭，唔，也许是因为家庭环境不太好吧。"

"是这样吗？"

"就算你问，我也不会回答啊。"岩仓苦笑起来，"不想对别人说,也不想自己回忆。因为我的人生观是,只有在过去的记忆能给人喜悦时,才去想关于过去的事。"

"奥斯汀[①]……对了,案发当夜的九点之后,你在干什么?"

"就要进入正题了吗?"和言辞正相反,岩仓并没有摆出应对挑战的架势,"我回自己房间时是十点,吃完晚饭,和纱菜子女士与昌纮先生在客厅舒畅自在地消磨了一段时间,回房间后,看电视看到了一点左右。一部名叫《象牙工艺师之女》的法国电影,你知道吗?"

"我不看电影……你总是活动到那么晚才睡吗?"

"不一定。那部电影我以前就想看,却刚巧是在我住院的时候上映。唔,即便如此,我一般也是在上午起床的。虽然是在这里寄居,但我有极大的自由度。综上所述,我是没有不在场证明的哟。"

"岩仓先生,你的房间,我记得和我们一样,是在西侧别栋吧。你听到了什么声响吗?"

"我就想呢,二楼怎么有点喧哗,原来是你们搬进别栋来了啊。那可好了。宽敞的别栋我一个人住,夜里也很寂寞呢。啊,你是问声响,如果春菜姑娘不穿过主屋走的话,她就会从别栋旁边经过。但正如先前所说,我当时正在看电影,所以没听到什么。而且别栋和主屋不同,比较新,隔音措施做得很到位。不过话说回来,既然你们搬进来了,音量还是控制一下比较好。"

"你真的什么也没听到?"御影盯着他问了一句。

岩仓思考了片刻:"啊,这么说起来,刚过十二点时,我觉

[①] 奥斯汀:岩仓的话出自简·奥斯汀的《傲慢与偏见》第五十八章。

得自己听到了别栋外侧的小径上有什么通过的声响,是踩踏沙砾的声响吧。"

"你对警察说了?"

"没,方向反了,所以我彻底忘了这茬儿。"

穿过主屋与西侧别栋之间,从西后门出去,走下小径,是小社到龙之潭最短的路线。春菜和凶手被众人认定是从那里出去的。岩仓解释道。他所说的外侧小径,是位于别栋更西侧的小径,虽然能通向风见塔,但是西后门啊,不经过风见塔的话就到不了,所以可以说是绕远路。因此,他深信那声响与案件无关。

"这里常有黄鼠狼出没。因为只是短短一瞬,我还以为是黄鼠狼呢。"

他的话颇为合理,但御影却是一副难以释怀的样子,盯着他追问道:"你想不起准确的时间了吗?"

"电影接近高潮的时候,是十二点三十分稍过吧,是的,我想起来了,好不容易情绪高涨起来的时候被泼了凉水,所以我发了脾气。"

"之后呢,那声响怎么样了?"

"唔,不清楚,"岩仓摇头,"那声响和案件有关系吗?"

"不知道,至少没有人供述说自己在深夜去过风见塔,也就是说可能有人在撒谎。那是凶手的可能性很高。还有,如果明明是要出西后门,却特地绕了远路,那么其中也许隐藏着什么关键……对了,我单刀直入地问了,春菜姑娘如果是因为继承人之争被杀,那么就是有人认为夏菜姑娘成为继承人比较好,对于这一点,你察觉到了什么吗?"

"除了我呢,"岩仓自嘲似的笑了,"就是菜穗女士和美菜子婆婆了吧，春菜姑娘似乎和这两位处不好。"

至此，话语的内容与和生相同，但岩仓进一步说了下去。

"特别是菜穗女士，关于她，我觉得从两个月前开始，春菜与其说是相处不好，还不如说变成了一种更强烈的情绪，对了，是厌恶感。"

"这是真的吗？和生君跟夏菜她们没这么说。"

御影非常感兴趣地确认了一句。

岩仓露出了为难的表情，搔着头说："因为是单纯的印象，也许只是我搞错了。不过，春菜之前一直尽量不惹是生非，回避各种摩擦，但最近却让我感觉到，她变得更冷淡了，不，也许应该说，开始露骨地无视对方了。"

"关于原因，你有头绪吗？"

"唔，我是外人，不太清楚，也许春菜姑娘只是和菜穗女士吵了架。如果是纱菜子女士……因为她和春菜她们很亲近，也许你能打听到什么。"

他语焉不详地说着，脸上清清楚楚地浮现出一种"自己是否说了多余的话"的困惑表情。但御影可不会对他的表情照单全收。

"不过，如此露骨，美菜子她们竟然没被赶出本家呢。"

"唔，因为栖苅大人传女不传子，万一女性血脉断绝，就成大问题了。特别是，如果在女人们嫁到别人家之后发生，谈判就会变得非常复杂麻烦吧，虽然我不知道封建时代他们是怎样达成协议的，因为是村子的神嘛。不过，由于男性分家去了外界，所以琴折家向各地进发，不仅在此地，在信州也是很大的势力。似乎正是托了这份福，四十年前村子遭遇小难，也好歹算是被救了起来。"

"四十年前的小难？"御影当即回问道。小难这个词，静马也是初次耳闻。

"啊，还没人告诉过你吗？据说此地残留着被栖苅打倒的龙之诅咒，灾难五十年一度。四十年前，正确地说是四十一年前的一九四四年，当时这个村子被B29轰炸机空袭，几乎毁灭。"

"为什么要炸这样的小村子？"

"大概是误炸。翻过两座山，那里有个镇，镇上有军队的兵工厂，都说那里才是空袭的目标。这样的小村子被地毯式轰炸的话，用不了多久就会支撑不住。听说伤亡惨重。幸好，也许是有栖苅大人保护吧，只有琴折家毫发无伤。"

"那灾难……说是被栖苅大人救了起来？"

"但是，最初进行得并不顺利。相传上上代的栖苅大人不太灵验，所以战争结束后的次年，就由上代栖苅大人取而代之，进行复兴了。唔，那个嘛，我想倒不如说是托了达纮先生的福。达纮先生是琴折家的远亲，战后立刻和上代栖苅大人结了婚。他的老家在新政府内好像挺有门路，这里明明不是什么重要性的地域，却优先得到了复建。当然，据说他也对散居各地的同族发出了号令。因为本家的村子可以说是同族的故乡嘛。也正是因此，村里人现在还把栖苅大人当成神崇拜。"

"原来如此，不仅是宗教和传说，还有实绩。但是要说五十年一度的灾难的话，就是说九年后又会发生吗？"

"嗯，情形很糟糕。"岩仓表情阴沉地顿了一下，随即说道，"这回来的是大难，两百年一度，是小难无法比拟的大灾难。事实上，小难发生了，而空袭小难的五十年前，也就是明治二十七年，据说发生过冻害的小难。当时依靠栖苅大人的力量，没闹出太大的损失就了结了，人们这样赞颂过。总而言之，由于空袭，村子被烧了，那是小难，所以村里人从现在开始就战战兢兢了，大难究竟会变成怎样的情形啊。看琴折家的记录可知，二百年前的大难是饥馑和瘟疫，导致村里的人口减少了一半。我先前所说的，宽政年间继承人的缺陷似乎也是受了大难的影响。栖苅大人想把位置禅让给年纪轻轻的春菜姑娘，也是因为她考虑到自己身体垮了，不知能否在按说会来临的大难中守护住村子。九年后春菜姑娘虽然会变成二十四岁，从前的情形我是不清楚，但如今的二十四岁，还不是可以信赖的年纪啊。"

"总觉得好像诺查丹玛斯大预言，是吧？"

"但和诺查丹玛斯不同，这里所说的灾难已在过去实际发生。村里的老人对空袭记忆犹新。可信度不同哟。"

"但那还是近十年后的事吧。"静马情不自禁地插嘴说。信奉活神仙，姑且另当别论。这活神仙本人由衷畏怯着什么的心态，身为现代人的静马实在是无法理解。

"十年转眼就会过去的，特别是对老人们来说。"

"那么，岩仓先生相信会发生点什么吗？"御影不怀好意地抛出了问题。

"那还用说，我又不是这里的人。当然了，当我成为琴折家一员时，会做好心理准备的，我有这个打算。为了治理村子，安然无恙地渡过大难很有必要。"岩仓贯彻着不介入信仰之源的立场。

"的确，那么，对于看似不信琴折家的村里人，和反过来信奉到了极点的人，你知道些什么吗？"

"这可是怎么也不会在闲聊中冒出来的话题，是吧？人越年轻，对这种事应该越没实感吧。就算是在这样的乡村，年轻人也是年轻人。"

从大都市刚来这里不久的年轻人如此评价道。

"唔，日期渐近，周围的人歇斯底里起来的话，狂信也许会被诱发吧。我想，在琴折家，春菜姑娘不愧是继承人，对这个深信不疑。因为她那'必须拯救村子'的心意是一目了然的。她的妹妹们与和生君，就没那么信了吧。而纱菜子女士呢，好像想要离开这里。"

"栖苅大人的妹妹，去外界？"御影似乎也震惊了。

"因为她是好奇心旺盛的女性。从至今为止的例子来看，女性，而且是栖苅大人的妹妹，就应该像现在的美菜子婆婆一样留在这里。虽然我讲的尽是些陈规旧习，但栖苅大人的妹妹观念可不那么拘束。当然大人们强烈地反对她。"

"纱菜子女士有着自由的思想啊。"

继承母亲之名的御影，话语的意味难以捕捉，不知是讥嘲还是羡慕。至少静马辨不出来。岩仓辨得清么？

"因为所谓自由，也是出人意料的费事。"

岩仓只是带着一脸踌躇满志的表情如此回应。

"谢谢你，从各个方面……"

御影从长凳上起身，按着被风吹拂的头发，离开了露台。

6

"想想看,明明都说了九年后会有大难,还把继承人杀了,无法认为这是情绪正常状态下的行为啊。"

静马一边嘟哝,一边走下风见塔的楼梯。

走在他前面的御影,头也不回地用伶俐的声音答道:"也许是真心认为春菜姑娘能力不行,正如恐吓信所写的?又或者,反过来想也可以嘛。"

"反过来?"

"凶手一点也不信这档子事吧,反正大难又不会真的发生,所以栖苅大人是春菜姑娘还是夏菜姑娘,都无所谓。九年后如果什么也没发生,宣传一下那是夏菜姑娘,不,是栖苅大人,宣传一下是栖苅大人的力量压制住的就可以了。只要解决了大难,栖苅大人就会得到比现在更强的信赖和势力。"

"这样啊,但是,能顺利进行吗?如果什么也没发生,人们怀疑的目光会投向传承本身吧?说五十年前的空袭也只是偶然。而且如今的日本和战争时期不同,其实已经接近无宗教啦。"

静马当然不相信会发生大难。就算他是在这个村子里土生土长的,也会半信半疑吧。正如岩仓所说,村里的年轻人也有类似的感觉。大难雷声大雨点小的话,"果然如此"的感觉不是会变强吗？

"就算是春菜姑娘继承了栖苅大人的衣钵，这种情形也会发生吧。主要是因为在当今时代，栖苅大人的信仰快到极限了。末世思想本身也许具有召唤信徒的魅力，但问题是它过气了。十年后这村子会变成什么样，我很想知道，反过来，又不想知道。总而言之，夏菜姑娘会很辛苦吧。"

出了风见塔，御影还是大步流星地在小径上走着。冷风把四周的草摇得簌簌作响。静马快步追上前去，和她并肩而行。

"这么说起来，刚才说到纱菜子女士时，总觉得你看起来像是有点羡慕啊。"

御影停住脚，把脸转向静马，将合拢着的扇子向静马戳去。

"你好像误会了，我可是在自己的自由意志下继承了母亲的衣钵，并不是被谁强制的。这一点，春菜姑娘也一样吧。我的目标是追上母亲，然后，超越母亲。"

扇子在静马眉间的数厘米前骤然止住。虽然这运动神经是了不起，却让静马感到"她认为戳中我也没关系"。

"本来嘛，静马明明是见习助手，却来探究上司，不觉得太越权了吗？你至今为止一次工也没打过？"

"抱歉抱歉。那么，接下来我们去哪儿？"静马转移话题，问道。

"嗯，虽然我也想直接找栖苅大人问话，但目前好像不可能。负责带路的和生也不在，所以，唉，走到哪里算哪里吧。"

"这样也行啊。"

"可不是嘛，反正从案发到我着手搜查，已经迟了三天之久，现在着急也无济于事，不得不踏踏实实地从搞清楚琴折家的人开始了。"

御影又一次迈起了步子，走过别栋，进了主屋。

和之前不同，主屋里传来喧闹的声音。因为是上午，所以开始准备午餐了吧。御影正要向厨房走去，可是从另一侧传来了交谈的声音，于是她转过身，走向客厅。在里面交谈的是久弥和两个男人。一个在龙之潭见过，是春菜之父伸生。静马的胸襟被他揪住过，所以清楚地记得他的长相。他下颚坚固，表情紧绷，作为高中生的父亲，看起来略显年轻，个子虽小，但肌肉发达。事实上，静马被他揪住的时候，那力量强得让人怀疑衣服会不会裂成碎片。

伸生边上的男人身高中等，瘦削，文弱书生般，感觉不健康的脸上戴着银边眼镜，年纪是三十岁左右吧。也许他当时也在河滩，但静马对他完全没有印象。

交谈的内容是夏菜准备修行的事项。三人发现了御影，就停止了交谈，一齐向这边转过头来。

"御影小姐，搜查怎么样了？"大概是很牵挂案情吧，久弥率先开口，与两人攀谈起来。

"还只是刚开始。"御影承受着三人的视线答道。久弥姑且不论，另两位的样子绝非好意。特别是伸生，就像在估价似的，用一种露骨的不信任之色盯着她。

"但是……交给这样的小姑娘真的没问题？岳父也真是的，在想什么呢。"

虽然伸生是在对一旁的久弥说话，但显然也打算让御影听听。

困窘的久弥调解道："可是，伸生先生你也在龙之潭见识过她的推理吧。"

"唔，好吧，事实上只靠警察我也不放心，而且我现在的心境是，为了春菜，什么都想抓住啊。我是琴折伸生，春菜的父亲。御陵小姐，拜托你了。"就像是想抓住救命稻草似的，他要跟御影握手。虽然这是在非常傲慢的说辞之后，但御影还是面不改色地接受了。

背后的银边眼镜男也慌忙来和御影握手。

"我是当舅舅的昌纮，请你务必找出凶手。"

相对伸生而言，昌纮给人一种姿态比较低的印象。他用双手握住御影的手，如此这般诉求道。

伸生和御影握过手后，似乎终于发现了静马的存在。先是惊愕，然后他的脸色阴沉了下来。

"你好像是……"

"我的助手种田静马。"御影马上介绍道。她省略了"见习"二字，是因为嫌麻烦吧。

"是这样……啊，那个时候我骂了你，做了不好的事。春菜的遗体就在面前，我没有办法保持正常啊。"

"我很明白你的心情，请别在意。"

虽然道歉很草率，让人有点介意，但静马稳妥地做出了回应。想想看，女儿的尸体就在面前，能保持冷静才奇怪吧。

"可以的话，想问你点事。"御影瞅准时机道出了来意。

"啊，没问题。久弥君，修行的事就那样进行下去吧。"

"但是，夏菜姑娘还没有做好心理准备……"

"现在可不是说这种天真话的时候。夏菜会有多苦，我这个做父亲的最清楚不过。但栖苅大人因为这次的事又病倒了，尽早禅让以备大难是栖苅大人的愿望。"

"但是……"

久弥还是不情不愿的，看来是在为夏菜考虑。

"这是岳父大人决定的事。久弥君你是男分家，所以，或许没有人告诉过你，不仅仅是栖苅大人，继承人的位置也不可长期空缺。"

大概是容易暴躁的性格吧，伸生突然大声嚷嚷了起来。久弥被强调了是"男分家"，即虽为同族却是外人。似乎明白再纠缠下去也是白费工夫，他说着"我明白了，我会那样安排"，随即便有气无力地出门去了走廊。

"那么，御陵小姐，你想问的是？"

关上门，就像什么也没发生过似的，伸生恢复了平静的语声。

"在这之前我想先问问你们刚才说的是什么事，夏菜姑娘怎么怎么的？"

"啊，我们决定头七结束就让夏菜住到小社去。"

"这么快？"御影做出了和久弥相同的反应。

简直就像是要说"再说一遍？你饶了我吧"似的，伸生露出了厌烦的表情，随即说道："这是栖苅大人的身体状况决定的。"

"栖苅大人的情形这么糟糕吗？"

"不，不过，虽然不是性命攸关的大病，但为了春菜的事她身心受损，这一点是确凿无疑的。我作为个人，作为丈夫，也希望她早点儿让位，以比菜子的身份安静度日。"

"我刚才听说了，大难在九年后就会降临。但反过来说，还有九年之久呢，就算拖延个把月，不是也没什么两样么？"

"我对久弥君也说了，继承人的位置也不可空缺，这是规矩。因为不知道栖苅大人会在什么时候出于什么缘由仙逝。当然至今为止这种事基本没有发生过，但至少准备工作必须扎扎实实做好。"

必须事先考虑好神突然死去的话该怎么办,这倒也挺合理。不过总觉得其中有点矛盾。总之是和静马搭不上关系的感受。

"……那么,春菜姑娘开始修行前你们是怎么办的?"

"纱菜子满十岁前是美菜子姨妈,春菜满十岁前是纱菜子,在小社修行。"

"原来如此。"

御影的右眼看起来熠熠生辉。不过,她不再触碰这话题,把问题切换到了案件上。

在应答者伸生的回答中没有新发现。他说自己和昌纮商议酒窖增设一事商议到了十点,之后,一个人在主屋自己的房间。关于春菜的情况,他近乎悔恨地回答说"没注意"。

伸生在琴折家经营的多家公司担任社长和董事,还有,作为琴折家下任当家,忙于支持病弱的栖苅也是个原因。孩子们的事,他全权托付给了早苗和纱菜子。兜业之女指什么,关于那封写着静马名字的信,他也都一无所知。

"看见留在桌上的那封信,才第一次意识到,我对春菜的事一无所知。我想今后我要做个好父亲,尽量抽时间跟夏菜和秋菜接触……对了,我有个问题。"他再度把脸转向了静马,"种田君,你真的不认识春菜吗?"

先前的致歉中感觉不到诚意,就是因为这个啊,静马理解了。他怀疑静马即使不是凶手,也和案子有什么关联。

静马向他说出了自己跨坐在龙之首上的事,这也许被春菜看到了。于是伸生好像是安心了,又一次致歉道:"是这么回事啊,真对不起。"

在静马看来,这回他像是出于本心。他的情绪起伏很激烈,而相对地，为人处事也挺爽快。

"但我家的传承中，按说没有那样的咒术……她是在学校听到了什么奇怪的东西吗？"

"有可能是凶手灌输给她的，想要留下静马的名字嫁祸于他吧。因为事实上，伸生先生你和警察都落入了这个圈套，怀疑上他了。"

御影发表了冷静透彻的分析。

"果然是能用那么残忍的手段杀孩子的人啊，真是个卑怯的家伙。"

伸生把槽牙咬得嘎吱作响，抛出了这么一句话。

之后，御影也找昌纮问了话，但没有得到像样的成果。昌纮和久弥一样是男分家，随着第二代应有的地位到手，他将会离开这个宅邸。为此他作为干部候补，学习各种工作事项，忙得不可开交。他和春菜的接触比伸生更少。关于琴折家的宗教仪式，他也不清楚具体情形，因为那是由上门女婿负责的。十点和伸生分开后，他就回了自己房间，所以没有不在场证明。

昌纮看起来不怎么机灵，却给静马留下了脑子转得很快的印象。对于御影的问题，他也立刻紧扣要点做出了回答，只是偶尔会有自嘲意味的台词从他嘴里漏出来。作为幕后的大力士活动，也许对他来说是个好差事。

午餐时间到了，御影、山科和静马坐在末席，跟琴折家的人一起用餐。当然刑警们不在。御影三人算是客人，所以才给他们准备了席位吧。这是个宽敞的和室，像旅馆的宴会场，大家的面前各摆着一套饭菜。

用餐时，大家都无所顾忌地窥视静马这边的情形，但没有人直接开口攀谈。也许是因为当家人达纮正严密地看着他们。

回过神来，静马才发现神龛前的最上座空着。只有那里是高了一截的台座。

"那里是？"静马小声问邻座的岩仓。

"是栖苅大人的坐席。"岩仓嚼着腌萝卜回答道。

"栖苅大人的情形那么糟糕吗？"

"不，栖苅大人就算精神抖擞也不会在这儿吃饭。不过，那里历来是作为'栖苅大人的坐席'空着的。据说早年还会摆上饭菜呢。"

真麻烦——静马差点儿脱口而出，慌忙用手掩住了嘴。看看四周的人，他们齐刷刷地把视线移开了。连无聊的交谈也似乎竖着耳朵听着呢，这让静马突然感到了困窘。

不过，御影似乎毫不在意，正默默地往嘴里送着煮菜。毕竟是在用餐，她没有主动发问的意思，但也不是什么都不做，看起来像是正在若无其事地观察众人。侦探在这种地方也必须神经紧绷啊。静马在钦佩的同时，也模仿她的样子窥探起来。

于是，他发现这里的人分成了四个小团体。

夏菜、秋菜跟和生在交谈，虽然话很少，他们似乎和邻座的纱菜子也有对话。然后，美菜子和菜穗二人，有一搭没一搭地说着话。平时登也会加入她俩的话题吧，但今天因为公司有事，登缺了席。久弥、昌纮和伸生在说话，说的大概是夏菜的事。达纮一个人板着脸，把烤白肉鱼往嘴里送。原来如此，就算只是稍微观察一下，也能了解形形色色的情况。静马又一次向御影望去，她是完全看透了吧，以一副"到现在你还看个什么劲"的表情啜饮着味噌汤。

饭后，菜穗叫住了走上走廊的御影。

"你就是众口相传的侦探小姐吧。"

非常清朗的女高音。她身高和静马相仿，俯视般地向御影搭话。她有近乎及腰的直发，长睫毛，是个五官清秀的美人。穿着琴折家罕见的时髦服装，化妆也很浓艳，戴着造型漂亮的进口眼镜。

"正好，我也想着要问你话呢。"

"啊呀，是这样啊。"

菜穗用表现出强烈意志力的大黑眼睛盯住了御影，点点头。她透露出的敌意，连静马也感觉到了。

"那么，去那边的西式房间谈谈如何？"

不等御影回应，她就大步流星地打开门走进了房间。御影跟在她后面，静马把门关上的时候，她忽地转过身。

"你，好像是巧妙地博取了达纮姨父的欢心，你有什么目的？"

她两只手插在了束细的腰上，突然开始了高谈阔论。

"我的目的是破案，仅此而已。"

和盛气凌人又略带紧张的菜穗相映成趣的是，御影颇为冷静，炫耀似的整理着衣襟的细带。

"真的只是仅此而已？"

"我和这个家完全无关，警察的调查已证实了这一点。"

"谁知道，就算你本人和这个家无关，你也是久弥先生介绍给姨父大人的吧。而且约有半个月，你一直住在久弥先生那里。本来嘛，向警察和姨父大人主张家里人是凶手的，就是你吧。"

"原来如此，认为被久弥先生推荐的我不可信任。也就是说你怀疑久弥先生心怀鬼胎啊。"

"唔，算是吧。"

令人意外的是，菜穗干脆地承认了。

"我这人性子直。久弥先生把琴折家的很多古籍拿去琴乃汤翻查，直到现在也没停过。明明是男分家，已经不需要学习栖苅大人的仪式了。他表面上说是想调查琴乃汤的由来，其实谁知道？"

菜穗的话对静马来说也是很意外的。因为琴乃汤的久弥给人的印象啊，感觉就是白天打猎晚上做菜，一个质朴的村里人。当然了，他怎么也无法认为久弥有居心不良的目的。

"调查大有来头的家族传下来的古籍，不是什么坏事吧？"

御影也说出了静马的感觉。

然而菜穗皱起了浓眉："仅此而已吗？不做点什么听其自然的话，琴乃汤会衰落。琴乃汤是在本家援助下撑着的。可是本家一旦换代，谁知道会变成怎样。也许他正是为此去找琴乃汤与本家关联的东西。"

"这个嘛，你也一样吧？"

面对御影的攻击，菜穗并不露怯："的确。我也没有当栖苅大人继承人的资格。老妈还恋恋不舍地给我的名字里加上了'菜'字。但老爸为了守护本家在子公司努力着。分家作为分家，自有生存之道。希望你别把我们和在温泉旅馆游手好闲的久弥先生相提并论。"

这么说起来，久弥为什么会选择开一家温泉旅馆的人生道路呢？正如菜穗所说，在子公司支撑才是正道吧。事实上昌纮也正在学习当领导的学问。

静马下意识地把这些想法说出了口。而菜穗看他的眼神，比看御影更轻蔑。

"这种事也不知道？竟还自称侦探呢。久弥先生的妻子光惠体弱多病，是无法生育的体质。在从前说起来，就是石女①。久弥先生最初也像昌纮先生一样努力，但知道光惠是那样的体质之后，就从公司辞职，接手如今的琴乃汤了。"

"也就是说，没有为子孙留点什么的必要，所以年纪轻轻就退隐了。"

"正是如此。大家逼迫他为了琴折家和妻子分开，换个人结婚，但他顽固地听不进去。"

陈规陋习，残酷之举，菜穗就像在说理所当然的事。作为名门望族的想法，这或许并不新鲜，但静马觉得，或许正是因此光惠才会落到卧床不起的地步。

"那样的话，"御影像是要夺回主动权，让对方把视线投向自己，"年纪轻轻就退隐的久弥先生，不是变得更没动机了吗？还是，有消息说，要中断对琴乃汤的援助？"

"是啊，这我承认……不过，也许他有了新的恋人，有了孩子什么的，于是企图东山再起也说不定。"

"舍弃病床上的妻子吗？我在琴乃汤滞留的时候，他充满了献身精神，怎么也看不出那种意思啊。"

久弥在工作中见缝插针地积极看护光惠的情景，静马也经常看到。以至于琴乃汤的女招待会向静马发牢骚说，自己的老公要是像久弥那样温柔该多好。

"我是说可能性啊可能性。我也不是真的这么认为。但是男人嘛，妻子不能奉陪的话就会寂寞，不是吗？而且光惠女士的病情比大家想的更严重，也许已经没多少时间了。这么一来，他不是会考虑将来的事情吗？"

---

①石女：在日语中，石女又叫不生女，指不能生育的女人。和中国的石女意思不同。

"这方面的可能性还是有的。"

御影干脆地表示了赞同。久弥听到的话大概会昏厥。说不定这两个女人其实是一路货色。

"光惠女士的主治医生也和本家一样?我记得为栖苅大人诊治的是木野医生,是吧?"

"不是,是木野医生的儿子尚人医生。因为木野医生在诊断光惠女士为石女时劝他离婚,久弥先生讨厌他。而反过来,年轻的医生和久弥先生是从小学开始的好朋友,好像在暗中支持这夫妻俩。话虽如此,表面上他不会做出来。因为他会当下一任主治医生,所以不会和琴折家作对吧。关于光惠女士的情况,你去问问那位年轻医生比较好。说不定我的推理中了哟。"

"我会去问问看的。不过听你刚才的口气,好像是喜欢推理啊。"

"因为我一向喜欢侦探小说,所以就让我来好好观察你是不是真的优秀侦探吧。"

御影也许含有讥嘲之意,但菜穗却照单全收了。

"你没想过自己解决案件吗?"

于是,菜穗用鲜红的唇挑起了笑意。

"我和你不同,并不确信凶手在这些人中间。倒不如说,我希望家人中没有那样的恶徒。我这样的人当不了侦探吧。而且,我喜欢小说里读到的名侦探,但自己没想去当。凭着一己之好涉足命案,在家人悲痛的时候肆意踏入,这种差劲的行为,我终究是做不出来。你啊,不是有点反常吗?"

"也许是反常,"御影盯着对方的眼,静静点头,"一般的神经也许承受不了。但这是必要而且重要的职业,我引以为豪。"

菜穗无言以对,似乎是被娇小少女的气势压住了。不过,她整了一下长长的黑发，振作了起来。

"是嘛，看来你有你的自尊啊。唔，好吧，我不会隐瞒什么，也没打算妨碍你，虽然也不会帮你。因为我会彻底公平地观察你是否货真价实。想问什么就问吧。"

虽然硝烟弥漫敌意尽显，但她的性格也许并不坏。静马不知为何有这种感觉。

"这样的话……"御影问了她当天的不在场证明。她回答说，吃过晚餐，八点之后一直在位于东侧别栋的自己房间，睡觉是在十一点左右，什么声响也没听到。

"最近你和春菜姑娘关系不好？"

面对御影直率的问题，菜穗也遵守了先前的公约，承认说"是啊"。

"反正你已经从和生那些人那里听说了吧，我和她从来就没亲近过。她本来就是个沉默寡言的小姑娘，最近感觉程度更严重了，用严厉的目光瞪我的事都有。理由我可不知道。我并不特别讨厌她，我怎么可能讨厌下任栖苅大人嘛，而且她又认真地修行着。她是被什么人灌输了无聊的东西吧，不是吗……难不成，你在想我会因此杀了春菜？"

"怎么会，从利用传承这一点来看，我觉得多半不是这么简单的案件。关于传承，你怎么想？"

"反正我是很快就要离开这里的人。不过是小时候让我在睡前听的故事而已，说栖苅大人用琴降伏了龙什么的。"

"那么，关于九年后的大难，你怎么想？"

"不就是恐怖大王从天而降[1]吗？虽然早了十年左右。"

---

[1] 恐怖大王从天而降：语出诺查丹玛斯的《诸世纪》。

菜穗抛出了一句玩笑话，简直让人无法相信她是琴折家一员。她就是岩仓所说的"最近的年轻人"之一吧。不过，由于御影一点也没笑，她又慌忙补充说：

"因为不管怎么说，我喜欢侦探小说嘛，不想接受非现实的事。而且那种事最后只会被利用成犯罪的幌子。正如这案件。村子里也有人说，这案子是龙的诅咒，是大难的前兆。我觉得真是太荒谬了。你也这么认为吧？"

"有你这样的人在，我也省心了。不过先把我放到一边吧。菜穗女士，你不信奉栖苅大人吗？"

"信奉啊。因为托了栖苅大人的福，村庄顺利地治理着，琴折家繁荣着。所谓宗教就是这么回事吧。"话说到这里，菜穗倏地住了嘴，"我说过头了呢。难不成，你会把我刚才的话向姨父告发？"

"我不会的。菜穗女士你公平行事的话，我想我也得报以公平。不过，侦探的话你大概也不会信吧。"

"如果你逮捕了凶手，我就会信赖你。因为名侦探的话是可信的。只是……如果真是被你逮捕的话。"

直到最后，菜穗都是一副挑衅的姿态。

走出西式房间，就看见纱菜子不安地站在那里。确认是御影之后，她战战兢兢地走近前来。

"没事吧？总觉得你们在房里的气氛不同寻常，所以我……"

她大概并不是在侧耳倾听，而像是因为不放心一直等在外面。

"多谢关心。不过，菜穗女士是个公平的人。"御影面无表情地答道。

在纱菜子看来这是生气的表现吧,于是她打起了圆场:"别生气,她平时是个好人。我想,出了这种事,她只是气恼了而已。"

对于春菜她们来说是姨妈的纱菜子,有着细细的眉和微微下垂的细眼睛,五官和夏菜姐妹一模一样,身高和御影差不多,比那对姐妹高十厘米左右,刚好是夏菜她们长大成人后的感觉吧。她有着看起来很柔软的长发,有点圆的脸,朴素的罩衫,化的是淡妆。温柔亲善的声音,谈吐能让人感觉出文雅气质。她和时髦而又直线条的菜穗完全相反。

"不,真的没什么,莫非你是在为我担心?"

纱菜子"唔,嗯"地说着,点了点头。从她这不自然的样子看起来,心思似乎是挂在了别的方面。

当然御影也察觉到了:"看起来,你是有事找我呢。"

"是……事实上,是这样没错。"

她是难以下决心吧,还在犹犹豫豫。

"啊呀,在走廊上密谈,你们做事还真夸张啊。"

迟一步走出房间的菜穗,向她们投来冰冷的目光。

"菜穗,何必说成这样……"

"我是开玩笑啦。啊,纱菜子你小心一点比较好哦,因为这位侦探小姐外表虽然可爱,却和我一样,相当冷漠。你要是说得起劲了,把你那少女风味的梦想对她说了出来,人家可是会付之一笑的。"

菜穗丢下了一句不知是忠告还是挖苦的话,离去了。

"就在这个西式房间里说吧,我这边也有事想问问你。"

推着纱菜子的背,把她请进房间后,御影把表情放柔和了一点,催她坐下。

"所谓正事是什么？"

即便坐到了沙发上，纱菜子还是在逡巡，但不久之后，她似乎下定了决心，开口说道："……我听说春菜因为恐吓信的事找你商量过，这是真的吗？"

御影点头。纱菜子沮丧地叹了一口气。

"春菜把我当作姐姐一样敬慕，我也尽力倾听她的烦恼和怨言。为了继承栖苅大人的衣钵，她不能进行适龄的娱乐，很多方面都做出了牺牲。可是，这么要紧的事她竟然瞒着我。我明明想助她一臂之力的。"

纱菜子搁在膝上的双拳紧紧握了起来。

"恶作剧的可能性很高，所以为你着想，不想让你产生无谓的担心，不是吗？而且，毕竟是关系到栖苅大人的事，一个没搞好，就有可能变成大骚动。虽然我只和她说过两次话，但我觉得她就是这种会为人着想的温柔女孩。再说了，据说恐吓信连邮票也没贴，是直接放在那里的。"

"可是……难不成连我也遭到了怀疑？"

纱菜子用手掩住了嘴，瞪大了她的细眼睛。御影没有安慰她，只是追问她"有没有想到什么"。

"怎么可能有！"

纱菜子发出了尖锐的声音，欠了下身子，随即羞愧似的红了脸，道歉说："对不起，我情不自禁地大叫了起来。但是，为什么会有那样的恐吓信寄到春菜那里？春菜没对你说过吗，那人是谁她有没有线索什么的？"

"她说完全没有，所以更恐怖。事实上今天早上我提出这个问题时，对于恐吓信的内容，达纮先生他们也想不出什么头绪来。"

御影对恐吓信的内容进行了说明，然后问道：

"对于'兇业之女'这一词语，纱菜子女士你有什么头绪吗？"

纱菜子以一种呆呆的表情歪着头思考，过了一会儿，回答说没有。

"从'兇业之女'这一词语看来，也可以认为，和如今相比，春菜姑娘出生时的状况更像是起因。那方面你有什么线索吗？"

纱菜子不吭声，只是摇头，随即说道：

"春菜她们出生时我才九岁，所以……"

"我举个例子吧，绝大部分情况下，三胞胎是非同卵的。看起来，唯独春菜姑娘和两个妹妹略有不同。夏菜姑娘和秋菜姑娘是同卵双胞胎，只有春菜姑娘是异卵的可能性很高。"

"这个嘛……被你这么一说，可能是这样没错。但即便如此也不能说春菜不够格。本来就只有一个人能继承栖苅大人的衣钵。比起从同一个卵子分裂出来的夏菜她们，倒不如说春菜最够格呢，不是吗？"

至今为止的对话让静马对纱菜子产生了"大家闺秀十分文静"的印象，但是，唯独和栖苅大人有关的事，她明确地进行了反驳。

"的确如此。结果，出于什么意图叫她兇业之女，只能问凶手本人了么？"

"拜托了……请你尽早把杀害春菜的凶手找出来。"

纱菜子深深俯下头，柔软的长发向前垂落。和这家里怀有敌意与不信任感的其他成年人不同，她看起来像是无条件地信赖着御影。

"接下来由我提问可以吗？"顿了一会儿，御影打开了扇子，

"春菜姑娘是讨厌菜穗女士还是怎么的？"

纱菜子难以启齿似的俯下身，但旋即仰起了脸说："看起来是这样，我不知道理由。以前我觉得她俩只是单纯的性格不合吧，但是大约从两个月前开始，情形明显恶化了，问春菜原因，她也没回答……难不成菜穗姑娘她？"

"这个嘛，我还不清楚。不过，刚才听菜穗女士说，她也没有头绪，正疑惑着呢。"

"是啊，因为菜穗姑娘并不讨厌春菜啊。她对谁都是之前那副态度，但其实是个好人。"

这是纱菜子第二次赞美菜穗了。

御影问她不在场证明，她也和别人一样没有，说八点回了房，读了教科书。

"我听说你打算离开这个村子，是为此进行的学习吗？"

"唔，"纱菜子语塞了，随即说道，"是的。为了成为教师想去东京上大学。我已经二十四岁了，所以迟了六年之久的高考学习什么的，是让我感到难为情的事……"

似乎是打心眼里感到难为情，话说到最后，只剩下微弱得无法传递到房间角落的声音。

"那么，近期内就要高考？"

"我是这么打算的。话虽如此，我还没有得到父亲的许可……直到五年前为止，我一直在小社修行。所以到了春菜年满十岁，我从这任务中解放出来的时候，突然想，我能为自己做的事情是什么呢。我几乎把十字打头的年纪都耗费在了修行上。如果修行是为了继承栖苅大人的衣钵，我倒还能想得开。可是从一开始我就知道，我是春菜年满十岁前的后备，说到底也只是意思意思的修行而已，并不是为了我自己而进行的修行。

到了出生在世的第十九年，我第一次针对自己进行了思考，但是老找不到答案。

"我在修行的同时，还看管因为体弱多病而不能上学的和生学习。和生是个老实温顺的好孩子，所以教他这件事也很有意义。今年春天和生义务教育的年限到了，从我的羽翼下离开了，我变得更寂寞了。虽然修行我只是个后备，但教导和生这件事，换个场所是不是还能做呢？于是我为了成为教师，决心把大学当成目标。"

"但是，为什么是东京？想要教师资格的话，县内的大学不也可以吗？"

"父亲也这么说。我虽然想成为教师，但这份心思还没有强到可以称之为未来梦想的程度，也许只是一时感伤。所以，看一看广阔的世界后，自己还会想当教师吗？我想在大学生活中踏踏实实地思考这个问题。也许是我太贪心了呢。但是……"纱菜子浮出了自嘲的浅笑，"我没有顶住父母的反对出门远游的勇气啊。我知道到了这把年纪，这样有点可笑。因为，至今为止一直待在这里，我不知道一个人独立生活的方法……目前我正处于游说父母的阶段。但是这次发生了命案，所以已经不是说这种事的时候了。"

她在填补一时空缺的后备位置上度过了多愁善感的时期。她想寻找属于自己的人生道路。只用岩仓下的"自由"这一评语是表达不了的，静马产生了这样的感觉。这一点，御影似乎也有同感。

"我也是从年幼时开始，为了追随亡母的足迹成为侦探努力修炼到现在的。从五年前开始为了积累经验，和父亲一起周游各地城镇。在形形色色的城镇，遇到了形形色色的人和形形色色的思维方式。在这种种相遇的过程中,我进一步确信了,自己选择的道路是正确的。我想,纱菜子女士你,多半也会在出门远游之后,找到自己一直在寻找的道路吧。"

简直像是年长者的口吻,御影循序渐进娓娓道来。因为是十七岁的少女在教导二十四岁的女性,所以立场彻底反了。然而在御影的话语中,蕴含着超越这一年龄差的真诚味道。

7

到了傍晚，达纮发出了许可：如果时间不长的话，可以和栖苅大人会面。栖苅大人也强烈希望逮捕凶手，为此不吝协力。不过，她的身体垮了，所以达纮会同席，而静马则要回避。也就是说，静马还没有被信任到足以会见贵人的程度。虽说这是无可奈何的事，但静马只能一边咂舌，一边默默地目送御影在达纮的引领下走向御社。

一落单就感到了前所未有的孤独。这半天静马一直陪着御影，被她差遣得团团转，但反过来说，其实是御影一直陪在他身边。静马在这宅邸内是彻底的外人，而且也是嫌疑人。虽然御影说了"你自由决定自己的行动吧"，但是，嗯，所谓自由是什么呢？这样的疑问也涌现了出来。

对于现在的静马来说，所谓自由，无非就是了结自己生命的权利。但既没有初雪，还陷入了案件的旋涡中，静马一点也没有自杀的打算。他心里清楚得不能再清楚了，会有把自己的死视为幸事、趁机把所有责任都强推给自己的家伙出现。

他发出了一声叹息，随即望见了从走廊彼端走来的人影，是美菜子。她刚发现静马的时候似乎有无视他的意思，把视线移到了一边，但走到静马面前时，她改变了主意，停住了脚步。

"哎，你是一个人？"

静马只和她在午餐时见过面，但她一直满脸不悦地把吃食往嘴里送。此刻她的脸色稍稍明朗了些。美菜子像菜穗，也是高个子，还有着年轻时的美女痕记，但真是年岁不饶人，整体已经圆鼓鼓地塌下来了。面部靠浓厚的妆好歹有所遮掩。一起塌掉的还有体形，她在琴折家的成员中，体脂率看起来最高。

"御影和达纮先生一起去见栖苅大人了。"

"是这样啊，居然让侦探什么的会见栖苅大人，姐夫真是个任意妄为的人。"

和她女儿菜穗一模一样的口吻。她经验更丰富，话听起来更刺耳。静马噌的一下就生气了，不禁回嘴说："那么美菜子女士你认为让御影破不了案比较好？"

"她是顶着名侦探的光环来的，我当然希望她赶紧破案啰，而且我们也为此付过钱了。"

对于别人挖苦自己，她似乎很迟钝。她眨着眼，重复着她那毫无意义的挖苦："还有那粗俗的装束，明明是女性却穿着赤白相间的水干，简直像歌舞伎一样，不是么？"

"歌舞伎不是穿长裙裤的么？"

"但是，那也不是巫女的装束吧。或者说，那是哪里的新宗教衣装？异教徒由栖苅大人接见，真是让人越发不愉快了。"

"我认为她和宗教无关，而且也没有劝诱过我。"

然而美菜子却依然是一副充耳不闻的样子："她在琴乃汤当占卜师对吧？再说了，用翡翠色的义眼看透真相什么的，不是可疑的新兴宗教常有的说辞么？"

持有千年历史的栖苅教干部，鄙视地对御影嗤之以鼻。静马想起来了，纱菜子之前是美菜子在小社修行。

美菜子是栖苅的姨妈，年纪也比栖苅大很多。当姨妈的为了继承栖苅的衣钵而修行，虽说也是为了教义，但确实颠倒了。而且她修行到了三十五六岁，为备用角色耗费的人生时间，也跟纱菜子不是一个等量级。看来她对摩登的态度不单单是高傲，说不定是出自一种想要捍卫栖苅教的情怀。

同时，她试图干涉琴折本家，也是在用一种有别于纱菜子的形式，寻求自己的人生补偿吧。静马产生了这样的感觉。想想就知道，美菜子的人生有多憋屈。

静马对她产生了些许同情。但是，就像要把他这种同情心吹散似的，美菜子压低声音，把那张摩登过度的脸凑了过来："事实上，在你看来，那姑娘怎么样？你觉得她真的配称名侦探吗？"

她的话语中透出了怀柔的气息。离间？静马警戒了起来。

"在龙之潭我靠她的推理得到了帮助，我觉得她是名侦探。"静马慎重地选择着措辞。

"啊呀，这样啊，这就没办法了，你也是那姑娘的信徒啊。"可能是一下就失去了兴趣吧，她的口吻又恢复了冷淡。

"我只是见习助手，可不是什么信徒。"

"无所谓啦。"

美菜子又一次迈开了步子，像是要结束闲谈。然而擦肩而过的一瞬间，她停住脚步，转身对静马说："你脸上透着强烈的死气。对了，我们的公司贩售栖苅清水哦。每天喝一点的话，就算是你也能长寿。"

美菜子丢下惊呆了的静马径自离去。这应该说是生意人的气魄吗？不过，她看出了有意自杀的人的死相，眼力大概是货真价实的。这也是长年修行的成果吧。

静马发着呆的时候,一个中年女佣匆匆忙忙从他身边走过。也许是心理作用,静马感到她的目光十分冷漠。就算在主屋待下去也只是白费精神而已,意识到这一点的静马,无可奈何地决定返回西侧别栋。

别栋和主屋不同,是一幢两层建筑。在一楼设了四间客房,二楼则设了六间。在一楼,加上作为代用藏书室的房间,岩仓一个人占据了两间房。御影父女和静马的房间在二楼。

静马出了主屋。通向别栋的三和土上设有简易顶棚,静马正要过这三和土的时候,遇见了三胞胎中的两姐妹。

"嗨"的招呼了一声,两个女孩就手拉着手向他跑了过来。

"怎么啦?"

"刚才的大叔啊,御影姐姐呢?"头发较长的夏菜用清澈的声音询问道。"御影姐姐"和"刚才的大叔",名字都没记住,还被当成了大叔,静马一边苦笑,一边把御影正在和栖苅大人会面的事说给她俩听。

"在和母亲大人说话,那么,就不能打扰了呢。"

两个人的肩膀都塌了下来,显出了沮丧的样子。

"你们找御影是有什么事?"

"嗯,我们又想起了一点事,想告诉御影姐姐。"答话的是头发较短的秋菜。

"这样的话,就由我来转告吧。"

姐妹俩先是商量了一下,随即笑脸相迎:"大叔,你看起来好像很可靠,所以我们说了哦。"

在这个宅邸内,自己得到了她俩的信任。静马有一种得救了的感觉。

"那什么啊,春菜姐啊,在发生案件的那天晚上,只有那晚，样子和平常有点不一样。"秋菜这么说，"吃过饭以后，春菜姐在我们房里，八点左右夏菜姐去泡澡了，房里就剩下了我和春菜姐两个人。但是春菜姐没过多久就回小社去了。"

"这么说起来，那天她走得是很早。明明经常在我们房里待到'传授'时间的。可那天我泡完澡回来时她已经不在了。"

夏菜也表示赞同，露出"想起来了"的表情。她好像也没听说过详情，所以和静马一起津津有味地倾听秋菜的话。

"于是我就问她'今天这么早就要走啊，有什么事吗'，她什么也没告诉我……春菜姐和平常的样子不同，看起来有点高兴。"

"看起来有点高兴？"

"嗯，最近她总是动不动就消沉，所以我记得很清楚。春菜姐高兴的时候，声线会比平时高，语速会比平时快，而且话也会变多。只是，她说身体不舒服所以要早点儿回去，好像是想对我隐瞒什么。"

"春菜"和"看起来有点高兴"是今天听到的话里最不搭的词语。如果是消极的修饰语，倒是排山倒海般地进了静马的耳朵不少。动不动就消沉还好理解，但就在案发前不久，看起来有点高兴，这究竟是怎么回事呢？

"这是真的吗？"

静马盯着问了一句。秋菜用小小的身体使劲儿点了点头。

"知道了，我会转告御影的。谢谢你们特地过来告诉我们。我代御影表示感谢。"

"那么作为交换，你们要早点儿抓住凶手哦。"

被圆溜溜的四只眼盯着，静马点头道："嗯，绝对会抓住。"

静马的话似乎让她俩安了心，她俩手拉着手跑回去了。静马觉得自己做了一点好事，带着这样的心情，他回到了别栋的房间。

大约过了三十分钟，伴随着巨大的声响，门被打开了，御影出现在房间中。然后她俯视着倒在榻榻米上的静马，投以轻蔑的目光，说："你还真是吊儿郎当。"

"至少敲个门吧。"静马慌忙起身，同时丢出一句怨言。

"莫非你这里有什么见不得人的东西？凶器柴刀之类的？"

"我不可能有这种东西好吧！不说这个了，刚才夏菜姑娘和秋菜姑娘来找你了。"

"真的？那么是什么事？你已经听她俩说了吧。"

静马转述了先前的话。御影的表情中缓缓透出了严峻。她用扇子掩着嘴角，点了一下头，然后复诵似的说："春菜姑娘，不知为何心情很好。"

"我也稍微思考了一下，春菜姑娘果然还是被什么人约出去的吧。她在意约会的事，所以比平时更早地回了小社。我开始还想会不会是岩仓呢，又好像不是他。可再也没别的适龄男子了，所以，会不会是用人之类的？"

御影听了他这番高见，手往腰上一叉，以一副愕然的表情看着他。

"这个家里可没有年轻的用人。不过你还真是单纯啊。女孩子心情好又不一定是陷入了恋情。就好像静马你，你只会在心仪的女孩向你打招呼时心情变得比平时更好吗？"

"不，朋友邀请我温泉旅行时我也会高兴。"

"几个男人温泉旅行什么的还真诡异。给我去海边或滑滑雪好不好？不过，总之就是这么回事啦。再说了，如果她在为恐吓信而烦恼的时候高兴了起来，那高兴的原因应该是相当重大的，重大到了要向秋菜姑娘保密的程度。是有人骗她说知道恐吓信是谁搞的了之类的吧？而且，既然她是早早回了小社，和那个人在房间里碰头的可能性也很高。或许我们必须再调查一下，春菜姑娘和谁比较亲近，对什么有兴趣。只是那天傍晚她到我这里来咨询的时候完全没有高兴的样子，所以是在她回家之后，晚饭后去夏菜姑娘她们的房间之前，这期间内发生了什么吧。"

御影一下子就把静马花了三十分钟（虽然是迷迷糊糊的）思考出来的结论否定了。

真厉害，静马情不自禁咂了咂舌。

"现在才说这个啊。静马你也该稍微动动脑子，向秋菜姑娘详细地打听一下该多好。唔，对见习助手这样过度期待也是没有意义的。秋菜姑娘她们对静马你没有警戒心，光是这样就不错啦。"

"哦，谢谢你夸奖。"静马鼓起了腮帮子，"那么，栖苅大人那边情形如何？"

"你想听？"御影的嘴角浮现了挑衅的笑容。

"唔，虽然我想我听了也帮不上你什么忙。"

"别这样自虐嘛，谦虚过度低声下气的男人看起来也不像样。"

被比自己小的女孩说教，才是极度不像样。

"那么别卖关子了，告诉我吧。"

"好啊，"御影在静马身边静静地正坐了下来，"我先是问她对'兇业之女'一词可有头绪，没用，没有。本来嘛，比起她本人，伸生先生和达纮先生才是最了解传承的人。栖苅大人虽然被灌输了与仪式相关的知识，但似乎不知道基本步骤之外的事。这么说起来，祭祀者和传承者职能分明呢。"

"原来如此，有着夫妇分担的规矩啊。"

"这样的话可以分散风险，很合理。而且神明是放在轿子里受人抬捧的，神明自己来制定世人对待自己的细则就太奇怪了。只是，非常了解传承的达纮先生也不知道这个词，从这一点来看，所谓兇业之女是已经被埋没在彼方的传承吧。可这样的话，凶手是从哪里得知兇业之女的相关传承的呢？这又成了问题……"

"圣经也有外典和伪典，凶手是不是看了那一类的东西？"

"向其他地区扩散的话，在扩散过程中倒也有变动的可能性，但栖苅大人是这个村子的固有之物，由于村庄守护神这一特性，连邻镇都没有扩散到。当然了，长达千年的历史中也不能断言说绝对没有，不过，若是村里的哪个人也就罢了，我很难认为在琴折本家会让人有机会持有如此异端的信仰，除非是在极为特殊的状况下。"

"特殊状况？"

"比如说濒临信仰危机被异端所救之类的。可就算是这样，那种古文书是在哪里找到的呢？我举个例子说吧，每一代琴折家都分成本家和分家两部分，如果说那种书只在分家秘密流传下来，倒也就罢了，可如今在这里的人啊，就算是分家的人，也全是上上代栖苅大人的直系子孙……棘手的是，我们完全不明白春菜姑娘是兇业之女的理由。如果凶手在恐吓信里稍微写上那么点理由，或许倒也能成为我们的头绪了。"

御影叹了口气，难得地发出了情绪化的声音。也许她是在搜查中产生了焦虑感吧。这时对她说点同情的话，好像反而会惹恼她，所以静马默默地等着她说下去。大概是这种态度让御

影意识到了自己的激动,她掸了掸裙裤正了正坐姿,然后又开了口:

"跑题啦。我试着问了栖苅大人,有没有人对春菜姑娘怀恨在心。她好像完全没有头绪。关于大难呢,她只说她信。达纮先生也一样。他还说村里人大概都信,就是程度有点区别。还有,栖苅大人说能防止大难的只有春菜,考虑到自己的身体情况,她想尽早交接衣钵以备大难。"

"栖苅大人的身体状况那么糟糕?"

"好像是,我只和栖苅大人隔着帐幕说了话,所以很难下判断。不过她的声音确实没什么活力。只是,没有大难的话,她也不会把传位的事提早到这种程度吧。还有,她对于突然成了继承人的夏菜表示了同情。她一直以栖苅大人的身份说着话,只有那一刻,流露出了身为人母的率直感情。关于不在场证明也……"

这么说起来,御影在警察面前说过栖苅大人也有可能是凶手。静马突然想了起来。

"你胆子真大,问这种事,没有被达纮先生阻止吗?"

"他面露愁容,但没有阻止。决定让我和栖苅大人会谈的那一刻,他已经有心理准备了吧。而且栖苅大人本人也不在意,直率地回答了我的问题。她也没有不在场证明。说起来这也是理所当然的。据说早苗女士照顾着她,直到'传授'结束后的十一点左右,一直和她在一起。但在御社就寝的只有栖苅大人一个人。对了对了,她明确表示绝对没有什么叫冬菜的孩子。"

"连这种事情你都问了?你居然没有被打出来啊。"

下任神明的出生秘密可是禁忌中的禁忌,就算是静马也无语了。

"当侦探就得这样。"

御影面不改色地说。静马可以感觉到，这郑重其事、压抑着感情的坚定口吻展露了她的决心。

"那么，静马你怎么样？你都让我说到这份上了，总有点儿自己的想法吧？还是说你只不过是为了好玩？"

这种不可理喻的反击让静马十分困惑，但他立刻意识到这只是单纯的揶揄。

"只不过是为了好玩哦，不好意思。啊，还是说，御陵御影侦探需要助手出主意？"

"开玩笑啦，谁也不会对静马有所期待的。"

"那么，你这边情形又如何？真相之眼还没开吗？"静马想到了先前美菜子说的话，试探着问道。

"真相之眼？没有那种东西。"御影恶作剧般地笑了，眨了眨水晶的义眼。

"我的左眼是御陵御影的证明，但是，并不是这左眼看穿了一切。"

"什么意思？我好像记得你之前还大放豪言说看穿一切呢。"数日前的景象在静马心中重现。她在龙之潭睁开了水晶之眼，那沉默着压倒四周的绝美风姿，是骗人的吗？

"那是作秀。我不是占卜师，也不是有特异功能的人。我是依靠合理思考行动的侦探。还有，我是作为继承母亲衣钵的侦探被养育成人的。"

御影说话的样子轻描淡写却又透着自傲，也许是静马的错觉，他似乎从中看出了少许寂寥。

"重要的是右眼，其实是这右眼让我拥有了力量。静马知道右脑和左脑的分工吗？都说右脑是感性，左脑则掌控语言。还有，右脑统御左侧的感知，左脑统御右侧的感知，左右相反。

比如说右脑功能不全左半身就会瘫痪。"

"换言之,用右眼捕捉到的东西,是由左脑进行判断的啰?"

"没错,进入我大脑的所有信息,不是由不完善的、容易被各种状况左右的感性进行处理的,而是由必须严丝合缝的'语言'进行处理。对于我来说,所有的东西都是作为语言进行处理的。那里面完全没有模糊和不确定。比如说关于静马你,初会时,你是一个坐在龙之首上的不合理的物体。这个不合理的物体先是成了'人',再成了'年轻男人',现在我知道了你的名字,你就作为'种田静马'被我的眼睛认知了。当然了,你这人靠不住啦脑筋转得慢啦,这一类的信息也逐渐追加了进来。"

"要你管!那么,你是像向电脑打入公式一样观察事物的啰?真让人难以置信,立刻就会出错的吧?"哪怕只打错一个字,程序也会无响应或疯狂运行。静马记得自己高中时在这方面稍微尝试过一下,可对纠错调试不耐烦,很快就厌倦了。

"所以说正合适嘛,有矛盾的东西一定会在我的左脑里有反应,作为有矛盾不合辙的现象引起我的思考。人类呢,托了右脑的福,只会对可以理解和非常无法理解的东西产生反应,这就叫粗枝大叶。但是用语言处理信息时,就必须一一赋予明确意义了。粗枝大叶本来是好的,但对侦探来说却只会成为不利因素。"

"这样的话,处理任务不会太繁重吗?不合逻辑的事情在日常生活中也堆积如山吧?一一思考理由的话,身体不会吃不消吗?还是说左眼失明的人都是这样的?"静马一边回想柳生十兵卫的眼罩戴在了哪只眼上,一边向御影发问。

"没那回事。因为普通人呢,左脑处理不了的信息,右脑会接过去处理。只是我通过锻炼，让自己光用左脑就能处理。而且矛盾是没有必要当场解决的。因为重要的是姑且把矛盾认知成矛盾，作为数据在某处存起来就行了。"

这番说明真是使人好像能理解又好像不能理解。

"这样的话，你看抽象画不是会发狂吗？"

"正相反，因为我不会受到感性表层的迷惑，只要思考画家出于什么意图画了画就可以了。而且，如果无法理解，只要搁置起来就行。比起技能不足素描不正确的画来，抽象画让我安心得多。"

"是这样啊。那么，这个案子里，有矛盾不合辙的地方吗？"

即使继续听下去，静马也没有信心能理解，所以他回到了原先的话题。毋庸置疑的是，御影的左脑经过"锻炼"，正在繁忙地运转着吧，比静马繁忙若干倍。

御影的两眼都眨了两三下后，答道：

"最大的矛盾是岩仓先生听到那个声响的时间和场所，令人遗憾的是，这一点只能从证言这种本身就不确定的玩意儿里得出。时间和场所都跟我目前掌握的情报不一致。"

"你是说他撒谎？"

"虽然是可能性之一，但我并不这么认为，还不如说是凶手作案后基于某种理由去了风见塔，这样想倒是比较合理。不过这个解释虽然合理，可凶手去风见塔的合理理由我还没找到。"

她语焉不详，似乎表明了思绪的混沌。就像是为了证实这一点似的，她压低了声音："老实说，在这个案子里，合理的部分和矛盾的部分太泾渭分明了。比如说，凶手作案的手法本身非常漂亮合理，但是'兇业之女'一词为什么突然冒了出来，完全不合辙啊。塔的事也是这样。反过来说，我想我要是能找出不合辙的缘由，就能看到案件的全貌了。只是这方面的'语言'实在太少。"

"也就是说，人心毕竟还是不能数据化的啰？"

"没那回事。"御影断然否定道，"人类的行动原理其实单纯得令人意外。正如我最初遇到静马时，就知道静马在想什么。只是要了解那些事我还需要再观察观察，我不过就是这个意思罢了。因为这个案子还牵涉到了传说中的过去的人物。"

不知道她这是逞强还是真心话，唯一能确定的是她还需要时间。

"……对了，这右眼的事还是别对外人说比较好吧？"

"没有必要硬行宣扬。而且，有真实之眼，在某些时候办事很方便呢。"

"这样啊，那么我就秘而不宣了哦。"

静马有了点秘密共有的感觉，却不知御影是否有同样的感觉。

"但是，你为什么要对我说这些？"

"很简单，对于我来说，万物语言的契合是非常重要的。我希望静马注意一下，别因为你那粗枝大叶的感性，在无意识中消解了不契合的地方，所以才对你说了这些。之前秋菜姑娘说的话，静马也有可能在无意识中进行了整合啊。其实我很想对所有人提出这样的要求，只可惜办不到，于是我想至少要让见习助手明白这一点。"

她的反应和静马的期待相反，静马陷入了沮丧。就在这时，山科走过门前的走廊。他腋下夹着一个紫色的布包，发现了门里的两人，也不跟静马打声招呼，就走进了房间。

"你在这里啊，御影，情形怎么样？"

"父亲大人问了和静马一样的问题呢。请放心，调查进行得很顺利。"

御影神色凛然地抬头看着父亲。之前略有显露的底气不足，已经完美地隐蔽了起来。或许对于御影来说，自己软弱的部分最不想让山科知道。

山科"嗯嗯"地点着头，御影的话似乎让他的心情好了起来。

"我没有担心，你的能力我是最清楚不过的。只是，这次不许失败，因为这是御陵御影第一次登场查案。我只是稍微问一下。对了，你拜托我的琴折家古书，我已经从岩仓君那里借来了。"

他把腋下的布包递到了御影面前。

她一跃而起接到手中，说："谢谢父亲大人，我要尽快阅读。这个案子的关键好像是在栖苅传说里，没错的。"

她就这样匆匆走出了房间，消失在走廊深处。

等静马回过神来，房里已经只剩下了他和山科二人。这么说起来，两个人还没有单独说过话呢。办完了事的山科转身正要离去，这时静马向他问道：

"做母亲的那位御影女士，是那么厉害的侦探吗？不，我绝不是在怀疑……"

在小说和影视剧中侦探多如牛毛，但在现实生活中，静马既没有亲眼见过也没有听说过，顶多就是在报纸的广告栏里，刊登着侦探社小小的名字。虽然静马听说过海外有超能力的人协助查案的传闻，但从御影刚才的口气听来，她和她的母亲似乎并不具备能被称为超能力的力量。

对于静马如此失礼的询问，山科没有发怒。他在静马身边坐了下来,说道:"啊,虽然她一辈子都没有在大众传媒上露过脸,但她拥有了不起的才能,以至于没有不知道御影大名的警察。我也是在某个案件中与她相遇,被她的能力感动,成了她的信徒。在那之前,我像坂本刑警一样对她抱有敌视心理,可是我马上就认栽啦。所有和她打过交道的警察都有这样的经历,我并不是特例。"

一直一本正经的山科脸上第一次显露了纯真的赞美之色,让静马十分吃惊。

"她真的很厉害吧?"

"是啊,她非常杰出。不是有句话叫快刀斩乱麻么,我见了她才第一次知道什么叫快刀。我请求她让我留在她身边,因为我想不断地旁观她大展身手。然后她也接受了我,虽然直到最后她也没告诉我,她看中了我什么地方。总之我决定辞去警察的工作,作为她的助手一直陪伴在她身边。"

由于兴奋过度,他的语调高亢了起来。大概是他自己也注意到了吧,竟然把罗曼史都说出来了。他神色一正,浮现出羞涩的笑容。

"然而遗憾的是,她在御影一岁时病倒了。死得太早了。大家都说莫扎特的天才为神所爱,年纪轻轻就被召去了。她也是被神召去了吧。现在我活着的意义,就是把她留给我的御影培养成才。御影有着和母亲相同的才能,只是……"他露出了寂寞的神情,"培养的事一旦大功告成,御影马上就会离开我了吧。你也看到了她在龙之首的推理吧。当然和母亲比起来她还差得远,不过今后的经历会让她实力大增的。幸运的是御影和她纤弱的母亲不同,身体很强健,至今为止没生过大病。看来我的基因稍微起了点作用呢。她的母亲从各方面来说都完美无缺，唯一的不足就是寿命。如果御影能长命百岁的话，就可以期待她比母亲更活跃了。"

"把她培养成比母亲更厉害的大侦探，是山科先生你的愿望啰。"

"不光是我的愿望，她母亲应该也是这么期望的。说不定她母亲肯跟我这个没什么长处的人结婚，也是因为看中了我的体力。为此，我无论如何也要让御影成功，我想作为父亲尽我所能帮助她。"

山科热切地说个不停。简直就像在听忍者或武术家的故事一样，静马陷入了这样的感觉。对于静马来说，这是与自己完全不一样的世界，不一样的世界观。然而，山科充满了希望与期待的话语，深深震撼了静马的心。

不管怎么说，他和只有死路一条的静马不同，对未来有远大目标。真是光彩夺目、令人羡慕啊。

8

三天后，夏菜搬住所。从早晨开始，青年团的几个男人好像就在搬夏菜的家具，替换春菜原先的用品，喧哗声甚至传到了二楼静马的房间。静马去院子里看情况，只见男人们在小社和主屋之间频繁来去，夏菜在一边恋恋不舍地望着。

这几天夏菜的脸一直很阴沉，可以想象在小社独自过夜她会有多不安。而且案件才过去没几天。

"夏菜姑娘，今后没问题吧？"

静马用手拍拍夏菜的肩。一瞬间，夏菜似乎受了惊，但立刻变成了笑脸。

"没问题，作为下一任栖苅大人，这样的事我非做不可。"

夏菜清晰地说道，虽然语声还有些怯弱。

春菜出生时人生道路就被铺设好了，固然是非常辛劳，但总觉得夏菜更可怜。因为夏菜突然踏上了和之前完全不同的人生道路，她明明已经了解了世上还有别的生活方式。于是，两个月前父母双双死于非命、人生瞬间坠入深渊的静马，情不自禁地把她和自己联系到了一起。对于她来说，唯一幸运的就是还有很多家人在吧，比如说此刻正站在她身边的和生。

"你怎么啦？"夏菜反过来问静马。大概是觉得静马沉思不语很奇怪。

"没，没什么，夏菜姑娘你真了不起，明明才十五岁。"

"哪里，为了村子也是为了春菜，我不得不担起重任来。"

在这里，三天前初会时那个怯弱的少女已经不见了。修行虽说是从现在才开始，但她似乎可以成为出色的栖苅。

"夏菜真的很厉害哟。我对她说，我陪她在小社睡一段时间怎么样，被她一口否决了。她说这样的话就成不了栖苅大人。我啊，就算是在主屋，一个人睡觉也会觉得可怕呢。话说回来，我那么说也是因为我怕寂寞啦。"秋菜吐了吐娇小的舌头，勉励似的赞美着夏菜。

"可是春菜从上中学开始就一直是一个人睡了。如果只有我撒娇，就对不住天国里的春菜了。"

"就是啊，秋菜你也要稍微坚强点了，不可以说太害怕了要开着收音机睡一晚哟。"和生说。

"什么嘛，连哥哥都说我，和哥哥没关系吧。"秋菜鼓起了腮帮子，朝哥哥的腿肚子上轻轻踢去。听着这兄妹俩的对话，静马心里挺高兴。虽然只是那么一点儿，但他俩好像从案件的打击中慢慢振作起来了。

然而达纮不客气地冲了过来。令人欣然莞尔的光景，也被他的话突然打破了。

"凶手还没抓住，是吧？我还希望在夏菜开始修行前搞个水落石出呢。"

达纮的声音和表情都很严峻。静马不知道怎么回答好，正在支支吾吾，不知何时到来的御影在他背后说："对不起，不过，查案工作正在顺利地进行着。"

看来达纮的话不是对静马说的，而是对御影说的。

"就算说顺利又怎么样？我还以为你会像在龙之潭的时候那样用千里眼迅速解决呢。"

"你似乎是误会了，我没有千里眼。我是侦探。总而言之，我只能在看得见的时候通晓看得见的东西。凶手慎重地办了事。考虑到这一点，光是知道凶手是这个家宅里的人，就该算是大收获了。"

御影也没有畏难退缩。这两天来，她去村子里打听情报，解读文献，每天都去现场，废寝忘食地工作着。正因为知道这一点，静马才在边上着急上火。

同时，他也不想让孩子听这些事，于是就把夏菜他们带到了别的地方。回来一看，除了达纮，美菜子和昌纮也来了。

"姐夫，依靠这样的小姑娘是无济于事的吧，还是请她赶紧打道回府吧。"

美菜子在旁边发出了高亢的声音。大概是因为有很多外人在，美菜子穿着比平时更华丽的服装，浑身珠光宝气。她扬起下巴居高临下地盯着御影，好像在说"再说了，反正这就是个骗子"。

"可话说回来，警察也和这姑娘差不多。御陵小姐，你是我请来的客人。说什么因为你不中用，立刻赶你出去……我是不会做出这种事来的。"

"谢谢，我这是在和凶手比毅力。如果我示弱，凶手就会非常轻松地钻进安全地带去了吧。我必须继续查案，这也是为了不让凶手高枕无忧。"

"不过，我也不是个慢性子，希望你牢记这一点。"

达纮带着严峻的表情叮嘱道。

"我知道……对了，我昨天从村人那儿听说，村里有开发度假村的意向。"

静马想起了村人们向御影诉说时的苦涩表情。据说有这么个计划，要把村子南部的山凿开，建起主题公园、高尔夫球场、高级宾馆、别墅等大型复合式休闲娱乐设施。据说东京的大企业多次来村里视察。村人们虽然没有指名道姓地说出来，却暗示这番活动和琴折家的人有关。明明大难快来了，却要做这种形同于破坏神山的事，如果栖苅大人还健朗的话才不会这样，村人们不约而同地叹息着。

"是说登的事吧。我也听到了传闻。那家伙，我觉得本质上不是个坏人，可他想要权力。因为像现在这样作为分家的上门女婿过下去，也太没面子了吧。若干年前他也说过想参加村长的竞选。琴折家的人不可以直接涉足村子的行政管理，我严厉地告诫了他。如果他还想做出更过分的举动来，我也不得不郑重考虑了。"

登是美菜子的夫婿，戴黑框眼镜，五官土气，头发三七开，总是穿着暗灰色的套装。一个严谨正直的工薪阶层人士——这就是他给人的印象。虽然没到昌纮那种程度，但这位登先生的存在感也极其稀薄，大概是因为他实在是太普通了吧。这样的人抱有野心，瞒着当家人推进自己的计划，从另一种意义上说，还真令人吃惊。

"父亲，你说得太过分了，阿登办事也是想着村子和琴折家的吧。大家敞开了谈谈，应该可以互相理解的。"

昌纮婉转地规劝父亲。或许是性格原因，又或许是立场造成的，他总是担当居间调和的差事，规劝的方法也给人一种驾轻就熟的感觉。再看美菜子，因为是在讲她丈夫的事，她之前的气势消失了，摆出了一副与我无关的表情，把脸转到了另一边。

然而达纮不满地摇着头说：

"谁知道他，或许他只是想抢在本家前头。不过琴折家可不只是本家这么简单，不是那么容易超过的。"

"如果栖苅大人帮腔说点话，计划不就能顺利推进了么？即使现在不能马上进行。"御影插嘴道。

听了她这话，美菜子大为震惊地看了看她，眼中充满了杀意。这是理所当然的吧。因为这也等于指名道姓地暗示登是凶手。这是御影的报复吧。

"你想说什么？难不成……确实，春菜喜欢山与自然，绝对不会认可度假村的开发计划。但夏菜也一样。她不可能为那种胡搞的事撑腰。而且，不管栖苅大人怎么样，只要我还有一口气，那计划就是痴心妄想。那家伙的想法不能说全错，但跟这个村子不合适。说到底，栖苅大人是守护村庄免受灾厄的神圣存在，对这一点妄加利用是绝对不允许的。"

达纮太激动了，嗓门儿大了起来。正在搬行李的男人们停住了脚步，齐齐向这边看过来。就连达纮也觉得尴尬吧。"就算在这里说这些，也只是在扬家丑罢了，毫无意义。这件事早晚会有个了断，美菜子，你就这样去对登说。"

达纮用严峻的语声中止了话题，转过身，姿态粗鲁地向主屋走去。跟他隔着一段距离，美菜子和昌纮也悻悻地往回走。

"莫非你预料到了这一切，为了转变矛头的方向，才抛出了度假村的话题？"静马在御影耳边问道。

而御影只答了句"这也是工作"。

那之后过了两天。下午。

"我只是在房里整理情报,不需要助手,你今天可以休息。"御影丢出了一句冷淡的话,静马就这样得到了休假。由于很突然,他不知道干什么好,在房间里转了一会儿,也腻了,决定到庭园里去看看,散散心。他在主屋的后门换了鞋,向庭园走去。

庭园里没什么人,冷冷清清的。只有从山中吹来的冷风摇晃着庭里的树木,在水面制造着波纹。这是静与微动的组合。映入静马眼帘的风雅景致,不比京都的名刹神社逊色。而且四下无人,由静马独占。在龙之首上眺望到的风景也是赏心悦目的,毕竟是费了工夫才爬上去,所以心情特别舒畅。如果没有发生命案的话就完美无缺了……唯一的不满是,御社时不时地进入静马的视野,每次看到它,静马就会被带回现实世界。

不过,最初来这宅邸时,他也没想过可以一个人在庭园中散步。大概是因为在这里度过了将近一周的时间,熟悉了吧,又或者说是脸皮变厚了?至少不会被人群起而攻之的安心感,让静马胆子大了起来。

他在沿着池塘铺设的苑路上逆时针行走,走到一半,通往深山的岔路映入了他的眼帘。苑路上铺着干净漂亮的沙砾,这岔路却很狭窄,泥地裸露在外。因为有除草的痕迹,所以这岔路看起来并不是单纯的山路,而是苑路的一部分。如果静马在铺满沙砾的路上继续往前走,就会走到御社的后面了。他不想接近御社被人怀疑,于是决定上岔道走走看。

岔道和平坦的苑路不同,是蜿蜒的上坡路。静马的周围不再是被修剪过的庭园树木,而变成了遮天蔽日的山林。他走起来非常辛苦,也是因为鞋子不合脚。

不会只是单纯的山道吧,静马不安起来。就在这时,道路两侧出现了一组石灯笼。笠石①的顶端有龙的装饰,是很奇特的灯笼。看起来相当古老了,被风雨磨蚀了棱角,有点圆溜溜的,长满了青苔,火袋②里空空如也,看来已经不能当灯笼用了。

灯笼的所在地再往前,是向上的斜坡,像山寺的参道一样,上面横铺着一根根木条,形成了阶梯状。那前方是一个古老的社。

好像是之前岩仓提过的古社。它和小社的大小差不多,不知有没有两间房大。高床③式,朴素的大鸟造④风格,门的正面设有木阶梯。不像御社那样住宿起居兼用,更接近常见的小神社。

入口是对开式的格子门,上面挂着大门闩。门虽然破旧,闩看起来却比较新。从格子的细缝中往里看,里面太昏暗了,看不清。

既然道路在这里到了尽头,这岔道大概就是通向古社的参道吧。这么说起来,栖苅诞生的源泉也就在这附近了吧。静马虽然对此有兴趣,但是,胡乱探索这个被誉为栖苅之圣地的场所,不知事后会受到怎样的责难。

无可奈何打算返回的静马转了个身,却看见在遥远的下方,有个爬山道的人影从树木之间显露了出来。静马慌忙躲到了身旁的树后,躲好以后才意识到,这种样子被人发现的话,就更可疑了。然而,这时脚步声已经接近灯笼了,就算静马立刻出去也为时已晚。

静马一边祈祷自己不要被来者发现,一边从大树的树阴中

---

①笠石:石灯笼上部笠状的石。
②火袋:石灯笼内部点火的地方。
③高床:先立起柱子,在柱子上铺设地板的建筑物。
④大鸟造:神社本殿形式之一。入口设在正面中央,内部分成外阵和内阵。大阪府堺市的大鸟神社是这种建筑的代表。

向外窥探。来的是菜穗。她在石灯笼前东张西望,窥探着周围的情形,不久,就在一侧的石灯笼后蹲下了。不知她这是在干吗,过了十秒左右她站了起来,从来路上小跑着回去了。

这个比静马更怪异的行动,让静马呆住了。过了一会儿,他冲下去调查了菜穗蹲过的灯笼,没找到特别奇怪的地方。

究竟是怎么回事啊……静马回来把这件事告诉了御影。

"你也有能帮上忙的时候呢。"

御影嘴里吐出了令人意外的台词,然后她大肆赞美了静马。赞美得那么过火,简直像在挖苦。

"那么,现在就去瞧瞧吧。"

话音刚落,御影就噌的一声站了起来,把扇子收进了怀里。静马的脚跟被鞋子磨破了,不想再去爬一次山道,但见习助手是没有否定权的。

"没有必要特地换鞋哟。"

静马正要向主屋走去,御影的声音从他背后传了过来。据她说,如果从围着庭园的篱笆外绕过去,就算不换鞋也能进山了。毕竟只有庭园不能穿着脚上平时穿的鞋入内。

"那我这擦伤算啥!"静马不禁抱怨起来。

"你刚才进了庭园,不是吗?那就没办法了嘛。"

再也没有什么事,会像在这种时候听到正理一样让人恼火的了。然而御影无视静马的情绪,一马当先地走到了篱笆外。

"我知道那地方,前天我在那一带转过。"御影澄澈的声音乘着风,传到了静马耳边。

"什么,你已经去过啦?御影也是为了散心去散步么?"

"你在说什么啊,我作为侦探,查查这宅子哪里有什么,是理所当然的事啊。"

"是这样啊,我还以为自己有了新发现……"

静马沮丧了。

"不知道的也就只有静马了吧?警察就不用说了,连我父亲也散过步,知道那地方。"

"是这样啊……"

静马更沮丧了。

第一次走应该是花了二三十分钟时间,但这次只花了十五分钟左右就到了石灯笼的所在地,大概是因为记得路。

御影指着右边的石灯笼问:"菜穗女士就是蹲在这个灯笼后面的吧?"

静马点点头。御影就用同样的方式蹲到了石灯笼后面,把手搁在膝盖上,目不转睛地观察了片刻。

"有个地方色调不对劲呢。渐变的趋向反了。"御影嘀咕着,把手伸进了脚石和台石的缝隙间。于是,台石的一部分脱落了下来,在灯笼的深处现出了一个十五厘米见方的空洞。

"是暗门吗?"

"不是那么惊人的东西,看起来只是劣化了,破得恰到好处罢了。虽然,从它积垢甚少这一点来看,它肯定是被人当作藏东西的场所使用的。现在是空的哟。"

"那么,就是说,菜穗女士在这里藏过什么东西啰?"

我能想到的,就是她在这里临时藏过一点东西。也许和案件无关。虽然无关,但若是因此被怀疑就伤脑筋了。又或者是,别的什么人藏在这里的东西被菜穗女士窃取了,或是接收了。如果是窃取,那么她和那个人是对立的;如果是接收,那么他俩是合谋的。"

"就是说，菜穗女士是以某种形式和案件有关联的啰。明明之前她还说过不会隐瞒什么事，要公平地进行。我们去质问她一下吧。"

然而御影站起了身，看起来并没有想去质问菜穗的意思。

"我迟早会去问她的，但现在不去。静观其变比较明智。而且，说不定又会有东西被藏到这里来呢。"

看来御影的方针是假装一无所知。岂止如此，不知为何她还给人一种想要庇护菜穗的感觉。

"而且，为了她的名誉我姑且说一说吧，所谓公平，说到底也不过就是各人以各自的主观划下的线。就算我和她对公平的理解方式不同，也没什么值得惊讶的。"

"这算是惺惺相惜么？但是……说不定在这里埋伏的话，能知道点什么。"

"埋伏一下试试看也行吧。不过，如果菜穗女士只是自己在这里临时藏过点东西，你可就一无所获了。还有，就算她是来这里接收东西的，我们也不知道他们下次使用这里会是在什么时候。唯一有点盼头的，就是菜穗刚才窃取了别人的东西，而那个人尚未意识到东西已被窃取。那样的话，那个人在不久的将来，会想着自己在这里藏了东西，到这里来。"

"真是希望渺茫啊。"

静马叹了口气。

"但是刑警并不讨厌做这些徒劳的事。因为从小而无益的累积中抓取真相，是他们的手法。"

"你倒是难得地褒扬了人家。"

这句话似乎触了御影的逆鳞。她用和平时不同的严峻眼神盯着静马说道：

"别忘了,我的父亲也是刑警。正是因为有他在母亲力所不能及的幕后操劳,母亲才光彩照人。要看到真理就必须搜集信息,信息中的不合理之处就是破案的关键。就算我一个人可以处理庞大的信息,但一个人搜集,这在物理层面上是有限度的。"

"也就是说,要我这个当助手的来埋伏?"

"别说这种瞎胡闹的话,你是临时的见习助手,而且仍是嫌疑人。如果你潜伏在这种地方被人发现,马上就会被逮捕哟。"

她是开玩笑呢还是认真的?她用的是让人无法区分的语气。

"你不帮我作证吗?"

"他们也没有完全信任我,我不觉得他们会全盘接受我的话。"

看起来她并没有积极庇护静马的打算。

"好吧,那我就不埋伏了。"

静马放弃了。

"这样才明智。我们回去吧。"

御影那张有点可恶的脸上没有任何情绪变化。她掸了掸裙裤上的尘垢,转身向宅邸走去。

这天晚上,静马躲在了大杉树的后面。因为御影的语气让他很恼火。正如她所言,就算在这里埋伏,有所收获的概率也几近于零吧。不过,也许会发生点什么。也许菜穗会再到这里来放点什么。

这是为了争口气。

帮御影点忙什么的,静马并没有想那么多,他是想至少要让御影知道自己是个有用的人。

虽然穿着羽绒服,但静马还是冷得身体紧缩。冷冰冰的东西点点滴滴落在脸上,静马最初以为是雨,但那些东西与肌肤接触的感觉和雨点不同。他用手一抓,原来是雪。

第一场雪么……于此时此刻……

冰凉的雪让静马冷静了下来。

想想看吧,如果凶手到这里来,被发现的话,自己可能会被杀。就算逃跑,也自然是凶手更为熟悉地形。在这样的山道上,立刻就会被追上吧。

静马身子一颤,随即情不自禁地自嘲了起来。

原本打算随着初雪的降临死去,现在却在害怕。并不是他打消了自杀的念头,只是不能死在这种状况下。至少死亡的时间和方式,他希望能如己所愿。

雪下了二十分钟左右,停了。静马一动不动地在这里监视,身上也积了些雪,寒气透过外套侵袭着他的身体。

然后,静马脑中掠过了"冻死"一词。

或许比被凶手残杀而死好些。不过,也不知道究竟能死得多轻松。三年前,静马因为热伤风不断,发起了高烧,以至于住院进行了治疗。那时的头痛和身体的沉重感他不想再体验第二次,太痛苦了。

又或者,他能像电视剧里拍的雪山戏那样,慢慢地陷入睡眠,无痛无感地死去?

不试试看不可能知道,但试了要是发现感觉不好,也没有后悔药可吃了。他要干脆利落确凿无疑地死掉。这一点非常重要。虽然他自己也觉得要求未免太多,但在人生的最后一刻,肆无忌惮地任性一下也没关系吧。

他坚持了四个小时,然而谁也没到石灯笼这里来。

9

"你要睡到什么时候呀!"

静马睁开眼,就看到御影正威风凛凛地站在他枕边。她已经换上了那套水干服。

昨晚静马埋伏到了两点多,最后,身体冷得吃不消了,头脑也恍惚了起来,只有鼻涕不停地流。他总算还勉强记得,自己是在薄薄的积雪上哆嗦着踉跄而归的。

"怎么啦?"静马仰起脸,迷迷糊糊地问。

"我想你不至于真的去那里埋伏了吧,难道你真的去了?"御影发出了惊讶的声音,不过又马上板起了脸,"不说这个了,我有更重要的事要说,夏菜姑娘被杀了。"

静马瞬间就清醒了过来。

"夏菜姑娘!又是在龙之首?"静马踹开了被子。

御影的表情很严峻。

"不,是在小社。我先去了。"

她丢下这样一句话,走出了房间。房外还有山科的身影。

又发生了命案?为什么是夏菜?

一切的一切都在预想之外。静马怀着满心疑窦,慌慌张张地换好衣服,冲向主屋。外面的路上还残留着薄薄的积雪。

在主屋的后门，伸生等人脸色苍白地注视着小社。在庭园前，山科拦着他们，不让他们从主屋出来。那熟练的手法，简直能让人忆起他当刑警时的样子。

"夏菜！夏菜！"和生对着小社的方向叫喊着，一副想要冲入庭园的架势，可肩膀却被伸生用力扣住了。

"为什么不让我去！"

和生向伸生和山科哭诉着，挣扎着试图摆脱束缚。从山上吹下来的风把他的声音送到了远方，渐渐消逝。

"我们必须保护现场，而且……你还是不要看比较好。"山科沉声答道。他发现静马也来了，于是扬起下巴给了静马一个暗示，好像是要静马进小社去。静马踏出一步，他又叮嘱说"别踩掉地上的脚印"。静马往地上一看，稍微有点融化的积雪上，果然残留着若干脚印。于是他留意着脚下的状况，进到庭园，向小社走去。

池畔，以及树与山，都银装素裹。静谧的冬日清晨，景致如此风雅，实在是很难让人和杀人案联系起来。

静马打开小社的门，御影和达纮的身影就映入了眼帘。达纮绷着脸伫立在门口，御影正蹲在榻榻米上，背对着门。静马正要招呼她，她已经早一步发现了他。

"别乱碰！"

她丢出了一声尖厉的警告，转过来的脸上表情非常严肃，和在龙之潭的时候比起来有过之而无不及。与此同时，她啪的一下，把一个白色的东西丢给了静马，那是一副白手套。御影的手上，也戴着与传统的和式装束不般配的白手套。

"夏菜姑娘真的……"静马一边戴手套一边战战兢兢地走近前去。室内的样子，和他在主屋见过的夏菜房间一模一样，感觉像是把主屋的房间整个儿搬了过来似的,唯一不同的就是这里有神坛。这么说起来,伸生曾经提过,夏菜和春菜不一样,是突然搬入小社的,所以为了让她尽快适应一个人睡觉,进行了这样的布置。结果,夏菜只在这里住了两天。

在房间深处,壁橱的前面,夏菜倒在染血的地毯上,脚朝着玄关,仰面朝天,浅桃色的睡衣外披着针织罩衫。看来,虽然被褥还没铺好,但她已经换上睡觉用的衣服了。

还有,从山科告诫和生说"你还是别看比较好"时,静马就已经开始怀疑了,不会又是那样吧,他想。果然,夏菜的尸体上没有头,从睡衣的领子里悲惨地只看到了切口。

"但是为什么夏菜也被杀了,以这种姿态……"达纮在静马背后呻吟着。虽说这是个刚毅的老人,但第二次出现的悲惨现场,让他显出了难以承受的样子。他的手撑在墙上,勉强站着。

"兇业之女也许不只是指春菜姑娘。这么说起来秋菜姑娘可能也危险了,请绝对不要让她落单。还有,请向大家传达,在警察来之前绝对不要外出走动,可以的话,尽量几个人聚在一起。"

"嗯。"达纮应了一声,迈着沉重的步子出去了。

"为什么连夏菜姑娘也……"

门被关上之后,静马开了口。见到这样的惨状,他也只能嘟哝着和达纮一样的话。昨天夏菜还精神抖擞地说着会努力,当时的笑脸在静马眼前挥之不去。

御影一直看着夏菜的尸体,说:"上次着手晚了,所以线索都消失了,这次一定要找到。这样的杀人案竟然发生在我眼前。"

她咬着嘴唇,似乎在自言自语。最初,静马想凑上前去说一两句安慰的话,但是,他痛切地感觉到御影身体发出来的紧张气息。这根本就不是安慰人的时候。

"夏菜姑娘是什么时候被杀的？"

担起助手的职责是最适宜的表现吧，静马这样想着，用克制的声音提出了问题。

"从她被杀到现在，已经过了很长时间，大概是在半夜吧。雪上面只留下了返回的脚印，由此可想而知，凶手是在雪停之前侵入这里的。一切结束时，雪已经停了。"

按照御影的说明，事情是这样的。她来这里的时候，看到主屋和小社之间的脚印留下了四组。其中，主屋到小社的脚印是两组，从小社到主屋的脚印也是两组。两组是发现尸体的早苗往返奔走的脚印。一组是接到了报信的达纮，让早苗去叫御影，而他自己匆匆赶来时留下的脚印。还剩下一组通向主屋的脚印，不知道脚印的主人是谁。

静马告诉她，昨晚在他潜伏期间下起了雪。

"你知道具体时刻么？"

"我想雪是从十一点左右开始的，只下了二十分钟。我看了手表，所以记得很清楚。当然了，如果在我入睡之后又下过雪的话，就另当别论了。"

"后来没有下过，因为从山里回来的脚印清晰地留在了池的右边。当然了，如果除了你以外还有别的疯子去了洞穴那里，倒是得另当别论了。看来，夏菜姑娘就是在这期间被杀的了。"

"作案时间确定了？这是个好开端。"

"谁知道。"御影回应道。她没有应和静马的话。

"我不认为凶手这样就会露出破绽。嗯，好了，我们来看看，死者的身体上没有外伤，左手被血染得通红。"

静马一看，夏菜的左手从掌心到指尖，果然是血糊糊的一片。

"是倒下时拿手掩着伤口么?"

"你想事情的时候稍微有点条理好不好,自己的脑袋被砍下来了,哗啦啦流出来的血怎么用手去掩啊?"

御影像教育幼儿园小朋友似的,慢悠悠地进行着说明。可是她的话非常正确,静马无从反驳。

"是这样啊,那么,是凶手特意让她的手沾上了血?"

"没错,你看那里。"

遗体边上有个白木神坛,神坛的右侧面,高约三十厘米的地方,夏菜的手印清晰地留在了那里,简直就像力士的手形色纸。不过掌纹什么的都模糊了,只是一片血红。

"砍了人之后,那块地方多半是沾上了对凶手来说很不利的东西,于是凶手用死者手印上的血涂抹破坏掉痕记。你看,遗体有轻微拖动过的痕迹,是吧?"

"那块地方是不是沾上了凶手的血之类的东西?"

"是那样倒好了,可惜多半不是。如果发现自己的血沾在了木板上,这个精明的凶手应该会削下木片带走的,这人手里又正好拿着柴刀。"

"也就是说,这样一来,我们什么线索也得不到了。"

静马叹了口气,非常沮丧。

"没办法,我早就知道这家伙不好对付了。"

御影把滑落的袖子卷到胳膊肘上面,让自己鼓起了干劲。静马也正要振作起来,突然发现自己忘记了一件大事。

"夏菜姑娘的头呢?也在龙之首?"

"难道静马还没有注意到?"

御影吃惊地指了指尸体前面的神坛。静马顺着她手指的方向朝神坛一看，只见竖靠在那里的琴前，搁着夏菜的头颅，脸正朝着静马。

"哇！"

静马身不由己地向后一仰。大概是有点愕然吧，御影无视他，朝夏菜的头颅合掌拜了拜，然后用极为慎重的手势，把头颅拿在了手里。

"后脑部遭到殴打，颈部有绞痕，切口也一样。这次也是用了三种凶器呢。"

静马探头一看，虽然看不到尸体的后脑部，但颈部的绞痕看得很清楚，发紫的细痕清晰地留在了颈上。

御影从神坛上走下一步，重新环视四周。

"太奇怪了，以前神坛下部明明有装饰用的穗子，现在却被拆掉了。这是宗教用品，就算要改装，应该也不会拆穗子之类的东西呀。"

神坛最下面的抽屉和地板之间有十厘米左右的空间，像是为了遮掩这个空间似的，白色的穗子齐整地垂在那里。正如御影所言，有一部分穗子不见了。御影拉开最下面的抽屉，只见揉成一团的穗子被收在了里面。

"这是怎么回事？"

"倒也可以认为是搬家的时候破损了，姑且收在了抽屉里。不过，这可是神坛啊，不太会在搬动时造成破损吧。说不定啊，出于某种理由，穗子成了个麻烦。"

因为夏菜的尸体就在神坛右侧，所以御影转到了神坛的左面趴下来，朝底下看。

"太暗了，什么也看不见。静马，把那边那个手电筒给我。"

"在哪里？"

"不就挂在桌边吗?"

静马回头一看,桌子右侧果然有根柱子,上面赫然挂着一个应急用的手电筒。静马连忙拿下来交给了御影。御影接过去立刻按了开关,照着神坛底下。

"什么也没有呢。"起初是一种期望落空的感觉,但她马上又高兴地叫了起来,"有了。"

"小小的焦痕,用火柴或打火机烧出来的。从火力来看,多半是打火机。有两个焦痕呢,在底板右侧的最深处。"

"焦痕,为什么会有这样的痕迹?"

"很难想象有人想烧神坛,恐怕是为了找什么东西,就用打火机照明了吧。那个东西好像已经被拿走了,没有了。"

"可是……"静马正要提出异议。

御影压过了他的声音,说道:"我知道静马想说什么。为什么我能断言焦痕是案件发生时弄出来的,是吧?"

"嗯,这个神坛是老家具,在春菜姑娘修行时就有,不,更早之前就有的吧。"

"地毯却是新铺的哟。地毯上落着焦灰,恐怕本来是神坛底部沾着的灰。神坛底部也只有焦痕的周围没了灰。换言之,焦痕是在夏菜姑娘搬家后弄出来的。还有,夏菜姑娘应该不会有打火机。"

"说到打火机,莫非凶手是个吸烟的人?"

"虽然现在不能立刻断定,但这种可能性很高。对了,静马你也吸烟呢。"

对这种无聊的问题,静马不予理睬。于是御影用一种不怀好意的目光看着静马,说:"不是我怀疑你,是警察或许会这么想哟。"

"我反正已经习惯了被人怀疑。"

"明明还年轻,别用这种看破红尘的口气说话嘛。就该让你尝一尝蒙冤受刑的味道,这样你才会明白所谓习惯了是什么意思。"

御影说的话,总觉得有点意味深长。被比自己年轻的女孩教训,静马不由得皱起了眉。

"不过还真奇怪,明明手电筒就在那里,为什么要用打火机呢?"

手电筒确实一直放在醒目的地方,用起来又比较方便,一般都会用的吧……因为很慌乱,所以用了能迅速拿出来的打火机?静马提出了这样的假说,却被御影干脆利落地否定了。

"那么做,凶手就被限定在吸烟者里了嘛。"

静马当然无法进行有力的辩驳。这也没办法,他只好试着问御影刚才就有点在意的事。

"焦痕是在右侧的最深处,可见凶手当时是趴在右侧的地板上的,和御影你现在的位置正相反。但是那么一来,凶手身后就是夏菜的遗体了,我觉得会很挤啊。凶手为什么要趴在右侧呢?像你一样趴在左侧朝底下看不就好了嘛。"

"你提的问题着眼点很好,可惜思考不足。拿着打火机伸到深处去照明的话,在右侧比较方便,不是吗?如果人在左侧,右手就必须绕过头伸进去,这样是伸不到最深处的。"

"那么,凶手的惯用手是右手啰?左撇子的话从左侧往深处照也行。"凭借一己之力有了重要发现,静马很高兴。然而御影却没有应和的意思,理由立刻就被揭晓了。

"你说得没错,遗憾的是琴折家所有人的惯用手都是右手,这一点成不了辨别凶手的根据。不过栖苅大人是在御帐里面的,没有办法确认呢。"

"你连这种事都确认过了？真不愧是御影啊。"

御影对静马的赞美之辞似乎没有兴趣，她默默地站起来，又一次查起了室内。过了一会儿，她开始翻查桌子的抽屉。

"不管怎么说，这次没有针对静马的诅咒信了。大喜事啊，对吧？"她说着这样的话，视线却被通向里间的拉门吸引了过去。拉门开了半截，里面的小房间没有窗，黑乎乎的。

她小心地避开了血迹，快步走到了拉门前。

"里面会有什么吗？"

"你没发觉？这个房间有暖房效果，现在还开着空调呢。一般来说拉门应该关紧才对吧？而且门槛和拉门上都有飞溅的血迹，拉门里面的地板上却很干净。至少，夏菜姑娘被斩首时，这拉门还是关着的。"

夏菜流出来的血不仅染红了尸体的四周，血线还一道道飞向了房间深处。或许她被斩首时心脏还没有完全停止跳动吧。大部分的血线飞溅到了壁橱的拉门上，只有一道溅上了里间的拉门。御影把这拉门关上，果然，地毯上的血线和拉门上的血迹契合地连接了起来。

"换言之，凶手杀人之后进了里间？"

"恐怕是的。不过，奇怪的是里间的灯关着。如果这外间的灯也关着，倒也没什么了。可是为什么只有里间的灯关了呢？而且拉门的把手上很干净，又不像是在洗脸台那里洗过手的样子。"

小小的里间从天花板上垂下了一盏戴着三角灯罩的荧光灯，拉绳正垂在人的眼前，没有别的开关。

"外间的灯会不会是早苗婆婆发现命案现场时打开的？"

"这种可能性当然也是有的,不过她来现场时是早上,按说没有必要开灯。当然了,这事问问早苗婆婆就清楚了。"

"我去问她?"

御影摇摇头:"你现在给我留在这里。如果只有我一个人在现场,或许警察会怀疑我做了什么手脚。我不想再节外生枝了。"

"原来我是御影的证人啊。不过,我觉得比起御影你来,我更不受警察信任。"

"警察也是会判断静马会不会撒谎的,所以你留在这里很重要。"

静马知道这绝不是褒扬,便不再说下去,转回了原先的话题。

"那么,会不会是凶手没必要开灯呢?外间的灯光凑合着也够了。"

"但是拉门在房间的一角,光几乎照不到里间去。里间也没有窗,现在都是黑乎乎的。"

确实,虽然已经是早上了,但里间仍是昏暗的,就算小心翼翼也很容易被绊倒。深处的洗面台灯也没开。

御影拉了拉灯绳,打开了荧光灯,室内一下就亮堂起来。小小的里间和从前一样,只是堆放着一个个储物用的大木箱,不过箱子的数量增多了,大概春菜的遗物也被收进去了吧。没有被弄乱的迹象,也没有明显的可疑之处。

"那么,为什么凶手拉开了门呢?"

"暂时还无法判断。当然了,也不排除凶手只是顺手关了灯。不过现在我们好像没有仔细调查的时间了。"

御影话音未落,外面就传来了喧哗声,警察赶到了。

御影转身回到外间的同时，别所声势惊人地开门冲了进来，他的身后是坂本。

"你俩……那么，被害者呢？"

御影向他丢了个眼色。

无与伦比的惨状，让别所几乎都说不出话来了。

"真过分……和上次的案件一样么？"

再看坂本，他拿出手帕掩住了嘴角。

"头颅放在了神坛上。"

"侦探也好丢脸呢。"坂本歪着半边脸吐出了讥讽之语。

"这样的批评我也只能接受吧。没有照管好夏菜姑娘是我的过错。"

夏菜的死当然警察也有错，不光是御影一个人的责任。坂本似乎也意识到了这一点，不再继续埋怨了。

"手没碰过现场吧？"别所一边问，一边利落地戴上手套。

"我不会做妨碍查案的事。"

听到这话，静马回头看，只见拉门已经像最初见到时的那样半开半闭了。原来御影把现场恢复得如此彻底，她是想让警察们自己先思考一下吧。

"那么，有什么发现吗？"

"有若干发现，稍后我会告诉你们。现在我想去外面呼吸一下新鲜空气，整理一下思绪。"御影向他们打了个招呼，低着头走出了房间。冬天的太阳按说不厉害，却还是让人产生了眩晕的感觉。大概是因为鲜红的血看得太多了。小社外，鉴识课的警官在用照相机摄取雪地上的脚印。人群中，正在开始融化的雪上迈步的御影，步伐显得比平常更沉重。眼睁睁看到夏菜被杀，她也非常不甘心吧。

"静马，这个凶手，我绝对会亲手逮捕。"

虽然声音很轻，在吹拂的风中几乎轻不可闻，但静马还是听到了她的低语。

三十分钟后警方做出了决定，御影也可以参加刑警们的会议。这个特别待遇，是别所经过衡量后决定的。

别所说，夏莱大概是在夜里十点至凌晨一点之间被杀的，详情必须等到解剖后才能知道。他们也去询问了气象台降雪的情况，栖苅村从十一点开始降雪，只下了二十分钟。琴折家因为是在山里，时间跨度可能更大些。雪地上的脚印已经判明是鞋柜里的宾客用鞋留下的。从脚步的跨度来看，此人身高在一米四到一米八之间。也就是说，几乎所有的嫌疑人都吻合。积雪浅，而且又开始融化了，所以此人的体重啊走路的方式啊，这些细节特征都无法判明。

"宅邸的居住者中有些人有自己的专用鞋。既然脚印是宾客用鞋留下的，就说明凶手是没有专用鞋的人了吧。如果凶手去小社时没下雪，为了不让夏莱姑娘起疑心，会穿自己的鞋。去小社的鞋是各自保洁的，不许穿错鞋。而夏莱姑娘的房间里又没有争斗的痕迹。"御影说道。

别所似乎有点吃惊了："作为名侦探，你这思考回路也未免太简单了吧。我们也可以这么推测，雪已经在下了，凶手担心在雪地上留下脚印，于是穿上了宾客用鞋。"

"那样的话，凶手应该会穿鞋柜最下层的长筒靴，长筒靴谁都可以穿。"

为了让大家认识到自己并不是一个头脑简单的人，御影慢条斯理地进行了说明。

"那么凶手就是没有专用鞋的人了。还有,正如你先前所说,是个吸烟的人。"

御影在现场的发现已经说给别所听了。不出所料,刑警们完全没有发现神坛的焦痕。

"当然了,是否采用我的想法是你们的自由。我也觉得现阶段不要抱有奇特的成见比较好,把所有人都当成嫌疑人来调查吧。"

"那还用说。"坂本露出了争强好胜的敌意。

另外,荧光灯拉绳的柄上端,清晰地留下了夏菜的指纹。

"指纹清晰完整……说明凶手没有触碰荧光灯么?"

"就算凶手戴上手套去碰,也会把指纹弄乱一点的。不过,如果只是去拉绳子的部分,自然不会留下什么痕迹。"

"也就是说,凶手没有关过灯的可能性很高。打开了门,却不去开灯。"

"这种事这么重要吗?或许凶手只是想看看里面有没有人吧。"

看来坂本是个不插嘴就难受的人。

"那样的话,凶手应该会开灯确认的,这可是在犯下杀人大罪的过程中啊。事实上,我也不清楚这个问题究竟有多重要,只是,我很在意不合理的现象,为什么凶手要拉开里间的门呢?"

"好啦,行啦,我们传唤的第一位,市原早苗马上就要到啦。对了……"别所的视线投向了静马,"我们允许御陵君参加会议,可没说你也能旁听。"

"我知道,我又吸烟又没有专用鞋。"静马夸张地耸了耸肩,正要出去。

"等一下。"别所却把他叫住了。

"十一点左右你在做什么?"

看来在早苗之前,警方的询问就先奔着静马来了。

"我在睡觉啊,睡得很沉,没有不在场证明。"

静马的手又一次伸向了门,这一次没有人叫住他。因为太生气了,所以他说出了谎话,但似乎没有被人看破。怎么样?他朝御影丢了个询问的眼色,御影却根本没有搭理他。

一出门,就看到早苗正从走廊的另一头向这里走来,戴着老花镜的脸都哭肿了。很多人都对静马说过,早苗非常疼爱三姐妹。

早苗发现了静马,红着眼轻轻低了下头。静马不知道跟她说什么好,下意识地移开了视线。

10

静马回了房,看着天花板,呆呆地抽着烟。烟雾如同龙一般垂直地上升到天花板,消失了。虽然静马很挂念秋菜与和生,却没脸去见他俩。就在几天前,他还轻巧地大包大揽,说会抓住杀害春菜的凶手。

结果,计划初雪之夜死去的自己,被夏菜取而代之了。当然了,这可不是夏菜所希望的。这么说起来,还不如由他在小社前遇到凶手、被凶手杀害比较好吧。他遇害的话,不会有很多人伤心吧。

话说回来,初雪的故事和栖苅的传说没有关系吗?静马有点在意起来。由于是江户时代的故事,和栖苅传说没有直接关系,但是,跃入有神域之称的龙之潭求死,难道真的没有什么特别的用意吗?

说不定,所谓的"兇业之女"和这则逸闻有关。这样一来,琴折家的人不知道也就不奇怪了。因为他们只对与栖苅相关的事感兴趣吧。

这么说起来,久弥对静马讲故事的时候,也讲得挺含糊的,感觉像是道听途说。

御影知道这个故事吧。

不知不觉中，香烟的雾气让静马眼前混浊了起来。他慌忙换气通风，就在这时，随着一下敲门声，身穿套装的山科走进了房间。静马问他是怎么回事，他说警察来了之后，他就一直待在自己的房间里。

"我呢，被警察怀疑，不能参加他们的会谈，所以由山科先生你代替我陪在御影身边，这样比较好不是吗？"

然而山科非常坚决地拒绝了静马的建议。他说"我不需要出面，这对御影来说是试练"。

"但是，明明警察也疏忽了嘛，总觉得御影一个人成了众矢之的，这还是她第一次办案呢，负担太重了吧。"

"谢谢你这么关心我的女儿。不过，如果她不能越过这个坎儿，就无法继承御陵御影的名号。侦探并不是神仙，没能防患于未然而被人非难，是常有的事；没能破案而被人咒骂或嘲笑什么的，也不少见。选择了侦探这行当，就命该如此了。既然背负了侦探的招牌，就必须忍耐艰难困苦。御影的母亲在遇到我之前，也是一个人背负着一切的……而且，虽然我想帮她，可我也帮不上什么忙。说到底，我不过就是一个在一边赞美御陵御影的人罢了。"

身为父亲，山科说出了如此严苛的话语。但这也是他信赖女儿的实证。御影有这样一个好父亲照顾，真让静马羡慕。

"我也来一支，行不？"

静马意识到他是在说香烟的事，就递了一支给他。

"虽然御影出生后我就戒烟了，可是遇到这样的案件，我不禁想起了我的刑警时代，十七年过去了呢。"

山科点燃了烟，话里透着股帮自己找借口的味道。

"先代的御影女士也有过这样的失败吗?"

"嗯,有过几次,就在她眼前出现了新的被害者。没破的案子也有过一个,只有一个。不过,我觉得她也随之成长了起来。"

山科的视线投向了远方,抽着烟,似乎正在遥想亡妻的事迹。

"那个,没破的案子是——"

"在秋田的世家发生了命案,虽然有几个嫌疑人,但最后并没有锁定凶手,成了悬案。按她的说法,是凶手比她技高一筹。她自己对真相是大致有个想法的,但是因为不能确保正确无误,所以对凶手的名字绝口不提,跟我都不说。那个案子是在她逝世前四年发生的,那之后她时不时就会懊恼地回想。同时,她不止一次告诫自己,她不是神,但她必须尽量接近神。"

吞云吐雾的山科脸上闪过了一丝寂寥的表情。

"被誉为名侦探的人也会有烦恼啊。"

御影才十七岁,今后会一直在这荆棘之路上走下去吗?想到这里,就觉得她真可怜。

"正因为是名侦探所以烦恼啊,不可以被众所期待的庞大压力压垮。最糟糕的时候,甚至要有决心引退。也不只是侦探,创下了伟大业绩的人都常会遇到这样的问题。不管怎么说,都是以人命为对象的行当啊。虽然我的妻子一次也没有说过引退这个词,但我想她是一直有这个心理准备的。"

如果御影不能解决这次的案子,可能就要在出道的同时引退了。这话,静马毕竟说不出口。

"山科先生简直像是为御影而生的呢。"

听了这话,山科露出了淡淡的微笑:"你说得太夸张了,我只是希望女儿尽早成长，不辱御陵御影之名。不过，对我来说，要说梦想的话，就是刚才说的那个秋田案了，我希望女儿破解真相。母亲遗留下来的案件，由女儿解决。这样的话也许就可以说女儿名副其实地超越了母亲。只是因为是将近二十年前的案件了，关系人，甚至凶手，很有可能已经进了阴曹地府。但是人虽死，悬案却还在。具体的内容我已经细致地做了笔记。我想，等御影作为侦探积累了充足的查案经验后，就让她再次拿起那个案子……当然，首先要解决这次的案子，不然是开始不了的。"

"御影破得了这个案子么？"

话刚说出口，静马就后悔了。这可不是该在她父亲面前说的话。不过，山科并没有责备他的意思。

"御影必须破案，破不了的话，她这十七年就被否定了，我的后半生也是……话说回来，御影应该是没问题的。我相信那孩子的能力。"

"看着御影长大的山科先生都这么说的话，肯定不会错了。"

"而且啊，御影的母亲在遇到我之前一直是孤军奋战的，但御影就不同了，困难的时候有人在边上支持，会成为很大的力量。她母亲曾经对我说过这样的话。那是最让我欣喜的话啊。现在的御影身边有我在，而且还有你，种田君。"

"我？"

突然被点到名，静马十分吃惊。然而山科的表情十分严肃，看起来并不像是在开玩笑。

"我很感谢你。御影是以那样的方式养育大的，从来没有和我之外的人亲近过。她在第一次查案前遇到你，也许是上天的安排，御影就拜托你照顾了哦。"

"……唔。"

静马不知道怎么回答合适，只好含糊地应了一声。就在这时，门被大力撞开了。

"父亲大人，我就想你怎么不在房间里呢，原来和静马在一起啊。还有，你不是戒烟了吗？！"

御影的右眼看看静马又看看山科，在两人之间来回打量。

"我想起了过去。"山科在烟灰缸里压熄了烟。

"是啊，我听了御影各种各样的事。"静马也在随声附和。

"看起来你们相处得很不错嘛，我是不知道你们说了些什么，总之，静马，跟我走！"

"走？去哪儿？"

"跟过来不就知道啦？你是我的见习助手吧，你觉得你可以悠闲地在一边聊家常吗？"御影说完了想说的话，转身就走。

"知道啦。"静马哟嘿一声站了起来。

在静马身后，山科沉稳地微笑着。

御影把静马带到了凤见塔。在琴折大宅的西端，白墙的塔耸立在山的斜坡上，寒冷的山风呼啸着，似乎在悼念夏菜之死。这样的强风，一不留神，就会连身体都被刮走吧。虽然有土墙围着，人大概不至于被刮下山坡，但不管怎么说，围墙很老旧了，靠不住啊。御影比静马体重更轻，而且还穿着表面积很大的衣服，看起来比静马辛苦多了。好不容易到了塔前，她轻轻点了下头，说了句"果然"。

"这里有人往返走动过的痕迹，你看是吧？"她对静马说。

太阳升高，周遭的雪几乎都化了。不过，凤见塔的入口还残留着少许积雪，大概是因为背阴吧。在这块地方能看出脚印来。但已经被弄得一团糟了，无法辨识。残留下来的与其说是脚印，还不如说是脚印被抹除的痕迹。

"不过，还真亏你能注意到这里，警察都没注意到吧？"

"这就是跟不合理表里一体的整合性啊。你还记得岩仓先生的话么？他说春菜姑娘被害的时候，别栋通向风见塔的小径上传出了脚步声。"

"也就是说，你认为那次和这次一样，风见塔和案子可能有什么关系？但凶手来风见塔干什么？死者的头又没有放在龙之首上……难不成凶手是来藏凶器？"

"恐怕不是呢。有谁出入了风见塔，这种事早晚会被人知道，怎么可能在这种地方藏凶器？"静马的观点被御影一口否定了。如此干脆利落，连静马自己都不禁愕然。

"那么，凶手为什么来风见塔？"

"这正是我们现在要查的。就算你是个见习助手，这种程度的事总该知道吧。"

头发和衣物被狂风猛吹，御影似乎也有点焦躁了。她说出了比平时更难听的话。

"你给我像点样行不行？！"

御影喝了一声，正要向塔中走去，就在这时，塔门一开，伸生走了出来。两个人恰好脸对上了脸，伸生露出了一副山道上遇到熊的表情，"哇"的一声叫了起来，连退了三步，一屁股坐倒在地。这狼狈的样子，简直不像个大男人。

"你不要紧吧？"御影问。

伸生拍了拍屁股上的尘土站了起来。

"啊，不要紧，太突然了，我只是被吓了一跳。"

他的脸上浮现出不自然的笑容。当然，御影也感觉到了吧。

"你来风见塔有何贵干？"她问。

"呃……"伸生支吾着，随即说道，"我感到疲倦时总是会来这里。继春菜之后，夏菜也遇害了。而且刑警们查案也很粗暴，我想稍微静一静。"他在寻求同情似的诉说着，小麦色的脸庞紧绷着，十分怯弱的样子。"你可以为我保密吗？夏菜遇害了，大家都很操劳，伸生却一个人擅自行动。要是大家这样看待我，我也会伤脑筋啊。"

他的心情可以理解，姿态却未免放得太低，还有点献媚的感觉。

"如果和案件无关，我不会对别人说，就这样说定了。不过我有很多问题要你回答，可以吗？"

御影提出了不由分说的建议。伸生"嗯"了一声，勉强点了点头。

"你昨晚来过这里吗？"

"没。"他摇头。

那春菜遇害时呢？御影问他，他的回答也是"NO"。

"……我一直只在白天来这儿。夜里我总是一个人在房间里，所以没有必要来这儿。"

他的话合情合理。不过，刚看过他之前那副狼狈相，没法一下子相信他。

"他撒了谎。"

伸生离去之后，御影用扇子遮掩着嘴角，断言道。

"你怎么知道他撒了谎？唔，虽然我也这么是推理的。"

"别拿你跟我相提并论。你只是产生了一个单纯的印象，对吧？而且还是基于你对人类的观察——从有限的经验得来的、狭隘无比的观察。这玩意儿可不叫'推理'。"

看来，用"推理"一词是失策了。御影一脸不悦地瞪着他。

"抱歉啦，我说的只是感想。那么，御影你是怎么推理出这个结论来的？"

"因为伸生先生的鞋上沾着雪。但是雪地上并没有伸生先生留下来的脚印。因为所有的脚印都被仔细抹除了。雪地被踩得乱七八糟，泥土都露出来了，他来时若是走在这样的地上，鞋是不会沾上雪的。也就是说，是伸生先生刚才抹除了雪地上的脚印。"

"换言之，他到风见塔来，就是为了抹除昨晚留下的脚印？"

"大概是。不过仅此而已的话，他就没必要进塔了，所以塔里也有什么痕迹一样被他抹除了吧。唔，如果把若干现象整合起来，总觉得我能想到原因呢。总之先到里面去查查看吧。"

两人在塔里查了三十分钟左右，却一无所获。不，或许有收获，只是御影没说出口。因为从她的脸上看不出沮丧之色。

"……唔，去菜穗女士那里看看吧。"

为什么要去菜穗那里，御影没有说明。和之前一样，去了就会明白吧。

出了塔，御影立刻沿着来路往回走。

途中，静马问了警方调查取证的结果。

据说昨晚最后见到夏菜的是秋菜。因为是不进行"传授"的日子，夏菜在秋菜的房间里闲聊到了九点之后。一个人在小社睡觉虽然寂寞，但夏菜并没有表现出什么不对劲的样子。

死亡推定时刻是十一点前后，关于不在场证明，据说是大家都没有，包括早苗和源助等用人在内。

"凶手的运气太好了。"

虽说分成了三栋建筑，但这个家里毕竟有这么多人，谁都没有不在场证明，不得不说凶手确实幸运。御影满心不甘也不奇怪。

非住家的用人们正相反，十点过后都回了村里各自的家。这一点从他们的家人那里得到了确认。

"不过，这幸运也差不多该结束了吧！"

当然，这意味着御影是要用自己的手结束凶手的好运吧。

静马不知道现在要去的地方是不是有答案，御影整了整被风吹乱的装束，打开东侧别栋的门，向二楼菜穗的房间走去。

"你们来干吗？我想，我知道的事刚才已经全都说了！"菜穗打开门，粗鲁地连声抱怨。大概是没想到他俩竟会来自己的房间吧。她非常强硬地瞪着他俩，长睫上扬，似乎想克制自己的不安。

"因为有新的问题想问你。"

"明明连夏菜姑娘都被杀了，你们一点作用也没起，还想玩侦探游戏？"挖苦的话立刻丢了过来，但御影毫不在意。她毫不客气地走进了房间。

菜穗的房间塞满了家居用品，华丽得简直像是会登上时尚杂志当背景似的。东侧别栋虽然没有主屋那么陈旧，但也是古色古香的。只不过一打开门，就令人陷入了错觉，好像瞬间移动到了大都市的高级公寓里。

想想也是，琴折家不仅是村庄的领袖，还管理着好几家公司。这种程度的奢华也不奇怪，倒不如说是家里的其他人太朴素了吧。

房间里充满了玫瑰的芳香，就像在煮香水。不过，就在刚才窗子似乎还开着，室温和外面差不多，冷得要命。

"你以前说过会公平地对待我。"

"说倒是说过。"

御影大概是从氛围中感觉到了危险，带着少许警惕，向菜穗点点头，问道："那么，请直接回答我。你昨晚去了风见塔吗？"

菜穗的漂亮脸蛋眼看着苍白了起来，大概是这个问题中了要害。

"你这反应足够说明问题了，不勉强回答也没关系。"

"我没有杀人！"菜穗向转身想走的御影声嘶力竭地叫道。先前的从容已经消散得一干二净，端正的脸不停地痉挛。

"目前我姑且相信你，不管你怎么样，我会公平地查案的。而且，和案件无关的个人隐私，我没有向外宣扬的打算。如果判明和案件无关，就不会向他人透露。"

"谢谢。"

菜穗的话语中交织着安心与屈辱。是发现好机会了吧，御影再度回过身来，对菜穗说："我有几个问题要问，可以吗？"

"可以哟，事到如今，遮遮掩掩好像也没用了。鬼鬼祟祟遮遮掩掩只会更招人怀疑吧。"处于劣势的菜穗稍微有点自暴自弃，她点了点头，连蓬乱的头发也不整理一下。

"如果最初就有所察觉，查案也会有进展吧。然而这件事似乎没有任何人察觉。虽然我很理解你想遮掩的心情。"

"于是——"

菜穗脸朝着旁边催促御影快点问，没心思听御影说教。

"你和伸生先生的幽会时间是几点？"

十二点过后——菜穗答道。这时静马才第一次意识到，菜穗和伸生在搞婚外恋。这两人去哪里不好，偏偏在宅院的风见塔里约会。

"春菜姑娘被害的夜里你俩也约会了吗?"

是啊,菜穗点头。看来岩仓所说的谜之脚步声就是两人中的某个了。菜穗说两人的婚外恋大约是在半年前开始的。

"你俩靠古社前的石灯笼进行幽会的联络?"

"伸生先生说有个好地方要告诉我,为什么你连这个也知道?"

"因为我是侦探。"御影一本正经地答道。虽然目击现场的是静马,但这样的诈术大概也是侦探必不可少的技能吧。

"谢谢,这样一来,迷雾散开了一点。还有,虽然我没有必要说,但我还是想说,两位的幽会暂停比较好吧。既然已经变成了连续杀人案,警察也会在这宅子里常驻。"

"我知道好不好!我已经不想这样受辱了!"菜穗歇斯底里地叫了起来,耸着肩,深呼吸了三次。

"但是,我不会和他分手。你可能是误会了,我对他是认真的。我真的喜欢伸生先生。我并不是因为他是本家的人,所以才抱着肤浅的想法和他好上的。而且我也没想要他跟栖苅大人分开和我结婚。一直见不得光也没关系,我有心理准备。虽然妈妈要是知道的话会晕倒吧……所以,你至少别妨碍我!"

眼泪沿着菜穗的脸颊淌了下来。这还真不像是她会说的话,静马想。不过,他随即意识到自己并不了解菜穗。也许她的性格和外表相反,是个死心塌地的女人。

"我没误会,我可是侦探。"

御影行了一礼,静静地离开了菜穗的房间。

"这么说起来,我埋伏了大半宿,不过是在捉奸,跟杀人案没什么关系么？"走出东侧别栋之后，静马小声地抱怨着。既然和菜穗约定了保密，这话被外人听到就糟糕了。

"这不挺好？侦探就是干这个的呀。害怕做白工的话，就什么事也做不成了。说起来，多亏静马发现了石灯笼的秘密，这条线才串起来了。"

"……但是，案子的线索又少了几个。"

然而御影毫无沮丧之色。她说："杂质被过滤了，整合性提高了，这是值得高兴的事。因为相应地，不协调的地方会清晰地呈现出来。"

"是这样啊。那么菜穗女士和伸生先生就排除嫌疑了吧。杀人后通奸什么的，很难想象呢。"

"这话可说得太早啦。他们未必不是那种会把杀戮的兴奋和性联结在一起的人。静马大概不知道吧，强奸杀人的奸尸率出人意料得高哦。"

静马产生了胃液逆流的恶心感。他吃惊地看着御影。她长到这么大，见识过的人，或许是比静马多得多，但这话怎么也不该是如此娇小可人的少女说出口的。然而御影就像在谈论偶像明星受欢迎的程度一样，轻描淡写地说了出来。

"怎么了？"御影疑惑地停住了脚步。

"没什么……这么说起来，春菜姑娘讨厌菜穗女士也是因为这个？"

"恐怕她是在两个月前目击了他们幽会的情景吧。菜穗女士姑且先不提，伸生先生可是她的父亲啊，所以，也不能找别人商量。这也不是找人商量就能解决的问题。她只能对那个睡了父亲的女人怒目而视……唔，虽然她本来也有可能在短期内找其中的一个摊牌谈判。"

"但是，菜穗女士先不说了，伸生先生会做那种事吗，我直到现在还难以置信啊。女儿春菜明明刚被杀害，他还若无其事地继续他的婚外恋什么的，让人难以置信啊。"

本来，伸生的形象和静马的父亲没有什么交叉点，现在他俩却重叠在一起了。静马心头突然涌起了愤怒，就朝地上吐了口唾沫。正在不远处巡视监控的警察对他的不文明之举皱起了眉，但马上就转向正面、回到自己的职务上去了。

"这方面的事我就管不着啦，也不是不能说，排解哀伤的方法除了这个没有别的。不过，我表示轻蔑。"

"你可真冷静。如果山科先生有情人，御影你会怎么样？啊，当然，山科先生是独身，不会有什么不道德的恋情。"这个十七岁的少女对男女关系的态度也太超脱了，静马不禁说出了带有恶意的话。

"父亲大人不会做那种事。"御影却只是干脆利落地否定了静马的话，连眉毛都没有动一下。

"对了静马，你昨晚做了些什么，我已经向警察说了。因为，山道上明目张胆地留着你的脚印，说不知道是行不通的。"

11

夏菜的葬礼是在两天后举行的。和春菜那时不同，宅邸中的人悄悄地为她举行了葬礼，是密葬。

据说半个月之后就是春菜的灵前祭了，所以夏菜正式的葬礼会和那个合办。这也是没办法的事吧，琴折家的葬礼啊，连村外都会有上百号人来吊唁。可是夏菜的待遇和春菜差距这么大，总觉得有点凄凉。

琴折家似乎希望在破了案、一切明了爽快之后迎接春菜的灵前祭。在夏菜遇害的次日，御影在午餐席间就座时，达纮再三叮嘱了她。明明知道这天的午餐会让人如坐针毡，御影还是出席了。面对达纮的嘱咐，她只是静静地答了句"知道"。

葬礼的次日午后，御影叫住了岩仓，说想问问教义方面的事。

"这倒没问题，我被你叫住时，还以为自己肯定是要被抓了呢。"

从小社到后门的路上，留下了宾客公用鞋的脚印，而岩仓以外的人都有自己专用的鞋。当然了，岩仓正是因为发现了这一点，才会有此发言吧。

不过，神坛的焦痕调查结果是，焦痕产生的时间才不到一天，产生原因是汽油性的燃烧物，基本已经确定是打火机了。琴折家抽烟的人有七个，分别是达纮、伸生、昌纮、久弥、美菜子、登和源助。岩仓是不抽烟的。据说正是因此，警方也没有锁定嫌犯。

"我可不会靠恫吓来获取真相。"御影说。

"那我就放心了。那么，去我的房间谈话吧。有些话被外人听到就不好了，对吧？"岩仓非常识趣地请静马和御影去自己的房间。

他的房间在别栋一楼，他之前说过，那里有两间房归他使用。他请两人进入的是其中之一——书房。书房里，除了带窗子的正面，左右两侧的墙边都挤满了书橱。和小社里间的书橱不同，这些橱上着崭新的清漆。不过，书的册数可比小社里间多得多。没有书脊的古文书，纸页压在一起装上了厚书脊的古文书，以及近现代制成的书籍，在书橱里排列得整整齐齐。

窗边有一张书桌，桌上只放着小型的收录机和台灯，比较惹眼的家具也就只有空调了。像静马房间里摆着的电视机、衣柜、小型冰箱、电热水瓶，这里都见不到。连壁龛都被书橱破坏了造型。书房之名，名副其实，这地方是纯粹用来做研究工作的空间。

岩仓在榻榻米上坐了下来，把坐垫递向静马和御影。

"在这里，就算说点有风险的话也不要紧。当然，你要是想问我信不信栖苅大人，那可不行。"岩仓的嘴唇一角向上扬起，露出了一贯的讥诮笑容，"……啊，对啦，不给客人倒茶可太失礼了。我这里有绿茶和咖啡，两位想要哪样？"

"不用了。"御影客气地说。

"我在这里一直当客人,偶尔也想像主人一样做点儿什么。"

"那么,请给我茶。"御影看看气氛,就要了茶,于是静马也要了茶。岩仓就像第一次被委以重任的孩子那样,兴冲冲地跑出了房间。

御影坐在坐垫上环视着房间,说:"虽然重复的书籍不少,但似乎也有这里独有的书。特别是关于龙之潭那个投水传说的,连土窖里都没有,这里倒有,唔,大概是因为和栖苅大人没有直接关系吧。"

"御影你也知道那个故事?"

"在久弥先生那里听过。我到琴乃汤的当天就听他讲了那个故事。静马你也一样吧?"

"嗯,那是前年的事啦。"看来那故事是久弥的招牌菜。静马稍微有点沮丧。

"那么,那又怎么样?"

"没什么,大家都只对栖苅的传说感兴趣,可我却想,说不定案子和那个投水的故事有关。"

"不可能。"御影干脆利落地否定了静马的话,像平常一样。

"如果只有春菜姑娘遇害,也许还有那么点可能性。但是,既然夏菜姑娘是在宅邸内遇害的,和那个投水的故事就扯不上关系了。还有啊静马,难道你认为我会连这种事都不调查?"

御影的目光像玻璃碎片的尖端一样锐利。被这样的目光盯着,静马老老实实地道歉说了"对不起"。直到此刻他才有点意识到,抬捧侦探也是助手的职责。

正巧在这时门开了,岩仓端着茶水走进了房间。静马向御影谢罪的场面似乎被他看到了。

"种田先生又出了什么岔子?"岩仓问道。他的脸上完全没有惊讶之色。或许他是把静马看成那个有名的时代剧《水户黄门》中的角色了，糊涂蛋八兵卫。

静马脸上像着了火一样。

"那么，御陵小姐是想问我什么事？"岩仓自己喝了口茶，润了润喉，又问道。

"关于栖苅的缘起故事。和很多年后经过了润色的故事比起来，几乎可以称作原典的缘起故事已经算简洁了，但是，其中有一点，我理解不了。我就是想问你这个。岩仓先生你肯定知道缘起故事吧？"

"当然了，一开始让我看的就是那个啊，而且是来这里之前就让我看了，说是预习。不过，缘起故事里有费解的地方吗？"

"是的。"御影整了整红裙裤，坐姿一正，"是关于栖苅传接衣钵的事。第一代栖苅从拥有神力的母亲和拥有人力的父亲身上继承了血统，成功打倒了龙，这我能理解，只能继承母亲一半的力量我也能理解。因为，如果每一代女儿都继承母亲完整的力量，同时又继承父亲的力量，那么母亲这边的力量始终如一，随着每一代的新父亲加入，父方的力量代代相传，会越来越庞大，于是，按理来说应该是最伟大的第一代栖苅，和后代比起来，反而会相对渺小了。还有，女儿继承的是父亲全部的力量，而非一半，这种说法也是为了强调神之力和人之力的差距吧。不可思议的是儿子明明也能继承一半的神力，却完全不能继承父亲的力量。为什么同为男性，儿子却反而无法继承父亲的力量？如果是为了确立女儿的优势地位，那么，儿子只能继承父亲的力量才比较自然呀，不是吗？虽然对神话吹毛求疵未免有点拎不清，但我总觉得这里面会有什么理由吧。"

"真不愧是侦探，着眼点多有趣。我只是向自己胡乱解释了一通，女人的接受力比男人强什么的……话说，这还真是个问题啊。"岩仓"砰"地拍了一下膝盖，随即凝望着天花板的一角，沉思了片刻。

"刚刚想到……为了维持母系，必须给女儿某种优势。因此设定了男女继承力的差异。如御陵小姐方才所言，儿子不继承母亲的力量，只继承父亲的力量，可这样一来，琴折家就无法向外扩张了吧。琴折家是母系，日本却是历史悠久的父系社会。琴折家的男子不能继承权力，这一点，我想你们看看现在的琴折家就知道了。握有实权的，达纮先生也好，下一辈的伸生先生也好，都是入赘婿。久弥先生和昌纮先生是绝对到不了上层的。他们被称为男分家，比本家低一档。和生将来也是如此。而与之相对的是女性，和久弥先生同辈的菜穗女士也是住在本家的。然而，男分家要在村外独立的时候，如果从栖苅大人那里没有继承到任何东西，就无法确立名分了。对于他们来说，栖苅末裔这一事实是非常重要的。反过来，女分家就算想在外面独立，也很难被世人接受吧。唔，我这番话，作为对传说的解释，或许是太偏向功利的一面了。"

"不，我没有从功利的方向思考过，你的话很有参考价值。琴折家是母系一族，然而现世的权力由男性掌握，这也是和社会折中妥协的结果吧，谢谢你。"御影郑重地向岩仓表达了谢意，随即将绿茶一饮而尽。

"哪里哪里，这只是我突然想到的东西，被你一说'有参考价值'，我反而惶恐起来了。不过，这个主题非常有趣啊，所以我也打算在这方面再进行一下调查。特别是想查查那个，后代子孙对缘起故事是怎么解读的。随着时代的变迁，对缘起的解释似乎也产生了变化。如果有什么发现，我会告诉你的。"

"那就拜托了。一朝一夕能查清的事毕竟有限啊。"

"也是因为古文书太多啦,这个家族每一代都喜欢做记录,土窖里还有庞大的资料群沉睡着呢。这房里的书,我也只看了一半不到。"

这房里的书他看了将近一半吗?静马吃惊地想。可能比静马这辈子看过的书都多了。

"啊,还有,有个事我要告诉你,也许有助于你去理解……栖苅在古语中似乎是蜂的别名。你看,蜂也是以女王为尊的母系社会,对吧?如此看来,或许从一开始,就是有计划地构造了缘起故事啊。"

"那么,一直被关在御社里足不出户的栖苅大人,也会像蜜蜂那样不惜拼命给人一刺么?"御影说出了可怕的话。

"谁知道呢,不过,被关在御社里足不出户这种话,可万万说不得哦。"岩仓以一副若无其事的表情,向御影发出了告诫。

静马和御影走出了岩仓的房间。御影说要一个人整理情报。两人上了二楼,在她房前告别时,她像报恩仙鹤似的对静马说,绝对不能朝房里偷看哦。静马反驳说,什么偷看不偷看的,山科先生不也在房里么。御影却回答,父亲刚才出门散步去了。

见习助手突然得到了休假。静马在自己的房间里抽着烟,却怎么也静不下心。在琴乃汤他净想着自杀的事,由衷地期待着第一场雪。然而第一场雪真的下了,他又觉得比起自杀来,破案重要得多。不过,如果被害者是达纨或岩仓,他也会对案件如此关心吗?这可真是个微妙的问题。可爱的少女被残忍地杀害了,而且是两个,他大概是对凶手的恶行产生了义愤吧。但愿如此。

总而言之，他现在仍是无所事事，也没有勇气像山科那样出去晃，所以只能茫然地躺着，抽着烟吞云吐雾。然而，三十分钟后，烟被抽光了。虽然来宅邸前他在琴乃汤的自动贩卖机里买了不少烟，攒了点存货，但毕竟将近一周的时间过去了，存货见底了。他倒也不是什么老烟枪，可没烟的话，心情会越发烦躁。但他怎么也不想一个人去村里买烟，不过，只是去琴乃汤的话，应该不要紧吧。他下了决断，直起了懒于动弹的腰。

一进主屋，静马就发现和生正站在西端最里侧的秋菜房前。夏菜死后，和生、伸生和昌纮就轮流在房前通宵站岗了。当然，警察也在宅邸周围严密地巡视着。不过，据说他们也想进屋，却被达纮拒绝了。凶手也潜藏在屋里，这是明摆着的事，所以别所也只能干着急吧。

静马想招呼和生，却发现他似乎并没有发现自己，于是决定直接走掉算了。然而就在这一瞬间，和生的身体就像失去了支撑似的剧烈摇晃起来。

静马慌忙奔过去扶住了他的身体。和生的脸非常憔悴，简直可以说是一副死相。他本来身体就弱，又接连失去了两个可爱的妹妹。静马问他怎么了，他说昨晚他也是一个人坚持到了早晨，伸生因为公司有事不在。

"你不要紧吧？"

和生的身体简直就像棉花一样轻。

"我去叫医生吧？"

"不用了，我在房里休息一下就会好的，而且昌纮舅舅马上就要来换班了。"

和生顽强地想靠自己站起来，然而他的身体马上又失去了重心。

"靠在我肩上,我送你回房去吧。待会儿我会向昌纮先生说明一切的。"

但是,这期间如果秋菜遭到袭击,那就追悔莫及了,和生严词拒绝。

"我明白了,你坐在这里等着,我这就去叫昌纮先生。"

在这里拉拉扯扯也不会有进展,所以静马用强硬的口吻向和生下了命令,随即跑到了东侧的别栋。昌纮正在自己的房间里休息,静马把他叫了起来,说明了事情的原委,请他去接了班。

"种田先生,"和生被塞进了被窝,躺下了,他用怯弱的声音问静马,"什么时候能抓到凶手?"

静马无法直视和生的脸,却也不能移开视线。和生是在透过静马看御影啊。静马凝视着和生的眼睛,说道:"放心吧,御影一定会破案。"

曾经辜负过姐妹俩的台词,又一次从静马口中说了出来,明明起不了丝毫安慰作用。静马自己也能感受到,嘴里一下就干涩起来了。

他走出和生的房间,在走廊中遇见了纱菜子。她说听到了和生病倒的消息,前来探望。

"秋菜姑娘的修行会怎么样?"静马问。

万一真要她用小社修行,和生一定会站在天寒地冻的室外守护她。

"经过了一番争论,决定姑且让秋菜在自己房里修行。"纱菜子那有点下垂的眯缝眼垂得更厉害了,"小社现在不能直接使用,但要不要改装还未定。修行是必须的,就我来讲,我希望秋菜在主屋里修行。"

"我也这么认为。我记得御社早年也是在山中古社里的吧,因为不方便又危险,才移设到现在的庭园里来。那样的话,把小社搬进主屋应该就没问题啦。"

"种田先生连古社也看过了吗?我只在很小的时候去过一次。"

御社、小社,以及古社,对于琴折家来说,应该算是最重要的圣域。纱菜子这令人意外的大实话,让静马十分好奇,忍不住追问理由。

"其实啊,我是在古社[1]外被马蜂蜇了,卧床了好久,从此就怕得不行……"纱菜子的口吻就像是在神父面前忏悔。静马刚从岩仓处听说栖苅是蜂的古语,纱菜子一度是栖苅的继承人,进行过修行,却因为怕蜂而不敢去古社,这或许该称之为奇妙的因缘。

"抱歉,对你说了奇怪的话。"纱菜子匆匆进了和生的房间。

晚饭后,静马向御影说了和生病倒的事。

"是吗?"御影的脸上浮现了静马之前从未见过的同情之色,"不可以再磨磨蹭蹭了,监护的事也是,只有那么几个男人每天坚持,早晚会到极限的。"

"还没找到破案的头绪么?"

"下雪明明是偶然事件,为什么凶手要特意穿上宾客公用的鞋去小社呢,那可是会引人怀疑的啊。只要解决了这个问题,案情就会有大进展了。我已经锁定了两个人,可也就仅此而已

---

[1] 此处日语原文为小社,联系上下文,疑为印刷错误。

了，后面呢……"

御影吐出的话语让静马大为吃惊。

"两个人?已经进展到这一步啦?"

两个人里找一个,可是五五开的概率。

然而,静马这反应似乎冒犯了御影。她显得很不高兴,一如既往地拿扇子戳向静马的鼻尖。

"什么?难道静马你以为我会像大学生写毕业论文搞研究那样,迷迷糊糊地在古文书里东抓一把西抓一把吗?"

这是在讽刺"打着实地调查的幌子在龙之首消磨时间"的静马吧,含沙射影。

"不,没那回事……你都知道这么多了,也去向刑警说说吧。"

"如果我搞错了人,就会让无辜者背上杀人凶手的污名了。我必须慎重……但是,也是为了和生君,我必须尽早让真相水落石出。"

御影睁开了右眼,像在表决心。

她宣布破案,是在翌日午后。

12

坂本刑警带着某人走进了会客厅。这个人不安地东张西望，一副不理解为什么只有自己被叫来的样子。

房间中央是御影，她的左侧站着山科，右侧则是坐在沙发上的别所。镇守门户的坂本一脸不满，脸撇向了一边。

别所的嘴一直抿得紧紧的，不过，见到来人在对面的沙发上落座，就换了个跷腿的姿势，向御影发问。

"御陵小姐，快让我们来听听你的推理吧。"

"明白了。"紧迫的气氛中，御影大大吐出一口气，开始了她的推理。

"我从夏菜姑娘被杀的案件中看到了两个不合情理的地方。一个是神坛底部附着的焦痕。神坛被弄出了少许焦痕，这件事本身没有什么特别的意义，也看不出和杀人计划有干系。也就是说，我们可以这么认为，由于凶手计划外的某件事，产生了变故。焦痕是这个变故造成的结果。凶手为了找某样东西点燃了打火机。夏菜姑娘是不可能持有打火机的，多半是凶手自己的打火机。换言之，凶手是个抽烟的人。相关人士中，抽烟的人有八位，达纮先生，伸生先生，昌纮先生，久弥先生，美菜子女士，登先生，源助先生以及静马。这些事，我想刑警先生你们也知道。"

"嗯。"别所用郑重的声音点头答道。

"问题在后面。小社桌侧的柱上挂着手电筒。那玩意儿在转头就能看到的地方。那么,凶手为什么不用手电筒,偏要用麻烦的打火机呢?这就是我看到的第一个不合理之处。明明是在仅有十几厘米高的狭窄处所找东西,打火机非常不方便啊。因为光是手的高度就接近十厘米了。事实上,也正是因此,神坛底板被烧焦了两次。一般来说,第一次烧焦底板时,就会找别的东西取代打火机照明了吧,然而凶手却认定了打火机不撒手。凶手有时间为死者斩首,从这一点来看,犯案时绝不是慌乱匆忙的。那么,这是为什么?"御影问道。她不等刑警们做出反应,就继续讲了下去。

"在通常情形下,手电筒会映入人的眼帘,可凶手却看不见。原因是……啊,这个问题本身就是答案。对于凶手来说,手电筒是看不见的。"

"你是说,在凶手看起来,那不是手电筒?"别所终于插了一句话。看来,就算御影说问题本身就是答案,他也理解不了。当然静马也一样。

"著名的推理小说里有过那样的诡计呢。不过我们这次的案子不同。房间里挂着的手电筒形状很规范,不管谁看,都是手电筒。然而凶手却没能发现手电筒的存在。但是,绞杀和斩首都是下手准确干净利落地完成的,可见,凶手只是在找丢落的东西时,突然变得看不见手电筒了。那样的话,答案就只有一个了,凶手丢落的东西,在找的东西,是眼镜啊。"

"眼镜?那么,凶手是戴眼镜的?"坂本高亢的尖叫声从门口传来。他虽然露骨地摆出了一副漠不关心的样子,却在不知不觉中被吸引过来了。

"是的。恐怕是在绞杀夏菜姑娘时,被她挣扎的手打到,掉地上了吧。凶手在地毯上搜寻,眼镜可能会趁势滚进神坛底下,于是又在神坛底下搜寻。那个时候凶手是裸眼,而手电筒又稍微有点距离,所以没有注意到。"

"不能是隐形眼镜吗?"别所是老刑警了,心里的想法姑且不提,至少他表面上保持着平静的表情。

"隐形眼镜往往只会掉一片。只掉了一片的话,把掉了镜片的那只眼睛闭上,就不会失去视力了。话说回来,像隐形眼镜那样又轻又湿的东西,很难想象它会在地毯上滚啊滚,滚进神坛下面啊。"

"那么,凶手是个抽烟、戴眼镜的人啰?"

静马粗略地回想着那些人的脸。琴折家只有四个人戴眼镜:昌纮、登、菜穗和早苗。而其中抽烟的……在静马把名字想出来之前,御影已经说出了答案。

"刚才列出的八位抽烟者中,戴眼镜的只有昌纮先生和登先生。"

"也就是说,嫌疑人锁定为两个人了么?"别所瞥了坐在对面的人一眼。此人看着别所,却沉默不语。

"但是,还剩两个人啊。"山科静静地嘟哝了一句。他一直不动声色,冷静地关注着御影的大舞台。

"好戏在后头,父亲大人。"

一瞬间,御影脸上浮现了笑容,但她马上又绷紧了脸。

"我刚才说了,有两个不合理的地方。一个是手电筒的事,另一个不合理的,则是小社里间的拉门为什么会开着。从飞溅的血痕来看,夏菜姑娘被斩首时拉门是关着的,这是确凿无疑的事。然而尸体被发现时，拉门却开着。不过，我无法认为是凶手拉开门窥探了里间。因为里间的灯开关没有被人的手触碰过。这些事，我以前也说过。"

"嗯，不过，这些事很重要吗？"

别所带着惊讶的表情，又一次变换了跷脚的姿势。

"是的，消除不合理和发现真理是紧密相连的。"

御影也鼓足了劲儿吧，她一把攥紧了合着的扇子。

"那么，是案发后有别的人来到小社、拉开了里间的门吗？问题还是没变。不管是凶手还是别的人，如果是为了窥探里间而拉开了门，就应该打开里间的灯。既然完全没有开过灯的痕迹，就说明这个人要办事的目标不是在里间，而是已经开了灯的外间。也就是说，这个人是在昏暗的里间，想去明亮的外间，因此拉开了门。在小社外面是无法侵入里间的，既然如此，就说明案发当时，有一个人潜藏在里间的黑暗中。"

"什么，你说还有另一个人？"

坂本又一次叫了起来。就算是别所，也无法抑制深受震撼的神色，一句话也说不出来。大概是他们的反应让御影满足了吧，她的声音降低了一分。

"没错，这个人一开始就和夏菜姑娘一起在小社里，然而由于有客来访，慌慌张张拿着自己的鞋躲进了里间。大概是因为和夏菜姑娘在一起的情景被人看到就会有麻烦吧。"

"这人是谁？岩仓？"别所调整了自己的状态，保持着威严发出了询问。

"很遗憾，这一点目前还不清楚。也许是岩仓先生，也许是别的人。我们姑且称之为X吧。X屏着气躲在里间的时候，夏菜姑娘被来客杀害了。X是否注意到了外间的凶行呢，这还说不准。我认为没有注意到的可能性很高。没有争斗的痕迹，由此可见，也没有弄出什么动静来，加上拉门又是完全关闭着的，外间的情形 X 也窥探不了吧。当然，X 在这期间或许也会感到疑惑，怎么外间一点动静也没有？然后，凶手离去了。X 听到了小社入口处的关门声，就打开了拉门，看到了鲜血淋漓的室内和夏菜姑娘的无头尸，才知道夏菜被杀了。于是 X 逃回了主屋，雪地上的脚印就是那时留下的。"

"那脚印不是凶手的，就说明凶手是在下雪前完成了罪行啰。可这样的话，为什么只有 X 的脚印清晰地留了下来？你是说在雪停之前，X 一直留在小社里，和尸体待在一起？"

"没什么稀奇啊，X 是在擦自己的指纹嘛。和尸体在一起，这种状况下就算报警，首先被怀疑的就是 X 自己吧。特别是深夜十一点在小社，这件事怎么也说不过去。所以，X 把凡是能想到的地方的指纹都擦了，以至于不得不留到了雪停后吧。"

"还真会给人添麻烦！"别所小声抱怨道。他的脑海里，大概正浮现着岩仓的脸。

"那么，那又怎么样？我们知道凶行是在雪停前完成的了，可那两个人都没有不在场证明。"

"不，不在场证明并不重要。重要的是鞋子。当初，我们以为凶手是穿宾客公用鞋的人，放在鞋柜左侧的宾客公用鞋。"

"是啊，不过，你刚才说了啊，穿那鞋的不是凶手而是 X。也就是说，脚印已经没有什么参考价值了么？"

然而御影慢条斯理地摇着头，大概她自己也很兴奋吧。她大睁着右眼，说道："不，并非如此。X 比凶手先到小社。但这位客人可不在凶手的预料之中。凶手打开鞋柜时，如果里面的鞋子少了一双，按说会产生少许警戒心的。因为客用鞋只有四双，鞋柜里如果只剩三双的话，一眼就会注意到。这种时候，凶手会抱着谨慎的念头把行凶计划改期的，就算出于某种不得已的理由，硬着头皮把人杀了，也会为了以防万一去检查里间。我是这么想的。然而事实是凶手两者都没做。换言之，凶手并没有发现有一双客用鞋正被人使用着。这说明凶手没有打开鞋柜左侧的门，换句话说，凶手在拿自己的专用鞋时，打开的是鞋柜右侧的门。"

"原来是这样啊！专用鞋搁在鞋柜右侧的人是凶手吗？"

大概是看到了破案的曙光吧。一直板着脸的别所神色缓和了下来，露出了微笑。

"专用鞋搁在鞋柜右侧的人有八位：达纮先生、伸生先生、纱菜子女士、美菜子女士、登先生、菜穗女士、早苗女士和源助先生。也就是说，之前总结出来的两位凶嫌中，能对上的人是……"

御影卖关子似的吸了一口气，把视线投向了坐在沙发上的登。

"登先生，只有你。"

登在黑框眼镜的后面目不转睛地回视着御影。从他的眼中、脸上，看不出他在想什么。

"可动机是什么？和那个度假村开发计划有关？"别所问道。

御影先申明，她接下来的话不过是推测，随即打开了话匣子："度假村的计划也是动机之一吧，但我觉得他想要的大概是琴苅家的实权。说起来挺可怕的，如果之后秋菜姑娘和纱菜子女士也被杀害，结果会怎么样？只能由分家的美菜子女士或她的女儿菜穗继承栖苅大人的衣钵。那样的话，登先生就能作为栖苅大人的丈夫或父亲，掌控琴苅家的实权了。"

"什么,他还想再杀两个人?"

虽然坂本还年轻,可对于杀人案,按说也有一定的经验。他却忍不住发出了惊讶的叫声。

"这是一个宏大的计划,碍事的人有四个之多。不过,也可以说正是因此,登先生不会立刻遭到怀疑……怎么样登先生,我的推理错了吗?"

然而登沉默不语。不过,虽然他表面上保持着平静,太阳穴上却冒出了汗水,不断地往下淌。

"是你干的吗?"

别所站起身,在登面前居高临下地发问。他瞪着登,就像在表示"接下来是我的活儿了"。

"你杀了春菜姑娘和夏菜姑娘,是吗?"

片刻之后,登闭了闭眼,随即用中指抵住了黑框眼镜的鼻架,大大地吐出了一口气:"是的,是我干的。正如这位可爱的侦探小姐所言,杀春菜和夏菜的人就是我。"

大概是死心了吧,登以一种令人意外的坦率认了罪。

"那就跟我们走一趟吧。"

别所从里面的衣袋中取出了手铐。

"行啊。"

登同意了,毫不挣扎。刑警们架着他两边,走出了房间。这结局还真是让人觉得不尽兴。既没有吵闹扭打,也没有对侦探的大肆赞美。画面静静地淡去,落下了剧终的帷幕。既然是号称名侦探,静马还以为御影一定会把相关人士召集起来,当众指出凶手呢。只是悄悄地把登叫了来,是为了照顾美菜子和菜穗的感受吧。

不知何时起,会客厅里只剩下了御影、山科和静马三个人。

海顿有个交响曲，在临近曲终时，管弦乐的演奏者们陆续离场，最后舞台上只剩下了两个人。那样的寂寥感，此刻正在万事告终的会客厅内荡漾。

山科自始至终都和御影保持着距离，也完全没有过来慰问的意思。也许这就是他特有的严格吧。

御影本人呢，一直伫立着，注视着已经关起来的门，不仅仅是用右眼，翡翠的左眼似乎也在盯着门看。

"结束了？"静马走到她身边，问道。

这似乎成了御影放松下来的契机。她脱力似的倒在了身边的沙发上。

"是啊，不过，为了让推理更可靠、更确凿，我必须查出当时是谁在那个房间里。事已至此，那个人会不会老老实实说出来……登先生也不知道 X 是谁啊。"

和自律严格的台词正相反，御影的脸上洋溢着满足的表情。

13

那天晚上，御影和山科在别栋的房间里吃了晚饭。静马也不好一个人去主屋吃饭，就让女佣把晚饭送到了自己房间，在御影的隔壁，孤零零地用了餐。

"自家人中出了凶手，这些亲属总是让人觉得很难面对，而且，凶手还是我揭穿的，他们肯定不会给我好脸色看。"

登被带走之后，御影一点也没有破案的兴奋，她郁郁寡欢地做出了上述说明。警笛声消失的时候，全家人都知道了登被逮捕的事。不过，一开始谁也不愿意相信，特别是菜穗，狼狈不堪、状若疯狂地叫嚷着污言秽语，向御影猛撞过来，甚至还想用长指甲挠御影的脸。不管怎么跟她说登本人已经供认不讳，她还是顽固地不肯接受。伸生等人好不容易把她拉开时，她当场崩溃地大哭。

"破了案，侦探就会变成孤独的局外人，治愈剩余人的心伤什么的，很遗憾，并不是侦探的职责。"

御影在返回别栋的途中说了这番话，与其说是对静马说的，还不如说像是为了说服她自己。山科温柔地把手搭在御影肩头，一贯的严峻表情变成了慈爱，充满了父亲的慈爱。静马确信，御影通过了考验，作为一个像模像样的侦探，得到了父亲的认可。

此时此刻，作为侦探充分成长的女儿，和为此欣喜的父亲，正其乐融融地围坐在桌边吃晚饭吧。这久违的和乐，让静马既感到羡慕，又感到寂寞。御陵御影的第一桩案子迎来了大团圆结局，作为见习助手的静马，也就完成使命了。

御影说还会在这里滞留几天，查清夏菜房里的 X 是谁。

"为了防止凶手继续杀人，我匆匆破了案，但是，如果不能从 X 那里问清详情，这案子就不能算真正解决。而且我也很在意，兇业之女的说法和比拟传说杀人又究竟是从何说起。指出凶手是侦探的使命，而想了解案件的全貌，也许可以说是侦探的本性。"

"御影，这方面的事连你也想象不出来吗？"

"嗯，很难呢。有时，那只是出于凶手极为私人的体验或趣味，要是别所先生他们能靠审讯问出来就好了。据说登只承认了杀人，此外的事一概沉默不语。如果我们不把事实揭穿，摊在他面前，他可能不会开口。"

御影侦探解决的第一桩案件，若在详情不明的状态下了结，似乎会让她很不满。这就是她曾经说过的"无法忍受不合理的事"吧。

"如果想知道详情，就算被讨厌也留在这里调查吧，你妈妈以前也是这么做的。不过，凶手既然已经被逮捕，达纮氏留我们的理由就不存在了，得看琴折家是什么态度了。"

负责外交的山科露出了为难的表情。据说御影的母亲也时常会遇到无法彻底解明详情的案例，不得不中途放弃。

"这么说起来，这个见习助手，我还得当一阵子啰？"

"随你便，案子相当于已经了结了，不管是见习的还是正式的助手，都不需要啦。"

御影的回应还是如此干脆利落,这让静马想起了自己来这里的初衷。

他已经不打算死在这里了。

为了寻求葬身之所,他来到了这个村子,打算在第一场雪落下的时候,在龙之首死去。然而命案发生了,妨碍了他的自杀计划。现在,案子虽然破了,但第一场雪也已经下过了。下雪那天,夏菜取代了他,失去了性命。

而且……说起来这念头或许太浪漫,事到如今,他不想在被他人之血污染了的地方死去。

换个地方死吧。

他重新下定了决心,同时,戳开了烤鱼的白肉。

敲门声让静马醒了过来,他迷迷糊糊答应了一声,御影的呼唤声就从走廊上传来了。看看枕边的钟,才凌晨五点,天还没亮。

"出了什么事?"

静马慌忙披上短外套,打开了门。只见御影独自一人站在昏暗的走廊上。静马第一次见到她如此不安的表情……

"父亲大人现在还没回来。"

没等静马发问,御影就焦急万分地说道。

"山科先生?"

"他晚上出去散步了。一向是一个小时左右就会回来,这次却……"

她说,晚饭后没多久,她被栖苅大人请去说明事情经过,就一个人去了御社。在沉重的氛围中完成了自己的使命,回房时却发现山科不在,当时是九点十五分。她单纯地以为他只是出去散步了，这漫长的一天又让她非常劳累，就先睡下了。然而刚才她醒来，却发现山科依然踪影皆无。

"房里没有他散步回来过的迹象。"

御影哆嗦着说，用惊慌失措来形容她这副样子都不为过。一向凛然有神的黑色右眼，此刻也闪动着不安的光。

"难不成，是卷进什么纠纷啦？"

"我真不愿意这么想。"

御影垂下眼帘，含糊着说道。一贯居高临下之态消失了，只剩难以抑制的不安支配着她的身体。

"可凶手明明已经抓住了啊。"

"我的推理不会有错，而且父亲还会合气道，有段位，所以我觉得他不会被轻易怎么样。我比较担心的是意外事故，比方说在山道上滑倒，因此动弹不得什么的。"

御影发出了歇斯底里的声音，不过，说着说着，她的声音又有气无力地低了下去。

"嗯，确实很有可能呢……那么，现在就去找他吗？"

"当然了，静马也会帮我一起找吧？"

她没有用命令的语气说"你也来"，从这一点可以看出她的脆弱无助。事情和父亲有关，御影也就和普通的十七岁少女没什么两样了。之前，或许正是因为父亲在身边，她才一直干劲十足。

"我当然会陪你了，不过，如果山科先生进了山，我们两个人找他是不是太困难了？要不要请宅子里的人帮忙一起找？"

然而，御影毫不犹豫地摇了摇头。

"我不想给他们增添这种不必要的麻烦，而且，由于登先生被捕，他们现在也正乱着呢。"

御影的意见很有道理，她是如此体贴，连晚饭都刻意和他们分开吃。在事情水落石出之前，自然是不想引起大骚动吧。

"也对，那么，姑且就我们两个人去找吧。"

"谢谢。"御影轻轻嘟哝了一句，前额上垂着几根凌乱的发丝，她也不去管。因为她低着头，静马不知道她脸上是什么表情。不过，仅仅一天之前，她还解决了大案，可现在，名侦探御陵御影的英姿半点都没了。

"那么，我们从哪里开始找起？"换好了衣服的静马站在三和土上一边换鞋一边问。

"先去古社那边看看吧。"御影说，最近山科把人迹罕至的古社山道当成了散步的路线。从这里去古社的路上虽然有陡坡，但是，按说没有会令人失足滑倒的场所。不过，古社再往前，就是通往山中的狭窄小径了，山科也有可能是想再向前走走。

"很难认为他会在庭园中发生意外，可我也不觉得他会去宅邸外面散步……对了静马，你什么也不拿就想出去？"

静马已经打开了门，正要向外走，御影递了一个手电筒给他。她的另一只手里则握着另一个手电筒，给她自己用。

外面还很黑，山道上当然没灯。不管怎么狼狈失措，御影在这方面毕竟还是冷静的，静马倒是有几分钦佩。

大约花了二十分钟时间，他俩才抵达古社。曾经把春菜头颅吹落在地的龙之岚，毫不留情地呼啸着，把静马的身体吹得冰凉。身穿水干的御影就更艰苦了吧。途中，御影忙忙碌碌地用手电筒照着四周，但是并没有发现山科摔倒的迹象。也许山科是倒在了路旁的草木丛深处，他俩看不到的地方。不过，如果他听到了两人的脚步声，应该会做出某些反应，要是他连那也做不到……

如果开口说话，静马似乎只会说出泄气的话，御影也一样吧。两人一路沉默。

"再往前走走看？"静马站在古社旁问道。

他俩一路走来的山道是经过修整的，但再往前走就是草木丛生的兽径了。御影用手电筒照了照那越往前去越狭窄的兽径，说："不用了。你看那些草，完全没有被人踩踏过的痕迹。前面倒是有一个岔道，对吧？我们不如去岔道那里……"

御影的嘴突然闭上了。被她抓在手里的手电筒正照射着古社。

"唔，怎么了？"

"门闩没插。"

沐浴在电筒光中的古社，门闩被人从格子门上卸了下来，搁在门外的地板上。

御影蹑手蹑脚地登上古社正面的阶梯，推开了对开门。然而，她立刻就愣在了那里。

很显然，发生了什么大事。

静马慌忙冲了上去。微微的臭气夹杂着血腥味从古社中飘了出来，刺激着静马的鼻腔。

"不会吧，山科先生他……"

"不是我父亲……可是——"

御影的喉咙像是被异物堵塞了似的，勉强挤出了声音。静马站在她背后，越过她向古社内窥探。

被手电筒的光照亮的前方，那里搁着秋菜的头颅。

"我的推理出错了……呢。"

手电筒从御影手里掉了下去,她双膝一软,跪倒在地,只有脸还朝着头颅所在的方向,那里已经被黑暗笼罩了。

静马拿起自己的手电筒,再次照亮了那个头颅。虽然他一直在祈祷,刚才如果是自己看错了就好了,然而残酷的是,秋菜的头颅确实在那里。古社里,有个古老的大神坛朝正面摆着,和夏菜那次一样,神坛中搁着死者的头颅。血色尽失的脸变了色,像夏菜当时一样苍白。不过,当初在小社里静马立刻移开了视线,这次他却认真地看着秋菜。不看不行……他被这样的义务感驱使着。

被御影认定是凶手的登正在警察的拘留所里,换言之,眼前的秋菜头颅说明,凶手另有其人,这一点明确得无法否定。当然了,秋菜的死确实给静马造成了冲击,但御影的推理竟然出了错,这带给静马的冲击更大。那真相之瞳熠熠生辉、指出凶手是登的凛然形象,为了继承母亲的衣钵而奋勇作战的十七岁少女那神采飞扬的形象,都像沙上的楼阁一样崩塌了。

虽然秋菜的头颅被手电筒光清晰地照亮了,但御影并没有移开视线。正视自己的过失,这大概是唯一的赎罪之道吧。但是她的身体违背了她的意志,她跪在那里动弹不得。这悲惨的姿态,让静马不知道对她说什么好。

名侦探败北……

就算是在对御影的能力抱有怀疑的时候,静马也没有想象过这样的场面。凶手漂亮地将计就计,在按说御影已大获全胜的夜里,杀害了新的牺牲品。

突然,风停了,古社沉浸在了静寂中。

"叫警察么?"静马问。

"应该叫呢。"御影用死气沉沉的声音表示了同意。在小社时那种自己先调查一番的劲头似乎已经消失不见了,右眼和义眼都暗沉沉的。

她慢吞吞地站起来,脚下有些不稳。这样的御影,静马可不能丢下她不管,于是他把肩膀借给她靠着,两个人一起走下了山道。是夜风,又或者是绝望,让御影的身体冰凉彻骨。下山的路本来是比较轻松的,现在却让人觉得又长又沉重,似乎永远走不到尽头。

警察匆匆赶到,御影和静马跟着他们又一次向古社出发,是四十分钟之后的事情了。

这期间,琴折家的人用冰冷的目光注视着御影。尤其是菜穗和美菜子,咒骂声不绝于耳。御影默默地忍耐着,和警察一起,拖着沉重的身体走向古社。

这种时候要是山科在场,大概会用温暖包住御影,自身化作防洪大堤吧。然而山科依然不见踪影。既然凶手另有其人,那么山科也很有可能遭遇了什么不测。对于这一点,御影似乎已经有了充分的心理准备。

古社的构造是一个大房间中央做了间隔,分成了里外两间。靠近入口处的外间摆着神坛,秋菜的头颅正搁在上面,然而她的胴体却被摆在了里间。胴体周边是大血泊,一目了然,这里是斩首的现场。

秋菜穿着绒线衫,披着厚厚的大衣,下面穿着工装裤和运动鞋。从这身装束看,她是为了来古社才穿了这么多,这种可能性非常大。看起来,她并不像是在宅邸内遇害后被搬运到这里来的。还有,服装也没有乱,和她的两个姐姐一样,连抵抗的间隙都没有,就立刻被杀害了。杀人方式也跟前两次一样,凶手用带棱角的棒状凶器把她打晕，再用琴弦似的细线绞杀了她。

里间的大血泊非常醒目，不过，虽然是秋菜流出来的血，上面却清晰地残留着某人摔倒过的痕迹。从血泊的跟前到中央，印着一个背部着地的人形上半身。

除了被鲜血染红的衣领，秋菜的衣服是比较干净的，而且人形的肩膀也比她宽，可能是凶手滑倒在血泊上了吧。但静马等人却不禁设想着别的可能性。最后起了决定性作用的，是在房间角落里发现的一颗带着断线的纽扣。

"你有印象吗？"

别所给御影看扣子，御影立刻闭上了眼。

"是父亲的T恤衫扣子。"

噩梦似的阴影似乎从背后罩下来，她的声音颤抖得更厉害了。

"也就是说……山科先生也到过这里？"

虽然嘴上这么说，别所却不止一次地摇头，一副不想相信的样子。大概是因为山科也当过警察吧，虽说只是曾经当过。

"可能性很大。如果这个痕迹是凶手留下的，应该会立刻被消去。恐怕是父亲在散步途中偶然撞见了犯罪现场，被凶手袭击了。"

脸色苍白的御影努力保持着冷静遣词造句，随后又追加了一句无比凄惨的话："当然了，我是说如果父亲不是凶手的话。"到了这种时候，她还要堂堂正正地作为侦探拿出称职的言行。这种顽强的劲头虽然令人惊叹，但是，却让人觉得她已经超过了自身的极限，即将绷断。

"真要命！"别所的肩膀塌了下来，吐出了叹息声。来古社前一直挖苦御影的坂本也半张着嘴，一脸担心地注视着御影。

"把人召集起来搜一下山里吧。"

"谢谢，不过父亲的纽扣是在这里发现的，说明搜索的范围没有必要太广。"

"没错啊，我们赶紧部署吧。"就像是为了代替山科似的，别所点点头，发出了充满包容的声音，随即转身向警官们发出了指示。

"那么……关于目前的事态，你是怎么想的？"别所问道，不是责备的口吻。作为刑警必须向侦探确认这么一句。不把御影当成（潜在的）被害者的女儿看待，而是彻底把她当成侦探对待，他明确地表示了自己的这种态度。这样对待御影大概是最妥善的方式了。如果把她当成被害者遗属看待，她心里那根绷到了极限的弦，一定会断在这里的。

"全都是我的错，凶手技高一筹……一切都太迟了。"

御影发出了饱含屈辱的忏悔，握着扇子的手不住发抖。

三十分钟之后，山科的尸体被发现了。正如御影所推测的，尸体被埋在了古社后面。在古社后面有一片矮竹丛，隔着竹丛有块相扑台大小的平地。土壤比较柔软，脚踝高的杂草十分繁茂。这块地中央被挖出了一个坑，大小呢，恰好能容纳一个人。坑的四周堆着挖出来的土，穿着套装的山科仰面朝天躺在坑里。坑挖得挺深的，山科身上却只是马马虎虎撒了薄薄的一层土。看起来，凶手并没有把他埋好彻底藏起来的打算。

"父亲大人……"御影紧咬着嘴唇发出了低语。她小小地向前迈出了一步，却又踌躇着退回了原地，似乎在拼命压抑着扑进尸体怀里的冲动。

"御影。"

静马情不自禁地把手放到了御影肩上,她没有拒绝,她心里的震动,正通过纤细的身体向静马传来。

山科先是后脑被打,随后又被绞杀,和秋菜一样。不过他的头颅并没有被砍下来,大概是因为凶手不想在非目标人物身上浪费不必要的劳力吧。他的后脑部和西装的背部粘着血,多半是秋菜的血。他大概是在被殴打时倒在了秋菜的血泊上。被众人认作挖坑工具的锄头和土木工程用的铲子都放在了古社的地板下。据说这两样工具本来是收在古社库房里的。

"凶手为什么把我的父亲埋起来?"

别所一声不吭地忙着自己手上的活儿,反倒是御影向他发出了询问。她这是在表示自己是侦探,虽然这样的表示太令人不安了。不过,别所并没有提出异议。

"这确实是个问题。不过,恕我说句失礼的话,如果摆放头颅对于凶手来说是件很神圣的事,那么山科先生的遗体可能就是障碍了。也许凶手不希望他的遗体比秋菜姑娘的头颅更早被人发现。"

"我也这么认为,凶手并不是真心想把我父亲的尸体藏起来。由此可见,只是为了确保两具尸体的发现顺序,争取到这微小的时间差就够了吧。"御影说话时让人觉得磕磕巴巴的,一贯的流畅感消失了。

黎明已至,周围亮堂了起来。

之前一直是被发黄的灯光照着,所以静马没有察觉御影脸色有异,此刻在阳光下一看,她哪是脸色发白啊,她的双颊正烧得通红。

"御影!"

静马不禁握起御影的手。下山时冰冷的手，现在热得发烫。

"你发高烧了吧！"

"没关系，这点热度不算什么。"

御影逞强地要把他的手甩开，却用力过猛，跌出了两三步。

"你的脸色也很不好，今天还是好好休息吧。"别所也劝解道。

"多谢你的关心。不过，这是我办案操之过急导致的祸事，不撑到最后的话，我无法向秋菜交代。"

然而，这番话刚说出口，御影就感到一阵晕眩，双膝跪地了。别所慢慢地走到她身边，向她伸出了粗大的手。

"我不会说什么不中听的话，你该好好休养。你的推理出了错，对于我们来说是非常遗憾的事。因为逮捕了凶手，我们放松了警惕，结果马上就出现了新的命案，但我们绝不会因此把责任推到你一个人身上。之后的搜查行动，也不会把你排挤出去。残忍的凶手杀害了三个豆蔻年华的孩子和你的父亲，追捕凶手是我的使命，因此我并不反对你来协助。还有，如果你想一雪前耻，那么就该把身体调养好，我认为这比什么都重要。现在的你，想挑战那个把你玩得团团转的凶手是不可能的吧。"

别所的口吻中交织着温情与严厉，就像死去的山科在教导御影似的，因此很有说服力。御影握住别所的手，无言地点点头。

"我背她回去。"

趁御影还没有改变主意，静马急忙向别所表态。

"啊，就这么办吧，搜查的结果之后会告诉你们。"

静马不由分说就把御影纤细的身体背了起来。不知道是不是因为在发烧，御影并没有逞强抗拒。她的肌肤像火一样热，身上的水干服却像冰一样冷。

　　走到石灯笼附近时,天上又一次飘起了雪。与此同时,冰冷的东西滴在了静马颈上。那究竟是不是雪呢,静马一点儿也不想去确认。

14

之后的两天，御影一直卧床不起。发高烧确实是个原因，但更主要的原因是她那绷紧的弦突然断了吧。在看护她的静马看来，她的劲头比体力衰退得更厉害。她不好好吃饭，就算在睡梦中，也不止一次发出"为什么？为什么"的呓语。大概她在梦里也不忘责备自己犯的错吧。

推理失败和失去父亲，给御影造成了多大的冲击呢？

静马似乎看到了两个月前相继失去了母亲与父亲的自己，感觉非常痛苦。静马是成年人，还败给了这份痛苦，在罪孽的谴责下选择去死。御影只是年仅十七岁的少女，不管她从小积累了多少特殊经验，静马还是担心她熬不过这个逆境。

别所的口吻中，透出了希望御影再次站上舞台的意思。御影到底能不能找回重整旗鼓的劲头与生命力呢？

次日下午，别所如约向静马传述了搜查的详细情况。就在前些天，静马还被当成嫌疑人对待，但现在别所却似乎打算平等地对待他。因为他是见习助手，是唯一和御影相关的人。

据别所说，秋菜和山科的死亡推定时间是前天晚上的九点到十二点之间。两个人都只是后脑部有外伤，和之前的犯案手法一致。

秋菜晚饭后在房间里与和生一起待到了九点，和生在"传授"开始前回了自己房间。达纮等人曾经提议在这样的时期"传授"就先暂停，但栖苅认为无论如何也要优先考虑维持传统。秋菜在和生走后就去了御社，刚好御影那时正从御社出来。秋菜进去接受了"传授"，然后在十点前，像往常一样去和厨房里的早苗打了一声招呼，就回自己房间去了。当时源助也在场，他正在厨房里吃他迟来的晚饭。再往后，就没有人见过秋菜了。结果，早苗他们成了最后看到被害人的目击者。那晚，早苗在半小时后去了御社，伺候栖苅大人沐浴，这是她每天都要做的功课。直到栖苅大人就寝的十二点前后，她一直和栖苅大人在一起。

从宅邸到古社，就算走得快，往返也需要十五分钟左右（当然爬坡的路段会占较多的时间）。挖坑至少需要花费三十分钟。由此可见，就算秋菜被凶手叫出来就匆匆去了古社，凶手要办完所有的事回来，也至少需要一小时。因此，栖苅和早苗的不在场证明成立。

而美菜子和菜穗母女据说也有不在场证明。她俩无法接受登被逮捕的事实，从晚饭后到十二点左右，一直在美菜子的房间里喝着酒互相安慰。

其他人呢，和生九点回了自己房间，之后一直是一个人独处，所以没有不在场证明。他垂头丧气地说如果他没有懈怠，好好看护的话，秋菜说不定就不会死。

还有达纮、昌纮、伸生和久弥，四人晚饭后一起开了个碰头会，直到十点过后才解散。之后久弥回了琴乃汤，达纮也回了自己的房间闭门不出，伸生和昌纮则喝着酒闲聊，一直待到了将近十一点。

源助的晚饭吃到了十点二十分左右,早苗和他在一起。不过后面他就是一个人独处了。早苗十二点出头时从御社回来,和他在用人房前擦肩而过,两人还交谈了几句。

最后来说说岩仓吧,他晚饭后就回了别栋,一个人在自己房间里。因此没有不在场证明。

这些信息静马认真地做了笔记,但没有立刻给御影看。因为他深知现在就算给她看,也只会让她的病情恶化。

警察在主屋频繁地出入,那里交织着悲痛与慌乱,处于骚动状态。而西侧的别栋和那里不同,始终被寂静笼罩着。

来探望御影的也只有久弥和岩仓。

特别是久弥,带来了自制的中药说要给御影滋补身子。他担心地凝视着御影的睡颜,说:"御影小姐真的不要紧吗?她该不会就这样……"

"御影会重振雄风的。而且,我想她一定会为山科先生和秋菜姑娘讨回公道。"对着一脸不安的久弥,静马斩钉截铁地说道。不过,虽然他也曾想过御影应该不会就此放弃侦探事业,但这番话却大半出自他自己的美好愿望。

"是呀是呀,真抱歉,我说了无聊的话。"

久弥小声地道着歉,突然握住了静马的手。

"种田先生,请你一直陪在她身边。你的信赖对于御影小姐来说是最好的药。我是这么想的。"

静马也因为命案与看护的事精疲力竭了,久弥的话语滋润了他干涸的身心。

命案过去了三天之后,静马才把从别所那里听来的消息说给了御影听。御影总算是退了烧,吃饭也恢复了以往的样子,气色好了很多。

穿着单衣的御影只从被褥中撑起了上半身，认真倾听着静马的报告。

"如果我能够做得更周到一点，成为像母亲那样出色的侦探，父亲和秋菜姑娘就不会被杀死了。"

她那干涸的嘴唇间突然吐出了悔恨的话语，似乎还不能把注意力集中在案件上。

"别说这种话。错的不是你，是凶手！"

"被凶手耍了的可是我。自以为漂亮地继承了母亲的衣钵，因此扬扬得意的也是我。我让警察产生了疏漏，而凶手抓住那个疏漏又策划了杀人案……"御影反驳道。反驳声却越来越轻，最后有气无力地消逝了。连静马也可以痛切地体会到，御影从小到大养成的自尊心碎裂了。不过，如果他在这里表示赞同的话，那就一切全完了。

"你在说什么呢，你不是会再度揭穿真相吗？不是会为父亲和秋菜姑娘复仇吗？这案子你不管的话谁来破啊？"

"但是凶手太狡猾了，远远超过了我。"御影的目光垂了下去，凌乱的发丝垂在脸前。她揪紧了被褥的一端。

"……我一直听父亲讲母亲的事，听了无数遍。母亲在我一岁时就死去了，所以我完全没有关于她的记忆。父亲讲述母亲的事迹时，总是充满了憧憬与崇拜。看着那样的父亲，我想母亲一定是个伟大的人。光是她的存在本身，竟然就能在别人的心中刻下如此深的印迹，她该有多出色啊。这次的案件也是，别所先生他们默许我参与搜查，是因为我的母亲啊，因为我是御陵御影的女儿啊。就连这些和母亲素未谋面的人，也对母亲的名字刻骨铭心。这个案子也是，如果是母亲，她肯定不会这么丑态百出，肯定会漂亮利落地破案。她会捉住狡猾的凶手的尾巴，可是我⋯⋯我也想成为母亲那样的人啊。"

依然黯淡无光的右眼开始发红，泛出了泪光。不可以哭，不知为何静马产生了这样的想法，如果她在这里哭了出来，就一切全完了，侦探御影将会从世上消失。

"还来得及，案子还没有结束呢。山科先生不是也说过吗？你的母亲也有没能解决的案子。山科先生还说过，由御影来解决那些悬案是他的梦想，而且御影你是有充分的能力的，有超越母亲的能力。"

"你别信口开河了，你明明不知道母亲有多了不起。而且我，我已经失去了锤炼我、引导我的父亲。"

"有我在啊！"

静马情不自禁地叫了起来。说着丧气话、无法前进⋯⋯这种样子跟御影一点也不配。从静马最初遇见她时开始，御影就是毅然的、居高临下俯视世人的，而且专注积极地向前直冲。那样的姿态才适合她。借用她之前的话来说，那样的她，已在静马心中刻下了深深的印迹。

"我呢，或许什么忙也帮不上，侦探的知识也一点都不懂，但我会陪在你身边。虽然只有微薄的力量，但多少可以给你一点支持。"

"静马你？"

御影抬起了消瘦的脸，嘴角浮现了自虐的笑容。

"静马什么也做不了啊，不是吗？你打算怎样支持我呀？"

"我也不知道。但我总能帮上点忙的吧。对于御影你来说，我在和不在真的没什么两样？"

御影语塞了，似乎被他这真挚询问的气势压倒了。

"而且，垂头丧气的御影我不想看。我不过是个见习助手，御影你想让见习助手看你这副窝囊相？"

"不想让你看啊，而且……"一直揪着被褥的手，转而抓住了静马的上衣袖口，"别离开我……"

那细小的声音颤抖着，泄露了真情实感。手的震颤通过上衣袖传给了静马。此时此刻，静马眼前不再是一位刚毅的名侦探，只是一个纯粹的少女，这一点毫无疑问。静马感到自己第一次听到了她的心声，同时又感到眼前的少女无比惹人怜爱。

"我不会离开你。"

静马抱紧了御影。那纤弱的身体并没有抵抗。静马吻了上去。那柔软的嘴唇虽然有些僵硬，却顺从地接受了吻。

这天夜里，静马和御影结合在了一起。

15

朝阳的光从窗帘的缝隙中射了进来，静马醒了。枕边就是御影的睡颜，静马初次见到的睡颜。看起来非常祥和，一点也不像和凶手较量的侦探，一点也不像在较量过程中失去了父亲的女儿。她看起来只是一个普通的少女，过着跟年纪相称的、平和安稳的日常生活。

然而只要睁开眼，她就会被拉回确凿无疑的残酷现实了。山科已经不在了，而且案件还没有结束。

我必须保护她……静马又一次下定了决心。

御影的眼睑颤动了一下，醒来了。静马向她说了声"早上好"。

"早上好。"御影红着脸答道。

这还是她第一次在醒来时看到父亲之外的男人吧。就像是为了遮掩羞态，她把被子拉高，掩住了嘴角。

"静马你起得真早。"

她的脸色基本恢复如初了，说话也很流畅，跟昨夜有天壤之别。

"今天只是偶然起得早，唔，我说……昨天的事，总之我是想全力支持你的，虽然我可能做不到山科先生那么好。"

御影的身体正在逐步恢复健康，精神方面怎么样呢？静马有点不安，但还是做出了告白。

"我，一定会破案……也是为了父亲，我要尽快破案。其实我不知道自己能不能解决这个案子，但是，如果没有拼尽全力就逃开，只会让父母的声名蒙羞。"

御影发出了强有力的宣言，同时慢慢地撑起身来。

"没关系吗？我觉得你还是多休息一天比较好。"

"话不能这么说，凶手可不等人，而且我的身体已经没问题了。"

御影的手伸向了枕边的水干，正想把汗湿的内衣脱下来，就在这时，她似乎感觉到了静马的视线。

"你在窥探什么啊，这么想看我的裸体？"

那恢复了活力的眼眸凛凛然瞪着静马。看起来并不是在强打精神。

"不敢不敢，我从现在开始又是御影的助手了。那么，我回自己房间换衣服去？"

静马迈着轻快的脚步走出房间，踏上走廊。

"见习的，你只是见习的，你又忘了。还有……谢谢你，静马。"

静马反手把门关上时，背后传来了御影温柔的声音。

御影首先去的是古社，秋菜和山科遇害的现场。大概是因为命案已经过了三天吧，只有一个年轻的警官站在古社附近监控。警官见到御影，似乎吃了一惊，但还是默默地放行让他俩通过了。虽然别所有过指示，不过，也是因为这警官见到父亲被杀害的女孩，想温柔地对待她吧，即使心里有点不痛快。

天气很好，古社沐浴在冬日的阳光中，泛着暗沉沉的光。身穿纯白水干的御影，就像和静马初遇时那样，用笔直的视线注视着古社。不过，静马看得出来，她的表情先是微微一僵，然后才重新振作了起来。

御影正在渐渐地恢复原样，静马放心了。

没多久，御影就像下定了决心似的，向木制的阶梯踏出了一步。然后，她打开了父亲遇害的古社之门。

古社里混杂着霉味和血腥气，除了黑乎乎的血迹，这里几乎没有留下什么东西。现场的血已经有人简单地擦了擦，但染了地面的血是无法轻松擦去的。

"这里能发现点什么吗？"

本来古社里也就只有个神坛，现在遗体和证物都被搬走了，空荡荡的。

"前天，我受到的打击太大了，脑子动不起来。但现在就不一样了。而且那个时候我也感觉到了不对劲的地方，只是没能表达出来。"

御影拿出了连一根落发也不会看漏的势头，拼命地盯着现场，好像要把此刻所见的影像，和前天留下的记忆分毫不差地重叠在一起似的。

静马不想妨碍她，退到了她背后。少许暖风从门口吹了进来，拂动着御影的秀发，拂动着御影的衣装，拂至最里面的墙又反弹了出来，抚着她的面颊。

然而御影纹丝不动。

这景象大约持续了十分钟。一阵强风，哗啦一下把她美丽的黑发吹得飞扬了起来，就在这时，她的身体骤然一颤。仿佛电流贯穿身体似的，她的背脊向后一挺。

静马想起了她在龙之潭的第一次推理。

"没有血的痕迹。"御影嘟哝道。

"是的，没有血的痕迹啊！"御影又叫道。然而她的视线直到这一刻，还盯着地上那黑乎乎的血痕。

"怎么回事，御影？"静马觉得不可思议，问道。

御影克制着亢奋反问道："如果我父亲倒在了血泊上，静马你会怎样去掐他的脖子？"

"……唔，我讨厌进血泊，所以会移动他吧。"

这样的对话还真是不合时宜，但静马还是老老实实地进行了回答。御影一脸满足地轻轻点头道：

"你这是最普通的想法呢。要移动对方的话，一般会抓住对方的两脚拉，对吧？如果抱住对方的背，自己也会沾到血。静马你还记得吗？那个血泊上有父亲倒下的痕迹，却没有之后被人拉开的痕迹。就算凶手是在原地把人抱起的，因为对方是体形较大的成年人，所以无论如何都会在血泊上留下脚印吧。还有，就算父亲是自己起来的，也应该会留下手印。然而脚印手印都没有。"

御影的话让静马将视线移到了地板上。圆形的黑色印迹，虽然被擦拭过，但依然保有清晰的轮廓。秋菜的身体之外，没有被弄乱的迹象。

"地板上只有人倒下后的形状。我的眼睛看到了血泊和摔倒在血泊上的人形，自以为把握了状况就满足了。简直就跟录像定格一样，我让眼前的影像终止、并且在自己心里过了关。说起来还真叫人懊恼，那之后凶手是怎么移动我父亲的，这个问题我竟彻底忽视了。"

御影的声音越来越高亢，十分兴奋。

与之相映成趣的是，静马还是摸不着头脑。他用一种糊里糊涂的口吻问道："我知道了，血泊上没有拖动尸体的痕迹，可是那又怎么样？凶手是不是用起重机之类的工具把他吊走的？"

"怎么可能！凶手没有必要特意准备起重机啊。再说了，秋菜姑娘才是最重要的目标，她身上都没有使用过起重机的痕迹。问题不在这里。问题是，血泊上没有拖动的痕迹，就说明父亲压根儿没有在这里摔倒过。"

"可是山科先生的衣服上不是血糊糊的一片吗？你说他没有倒在血泊上……"

"静马！"御影凑近他的脸，鼻尖几乎顶到了他的鼻尖，"你说过你要帮助我对吧？可你的脑子也太不好使了。就这点智商，也亏你敢说代替我父亲照顾我呢。"

不知怎的，静马觉得被骂的感觉挺不错。

"是吗？我毕竟只是一个见习助手，查案方面就别期待我的表现了。这个我昨晚应该已经说过啦。"

"嚣张什么呀，静马你呢……"

气势汹汹的御影进一步逼近前来，这回不光是鼻子了，连嘴唇都快碰到了一起。她慌忙退开了一点。

"唔，算了，让我再来确认一下不在场证明。"

静马把自己的笔记本递给了御影，上面记载了从别所处听来的情报。御影几乎是一把抢了过去。"字真丑。"她抱怨着，认真地看了一会儿。

"……原来是这么回事。"

她自顾自有了心得。

"你知道凶手是谁了？"

"差不多了，不过现在还不能说。再说也没有确凿的证据，我不想再像之前那样犯错了。"

御影的表情蒙上了阴影。不过这只维持了一瞬间，她马上又抬起头，精神抖擞地打开格子门走了出去。

"还有，登先生为什么要认罪呢？这也是个问题。我必须先把这个问题解决掉。"

她走进古社时还是一脸紧张，现在已经完全恢复了原样，意气风发。在外面站岗的警官似乎也有点吃惊地看着她。她向警官行了礼，警官才手忙脚乱地敬了个礼。

"登先生是知道凶手是谁，庇护了凶手吗？"

下山途中，静马试探地问御影。仔细想来，正是因为登认了罪，御影和警察才相信命案已经落下了帷幕。登现在还被警察关押着。虽然美菜子她们一次又一次吵着要警察放人，可是登本人仍然坚称自己是凶手。

"可能性很大，不过，他认罪的时间点却是个问题。如果我在那个时候指出了真凶，他再想顶罪不就晚了吗？想庇护的话就该早点儿认罪啊。话又说回来，既然已经听到我的推理出了错，就说明真凶是安全的，他明明只要单纯地否认自己是凶手就行了。"

"你说得很对。难不成，是有别的人想庇护登先生，才杀了秋菜姑娘？"

静马眼前浮现出菜穗的脸。疯疯癫癫抓着御影的菜穗，如果是她的话，或许有可能……然而御影立刻进行了否定。

"那是不可能的。因为殴打和斩首的手法完全一致。肯定是同一个人犯下的罪行。"

"是这样啊。可登先生又是怎么知道凶手是谁的呢？"

连御影也没能找出来的凶手，登是怎么知道的呢？在静马看来，登并不是一个脑子好到能胜过御影的人。

"也许他从小社出来时看到了凶手。我并不是自高自大哦，就凭现在这点线索，谁也不可能破案。"

"那么，凶手为了坑你，做了哪些手脚？"

"凶手伪造的线索有两处。一是用打火机烧了神坛底部，另一处呢，则是杀人后把里间的门拉开了少许。前者引诱我得出了结论，断定凶手是个戴眼镜的吸烟者。而后者引诱我做出了如下推理：小社里还有另一个人在，凶手穿了别的鞋。前者姑且搁置不谈，后者，恐怕是急中生智的产物。凶手杀人后想出小社，却发现外面有积雪。直接走出去的话足迹会留在雪地上，于是灵机一动想出了这个主意。"

"凶手的脑子转得好快。"静马又一次咂舌。

"这还用说！你认为平庸的凶手能让我失去父亲吗？"御影用险恶的声音发出了怒吼。

很好，要的就是这股子劲儿。静马握住了御影的手。

"喂喂，你这是干吗？"御影叫了起来，可是，她并没有逞强把静马甩开。她纤细的手指紧紧回握着静马的手。

"那么，凶手是个不抽烟也不戴眼镜的人吗？"

"没这么简单，因为在下一次作案的时候，这种伪装被看破的可能性很高……不过，抽烟和戴眼镜，这两点并不同时满足的可能性也很高。"

结果，还是绝大多数人都无法排除嫌疑吗？案情又堕入了五里雾中。

"那么，还是想办法从登先生的嘴里问出凶手的名字来吧。这是最直接最迅速的了。"静马自暴自弃地嘟哝着。

御影露出了柔和的微笑，随即说道："这大概办不到。已经有两个人被杀了，他是做好了死刑的心理准备替人担罪的。我不认为我们能让这样的人开口说出真相。而且，说不定，登先生也误解了真相。正如我做出了错误的推理，登先生或许也会搞错凶手。至少，我们要知道登先生认罪的契机是什么……"

她突然停住了脚步。静马不禁冲到了前头。两个人的手松开了。

"也许我就是那个契机。"

"怎么？为什么？"

御影没有回答，水晶般的瞳仁久久凝视着天空。反过来说，不回答的时候就是心里有答案的时候。静马确信御影已经看到了曙光。

"我们去菜穗女士那里吧。"

这一回，是御影握起了静马的手。她急匆匆地拉着静马在山道上奔跑了起来。光是为了不让自己摔倒，静马就已经竭尽全力了。

"菜穗女士，我来是有件事想问你。"

御影的身影映入眼帘，菜穗显然是吃了一惊。静马忆起，就在大前天早上，自己背着御影下山时，她还看着半死不活的御影嗤之以鼻呢。她也没想到才过了区区两天，御影就能恢复如初吧。

"搞什么呀，侦探游戏又要开始啦？你让我父亲蒙受了不白之冤，而且连秋菜也被杀害了，你还没有吸取教训？"

大概是因为惊讶占了上风，这番挖苦并没有措辞本身给人的感觉那么尖锐。就像是被御影挤迫着似的，她让御影进了房间。

"那个,我是为了登先生的事来的。"

"什么,还想把我父亲搞成嫌疑人?真遗憾哎,托你的福,我父亲被警察逮捕了,倒是有了不在场证明。"

"对于这一点,请允许我再次致歉。我今天来这里是想问别的事。菜穗女士,你觉得登先生为什么会认罪?"

"我怎么知道?难道不是被你们逼的么?"

"就某种意义而言,我们确实对他逼得很紧,不过,和你想的那种截然不同。"

"什么意思?"菜穗焦躁的声音粗鲁了起来。

"我第一次来访时,你的房间冷到了极点,就像刚刚开窗换过气似的。还有,现在也是如此,房内弥漫着过度的芳香。菜穗女士,你瞒着家里人抽烟,对不对?"

御影似乎说中了。

"……那又怎么样!和案子有什么关系?"狼狈不堪的菜穗发出了高亢的声音。

御影满足地点着头,从头开始,阐述了推定登为凶手的全过程。

"戴眼镜而且抽烟的人,使用鞋柜右半边的人,除了登先生,还有另一个。登先生知道你会抽烟,对吧?而且,说不定,案发那晚他还看到你走出了别栋。登先生知道,在仅剩的两个人中,自己不是凶手,那么凶手就只能是你了。"

随着推理的展开,菜穗的脸渐渐发青。御影的发言完毕之后,菜穗敲响了身旁的桌子。

"难不成,你是想说我是凶手?"

"直到刚才为止,我还是怀疑一切的。不过现在嘛,我觉得可以相信你有不在场证明。"

听了这话,菜穗大概安心了,她的表情稍微柔和了一点儿,坦率地承认了抽烟的事。

"没错,我会抽烟。母亲总是唠叨着别抽烟别抽烟,所以我没有告诉任何人。大概是想着我还有可能成为栖苅大人吧……但是,抽烟的事,竟然会害父亲替我顶罪啊。"

"我会向警察说明情况的,这样一来,登先生也就不会坚持他的主张了吧。"

"我可不会道谢哦。"

大概是破罐破摔了吧,菜穗从抽屉里拿出香烟,点燃了。那是一根细长的薄荷烟,甜甜的味儿飘到了静马身边。

"不需要你道谢,是我出了错。"

"就是嘛,本来就是嘛。话说回来,你真的能逮捕那个把你耍得团团转的凶手吗?"抽着烟,大概是缓上了一口气吧,菜穗的语调变得比较平稳了。

"不抓住凶手的话,春菜他们死不瞑目啊。"

御影拉起静马的手臂,流露了去意。菜穗目光敏锐地发觉了。

"你们俩,什么时候关系变得这么亲近了?"

嗤,她向静马投去了意味深长的视线。

"毫无意义毫无根据地动摇对方可是不公平的哟。"

御影丢出了这样一句话,态度简直可以用厚颜无耻来形容。走啰,她用力地推了推静马的背部。

实在是用力过度了,静马差点儿撞到了入口处的门板上。

"岩仓先生,你来得正好,我正想找你呢。"

静马和御影回别栋时，岩仓正巧从他一楼的房间出来。

"啊呀，你看起来气色不错呀。太好了，太好了，唔，对了，找我什么事？"

穿着毛衣的岩仓笑嘻嘻地走近前来。和菜穗不同，他对御影的恢复毫不惊讶。

"传承方面有事想请教你。不过我先要问的是下一任栖苅大人会是谁，还是纱菜子女士吧？"

"是吧。于是，我大概就是纱菜子女士的夫婿候选人了。唔，当然，先要看她有没有继承衣钵的意思，这是最重要的。本来不可能允许她那么任性，不过时代不同啦。"

看来岩仓也听说了纱菜子要去考试的事。

"如果纱菜子女士拒绝继承，那就是菜穗女士啰？"

"应该是吧。菜穗女士迄今为止还没有修行过，不过，这次情况特殊，会进行特殊处理吧。只是菜穗女士似乎不喜欢我这样的文弱书生，她好像喜欢肌肉比较发达的人。话说回来，她有个美菜子女士那样的妈，说不定美菜子女士会另外找个候选人来，那样的话，我在这里的使命也就结束了。"

他的措辞非常微妙，似乎知道菜穗和伸生的关系。作为夫婿候选人，每一位继承人被杀，他的对象就会换一位，被这样摆布得团团转，也挺可怜。

"啊，站在这里说话也不是个事儿，进书房谈吧。资料在手边，说明起来也比较方便。"

"那就拜托了。啊，还有，这次就不用费心款待我们了。"

"看来我泡茶的水平不怎么样啊。"岩仓开玩笑似的歪了歪头。

"不，上次的茶非常好喝，只是今天，为了破案，有一些事我想快点儿问你。"

"也就是说不能浪费时间喽?这倒是没办法啦。"

岩仓一脸遗憾地转身走向书房。御影跟在他后面。就在静马也想跟上去的时候,御影回头说道:"静马,你回避一下好不好?因为我必须问一些……站在岩仓先生的立场上、很难开口回答的问题。"

"什么问题啊,好可怕哦。"岩仓苦笑了起来。

静马没有理会他,只对御影说:"明白了,我回房间等你。"

静马老老实实上了二楼。那气氛,让他没有办法死缠烂打。

他回到自己寒冷至极的房间,打开电视消磨时间,却怎么也平静不下来。回过神来的时候,发现自己正抖着腿。电视的画面里,搞笑艺人正在大谈特谈自身的失败经验,静马却一点也笑不出来。就算抽了烟,状态也没有好转。还不如说越来越焦躁了。他咚的一下仰面朝天躺了下来,天花板的缝隙里也有杂音传来,吵得他心烦。

此时此刻,御影正在楼下和岩仓单独在一起……三十分钟过去了,静马才发现,自己心烦意乱的原因是嫉妒。

御影……

他舍弃了一切——包括生命——来到这里,却为自己制造了前所未有的枷锁。

他竟然和御影发生了关系。这样真的好吗……静马烦恼起来,但并不是后悔。

然而,他是杀人犯的儿子,而且还杀了自己的父亲。这样一个人,和御影结合,真的好吗?虽然她父亲遇害,变得柔弱无助,但是她应该作为侦探继续活跃下去。她那光辉灿烂的未来,会因为他刻下污点吗?

但是，静马想，御影恐怕早就知道他杀害了自己的父亲吧。有没有可能，前天晚上她只是一时迷乱，但是那样的话，今天她的态度就会有所改变了。然而，御影现在看起来也挺愿意接受他的。

虽然静马对她说了"我会支持你"，但是，其实是她的存在支持了自己，不是吗？

有御影在，他就能活下去了。

再活一段时间看看吧……静马第一次产生了这样的想法。

16

"静马，愿意跟我走一趟吗？"

两个小时之后，御影的声音传了过来。静马抬头一看，她好像已经换过装束了，水干的袖子和红裙裤的裤腿都浆得笔挺。不仅是服装，连头发好像也整理过了，束成一束的黑发闪着润泽的光。

这意味着什么，静马非常清楚。

"要去凶手那里了吗？"

"没错。"御影答道，脸上的表情端庄又精神。

"究竟是谁啊？"

"我们这就去本人那里确认。"

这口气，好像她一出马，凶手就会放弃抵抗坦陈罪行似的。不过，这种自信让人觉得她非常可靠。

"那么我们要往哪里走？"

"闭上嘴跟我走不就知道了？不过，你得小心点儿，别让人发现。我现在还不想声张。"

御影在主屋的后门换了鞋，走进了庭园。两人沿着池塘走了一段路，走上正后方的拱桥，过了桥，来到了御社的后方。

大概因为警方重点监守的是宅邸吧，庭园的后方看不到刑警们的身影。御社也是，廊桥前有昌纮在看守，御社后头却没有人。

"难不成凶手是⋯⋯"

"嘘。"

御影在嘴巴前竖起了食指，示意静马保持沉默。然后她手足并用地爬上了渡殿，勇往直前到了最里面的寝所，打开了门。静马按照她的吩咐一声不吭，但脑中一片混乱。

这究竟该怎么解释？

寝所是一个宽敞的和风房间，约有二十个榻榻米大小。陈木的气息和线香的味道交织在一起，弥漫着一股庄严的气氛。在这个沉闷的房间里，只有几件小家具，一道帘子垂着，将空间隔成了里外两个半间。帘子上有琴折的家纹，帘子里面，点着一对高灯台。

两个高灯台之间是一丈见方的御帐台，四周围着帐幕。御帐台中映出了一个人影。虽然有帘子挡着，看不太清楚，不过，那个人影似乎从帐台上撑起了上半身。风钻了进来，拂动了灯台的火苗，人影也随之轻摇。

"什么人？"

御影刚走近帘子，里面就传出了平静的问话声。语气非常平缓，声音却又高又尖。

"栖苅大人，我是御陵御影。"

"⋯⋯哦。"

如果栖苅大声叫起来，昌纮就会立刻飞奔进来吧。不过看起来，她并没有叫人进来的意思。

"那么御陵小姐，你今天有何贵干？"

"案子破了，来向你汇报。"

御影在帘子前面端正地坐了下来。静马则按照她的指示坐在了入口附近。是要他望风吧。

"是这样啊……那么,是谁对我的孩子们下了毒手?"

"栖苅大人,是你。"

御影清晰地说道,右眼的目光,似乎射穿了映在帘上的人影。她的语气非常严肃,脸上却显出了几分紧张。

栖苅没有反应,静寂在房中弥漫。只有高灯台燃烧的噼啪声,传入静马耳中。

"你不觉得这玩笑开过头了?我失去了女儿,身心俱疲,如此状况不可能一笑置之。"

"我虽然是外人,但还是比较了解这个家的规矩的。我不会在栖苅大人面前开玩笑。"

"别再像指认登先生的时候那样出错就行。"

"我也有同感,正因如此,才打算在告诉警察前先来找你问点儿事,于是擅自闯到了这里。"

"是这样啊……也就是说,你还没有对任何人说过啰?"

一瞬间,静马觉得她会杀人灭口……但栖苅并没有行动的迹象。

"那么,御陵小姐,你为什么说我是凶手?"

栖苅的语声十分镇定。即使被指认为凶手,她也从容不迫。

"在秋菜姑娘的案子里,我总算找到了指向凶手的线索。古社里,秋菜姑娘的血泊中留下了我父亲摔倒的痕迹,但是却没有把他从血泊中拉开的痕迹。恐怕凶手只是把我父亲的西装扔到了血泊中吧,然后把西装穿到了我父亲的尸体上,还用西装上的血蹭了下他的后脑部。"御影慢条斯理地向栖苅说道。这些话她也对静马说过。不过,之后的话,就是静马也没听过的了。

"是这样啊，我并不了解案情的一切，所以不知道这件事。那么，这件事究竟意味着什么？"

"凶手为什么这么做？这就是问题所在。想混淆父亲遇害的真正地点？虽然可以这么理解，但这样一来，父亲被杀的理由就说不通了。大家都认为，父亲是因为偶然出现在秋菜姑娘的遇害现场才被杀的。但是……如果父亲的遇害不是偶然而是计划的一部分呢？我发现整个案子的模样都有了变化。目前，人们认为父亲是在秋菜姑娘死后被杀的，然而支持这一点的依据已经消失了。换言之，秋菜姑娘也有可能是在我父亲死后被杀的。"

栖苅没有应答，沉静地等御影继续往下说。

"这样一来，不合情理的地方就消失了。为什么呢，因为凶手能借此得到不在场证明。人们认为，杀死秋菜姑娘，再杀死我父亲，之后挖坑把他埋起来，把从宅邸到古社的往返时间算进去，凶手至少需要一个小时。也就是说，秋菜姑娘最后被人看到的时刻是十点，从十点过后的一小时内，没有不在场证明的就是凶手了。

"但是，如果凶行是分段进行的，会怎么样呢？事先把我父亲杀死并且挖好坑。之后再找时间杀害秋菜姑娘，砍下她的头颅，把我父亲埋起来。也就是说，凶手去了两次古社。从宅邸过去杀害我父亲并且挖好坑，可能需要五十分钟时间。但后半段的活儿，就算把往返时间算进去，三十分钟也足够了吧。这样的话凶手在十点之后只要有三十分钟左右的空闲时间就可以了。使用诡计，以此伪造出不在场证明，而且还有三十分钟左右的自由活动时间，符合这些条件的只有你，栖苅大人。

"你在'传授'时使用花言巧语让秋菜姑娘待在这里等候，

趁这个时间去古社杀害了我父亲,挖好坑。接着,你吩咐秋菜姑娘去跟早苗婆婆打声招呼,然后赶紧去古社。你是栖苅大人又是母亲,你的话秋菜姑娘一点也没有怀疑吧。于是你在古社杀了她,砍下她的头颅,把我父亲的西装丢在她流出的血上,再用西装在他后脑部擦上血,最后把他埋掉。这个过程你看怎么样?这样一来,连那个问题也得到解释了,大费周折挖了坑,却为什么埋得那么马虎?因为挖坑的时间很充足,撒土的时间却必须尽可能地缩得短些。"

滔滔不绝的长篇大论之后,御影静静地等待着栖苅的反应。

"你有什么根据说这不是凶手的诈术?有什么根据说这不是凶手为了陷害我设的圈套?你不是失败过一次吗?正因如此秋菜才死于非命。"

栖苅的语气中透着讥讽。不过,就算她不是凶手,也会说出这番话吧。

御影完全没有退缩。

"我有根据。首先假设我父亲是偶然走到了秋菜姑娘的遇害现场,从而被杀。如果是这种情形,凶手尽量不让尸体被拉动的痕迹留下来,目的就是为了误导大家,让大家以为其实两人被杀的顺序正相反。然而这里面有个重大缺陷。凶手不知道我父亲会在什么时候出门散步。父亲碰巧在九点前出来散步了,凶手的诡计得以成立,但是,如果父亲是在将近十点的时候才出的门,不,就算他是在九点半左右出来的,诡计也毫无意义了。

"那么,我们来假设,我父亲的遇害本来就在凶手的计划之内。这样一来,父亲就不是在散步途中顺路走进古社,而是被凶手直接叫去古社的了。可以认为,这个诡计的意图明显是想陷害拥有不在场证明的栖苅大人。父亲在九点左右到了古社,像我之前所说的那样被杀害了。但是，这个假设也有重大缺陷。父亲出门散步的时刻，对于凶手来说，应该是设想着由我作证说明的吧，然而我被你叫去说明登先生被捕的前因后果了。什么时候说完，当时的凶手是不可能清楚地知道的。虽然'传授'会在九点开始，但这不是下判断的决定性因素。事实上，也确实拖延了十分钟。如果拖延得更久一点，诡计就无法成立了。其实，那天还有人呼吁传授暂停呢。总而言之，不管是哪种情形，这个线索是毫无粉饰的真切线索。

"那么，为什么要杀了我父亲呢……因为父亲是离动机最遥远的人。如果是琴折家的某个人被杀，大家就会抱有那样的疑问吧，是不是打一开始就打算杀这个人的呢？不过，如果是和琴折家毫无渊源的我父亲被杀，看起来，就只能是外人被卷入的样子了。这就是你的目的。"

"也就是说，我和御影也可以是凶手的目标啰？"静马情不自禁地插了一句话。

"是啊。"御影回头向他点了点头，"静马你大概也是，不过呢，我是侦探，所以不管什么时候有人要我的命都不奇怪。只是我和父亲被安排在同一个房间住，换言之，白天就不提了，就算是晚上，父亲的动向也很容易把握。因为有我这个证人在啊。如果换成静马你，你什么时候离开的房间，谁也无法作证吧。"

大概是因为长篇大论口渴了，御影用舌头舔了舔嘴唇，又一次转向栖苅。

"这样吧，从第一个案子开始说明。你从春菜那里听到了静马的事吧，一个跨坐在龙之首上的家伙。这个不懂规矩的青年每天都去龙之首，看起来，似乎对栖苅传说很感兴趣。于是你悄悄地去龙之潭确认了一下，捡到他的笔记本，知道了他的名字，就决定利用他了。后面就很简单了，你撰写恐吓信，声称要驱邪，让对此心生怯意的春菜写下了静马的名字。为了不让家里人担心，春菜姑娘早先来找我咨询过，但是，由于我的态度不怎么明朗，她又找制造出恐吓信的你商量了吧。家人中，你既是母亲又是栖苅大人，先找你商量是很自然的事。当然了，也有可能是你主动去试探她的。

"夏菜姑娘遇害时的情形就稍微有点不同了。因为下雪是你始料未及的。你杀了夏菜，用打火机和眼镜——两样和你沾不上关系的东西——做了点手脚，然后，出门时，你一定很吃惊吧。因为会穿客用鞋的人，只有你和岩仓先生啊。没错，不仅仅是岩仓先生一个人哦，游廊的鞋柜里也没你的鞋。你平常进园子的时候，是从御社的内侧出发，过拱桥进园的。但是，你无法下定决心从拱桥走，穿过庭园去小社。那是一条没有灯的路，很暗。如果不小心在地上留下少许足迹，而你又没察觉，就铁定会被人认出凶手是你了。因此，你就像家里的其他人一样，从游廊的那个出口出发去了小社。然而由于下了雪，客用鞋的痕迹清晰地留在了地面上。当然了，你可以一边走一边把足迹抹乱，不过，你当时心生一计，拉开了里面的拉门。这个计策非常漂亮地起了作用，让我把登先生误认为凶手了。

"你总是处在大家的盲点上。因为你是被害者的母亲，谁也不会怀疑你。我也是女性，也不愿意相信母亲会杀害自己的孩子。所以在无意识中蒙蔽了自己的眼睛。"

御影懊恼地咬着嘴唇。

"听起来，你这讲法倒也说得通。可是眼看大难就要来临，我为什么非得把自己最重要的女儿们杀死呢？"

非常合理的反驳。就算是鬼子母神也会溺爱自己的孩子。

然而御影立刻抬起头,用一种强调的语气说:"正是因为大难即将来临,你才杀死了自己的孩子。九年后的大难是卧床不起的你无法应付的。一定要力量最强的人类才行,一定要继承了你最多力量的人才行。迄今为止,琴折家基本上是女儿继承母亲衣钵的。可是你发现了比自己的女儿更称职的人,那就是你的妹妹纱菜子。你开始考虑让纱菜子继位的事。可是你虽然地位最高,却无法插嘴干涉继位问题,规矩和仪式的实施,都是由入赘婿负责的。所以你杀害了自己的女儿们。三姐妹都死去的话就只能由纱菜子继位了。然而纱菜子想去东京的大学应试,说不定明年就会去东京。所以你不得不在她离开之前采取行动。"

"为什么纱菜子会比春菜她们更适合继位?哪来的理由?"

"理由就在栖苅的缘起故事里。缘起故事里写道,如果由继承栖苅大人力量最多的人继位,村子就会平安稳定。此外还写道,第一代栖苅大人只继承了神代之力的一半,却继承了父亲之力的全部。也就是说春菜她们只继承了你一半的力量。

"那么纱菜子呢?她怎么样?你继承了母亲香菜子一半的力量,纱菜子也一样。不过,无法判明她在众多的力量中继承到了哪一半,所以也不能确定她有哪些力量、在多大程度上跟你是共有的。我们只能用概率来计算了,结论是二分之一。重要的不是从先代那里继承了多少力量,而是继承了现任的栖苅大人多少力量,跟现任的栖苅大人共有多少力量。她跟你究竟接近到什么程度是最重要的。此外,父亲达纮的力量,你和纱菜子都是全部继承的。所以合起来算,纱菜子的力量有四分之三跟你共有。

"女儿是二分之一，妹妹是四分之三，也就是说继承你力量最多的人是纱菜子。本来嘛，光是从缘起故事的字面上看，栖苅大人的禅让就不是母女而是姐妹啊……虽说是为了强调神力与人力的差距才这么设定的，但是，如果只能继承父亲一半的力量，纱菜子跟你也就只有二分之一的力量共有了。那样的话你也就不会杀春菜她们了。"

哪有如此荒谬的道理，静马不禁怀疑是自己听错了。为了这种没有办法搞清楚的概率，竟然杀害了自己的三个女儿？

然而短暂的沉默之后，栖苅说出了令人意外的话。

"真亏你能查到这一步，在外人看来或许荒谬之极，不过，是正确的，大难必须阻止……可你什么证据也没有，不是么？"

"你身为神明，居然如此死皮赖脸啊。"

御影平静地瞪着栖苅，说出了讥嘲的话语。

"正是因为你一直以来处于盲点，才会从搜查的网中逃脱。不过，只要调查神圣的御社，特别是这个寝所，不就能找到凶器了么？"

死一样的静寂笼罩着寝所。御影挺直背脊，一动不动地等待着对方的回应。没多久……

"御陵小姐，你到这里来与我会谈不仅是出于慎重，你也想给我一个选择的机会，对吗？"

"我确有此意。虽说你是杀害父亲的可恨凶手，但我也不想让春菜她们白白牺牲。"

"如果凶手一直没有被找到，成为下任栖苅的纱菜子就会遭到怀疑。我必须避免这种事发生。而且我在大难前夕本来就会降为凡人……是的，是我杀死了那几个孩子。为了守护村庄，母亲对孩子下了毒手，你替我告诉大家吧，拜托你了。我还有别的事非做不可,我必须净化这个污秽的场所。"

"请等一下!这种事你必须亲口告诉大家!"

御影慌忙站了起来,以至于怀里的扇子啪的一下掉在了地上。不过已经太迟了。御帘深处传出了动物呻吟似的声音,随即,栖苅的上半身缓缓向后倒下了。

与此同时,随着一股焦味儿,御帐台起了火。御影急忙掀开御帘冲了进去,静马迟了一步,但也跟着冲了进去。

栖苅脸色发青,已经气绝身亡,嘴角溢出了一丝血线。御影闻了闻她嘴角的气味。

"看来她是自杀了,氰酸。"

这时,火已经沿着帷帐烧向糊着采光用纸窗格的天花板上了。这两天气候干燥,火蔓延得很快。不仅是御帐台,连栖苅的白衣和被褥都燃烧了起来。

"不行了,我们姑且先避难吧。"

静马跑到渡殿回头一看,御影的行动和言论正相反,她还留在御帐台边上摸索着什么。她已经被暗灰的烟包围了。

"怎么了!不快逃不行了!"

"我在找遗书,不然我口说无凭啊,没有栖苅大人的亲笔遗书,谁也不会相信我的话啊!"

御影懊恼地叫着。可是这时连建筑物本身都燃烧起来了。她的退路眼看就要被截断了。

"快点儿!"

静马飞速地转身返回,抓起御影的手腕,把她拉到了寝所外面。

"完了,什么也没有,我明明给了她选择的机会……她为什么不给我留点什么呢？"

御影茫然地垂下头，跪倒在地。从她的话里，可以听出栖苅的自杀本在她意料之中。她是为了避免神明被警察铐走啊，真是温柔体贴。然而栖苅的做法却超出了她的预想。

"等会儿再懊恼吧，这里也不安全，总而言之我们先回主屋去。"

滚滚浓烟蹿得老高，连外面的人都能看出这里有火灾了吧。

静马又一次握起御影的手，想把她拉起来。就在这时，背后传来了脚步声。面无血色的昌纮正从游廊上飞奔过来。

"发生了什么事！"昌纮看看寝所又看看御影，哆嗦着问。

"栖苅大人自杀了。"御影答道。虽然案子已经破了，她的脸上却露出了悔恨的表情。

燃烧的御社，不知疲倦的火舌，好像要把沉睡其中的栖苅冰冷的身体都烧光似的。静马已经走出御社，站到了游廊上回看火场，炽热的空气依然毫不留情地侵袭着他的脸。

再看御影，她轻轻地咬着嘴唇，凝视着火苗，好像火焰中有什么宝物一样。火势已经从寝所蔓延到了浴场和正殿。

静马真切地感觉到，一切都完了，都完了。

别所他们接到了昌纮的报告，正从主屋向这里赶来。在他们身后，是达纮和伸生，以及和生小小的身影。

"母亲大人怎么样了？"和生不断地问伸生又问别所，拼命地想要确认母亲的安危。他马上就会冲到静马和御影跟前来了吧，该怎么向他交代呢？静马没有合适的话对他说啊。静马曾经从父亲嘴里得知母亲之死的真相，可以设身处地替和生想一下，他会受到多大的冲击，静马真是太能想象了。和生今年才十六岁啊。

静马又一次将视线移向了御影。她以慎重的步伐踩上沙砾道，站在了和生面前。

"栖苅大人自己点燃了火，自杀了。"

御影注视着和生的眼睛，清晰地说道。她的脸就像戴了能剧面具一样毫无表情，在和生看来，或许跟女鬼差不多。最初和生大概是以为自己听错了，向御影露出了巴结的笑容，然而他立刻意识到御影的话是确凿的事实，张着嘴巴呆住了。

"怎么回事？你说比菜子，不，栖苅大人自杀了？"

达纭一步一步逼近御影，要求她进行说明。他那满是皱纹的右颊就像是快要抽筋似的，向上斜吊着。

御影维持着脸上的面具说道："栖苅大人是命案的凶手。"

"胡说八道！"

伸生一把揪住了她，这让静马联想到了早先在龙之潭时的情景。正如御影担忧的那样，琴折家的人不相信她的话。

别所赶紧制止了伸生。

"你说的是真的吗？"

别所一边把伸生架开，一边问御影。从他的表情看得出来，他也觉得难以置信。

"是真的，如果大家能平心静气地听我发言的话，我稍后就进行说明。不过我们先得灭火。我们必须防止火从游廊烧出去。栖苅大人服毒自尽已经无法挽回了，我们总得在她的遗骸化为灰烬之前把她抢救出来吧。"

御影毫不退让的态度，让别所放弃了纠缠。他下令灭火。

"稍后我必须让大家接受我的话才行。"

御影小声嘟哝着，视线投到了静马身上。她深深地皱着眉，让人感觉到了事态的严峻。

这是个艰巨的任务。家人中出现凶手已经让人很难接受了，凶手竟是栖苅大人，这肯定超越了大家的理解能力。而这位栖苅大人偏偏已经在烈焰中永远闭上了嘴。

就在这时，静马背后响起了惊人的冲击声。寝所的屋顶崩塌了。

暴露出来的柱子还在燃烧，形成了冲天的火柱。从御社四方蹿起了火龙。那火龙似乎想把整个村子都烧光。

静马不经意地看了御影一眼。御影的侧脸上，正笼罩着空前的哀伤。

尾　声

第二天早上，御影从隔壁房间里消失了。

消失的不仅是她的人，她的行李，以及山科的行李，都消失得一干二净。留在房里的只有本来就放在那里的旅馆日常配置品。就像刚到那天一样，冷冰冰的室内弥漫着陌生而疏远的气息。

御影离开了这里……就算静马不想承认，也不得不接受这个事实。她一大早就出门远行了，没有跟任何人说一声，把静马一个人丢在了这里。

也不是完全摸不着头脑。昨天，御影凝望着御社燃烧的侧脸上，最后浮现出来的，不是破案的成就感，不是父仇得报的满足感，也不是当初指出登是凶手时、误以为案件已经得到解决的虚脱感，更不是施恩于人却反而致使一切灰飞烟灭的懊恼之情。

御影凝望着飞舞的火苗，满脸哀伤。静马最初还以为那可能是对栖苅的同情，现在他明白了，那是羞耻。她怜悯自己能力不足，并为此深感羞耻。

因为是女性，所以案子破得慢了……在栖苅面前御影不也这样不无懊恼地说过吗？为了应付大难，母亲冷静地杀死了孩子，这种事静马身为男人也难以置信啊。但御影似乎还是得出了结论——因为自己是女性，所以双眼被蒙蔽了。

当侦探，就得抛弃女性的身份，于是静马这个男人就成了障碍。这是明摆着的事。可静马还想着这案子作为两人的第一步，今后他或许可以跟御影携手走下去呢。或许他能像山科对御影的母亲那样，成为御影的心灵支柱。他正在自我陶醉……

御影却选择了独自上路。

那前天夜里的结合究竟算什么啊。静马茫然地伫立着，盯着自己的双手。拥抱御影的感触，御影的体温，还记忆犹新，这一切都是梦幻吗？不仅是身体，连心灵都融合在一起的感觉，只是他一个人的感觉吗？

一切都是错觉？现实也好，心也好，连他自身都是错觉吗？一切都搞不明白了。静马抱着头蹲下了，就像那天听到父亲坦白罪行后，他动手杀了父亲时一样。

——啊，不，只有一件事是确凿无疑的。那就是御影并不需要静马。是静马需要御影，为了活下去，为了得到活下去的理由需要御影。

静马眼神空洞地站了起来，跟跟跄跄回到了自己房间，然后静静地开始整理行装。

去死吧。

对于静马来说，已经没有别的选择了。

第二部　二〇〇三年・冬 ─────

1

穿过水泥浇铸的小径，看到琴乃汤正面挂着的招牌一如既往，一瞬间，十八年前的种种回忆，在静马心中复苏了。当年的种种遭遇，跟深切怀念的感觉一起，在他脑海中浮现了出来。

仅在一年之前，静马还不知道自己是谁。因为他在医院的病床上醒来时，已经失去了所有的记忆。早前是一个名叫日高阳一的男人发现了他，此后，他留在日高阳一身边，以日高三郎的身份活到了现在。

不过现在情况已经都搞清楚了。十八年前的冬天，命案终了的十天后，静马自杀了。他离开了栖苅村，想着要死在和栖苅村完全无关的地方。于是在九州宫崎的某个溪谷割开了手腕、投了水，那个地方和龙之潭一样有着浪漫的传说。据说每年慕名而来的自杀者都会超过十人。静马投水的一周后，就有一个身份不明、与他年岁相当的年轻人，被人在下游发现了冰冷的尸体。

然而，也不知道是幸运还是不幸，静马挂在岸边的树枝上陷入濒死状态时，村人发现了他，把他运去医院，救了他一命。后来，静马打听到，在他投水之处和他被发现的场所之间有两个小瀑布,所以也许是当时头部受到了冲击,也有可能是因为他被发现时已经失血过多,休克影响到了海马体。具体的原因一直不明,总之静马失去了所有的记忆。

还有,因为不想在死后被人探查,他把能判明身份的物品都处理掉了,结果连自己是谁、来自哪里都搞不清楚。这世上失踪者多如牛毛,况且静马的失踪不会有人报案,查不出身份也是理所当然的。躺在病床上的静马是一个可怜的男人,失去了一切,自杀未遂,想死都没死成。

长达一年的疗养之后,静马接受了日高的盛情邀请,以日高三郎的名义在日高的牧场干起了活。静马是在河边被发现的,三郎是那条河的别名。静马学得很快,而且,因为失去了过去,他没有任何牵挂,全身心地投入工作。随着时光的流逝,他得到了日高的信赖,现在已经被任命为劳动现场的负责人了。在住院期间,他每天夜里都在烦恼自己是谁,为什么会自杀。然而他在牧场的日子过得久了,渐渐地也就不大在意了。或许这也是因为牧场工作很忙,让人没有沉思的闲工夫吧。

一年前他的记忆才复苏。当时,一个介绍栖苅村的旅游节目映入了静马的眼帘。仅仅十五分钟的电视节目,画面上清晰地展示了琴乃汤和龙之首,还是过去的老样子。

当时的感觉静马至今难忘,仿佛有上百万只虫从脊髓向全身扩散,令人发毛,就像外星人穿破肌肉和皮肤、即将破体而出一般恐怖。然后,下一秒,被封存了十七年的记忆之堤崩溃了。就这么简单。

静马知道了自己是种田静马。

他把恢复记忆的事告诉了日高,日高为他高兴的同时,又问他将来怎么打算。静马选择留在农场,像这些年一样,以日高三郎的名义过下去。就算种田静马回来了，也不会有人欢迎他。

然而静马此刻站在琴乃汤前，是有一个理由的。一周前，密集的暴雨把龙之首冲塌了。

虽然他已经决定舍弃过去的种田静马，作为日高三郎活下去，但琴折家的案件，当然，最重要的是御影，一直残留在心灵的角落里。不，不是残留，是他刻意保留下来的。已经不可能再相会了吧，不过，那个名叫种田静马的男人曾经存在过，作为这样一种酸酸甜甜的回忆，保留在了心里。所以龙之首的倒塌，就像勉强连接着过去的细链断了似的，让他受到了极大的冲击。

静马破开封印，在网络上调查了御影。御影在网上已经成了都市传说般的著名侦探。虽然她完全不在大众传媒中现身，只是从案件关系人的口头传说变成了网上的话题。那其中有好几个静马在新闻报道中听说过的凶恶罪行，每一个案件都被报道成了"警察迅速破了案"。

御影作为侦探取得了巨大成就，舍弃我倒也不是没价值……静马满足了，想要关闭视窗。如果一切到此为止的话，静马现在就不会来栖苅村了吧。

然而，下一个页面上报道了御影的死讯。半年前在千叶县的馆山发生了杀人案。搜查中，御影被穷途末路的凶手带走，从此下落不明。一个月后，她和凶手一起溺毙的尸体被冲上了镜之浦。十八年前，御影在栖苅狂热迷信的烈焰中幸免于难，可这回还是被夺去了生命。

那天，静马哭了。她才三十五岁。他的悲伤和懊恼无法止息。于是他决定去龙之首，去他和御影初会的地方。在自己的回忆彻底风化前，想再去那里一次，想在龙之潭合掌祈愿，祝御影安心成佛。

在遥远偏僻的农村发生了一个小事件，报道那事件的新闻偶然入了静马的眼，这件事本身，或许就是神明的运作吧。总而言之，静马请了假，来到了这个村子。

"您就是预约过的日高先生？"

随着令人怀念的声音一起出现的，是久弥的身影。他的脸上增加了几道皱纹，让人感觉到了岁月的流逝，不过，他的体格还是那么健壮。已经十八年过去了，他应该接近五十岁了吧。

久弥开始似乎没有察觉是静马来了，但静马的声音让他有了反应，他目不转睛地盯着静马看。

"……难不成，是种田先生？"

是啊，静马坦率地答道。在久弥眼里，自己是什么形象呢？他在生死之间彷徨了好久，脸上应该已经出现了比久弥更深重的岁月之痕吧。

"果然是你啊，真是令人怀念。你究竟是怎么啦？还有，为什么弄了个日高三郎的名字？"久弥问道，一副惊愕不已的样子。

"我来这里是因为听到了龙之首倒塌的新闻。至于这名字……我只是想让你吃一惊啦。如果你觉得被冒犯了，我这就道歉。"

没有必要勉强把失忆的事说出来。

久弥老实巴交地信了，表情柔和地摇着手说："哪里哪里，没那回事。不过，我还真是吃了一惊啊。因为发生了那样的案子，我还以为你不会再来了。你还惦记着这个村子的事啊，都十八年了……这些年，村子也发生了各种各样的变化。"

说到最后，久弥的声音低了下去，有点寂寥的样子。

"看来我不该来啊，好像是让你想起了从前的事。"

"怎么会？好久不见，这次能再相见我真的很高兴。来吧，快进来，我今晚要大展身手。"

久弥把静马请进了房间，一边为他泡绿茶，一边说起了这些年的事。

命案过后的第二年春天，纱菜子顺从地继承了栖苅的衣钵，一直做到了现在。她和坂本刑警结了婚，生下了三胞胎姐妹。

"三胞胎……和春菜她们一样啊。"

凄惨的回忆在静马脑中闪回着，三姐妹没有一个得救的凄惨回忆。

"可不是嘛。在命案的伤痕还鲜明的时候，村子里有不好的传言到处散播。不过她们后来渐渐长大了、懂事了，散播传言、不像话的人也就少了。"

"于是，那三个孩子没听说过当年的命案？"

"谁知道呢。"久弥歪了歪头，"虽然谁也不想对她们说这个，但她们毕竟长到了十五岁，不太可能一无所知吧。"

"是啊，是先代的栖苅大人，又是表姐们的事啊……对了，大难怎么样了？"

"那个嘛……"久弥露出了复杂的表情，嘀咕着说了句"其实什么也没发生"。

他随即又说："当然了，对于村子来说这是最好不过了，可这样一来，栖苅大人杀春菜她们又是为了什么啊，明明是为了应付大难她才做出了那么残酷的决定……真是令人失落至极。命案之后，村子里不信奉栖苅大人的人日益增多了。后来大难没有发生,栖苅大人进一步失去了村子的重视,跟从前无法比。当然了,相信是当代栖苅大人成功防患于未然的人目前也还不少……容我说句不谨慎的话,我甚至觉得啊,多少发生点灾害的话,对村子、对栖苅大人都好。"

那样的大骚乱之后什么也没发生,栖苅的威信也就不得不下降了吧。本来嘛,现在和五十年前、一百年前不一样了,迷信正在逐步被破除。就算是在十八年前,那个杀死亲骨肉的动机,看起来也是和时代脱节的怪异举动,这一点毫无疑问。

"三年前当选的村长也和琴折家疏远了,反而和县里的政治家过从甚密。他是个又造路又建公民馆的实干家,广受欢迎。"

这么说起来,静马来村子时走的路确实宽敞而整洁,简直让他以为自己看错路了。还有贯穿了两侧的山、跨越村子的高速公路。虽然村子这里并没有出入口,不过这条高速公路向村子投入了不少钱吧。和琴折家相比,村长为大家赢取了更多的实利,于是受到了村人的追捧。

据说登在命案之后依然致力于度假村的开发,然而由于泡沫经济破裂,大业半途而废。据说现在山里还残留着一堆废墟呢。

"那之后登先生不得不舍弃了野心,然而时光流逝,最后别人做成了那些事。"

至于琴折家的其他人,源助在十年前寿终正寝了,四年前,登蛛网膜出血急逝,剩下的人则都健在。早苗虽然也上了年纪,但精神矍铄地过着隐居生活。令人意外的是,菜穗有了夫婿生了女儿,而这个女儿今年与和生结婚了。也就是说和生娶了父亲的外遇对象之女。和生本人知道这一事实吗?静马没敢问久弥。

"种田先生打算在这里待多久?"

"我想待三四天吧,如果没给你添麻烦的话……我不会去村里露面的。"

"不不,没关系哟。再说了,已经没有什么人会在意你了吧。毕竟是很久很久以前的事了。"久弥遥望着远方,嘟哝着说。和突然恢复记忆的静马不同,久弥这十八年,可是在这个地方一天一天过下来的。当年的悲剧也染上暗色了吧。

"我得给内人做晚饭,明天再聊。"

"夫人一直卧床不起吗?"

"嗯,不好也不坏的样子。三姐妹一下就丢了命,而我这个久病在床、什么时候传出死讯都不奇怪的内人,现在还躺在病床上。这个世界真叫人搞不懂啊。"久弥的嘴角讥嘲般地歪了歪,随即缓步走出了房间。

静马不经意地瞥了瞥庭院,望见在庭院的角落里有个小小的墓碑。在竹子的掩映下,三块扁平的石头叠在一起。那是雪鼬藏白的墓吧。静马想起了当年滞留在此的事,御影当年常常跟藏白亲热。

静马接触到了"过去",真切地感受到了时光的流逝。

翌日午后,静马去了龙之潭。村子变了模样,龙之潭却没有任何变化,仿佛时光停滞了一般。郁郁葱葱的树木,清爽的溪流,以及逆反着这美景的阴沉深潭——正是残留在静马记忆深处的景象。只是,除了倒塌的龙之首。龙之首是向着潭倒塌的,前端伸到了潭面上,把河滩一分为二。

"首"的部分,也就是静马曾经跨坐过的地方,现在浸在了水里,看起来就像龙在饮潭水。大岩的底部初见天日,土还是湿的，可见露出来没多久。大岩腹部那个曾经放过春菜头颅的小祠，现在压到了下面看不见了。

静马战战兢兢地碰了它一下，巨岩纹丝不动。看来是就这样安稳住了。静马受到怀念的驱使，情不自禁地爬上了龙的"背"。因为很难爬到最前端，他尝试着前进到了河滩和潭的交界线。然后，像从前那样眺望着四周。

景色与之前完全不同。从前的大岩有十米高，可现在还没有一个人高，和站在地面上仰视的感觉差不多。天空狭小，当然了，琴折家的塔一点也看不到。

然而静马却感慨不已。

命案就是从这里拉开序幕的，这么说一点也不为过。如果静马没有爬上龙之首，春菜就不会在风见塔注意到他的存在，就算命案发生，他也会是一个彻底的局外人，不会跟琴折家扯上关系……还有，也不会和御影相遇了吧。

恢复记忆以来，他一直在思考一件事，为什么自己会自杀失败呢？那个地方是出了名的自杀胜地，从古至今，几百个人去那里尝试自杀，成功地去了西天。难不成，在他心灵深处的某个角落里，怀着不想死的念头？他还眷恋着什么，对生存有执念？

现在，甚至可以说，他只觉得活下来真好。失去记忆的一天又一天，让他产生了这样的想法。

而那唯一的眷恋……

"你在那上面干什么？"

突然，背后传来了声音。似曾相识，埋葬在遥远的记忆彼方的声音。这个声音！

静马回身一看，一个穿着白色水干服的少女正站在那里。

"御影！"

静马叫出了封闭了十八年的名字。当年的御影，正以当年的容貌活生生地站在他眼前。

静马的叫声，似乎也让少女吃了一惊。

"你为什么知道我的名字？"

"果然是……御影吗？"

虽然是从自己嘴里说出来的话，静马却十分困惑。只能认为这十八年来，她的容貌没有丝毫变化。只能认为，时光在她身上停滞了。

然而御影似乎并没有认出静马。也难怪。这十八年来，静马老了可不止十八岁。

静马从龙之首上下来，走到御影跟前。

"是我啊，种田静马，没想到还能再见到你，因为看到了报道你死讯的新闻，我还以为肯定……谁能想到你竟然还活着，还是从前的老样子！"

"难不成，你是那位种田先生？"少女瞪圆了眼睛，不过马上又恢复了面无表情的状态，说，"我一直以为你肯定是死了呢。"

"我？这个嘛，从某种意义上说倒也确实是。"

毫无疑问，他打算去死，事实上也去鬼门关走了一遭。而且十七年来失去了记忆，以别人的身份活到了现在。可是御影为什么会知道这些？他应该没有对御影说过，自己是为了自杀才来这个村子的呀。

就像是为了回答他的疑问似的，御影说："……妈妈，因为妈妈那样说过，种田君大概已经自杀了吧。"

"妈妈……那，你是御影的女儿？"

自己是不是大白天在做梦？这个疑问总算冰消雪释了。冷静下来想想，这其实是理所当然的事。可能是因为他还没从御影之死的冲击中走出来吧。

"是，我是御陵御影的女儿，御陵御影。"

真是绕得慌。御影的母亲，也就是眼前这位御影的外婆，也叫御陵御影。眼前这位就是第三代御影啰。

"那么，你也在当侦探？"

然而少女无精打采地摇了摇头，说："我还只是见习侦探，现在正在修行，希望不久之后，能成为不辱母亲之名的侦探。"

"你真谦虚。你的母亲在出道前就自称是侦探了，还被父亲，噢不，我是说你的外祖父，责备了一顿。你呀，如果能早日继承母亲的大名就再好不过啦。"

这话似乎让少女领悟了什么。她呼吸一滞，随即又说道："种田先生，你知道我妈妈去世的事吧。"

"嗯，就在前几天知道的，我也正是因此到这里来了。我想在这里为她祈福，唔，虽然我刚才那副样子跨坐在龙之首上，这话可能没什么说服力。这里是我和你母亲相识的地方。所以看到你，我还以为是御影从另一个世界现身了呢，吃了一惊。不过话说回来，你为什么会在这里？"

"因为听说了龙之首倒塌的新闻。这里是妈妈作为侦探，第一次粉墨登场的地方。这里发生的案件，我小时候听妈妈讲过无数次。"

"是想追思母亲才来这里的啊。也正是因此，你才知道我的名字？"

"是的，因为从妈妈那里听说了案子的事。"

凝视着静马的双瞳中，不知为何透出了些许忧郁与羞怯。

这少女和她的母亲一样，有一只眼颜色不同。据说御影的母亲也是独眼，这是遗传吗？

"你跟你母亲长得真像，这乌黑的长发也一样。"

就像在那唯一的一夜所做的那样，静马情不自禁地伸出手，去抚摸那秀发。然而他立刻意识到眼前的少女不是御影，又慌忙把手缩了回来。

也不知少女有没有察觉到他这番动向。少女说："认识妈妈的人大多这么说。他们还说气质完全不像。"

"确实，性格看起来不像呢。她是个不服输的倔脾气，和我第一次在这里见面，就拿我开涮，后来还直接叫起了我的名字。"

"妈妈说了，那天正好有个适合当华生的，就把他收了。"

"啊，是这样啊，看来你也多少继承了一点母亲的血统啊。"

"也许是吧。"少女掩着嘴嗤嗤地笑，"那么，也别再你啊你的叫了，愿意直接叫我的名字吗？"

"御影……"静马沉吟了片刻，"行是行，但是，如果你也直接叫我的名字，我可就伤脑筋了。年轻的时候也就算了，现在被能当自己女儿的孩子直接叫名字，我最后一点体面也保不住啦。"

"我懂，静马先生，这样叫你可以吗？"

"啊，这样可以。"

真是不可思议的对话，静马点着头想。

仔细想想，十八年前和御影初遇时，那番对话更是匪夷所思啊。

"那个，你住哪儿？难不成……"

"当然住琴乃汤啦。不过我一到村子就来这儿了，琴乃汤还没去过。"

"巧了，我跟你一样。我也是刚到琴乃汤呢。那么，我们一起回去吧。"

"好。"

不知为何，少女面露喜色地点了头。笑容非常可爱。静马突然意识到，御影脸上从来没有浮现过这样的笑容。她一直很紧张。现在回想起来，她其实是在做她力所不能及的事吧。然而眼前的少女身上却没有多少紧张的气息。是因为遇到了母亲的故人，也就是静马，所以产生了安心感吗？

但是，侦探这个行当，就算是从前的那个御影，也得保持高度紧张才能做好，眼前这个气质和年纪相称的普通——不，还不如说温顺，这温顺的少女真的能行吗？

她不是十八年前的御影重现，而是彻底的另一个人。静马又一次想到，那个御影已经不在人世……静马在少女的身边低着头迈着步子。话变得少了，连他自己都意识到了。

2

十八年前的此时，静马为了寻死来到琴乃汤，等待第一场雪降落。他的生命早已陷入绝望，只是想在死时添加少许意义，烦恼了很久，才做出了这样的选择。

这个选择现在想来还真是荒唐可笑，但他绝不认为是错的。当时的自己只能做出这样的选择。正是因为他没有渡过三途河，又活了回来，现在才会这么想啊。如果当年只是苟延残喘活下去，他绝不会走上正经的人生道路。而且，长达十七年的失忆对静马来说实在是太幸运了。如果得救时他有记忆，他能不能成为现在的自己，这还是个疑问。当然了，和日高相遇也是交了好运。然后，到了能够冷静地回顾往昔的年纪，他的记忆又恢复了。对于他这么个杀父的罪人来说，上苍真是给了他太多的侥幸。

他在琴乃汤迎来了清晨，房间里的情景和十八年前一样，然而他的心境却有了一百八十度的逆转。御影的死讯虽然给了他很大的冲击，不过，他遇到了和她面貌相似的遗孤啊。

这天，静马独自在龙之潭度过了上午的时光，下午呢，他在旅馆里发着呆。他没想去村里，反正就算去了，也不能去拜访琴折家。在这里，已经没有他该做的事，也没有别的场所可以供他追忆往昔了。

少女没有在龙之潭出现。虽然静马并没有特别期待她来，却还是有点沮丧。他俩都住在琴乃汤，如果想见她，他只要主动去找她就行了。然而他十分踌躇。御影已经不在人世了，那个少女并不是御影。而他，是个跟她母亲有过一夜情的男人。

明天，回宫崎去吧。

就在当天夜里，远远传来了警车鸣笛的声音，到了七点，久弥也没来招呼静马吃晚饭。静马一边感受着令人不安的气氛，一边整理明天出发的行装。就在这时，敲门声响了起来。静马应了一声打开门，发现站在门外的是御影，噢不，是御影的女儿御影。

看起来，她只是独自一人，和昨天不同，她脸上的表情极度紧张。

"怎么啦？"

"刚才接到了久弥先生的电话……他说雪菜姑娘在龙之潭被杀了。"

雪菜……应该是刚满十五岁，三胞胎中的长女吧。那女孩是下一代的栖苅大人，和十八年前的春菜处于同一立场。

"龙之潭！真的？"

晴天霹雳。

御影继续用僵硬的语调说了下去："我不认为久弥先生会开这种玩笑。而且就在刚才，我还听到了警笛的声音。"

"她该不会是被砍下了头颅吧？"静马不禁发出了这样的疑问。

"目前还不清楚，不过我真不希望发生那种事。所以……"

御影慎重地切入了正题,"我打算去龙之潭看看,静马先生愿意陪我一起去吗?"

这个出人意料的提议让静马十分疑惑。十八年前他也是这样受到了邀请。不过和这次不同,那次是在早上。

"你父亲不陪你吗?和我比起来,还是请父亲做伴比较好吧?"

十八年前山科一直陪在御影身边。然而眼前的御影却说出了令人意外的话语。

"我是一个人来这里的,没有爸爸。"

因为静马老是把她和御影重叠起来看,还以为她父亲一定会在她身边当指导者。就像看穿了静马的心思似的,御影注视着他说了下去:"我从没见过自己的爸爸。从我懂事开始,就是妈妈一个人抚育我的。"

少女御影说,直到去年为止,她还是和母亲相依为命的。母亲为了查案离家时,就会有一个阿姨来照顾她。那个阿姨在某个案子中受过母亲的大恩。数月前传出母亲的死讯,之后,她就一直在阿姨身边生活。

"我作为侦探还是个半吊子,所以想请熟知母亲的静马先生你陪我一起去。"

"难道你是想办这个案子?"

御影重重地点头。

当年的御影曾经在这里作为侦探粉墨登场,最后迎来了对于她来说最糟糕的结果。不祥的往事在静马脑海中闪过。

"我继承了妈妈的名号。而且生前,妈妈也教过我怎样成为侦探。我想在这个妈妈向侦探世界迈出了第一步的地方,测试一下自己的能力。"

她的话语中，处处透着不亚于她母亲的坚定意志。

"而且……"她咬着薄薄的嘴唇说道，"如果雪菜姑娘被杀和十八年前的案子有关，就有可能是妈妈当年的推理中出了一部分差错。我作为女儿，必须彻底查清真相。"

御影当年出了错……这可太让人难以置信了。那个被凶手抢占了先机、被凶手杀害了父亲、淌下了后悔的泪水，却在最后赢得了惨胜的御影……会出错？在熊熊燃烧的御社前，静马曾经目睹御影那交织着成就感与脱力感的表情。他没有办法马上接受她会出错的可能性。

然而……

"你愿意陪我去吗？"

"……明白啦，我也一起去吧。不过对你来说，那可能会变成非常严峻的案子哟。"

万一当年的御影真出了错，这少女将会独自一人承受众人对母亲的责备吧。而且，如果对手是那个当年让御影痛苦不堪、最终还是无法与之匹敌的凶手，这个比当年的御影看起来更柔弱的少女真的能与之对抗吗？说不定，她会遭受比御影当年更严重的屈辱。静马的脑海中净是些不祥的预感。

"这一点我非常清楚，但我还是非去不可。如果我从这里逃走，我就会逃避一辈子吧，逃避案件，逃避侦探的名号。"

御影的身体轻轻震颤着。

"我不知道自己能给你多大帮助，不过，如果能给你少许帮助的话，我就跟你去吧。"

静马拼命抑制着拥抱她的冲动，嘭的一下，轻轻拍了拍她的肩膀，以示鼓励。

静马和御影两个人沿着河向上游走,宛如昔日。不过当年是光亮的晨景,如今却是暗沉沉的夜色。没有星星,在玄关拿到的手电筒是唯一的光源。

御影一直在静马的半步之前默默走着,步伐无比慎重,就像在走平衡木。看得出来,她心里已经有了怎样的精神准备。

龙之首渐渐近了,潭边闪耀的灯光也陆续映入眼帘。是警察的灯吧。与此同时,警察们闹哄哄的议论纷纷的声音也传了过来。周围没有村里人,命案的消息似乎还没告诉他们。

御影的步伐毫无变化,径直前进。最先发现她的是久弥。久弥慌慌张张地跑了过来。

"你来了啊?"久弥无可奈何地问,似乎早就有所预料。

"因为我是御陵御影。"御影毅然答道。

久弥也就没再多说什么。他发现了静马,对静马说:"种田先生也一起来啦?是想代替山科先生么?"

"虽然我做不到像山科先生那样好,可是,没有办法袖手旁观啊。"

"我很理解你的心情。"久弥哈着白色的气点头,"可是……"他又支支吾吾地说道,"连你也陪着御陵小姐一起来了……毕竟大家情绪正激动。就当是我拜托种田先生你了,至少请你一个人回去,好不好?我不想让大家更激动。"

"确实,我在这里的话……"

"静马先生,请陪我一起过去。"

御影用恳求的眼神看着静马。把她一个人留下还真是无法放心。但是,忤逆遗属的心情,对她来说也相当不利吧。静马正在左右为难,人群中有人叫了起来,大概是注意到了这边。

"你是?"

出现在静马眼前的是坂本旬一,哦不,是琴折旬一。坂本已经是中年人了,自然比当年老了不少,皮肤也松弛了,不过从他脸上还能清晰地看出当年精悍的模样。

"为什么你会在这里?"

难以言喻的复杂语声中,惊愕和非难交织在一起。

"我听说龙之首倒了,就到这里来看看,却没想到会发生这种事。"

"是这样啊……不过连你都来了,真是十八年前的再现啊。可是这次受害的是我女儿……"

灯光映照出了旬一红肿的眼。十八年前他是刑警,是局外人,所以只表现出了对凶手的愤恨,以及对御影的妒忌,而现在,他第一次流露了悲伤。

"这个女孩是什么人?"旬一用惊讶的目光看着御影。

御影作了自我介绍。

"真的长得一模一样呢。这次是你带她来的?"

静马没有否认。

"我果然还是离开这里比较好,刺激大家不太好。"静马对御影说。

他转身刚想走,旬一冷静的声音响了起来。

"不,你没有必要离开。这大概也是一种缘分。种田君你也过来吧。虽然大家可能会很吃惊,但和雪菜的死比起来,你的出现也算不了什么了。"

旬一那透出了威严的语气和表情,好像当年的别所。

"而且……御陵小姐到这里来,就表示她决心像母亲当年一样破案,对吧?"

御影不吭声,但用力地点了点头。少女向没有回头路可走的领域迈出了第一步。

现场除了警官，还有伸生、昌纮和纱菜子在。每个人都比静马记忆中的形象老了二十岁。此外还有一个少年。大家都对御影的出现吃惊不已，但只有这少年一个人注意到了静马。

"是种田先生吧？"

静马仔细地看着少年的脸，发现是和生。

"你是和生？"

"是啊。"和生点了点头。他的体形没什么变化，瘦瘦的，身高才一米四左右。当年他就是个小个子，现在应该有三十四岁了吧。不知道是因为小时候的病，还是因为失去了母亲和三个妹妹，精神上受到了创伤，一直没能好好成长。不过只有脸上的五官，随着年纪变老了。

和生的声音似乎让另外三个人也注意到了，他们的视线从御影身上转到了静马身上。这种场合优哉游哉地寒暄就太奇怪了，所以静马只是微微点了下头。毕竟不能保证每个人都像旬一与和生这样接纳他。

"可是，为什么你会在这里？"伸生问道。

一边的久弥简洁地强调说静马来此地纯属偶然。

"种田君，还有御陵小姐的女儿啊。真的是十八年前的再现啊。我们被诅咒了。"

伸生掩住了脸。他头发花白，精壮的体格虽然能让人想起他当年的样子，但他也确实是步入老年了。

"那么，像当年一样，这女孩是来破案的？"

"是我许可的。"旬一低声答道。

"老公，你为什么要做这种事！"

纱菜子抓住旬一的手臂泣诉。她在哥哥昌纮的扶持下才勉强站着，虽然已经哭得脸都垮了，但依然可以看出，她昔日的活泼漂亮如今变成了沉静的美。

这么说起来，十八年前，比菜子并没有到现场来。病体衰弱固然是一个原因，主要还是因为栖苅不能轻易抛头露面吧。看来时代变了，改变的不仅是村子，连琴折家中也发生了某些变化。

"我想了想从前的事，觉得这么做比较好。"

只有警察查案的话，不放心。旬一的话中隐隐透出了这样的意思。

"究竟出了什么事啊？"

大概是听到了喧哗声，两个看起来像刑警的人走了过来。一个是年近退休的秃头老刑警，另一个则是剃着小平头、血气方刚的年轻刑警。老刑警名叫粟津一平，小平头名叫石场龙次。

"其实是这么回事……"旬一开始说明了起来。三个人交涉的情景，一如十八年前。不同的是，当年是御影的父亲——现在这女孩的外祖父，向刑警们进行了说明。如今担当此重任的却不是静马，而是旬一。

"确实，'独眼侦探'御陵御影的传说我们有所耳闻。听说她前些天在千叶的案件中不幸身亡了。还有，这个村里发生过的案子，我们也听说过。"老刑警点着头，用略显高亢的声音说道。

"你曾经当过刑警，现在又是被害者的父亲，我们尊重你的判断。"老刑警非常明白事理，答应了下来。他边上那个年轻刑警自然是表示了不满。

"石场君，在这里看看这位大小姐的身手，不也挺好吗？"老刑警意味深长的视线投向了御影，"这位大小姐，说不定真的有号称御陵御影的资格,我也想鉴定一下。"

简直跟十八年前一模一样。这期间,御影紧握着扇子,一直沉默不语。

"可以让我看看现场吗?"

就像是准备好了似的,她发出了问话。在异样的氛围中,她向倒在水边的遗体缓步走去。静马总不能一个人愣在原地,就跟在了她身后。

和预想的一样,俯卧着的尸体没有头颅。血淋淋触目惊心的切口,正朝着他俩。遗体流出来的血,似乎大部分都被潭吞没了,只有两肩附近的沙砾被血染得通红。

御影吞咽唾沫的声音,就连站在她背后的静马都听得一清二楚。不过她还是非常坚强。

"头颅被放在了哪里?"她用平静的声音问道。

"在潭中央漂浮着。我们已经捞上来了。看起来,好像是从那个什么来着,龙之首,从那块叫龙之首的岩石前端投下去的。"

粟津刑警看着潭进行了说明。优哉游哉的口吻有点不合时宜,这可能是他的真性情。

"会不会本来是放在龙之首上的,被风吹下了潭?"

"我也听说过此前的事,设想过这个可能性,可是龙之首上没有血迹。看起来,凶手是直接把头颅扔进潭里的。"

曾经放过春菜头颅的小祠,由于龙之首的倒塌,现在已经处于大岩着地的部位了,头颅没有办法放进去。或许这也是凶手的无奈之举。

"你要看看头颅么?"

"稍后再看,我想先看身体。"

御影轻轻闭目合掌,随即蹲下了身子。她挽起了衣袖,非常仔细地检查着尸体,简直让人想起她的母亲。不过,跟母亲比起来,总觉得她的动作还有点生涩。

静马站在她背后,凝视着她的一举一动。他大概已经习惯了被斩首的尸体,这放在从前肯定难以想象。

"雪菜姑娘穿着水手服,她是在放学途中被袭击的吗?"

"嗯,看起来是这样没错。三姐妹的母亲要求她们步行去村里上学。被害者今天似乎是独自一人放学回家的。她通常会在下午四点左右走出学校,到达龙之潭则是在二十分钟之后,也就是四点半左右。这和死亡推定时刻一致。旬一先生说,今天到了六点也没见她回家,家人们就出来分头寻找了。"

在小小的遗体边上,掉落着竹色的围巾和深青色的书包。她的双手还戴着黄色的手套。

"这孩子老实,放学总是直接回家的……而且最近这一带路上陌生人增多了,所以大家都担心她是不是出了什么事。据说那些外乡人中,不乏对女性说下流笑话并以此为乐的人。"

旬一严肃地进行了补充说明。曾经也是外乡人的他,似乎在为村子的变化不悦。

"那么,她今天压根儿就没回过家啰?"

"大概是,没有任何人看到她回家来。服装也和她今天早上出门时一样。"

旬一也对御影继承了母亲多少能力很感兴趣,他一直观察着她,犀利的目光就跟他昔日当刑警时一个样。

据说,按理应该在雪菜书包里的手机怎么也找不到。大家在这里朝那个手机拨号,也一直显示不在服务区内。通话记录只要去电话公司查询就能知道,所以手机里可能有对凶手来说非常不利的邮件或照片，粟津又加了一句。这方面，旬一自然是一点头绪也没有。

御影听完众人的说明，似乎就在头脑中开始了情报整理，片刻之后她才说道："可以让我看看头颅吗？"

粟津"嗯"了一声，把她带到了水边。静马则留在了原地。即便习惯了凶杀场面，血淋淋的人头也还是让他有些踌躇。旬一也留在了原地，说是刚才已经看过了。不过这似乎只是一个借口，御影等人走远之后，旬一立刻开了口。

"种田先生，你认为那孩子具备御陵御影的才能吗？"

旬一压低了声音，用一种水边众人听不到的轻声，向静马问道。那口吻中明显带着不信任。

"我也是昨天才遇见她，所以无法下断言，不过，既然你对她的能力还有疑问，又为什么允许她查案呢？"

"只要能抓住杀我女儿的凶手，我什么都肯做。你也有孩子了吧？能理解为人父母的心情吧。"

"很遗憾，我还是独身。话说回来，既然这样，你不是只能信赖她了吗？"

"嗯，话虽如此……但是如果我看中的人实在太离谱，刑警们的感觉会很不好。我可不想让刑警们失去干劲。"

这么自私的话，就算是静马听了也不禁生气。

"也就是说，当初当刑警的你，只要对被害者印象不好，就会在查案时偷工减料啰？"

"不，绝对没有那种事！"旬一像鹿一样瞪大了眼睛，激烈否认，可是他又一脸遗憾地加了一句，"不过，确实有那样的同事。"

"那么，你大可以私底下送点好处给刑警，提升他们的好感度嘛。你是琴折家的当家人，这点事做起来很容易吧？"

静马冷冷地丢出了一句话。

句一大概是自觉失言了，低下头不再言语。

不愉快的沉默持续了片刻之后，御影和粟津检查完毕回来了。

"你看了一通，是不是知道了点什么？"

粟津优哉游哉地问御影。当然，他也只是口吻如此。

句一也低声说道："当年你的母亲只是在这里看了看现场，就抓住了凶手的线索。她非常了不起。"

这挖苦的说法，听起来简直就像在期待御影失败一样。御影只是刚刚检查了尸体而已，而且还是在无法仔细观察现场的夜里。

生气的静马正要抗议，御影便抬起头，开了口，就像是为了摆脱压力似的。

"杀人手法看来和十八年前一样，殴打后脑部，从背后用带状物绕颈绞杀，最后用柴刀砍下头颅。这一点我想刑警先生们也很了解。只是……有两个不合理的地方。"

这充满了自信的声音，让人想起她的母亲。

"哦，有两个？"

"一是颈上残留的勒痕，看得出是绕颈一周。"

"我觉得这挺正常。绞杀的话，一般都会留下这样的痕迹啊。"

"如果死者没有系围巾，就确实没什么不正常了。然而事实上，她生前围过的围巾掉在了她身边。"

"确实，如果是隔着围巾绞杀，就不会留下这么清晰的痕迹。不过我觉得,凶手可能在勒她的时候感到围巾有点碍事,于是就把它扯掉了。"

"当然啦,很有可能就是你说的这样。不过这么一来,就又有新的问题冒出来了。我们都认为凶手把雪菜姑娘打昏之后立刻勒了她的脖子,所以围巾落在尸体边上,就说明这里是杀人现场。反过来说,连同围巾一起勒的话,凶手砍头时感到地方不好,手脚施展不开,因而移动了尸体,这种可能性也是有的。因此杀人现场也可能是在河滩的别处。至于书包嘛,从手机失窃这一点来看,也可以认为凶手在作案后一直把手机拿在手上,这么一来,书包就不能成为帮助我们确定杀人现场的线索了。"

御影单手执扇滔滔不绝。粟津对着她,皱着白眉,一副无法认可的表情。

"不太理解你的意思,你是想说被害者是在这里被殴打的?但是,那又有什么不对劲?"

"嗯,被害者是向西倒下的。因为她是后脑被打,凶手当然也是面向着西方打人的吧。但是,昨天我也来过这里,是个万里无云的大晴天,我记得四点二十分的时候,西边射来的阳光非常耀眼。今天也是个大晴天,为什么这种必须慎重的行动,凶手要在条件恶劣的逆光中进行呢?"

静马也真切地感受过西边的阳光有多么耀眼。龙之潭的西侧因为有个山崖,所以夕阳下山的景象是看不见的。但在夕阳下山之前的片刻,刺眼的阳光会从树木的枝叶间漏进来,刺得人烦不胜烦。

"原来如此。西边的太阳究竟怎么样,就放到明天确认吧。不过,凶手为什么选在这么恶劣的状况下行凶,你已经有答案了吧?"

"这还不能说。因为充其量只是个假设。"

御影干脆利落地退出了这个话题,真没劲。刑警也就没有追问下去。

"那么,另一个不合理的地方是什么?"

"被害者戴在右腕上的手表,表盘上下颠倒了。"

石场刑警连忙跑到遗体边,抓起手腕确认。

"真的,十二点在手的内侧,表盘真的颠倒了。"

"……换言之,手表是凶手帮她戴上的啰。"

粟津聪明伶俐地问道。

"大概是吧。戴手表成了习惯,一般是不会系错表带的。而且就算戴反了,只要看一次时间就会察觉。如果她是死在上学的途中,倒还有点可能,但既然她死在了放学的路上,直到放学也没察觉手表戴反了,实在是太不自然。"

"雪菜每天都是戴好手表上学的。"

旬一激动地做证。

"会不会是在这里扭打的时候,手表掉落,于是凶手帮她重新戴上了?"

"不,表带和手表本身都没有污损,不像是掉落过的样子。"

御影纠正道。河滩上那一溜灯,映得她碧绿的左眼闪闪发亮。

"那么,手表为什么会戴反了呢?"

"现在还不能判断,线索太少了。不过,可以确定手表是凶手在行凶后为死者戴上的。"

御影摇了摇头,没有明确作答。大概是因为不想重蹈母亲的覆辙,所以特别慎重吧。

"可不是嘛,我们也还没有向各位关系人进行详细问话呢,这里风又大，不如进宅邸去好好谈谈？"

御影稍稍展示了一下身手，让粟津暂时肯定了她的能力。

"我也可以参与吗？"

"我觉得无所谓……旬一先生你呢？"

"我没有异议。我会向家里人进行说明的。"

旬一点着头，露出了安心的表情。虽然周围也有年轻刑警投来抗议的目光，但御影得到了这两个人的许可，至少表面上是不会有人唱反调了。不过，关于围巾和手表的大发现，虽然让御影迈出了成功的第一步，但还没到可以扭转现场气氛的地步。她的母亲一登场就滔滔不绝地发表推理，成功地折服了包括看客在内的所有人，和母亲比起来，这孩子就逊色了一点。

在不友好的氛围中，御影毅然独自前行。

她比母亲当年更孤立。如果有山科那样可靠的父亲做伴，感觉会大不一样吧。静马一边为御影担心，一边想，自己虽然没什么能力，但必须不顾一切地跟上去照顾她。

3

"我想正式委托你查案,就像当年岳父大人委托你母亲那样。"

走在通往琴折家的路上,旬一对御影说出了如上的话。

"谢谢。"御影愣了愣,随即用冷静的声音说了句客气话。

"别道谢,因为我只是想让你为你母亲的失误赎罪。"

"……果然是完全一样的犯罪手法么?"

御影阴郁地问道。旬一在黑暗中"嗯"了一声,静静地点了点头。

"殴打头部的角度、颈上留下的勒痕、砍头的手法,都完全一样。虽然已经过了十八年,但我还清晰地记得当时的事情。手法一致到这种程度,不可能是模仿犯。"

"旬一先生,你当年是刑警,两次现场你都目睹了,我觉得你有能力做出这样的判断……可是太遗憾了,母亲的失误什么的。"

小路很黑,手电筒的光只照亮了脚边,看不到御影脸上的表情。

"我也觉得很遗憾。案子竟然还没了结。我和这家人,竟然跟杀人犯共同生活了十八年之久。最重要的是……这说明上一代栖苅大人是被凶手害死的。"

"那可就奇怪了！"静马急忙发出了异议。

"我确实听到她坦白了罪行，她承认了所有的罪行。"

御影和栖苅在御社进行的激烈交锋，不可能全都是静马的幻觉。而且在御帐台的浜板下面还找到了砍下三姐妹头颅的柴刀，已经被火烧焦了。

"这我知道，我并不是怀疑你跟御陵小姐的话。只是……说不定，栖苅大人知道真相，为了庇护某人，做出了虚假的坦白并且自杀了。"

大概是因为当过刑警吧，虽然女儿尸骨未寒，旬一却能发表冷静的分析。

"究竟是谁？母亲会庇护杀害女儿们的凶手？这种事真的可能发生吗？"

"不知道啊，我也觉得很疑惑。御陵小姐也一样吧？"

"嗯。"御影停住了脚步，"如果母亲犯了错，那么那个认罪的场面中，多半有凶手设下的诡计……为了母亲，不，为了御陵御影这个名号，当然，也为了至今为止不幸死去的人们，我非抓住凶手不可。"

她的语声中，充满了前所未有的坚定。

警方对雪菜的房间进行了一番搜查后，在会客厅录了口供。与春菜那时不同，雪菜的房间位于西侧别栋的一楼，也就是过去岩仓住过的屋子。据说旬一和纱菜子曾主张在主屋修行，但终究没能拗过传统，两相折中最后定在了西侧别栋。那桩案子过后，人们在同一地点再建了御社，而小社则被拆除，其上如今竖着三姐妹的慰灵塔。此外，秋菜遇害的古社也被拆毁，不过由于是昔日御社的旧址,所以另建了一座小小的祠堂以供祭祀。

雪菜的房间正符合时下女中学生的口味,点缀着各种明亮、可爱的小饰品。春菜那时,多少残存着克己的氛围,颇有显示此地乃下任栖苅大人之修行场所的意味。而雪菜房中则丝毫没有这种感觉。

要说与普通中学生房间的不同之处,也就是壁龛中有神坛,屋角里有堆满古籍的书架,沿墙摆着屏风纸门了吧。神坛似乎是案发后制作的,白木上并无多少伤痕。搁板上与以前一样供着裂开的琴。与神坛相映成趣的是,木制的书架古色古香,焦茶色的木板放射出暗光。它过去曾摆放在小社的里屋,看来是直接拿来用了。书架宽不过四五十公分,高度却直抵天花板,散发着霉味的书籍满满当当地排到了最上面一格。屏风纸门相对较新,初代栖苅以蓬莱之琴击斩龙首的画面绘于其上,色泽十分鲜亮。

幸运的是,这次没发现写有静马名字的信。御影也混杂在警员中做了各种调查,当场未能得出结论,就这么来到了录口供的阶段。静马也硬是旁听了整个问话过程。

十八年的岁月过于漫长,正如旬一和栖苅那样,有人认出了静马而大为吃惊,也有人根本就没注意到。而静马和刑警也没有特地明说,所以即便这个上身穿毛衣下着工装裤、随意站立在屋角的人看来并不像是警察,众人却也只是偶尔投去诧异的目光。这也是因为他们的视线全被与"御影"一般无二的御影所吸引了。当时还不在此间的人,想必也听说过。他们在回答御影问或提出的问题时,眼神中满是戒备,好奇心溢于言表。

前来录口供的人员中,菜穗的入赘婿秀树和他俩的女儿菜弥，静马是头一次见。雪菜的妹妹月菜与花菜因惊吓过度且年纪尚幼，和以前一样，警方决定稍后再对她们进行问话。

听说秀树是邻县某世家的次子，案发后第二年和菜穗结了婚。那桩案子过后，从某种意味上来说，伸生已是自由之身，多半是菜穗放弃了与他继续下去。当年御影道破此事时，菜穗的态度十分强硬，如今这状况倒是令人意外。也许是发现他俩关系的登说服了她。

秀树体形魁梧，显得脂肪率颇高，略微下垂的眼睛，厚厚的嘴唇，无处不散发着和蔼可亲的气息，还真有豪门二公子的派头。不光是外貌，言谈举止也都温文尔雅。静马觉得他和极具野性的伸生正好是两个类型。秀树显得如此温良柔顺、易于驯服，也不知合不合美菜子的眼。

菜弥深受菜穗容貌的遗传，也是一个五官分明的美女。她的说话方式以及对御影的态度也和过去的菜穗一模一样。她还只有十七岁，但比真实年龄显得成熟，看上去倒和二十岁左右的大学生差不多。这也可能是因为她穿着相比菜穗毫不逊色的艳丽服装。说起来，她都已经和和生结婚了呢。静马望着菜弥，无所事事地想着。

一个半小时后，问话工作顺利结束，但也没有新的发现。无非就是谁也没见过雪菜；而且与春菜那时不同，大家没看出雪菜身上有何异常之处。大多数情况下御影只是竖着耳朵默默地听，但不知为何，她只针对太阳落山后——也即五点之后的不在场证明，仔细询问了每一个人。想必她有自己的考量，但静马不清楚理由为何。

问询完毕后，屋里只剩下了一干刑警。粟津平静地开口问道:"你有什么收获吗?"

"问了也是白问,一平先生。反正她肯定会答一句'为时尚早'的。"

年轻的石场刑警瞧不起人似的用鼻子哼了哼。录口供时也是,跟过去的旬一一样,御影每插进一个问题,他就满怀敌意地瞪视她。

御影对石场的侮蔑不以为意,她正对粟津说道:"我弄清了一件事。"

御影睁开了碧绿的左眼。静马的心也随之波澜起伏。这正是十八年前御影在龙之潭示于众人之前的姿容。静马再次感到,这个姑娘的确承继了御影的血统。

"从放学后,到在龙之潭被杀害之间,雪菜应该回过一次家。"

"喔!"粟津噘起嘴,发出了一声惊叹。

"这个怎么说?"石场从旁边探出身,用一种唬人的低沉声音问道,"你到底是怎么知道的?这是杀人案!到时候来一句'我只是随便一想''我是开玩笑的'可是不行的,大小姐。"

石场的态度轻蔑至极,而御影毫不畏缩,以扇掩唇道:"我当然知道这样是不行的。在龙之潭时我就提到过两点:手表戴反了,以及罪犯是逆光行凶。"

"这就是被害者回过家的证据吗?"

"是的。手表很干净,貌似不曾掉落在河滩上。另外,从围巾与颈部掐痕的关系,可以推出罪犯逆光杀人的结论。但是,如果雪菜被害时既没戴手表也没裹围巾,情况就发生了变化。换言之,先不管斩首现场,至少杀人现场有可能是在完全不同的地方。"

"难不成你想说是在被害者的房间？"粟津挑起夹杂着白毛的眉峰。

"只可能是那里。在学校时，她应该一直戴着表；即使放学途中去过某人家，围巾也就罢了，手表应该是不会摘的。也就是说，凶手杀害雪菜小姐时，围巾和手表都已经被她自己摘掉了。凶手为了隐瞒行凶地点是在这幢宅中，特意将手表戴回去，还把围巾和书包丢弃在河滩上。"

"去某人家时，也可能会出于某种理由摘下手表吧？比如说，对了，进温泉入浴的时候。"

石场大概是想到了琴乃汤，他不肯就此罢休，眼里射出了鹰一般的目光。想不到他脑子转得还挺快，举出的反例相当有说服力。

御影似乎也认可这一点："光凭这些我也不能确定，所以在龙之潭被问到时，才没有明确回答。但是，刚才我检查完雪菜小姐的房间后，就确信无疑了。"

从她充满自信的口吻中，可以窥见其母的风采。

御影晕生双颊，说道："一个是屋子里的书桌。书桌当中的抽屉没有关紧，被拉开了十公分左右。和旁边的抽屉不同，人一旦坐上椅子，当中的抽屉便会面对腹部，所以如果抽屉打开着，就会造成阻碍，一般会马上把它推回去。另外，椅垫也掉在桌下。这个也一样，一旦使用椅子，就能马上发现椅垫掉了，然后把它放回原处。然而，事实上这些行为都没有发生。反过来说，我们可以设想，雪菜小姐在面向书桌而坐、拉开抽屉的当口，遭遇了某种变故。"

"原来如此。你的意思是，雪菜回家，坐在书桌前时，被人从身后袭击了？"

"恐怕是回家后立刻就发生了，不过关于雪菜小姐没有遇见任何人一事，凶手可能还是向她本人做了确认。行凶后罪犯姑且藏尸于壁橱，待日落后才将尸体搬到龙之潭。话虽如此，在宅内扛着尸体走路毕竟太危险，所以凶手应该是先把尸体从窗口运出。另外……接下来只是我的推测，手机失踪或许也与此事有关。雪菜小姐回家后，摘下手表的同时，还从书包里掏出了手机。凶手在龙之潭处理完尸体后，为再做确认来房间看了一眼，发现了手机。当时，大家已开始担忧雪菜小姐的下落，所以凶手无法再去龙之潭丢弃手机，就把它偷偷处理掉了。"

"但是，虽说是日落后，可也不是深夜。搬动尸体的过程中极有可能被人发现，凶手为何要特地做这种危险的勾当呢？"石场仍是一脸难以信服的表情，开口问道。

"可能凶手想让我们以为现场是龙之潭，让命案看起来像是外人所为。然而，当知道凶手采用了与十八年前完全相同的作案手法时，这一可能性已变得很低。既然如此，我们可以认为其目的当是取得不在场证明。现阶段，从被害者离校至抵达龙之潭的四点二十分之间的不在场证明，是我们调查的焦点。但是，如果人是回家后在这个宅子里被杀的话，情况就变了。凶手只需在屋里杀人，然后将尸身藏在自己房间，日暮后再搬到龙之潭，从而凭借四点至五点之间人在宅内这一点，使不在场证明得以成立。"

听了御影流畅的说明，粟津手扶宽额，感叹道："原来如此！"

"难怪你要问日落后的不在场证明。这么说，我们问四点到五点之间的不在场证明，都是白费工夫了？"

"哪里。凶手为自己制造不在场证明，就意味着此人在四点至五点之间拥有不在场证明。只要找出这段时间内有不在场证明而五点之后没有的人即可。"

"你说得对。我们的问话也不全是无用功嘛。那么这样的人有谁呢？你应该筛选完毕了吧。"粟津带着一丝期待的语气问道。

"现阶段，有昌纮先生、菜穗女士、秀树先生和旬一先生。另外，五点之前久弥先生在琴折本家露过脸，也应包括在内。不过，转移现场是否真是为了制造不在场证明，若不能确定这一点，我们就无法断言。"

"这话怎么说？"

"比如，凶手若没有比模仿十八年前之命案更为深远的目的，那么四点至五点之间的不在场证明有或没有，都是毫无意义的。"

"什么嘛，说了半天还是没用的话。"

石场咧着干燥的嘴唇，挖苦了一句。粟津赶忙责备道"不能这样说话"。

"作案手法碰巧与十八年前一样是不可能的。我还不敢肯定是同一个凶手，但既然旬一先生断定手法一致，那么我也就不得不在一定程度上予以认可。这位小姐也是如此，虽说对自己的推理颇有信心，但我们从十八年的案例中能看出一个事实，这个凶手的马脚不是那么好抓的。所以她才会如此慎重吧。"

御影朝意料之外的"援军"轻轻点头，说了声"是的"。

"总之，我们必须对这几位多加留意，"老刑警挠着头说，"看护好死者的两个妹妹。可不能眼睁睁地看着被害者增加，重演十八年前的悲剧。"

随后，他在石场的耳边说了些什么。

"明白了。"石场有力地应了一声,奔出房间。粟津则向御影转过头,满脸堆笑,与先前判若两人。

"小姐,啊不,还是称呼你御陵御影姑娘吧。看来我也不得不承认你的才能了。今后还请你多多关照!"

"乐意效劳。妈妈也不曾与你们争执过。我想效仿她。"

御影言辞谦和地应承下来。其母虽然话语谦虚,但总有一种表面恭敬内心轻蔑的感觉。两相比较,母女二人给人的印象完全不同。

"那就太感谢你了。所谓家和万事兴嘛……对了,有句话只能在这里说,"粟津一屈身,扫了一眼四周,压低声音道,"我只在传闻中听说过你的母亲,一直很想和她切磋一次。同僚中当然有那种心怀敌意的人,不过也有不少崇拜者啊。一想到这次也许能如愿以偿……"

粟津喜笑颜开地倾诉了一通后,再次挺直了腰杆:"好了,今天已经晚了。要不我用警车送你回去?还是说你要继续调查?"

"今天不查了。承您的好意,我就却之不恭了。我还要为明天做一些准备。"

御影坐在警车后座上,侧脸显得十分冷峻,却掩饰不住那份安心之感。那是自然,因为她已经突破了一道巨大的关卡。

然而,前方的路还很长。她能否跨越所有关卡呢?静马默默守望着这个已滑入惊涛骇浪之中的少女。

4

翌日，静马和御影住进了琴折家。这是旬一的正式邀请。和十八年前一样，客房在别栋的二楼。除了家电已更新换代，内部装潢几乎没有变化。只是，琴折家的主屋当时就颇有些年头，所以觉不出岁月的流逝，相比之下别栋也许是新建之故，如今多少给人一种变旧的感觉……十八年前，静马就是在这里与御影结合的。

对御影来说，这里是过去母亲住宿的地方，也是外祖父殒命的场所。想来她已从母亲那里听过了无数次。御影郑重地抚摸着柱子和隔扇，仿佛是想用指尖来感受当年的气息。

"妈妈曾在这里住宿是吗？"与冷静地展开推理时不同，御影有点兴奋。

"嗯，和你外祖父一起。你外祖父常在旁边的那张桌子前看书。"

"外公也住过这里啊。"

御影将视线移向那张古旧的茶色矮桌，白净的脸颊上泛起了红晕。

"外公读的是什么书呢？妈妈一定很后悔吧，一提起外公，她就面露悲伤，话也少了。"

"我不太看书,所以没记住书名。好像是国外作品的文库本。"

"是嘛。"御影略显失望地塌下了肩膀。

"对了,御影你多大了?"

"……十六岁。怎么了?"

"是吗,这么说你比当年的御影还要小一岁啊。"

静马表面上搪塞了过去,但内心大为沮丧。在琴乃汤听御影说没有父亲时,他心里就隐隐在想:莫非这是我的女儿?眼前的少女若是自己与御影在这里结合后诞下的结晶,静马也许会信奉起一度被他唾弃的神明,这十八年来的"非静马"生活也多少有了一点意义。进而,他也就能毫不迟疑地担负起山科的职责了。

但同时,静马也放了心,眼前的御影并没有继承一个弑父者的血统。可是……

"你父亲是怎样的一个人?母亲没告诉过你吗?"

显然,御影是一年后遇到了这孩子的父亲。意欲舍弃自己女性身份的御影甩掉了静马,所以这个蒙她垂青的男人激起了静马的兴趣。这大概就是所谓的嫉妒。

"听妈妈说,爸爸是个温柔聪慧的人。只是身子骨弱,在我出生前就得肺炎去世了。"

静马的脑中突然闪现出岩仓的脸。温柔姑且不论,人确实很聪明。反之,静马两边都不沾。应该不会吧,想是这么想……

别栋一楼没有人,岩仓也已经不在了。如今他正在做什么呢?由于纱菜子和旬一结了婚,仓岩再无用途,于是就被遣送回去了吗?仔细想想,可以说他也饱受了栖苅大人的折腾。

"莫非是叫岩仓辰彦?"终于还是没能忍住这句多余的问话。

然而御影却摇头道："你说的是案发时住在琴折家的一位先生吧。我不知道爸爸的名字，不过听妈妈的话，我感觉不是岩仓先生。对了，你为什么要这么问？"

"啊啊，不好意思。因为我想不出别的人。那桩案子过后，你母亲仍以名侦探的身份四处活跃，所以又碰到了各种各样的人。看来只有我的时间停止了走动。"静马苦笑着掩饰过去，"不过，你母亲为什么不把父亲的名字告诉你呢？"

"爸爸好像出身名门望族，家人强烈反对他跟我妈妈交往，听说注册结婚前他就去世了。妈妈说为了和爸爸家彻底断绝关系，还是别知道名字的好，无论如何都不肯告诉我。不光对我，她对其他任何人都没提过，就连阿姨好像也没告诉。"

"连照片也没有吗？"

"是的。妈妈死后我整理了遗物，一张照片都没留下来。"

御影垂下异色的美眸。此时，静马终于意识到，为了个人兴趣自己问得过于深入了。而且，没有结婚也就意味着御影是私生子。

"对不起，勾起了你痛苦的回忆。"

"没事。没有爸爸确实比较寂寞，但我有阿姨。阿姨人很温柔，做事情冒冒失失的，但很会照顾人，简直就像我的妈妈。比男人还能干，经常忙工作不着家的妈妈倒有点爸爸的感觉。所以，虽然听起来有点奇怪，但其实我差不多也算是父母双全了。"

静马反被一个和自己女儿一般大小的少女安慰了，越发惭愧起来。

等同于其父的御影半年前也去世了。静马执起少女的手："御影……我这个人虽然靠不大住，但我还是想努力成为另一个山科！"

"谢谢你！请你多多关照，直到案子解决为止。"

静马感觉御影的喜悦发自内心，并非恭维。

"嗯嗯，我可不会中途脱逃。不过在查案方面，我很可能比不了做过刑警的山科先生，而只是一个过了十八年仍是见习助手的静马。只有这一点你要注意啊。"

待御影重现笑颜后，静马道出了那件一直令他耿耿于怀的事。

"怎么说呢，我至今都不敢相信御影当年的推理是错的。"

笑容再次从御影的脸上消失了，这也是没办法的事。

"我也无法相信。如果妈妈错了，就意味着她始终被凶手玩弄于股掌之间。可是，如果相信旬一先生所说的，即作案方式是出自同一个人之手，我又觉得必须承认这一点。"

御影如实吐露了自己的矛盾心理。恐怕在刑警和相关人员面前，她绝不会表露出这样的姿态。静马不由得想，仅此自己就有了存在的价值。

"不可能是某人巧妙模仿了十八年前的作案手法吗？"

"这个可能性很低吧。外行人也就罢了，想瞒过刑警的眼睛是很困难的。尤其是拿柴刀割头的手法……"御影痛心地摇了摇头，"从孩提时代起，妈妈就细致入微地把她办过的案子说给我听，简直就跟摇篮曲一样。除了接受妈妈的直接指导，我还通过这些口述的经验进行学习。其中唯有这个栖苅村命案，妈妈对我讲了一遍又一遍。现在回想起来，没准儿是因为妈妈也对自己的破案结果产生了疑问……如果是这样，我就必须接过妈妈的遗志。"

"可是……"正欲反驳的静马又把话咽了回去。连当年的御影都受了捉弄,眼前的少女真能逮住这个凶手吗?观察下来,总觉得她缺乏母亲的那种强悍。她能否与这个冠以恶魔之名亦不为过的凶手抗衡呢?况且她还比当时的御影小一岁。成人之后的一年,与十来岁时的一年,分量不可同日而语。此外,其母在监护人山科的认可下跨出了侦探生涯的第一步,而御影却因母亲的去世而不得不只身扬帆入海。

"我明白静马先生想说的话。说实话,我也没有自信,但我不得不做。既已继承御陵御影的名号,就不能玷污了她的名头。"

看来御影决心已定,再阻拦也是徒劳。当然,事到如今也不能再回头,唯有勇往直前这一条路了。

"明白啦。"静马点头道。

见静马点头,御影立刻开口道:"那就请你说一说十八年前的案子吧。静马先生是唯一一个经历过十八前的事,又能保持中立立场的人。妈妈见过的事物,感受到的东西,我全都了解。但我想其中一定也有妈妈没能直接看到,或是受了思维定式影响的地方。事到如今,知晓当时来龙去脉的人就显得尤为重要了。"

就算是奉承话,有人能这么请求自己,静马心情还是不错的。如果换作她母亲,多半会来一句"没必要听这个总是雾里看花的人说的话",然后把自己丢开吧。

静马感受到御影的诚意,便尽可能详细地描述了当时的情况。当然,诸如自己为何来这个村子等与案子无关的话题都按下未表。御影听得认真,时而要求静马说得更详细一些。一小时后,当静马讲述完毕时,御影问了两个问题。

其一,到案发前一日为止,静马跨坐在龙之首上时是否感觉到有人在看自己?其二,最后栖苅大人坦白罪行时的神情如何？

"这个嘛，御影，不，你母亲也问过我，但我确实没留意。关于第二个问题，当时我们和栖苅大人之间隔着帘子，所以看不清她的表情。不过，感觉她的声音总体偏尖细。那时我以为是出于坦白罪行时的亢奋，现在想想或许有其他原因。"

"是这样啊……然后……"

看御影的模样，似乎最后还有一个问题。然而当静马问是什么时，御影突然支吾起来。

"没什么，下次再说吧。对了，关于为什么会发生这次的案子，静马先生是怎么想的？"

"我吗？唔……你问我我也答不上来啊。上次也是，直到最后我也什么都不明白。我这个回答毫无用处，真是对不起。"

"就昨晚从琴折家的人那里问到的情况来看，似乎不存在引发命案的要因。当然，这只是现阶段的情况。"

"确实。既没有恐吓信，又不是'大难'将至的时候。最关键的是，现任栖苅大人身体安康，也没到谈继承人问题的非常时期。御影是不是认为，这个案子与以前不同，并非预谋杀人，而是一桩偶发事件？"

不料御影当即否认道："我不这么想。昨天在刑警面前我不便断言，所以才那么说。从凶器及手法相同来看，我认为这是一桩有预谋的犯罪。"

"也就是说，存在隐藏的契机？"

"我觉得是。被害者年方十五，这一点与十八年前共通，但是以过去妈妈及琴折家众人的调查结果而言，应该不存在与十五这个年龄相关联的因素。当然，其中也许潜伏着某种尚不为人所知的黑暗……其实我在想，是不是我或者静马先生来到这个村子，才引发了命案。"

静马以为是开玩笑，却见御影圆睁的右眼显得极为严肃。

"我们吗？这是什么道理？御影不是头一次来这个村子吗？就算是我，也不过是十八年间才来了这么一次啊。"

"凶手可能以为我们想重翻那桩已经结束的旧案。我感觉契机恐怕不是静马先生，而是我。"

"但是为此而杀人的话，可就太冒险了。而且，如果是为了封当事人的口而杀人也就罢了，雪菜姑娘当时都还没出生呢。"

"问题就在这里。凶手为什么要以雪菜姑娘为目标，而且硬要采用能唤醒人们对十八年前回忆的方法？凶手的杀人手段与当年完全一样。封印过去的案子，稍稍改变手法，让人以为是模仿犯干的，显然对凶手更有利。因为其结果能使凶手被限定在当时身居此地的人群当中。"

"话是这么说，不过我们能不能这么想呢？十八年前，由于不在场证明等因素，凶手被彻底排除在嫌疑人范围外，所以才放心大胆地采用了相同的手法。"

和以往不一样的是，这次静马流畅地给出了不同的见解。大概是被御影锻炼出来的吧。当然，静马本人并不相信自己提出的假设，只是觉得说些没用的意见，或许能像当初与她母亲相处时那样，多少给御影带来一点助益。

"但是，如果排除不在场证明可能是同谋伪造的人，当时拥有完美不在场证明的就只剩下秋菜姑娘遇害时被警方拘留的登先生了。而这位登先生又已经去世。另外，也很难想象有多名实际动手行凶的案犯。后来我向旬一先生确认过，姑且不论外公的案子，其余四案的手法是完全相同的。即使存在共犯，我也不得不认为实际动手的是一个人。"

到底是御影，似乎早就想到了这种情况。明明御影已在龙之潭和会客厅展现了实力，只因外表柔顺，静马便觉得她与其母不同，不自觉地就把她当成了孩子。这姑娘已经是一个合格的侦探了。静马再次将此铭记于心。

"也许……"御影轻摇着束起的黑发，"凶手这么做是为了昭告世人和我，妈妈的推理错了。"

"也就是说，凶手为了向你炫耀，故意采取了相同的手法？"

御影轻轻点头，显得有些懊丧。

"凶手对自己的犯罪行为相当自信吧。这些人往往都喜欢宣扬自己的作案手段是如何高超。也许是我的到来，使凶手再次抵挡不住这种诱惑了。"

静马的脑海中浮现出一个狂笑不止的凶手形象。手段之残忍姑且不论，十八年前的凶手形象——"大难"当前收不住手的狂热迷信者，从某种意义上来说尚存人性的一面。而如今，这个凶手在静马心中已沦为一个享受犯罪、冷酷无情的杀人狂。

"当然我不知道是否真是这样。现在还只是一种可能性。"

御影似乎读懂了静马的表情，慌忙补充了一句。

单纯、强烈地自以为是——这些"信息"或许也得自她的母亲。

"说到其他可能性，促使我和静马先生来这里的原因里或许存在着某种要因。"

"对啊……是龙之首倒塌的事吗？"

静马得知御影的死讯，御影缅怀母亲，全因这则报道而起。

"这是现阶段我唯一能想到的存在于栖苅村的契机。假如存在以此引发的某种与狂热信从有关的理由，就能解释一切。不，在合理解开案情这一点上，还完全无法解释。但至少从现象上看能解释得通,这一点是肯定的。只是,我对其原旨教义一无所知。"

与母亲不同,女儿御影坦率地承认自己能力有限。静马觉得这既是强项,也是弱项。

"可是……话说身为栖苅大人的丈夫,女儿又被人杀害的旬一先生会不知道这个吗?"

"我曾经想过,这教义也许只传旁系。但是,如今的栖苅大人当年应该就属于旁系。要问谁心里可能会有点头绪,也就只有这位栖苅大人了吧……"

"我觉得她不是那种直到女儿被害前都保持沉默的人。"

"你说得对。要说可能性,无非就是岩仓先生从古籍中发现了什么。"

"岩仓先生的话,知道些什么倒也不奇怪,不过他现在在干什么呢?"

就在刚才静马还怀疑岩仓是御影的父亲,所以提到他时语气颇为生硬。

御影则浑然不觉:"听说他在栖苅大人结婚的同时,复学回大学去了。根据警方的调查,两年后他好像又因病退了学,在老家生活了四年后离家出走,至今下落不明。"

"这么说,他也有可能回到了这个村?"

岩仓滞留栖苅村期间,大半时间都是在琴折家度过的,所以大多数村民应该都不识他的容貌。

"这种可能性也有。不过,就算他能化名潜入村子,也很难出入琴折家吧。"

"确实如此。"

静马被御影指出根本性的错误,害臊地挠了挠头。自己毕竟不是山科,只是个见习助手罢了。

"……妈妈看出琴折家传说的背后另含隐情,可我却一点也没感觉到。我差得还很远很远。"

语至末尾,声音几不可闻。御影欲以娇小的身躯背负起死者的悲伤、母亲的耻辱以及凶案之一切的姿态,令静马不忍心看下去。

然而,面对一心奋进的少女,安慰的话是毫无意义的。静马心下迷茫,不知该如何劝解她。

5

来到还没录口供的月菜、花菜姐妹的屋前，只见和生站在门口。这里是过去夏菜她们的房间。一问才知，和生与昌纮等人正不分昼夜，轮换着为两姐妹放哨。御影告诉他已得到旬一的许可。

"请尽量少刺激她们。她俩好像还没完全恢复过来。"和生阴郁地说着，让开了道。

月菜和花菜好似过去的夏菜和秋菜，两人有一样的容貌，双眸都被悲伤淹没了。由于离案发时日尚浅，相比夏菜姐妹，从她俩身上更是看不出任何重新振作的征兆。

月菜将长发盘于脑后，花菜则是束在两边。这是除服饰外，两姐妹仅有的一点不同之处。她俩用灰色的目光迷茫地望着进屋来的御影。没有灯光，滑窗与窗帘紧闭的室内十分昏暗，静马看不清她俩脸上的细微表情，但感觉像是有点儿害怕。听旬一说，从昨晚开始姐妹俩就闭门不出，饭也几乎没吃。夏菜姐妹还有和生这个哥哥来安慰她们，月菜姐妹却没有。静马不禁感到这其中的差异实在太大。

月菜和花菜算是春菜她们的表亲，也许是这个缘故，两人的容貌与那三姐妹酷似。只是眼角像旬一，略显细长，下巴也比较尖。所以，相比春菜三姐妹，多少有点冷艳的感觉。话虽如此，看那哭得又红又肿的眼睛，就知道她们的内心并不冷。

特别是次女月菜，在御影自报姓名的同时，她便眼中含泪地倾诉道："你真的能抓到杀害我姐姐的凶手吗？"

她声音嘶哑，想来是一直在哭泣不止。

"放心吧。我一定能抓到凶手。"御影紧紧握住月菜的手，设法安慰她。这举止又像是御影的一种自我鼓舞。这种时候，她毕竟不会再说出刚才的那些示弱之辞了。

见月菜的表情稍有缓和，御影接着说："为此，我想问你们几件事。可以吗？"

月菜"嗯"了一声点点头，与之相对，始终站在一步开外的花菜却话里带刺地喊道："我才不要呢！你母亲不是已经失败了吗？我全听说了，你母亲推理错误，把秋菜姐姐都给害死了。所以我们不能相信你！"

花菜的灰瞳恢复了些许生气，然而那只是来自于憎恶的暗火。

"你说得没错。但是，我很想抓住凶手。因为你们的仇人也就是我外公的仇人。"

"可你母亲什么都没干成，不是吗？侦探这种人根本就是不可信的……"

花菜什么话也听不进去。

"花菜姑娘，这些事你是从谁那里听到的？"看不过去的静马开口问道。

"是谁用不着你管！"

花菜紧抿着嘴唇，气呼呼地把头扭向一边。仅一个晚上，并不知当年情由的花菜就对御影抱有如此成见，只可能是有人恶意向她灌输了不良言论。

"对了，你又是谁？"

"啊，我吗？我叫种田，是御影的助手。"

"这位大叔，你都一大把年纪了，还在给这种小孩当助手？你不会是萝莉控吧？你们这些人果然都靠不住。你们两个都给我出去！"

花菜言辞激烈，仿佛是要把姐姐被杀的怨恨一股脑地发泄在御影身上。

"可是……"月菜欲言又止，眼睛时不时地望向御影。

"好吧！那我走！"

众人还来不及阻拦，花菜便一头冲出门外。

"花菜妹妹！"

匆忙之下月菜想叫住妹妹，然而回答她的只有一记关门声。随即从走廊传来了和生慌忙追赶的声音。

"花菜小姐情绪还很激动，我想现在让她一个人静一静比较好。"御影面露和蔼的笑容，安抚着月菜。

"姐姐你真的能破案吗？不会连我们也被杀掉吧？"月菜抬起脸，眼神里充满了无助。

"我会破案的。"御影再度点头。强有力的话语似乎令月菜心下稍安，她的嘴角绽出了些许笑意。

"那么我问你，最近雪菜小姐可有反常之处？"

然而，月菜只是心里没底似的摇了摇头："不知道啊。我觉得和平时没什么两样。花菜妹妹说她也没什么头绪。"

"是吗？这么说，也没收到过恐吓信之类的东西吧？"

"大概是吧。"月菜点头道。

不过，十八年前春菜也没把心事说给妹妹们听，所以这次也不能妄下结论。

"那你觉得,雪菜小姐如果有什么烦心事,第一个会去找谁商量呢?当然,你和花菜小姐要除外。是你们的母亲吗?"

"不,"月菜摇头,"雪菜姐姐从不愿让母亲多操心,所以我想她是不会对母亲说的。"

"其他人呢?"

"岁数相近的还有菜弥姐姐……不过我感觉姐姐不会找她倾诉烦恼。"

"学校里呢?比如关系不错的同班同学之类的。"

"那就是吉美了吧。同一个班的市原吉美。"

"叫市原吗……是市原早苗婆婆家的?"

"嗯,她说她是早苗婆婆的曾孙女。"月菜猛地点头。

"也就是说,你姐姐和这位市原小姐关系最亲密啰?"

"嗯。吉美天生有点儿呆,不过人很开朗,不讨人厌,和性子认真的雪菜姐姐好像挺合得来的。不过,我经常看到吉美找姐姐商量事情,却没见过相反的情况。虽然她总是说'你只管放心,找我没错的'……上次午休的时候,吉美说要去八百鱼(据说是村里唯一的一家食品店)买东西,我就顺便托她带个鲷鱼烧,结果她拿回来的却是虾片,就是这么的马大哈。大家都笑她,说你怎么不买个章鱼烧回来呢。"

可能是心情放开了,月菜的话多了起来。没准儿她本来就是个碎嘴子。

"这样的话,雪菜小姐倒也很难跟她说些严肃的话题。那么,这两三天来,学校里有没有发生过不寻常的事?比如有奇怪的人过来搭话什么的。"

月菜歪着头,思索了片刻。

"我觉得和平常没什么两样。也没听雪菜姐姐提到过这种事……啊,对了,放学后有一个叫三宅的男生对我们冷嘲热讽的。他瞧不起栖苅大人,时不时地就会来挖苦我和花菜。那天花菜也在,她脾气很暴,就回了一句'说什么呢',想上去吵架,结果被雪菜姐姐拦住了。姐姐说:'和不相信的人说什么都是没用的。一定要靠行动来证明。另外,琴折家的人如果都像你这样气势汹汹的,以前信仰栖苅大人的人也会不再信仰了。'"

"闹了点小矛盾是吧。那么,这件事当场就平息下去了?"

"三宅让花菜的气势给吓跑了。这家伙也就是嘴上行。"

月菜小小的脸蛋上泛起了一丝微笑,大概是在回想当时的情景。

如此看来,栖苅大人的威信下滑之多,远超静马的想象。当年对神灵之流持否定态度的静马(当然现在他也持否定态度),不由得同情起这三个从小就饱受正面攻击的少女。

"后来你们一起回家了?"

"我和花菜是三点半回去的。雪菜姐姐说要去学生会办点事,所以我们就在校内分开了。姐姐是学生会的副会长。"

"大家都很信赖她啊。"

"嗯,"月菜点头不止,显得十分欣慰,"谁叫姐姐性格温柔,又会照料人呢。而且她还是班里的干部。对待旨在培养优秀的栖苅大人的修行,姐姐也是干劲十足。她的口头禅就是'成为栖苅大人后,我一定会努力让大家诚心诚意地信仰我、支持我'。"

"雪菜小姐真是一个为人踏实的好姐姐啊。"

"母亲虽然会和我们一起吃吃饭,但不能随便出去玩。所以,一直都是雪菜姐姐替母亲在照顾我们。我们年纪一样,可她要比我们成熟多了。所以……我觉得她当栖苅大人会比母亲更出色。"

月菜垂下白皙的脸庞,语声再次哽咽起来。这也难怪,她的情绪还不太稳定。

御影将手温柔地搭在月菜的肩头上,铁面无私地继续问道:"过去要成为栖苅大人,就必须一直待在庭园的小社里。现在是怎么做的?"

"他们说那里以前出过事,很危险,所以就改到西侧的别栋去了。"

"那么,接下来要轮到月菜去修行了对吧?"

"大概吧。"月菜显得惶惶不安,"御影小姐我问你,一旦开始修行,不会连我也一起被杀掉吧?"

"请放心,我一定会在这之前抓住凶手。而且警察跟和生先生一直在保护你,不会让这种事发生。"

只能这么回答了。然而,过去的御影没能阻止三姐妹的死,现在的御影能做到她母亲未完成的事吗?倘若力有不逮,连月菜也遭杀害,那问题就远非"丧失信用"那么简单了。

不过,众人都吸取了上一回的教训,警方自不待言,连琴折家的人也不分昼夜在门外巡视,想必凶手也无法轻举妄动。就破案时限的宽松程度而言,现在的御影可谓得天独厚。

"请你也向花菜小姐传达此意……对了,她好像很讨厌我们。是不是发生了什么事?"

月菜忸忸怩怩,一副难以启齿的模样:"……可能是菜弥姐姐跟她说了些什么。花菜喜欢菜弥姐姐,经常和她一起玩。"

静马恍然大悟。菜穗的女儿、美菜子的孙女菜弥厌恶御影并不奇怪。恐怕在昨晚或今晨,她有意无意地说了御影不少坏话。

根据以往的印象，感觉大家都对美菜子一家敬而远之。然而现在，和生与菜弥结为了夫妇，花菜对菜弥又颇为敬慕。这十八年来，琴折家究竟发生了什么样的变化呢？

不过，听月菜的口气，她自己（或许还有雪菜）好像和菜弥并不怎么亲密。

御影似乎也深感无奈，不再追究下去。"感谢你回答了这么多问题。我一定会抓到凶手，所以月菜小姐也要早点儿振作起来哦。"

御影转身要走，就听到外面传来一阵"吧嗒吧嗒"的脚步声，有人气势汹汹地推开了门。

"你们到底在干什么！"

高亢的语声把窗玻璃震得直颤。是菜弥。她的身旁是和生，身后站着花菜。花菜细长的双眼越过菜弥的后背，怒视着御影。和生则一筹莫展，不知该如何应对眼前的局势。

"花菜她们失去姐姐可还没多久啊！你们这么一窝蜂地闯进来，到底想干什么？"

菜弥的狐狸眼越发倒吊起来，脸上的表情活像遇见了杀父仇人。

"我们没做什么。只是过来问月菜小姐几个问题。这件事得到了旬一先生的批准，警方也同意了，他们觉得由同为女性的我去问，对方会比较安心。"

"我不是这个意思。我想说的是，你就不能体谅一下她们的心情吗？月菜也好，花菜也好，都还没从打击中恢复过来。她们是中学生啊。你看看，你这一来花菜不又陷入了恐慌吗？我听说过御陵御影，你和她简直是一模一样。没心没肺，只会耍嘴皮子，真是有其母必有其女啊。"

当真是口无遮拦。如此看来，菜穗还算是好的。可能是越年轻就越压不住火气吧。

"我们再体贴又有何用，凶手可是不等人的。而且，我认为花菜会这么激动不全是我一个人的错。"

御影回敬以犀利的目光。或许是年龄相仿的缘故，御影在气势上没有输给对手，也没打算刻意隐忍。

"你什么意思！是说我动了什么手脚吗？说话前先动动脑子，把责任推卸到别人身上，真是太差劲了！"

"不用我说你也该明白吧。还有，在这种地方吵架，我想花菜小姐她们的情绪会更加不稳的。"

输了一分的菜弥猛地咬住了嘴唇，一双充满杀气的眼睛却始终注视着御影。女人之间，不，少女之间的这场怒目相视的殊死较量，根本没有静马掺和的份儿。

再看和生，只是脸色苍白地呆立在那里，甚至忘了从中调停。当年娃娃脸的和生如今也三十有四了，却只有这张脸与其年纪相符。菜弥年方十七，所以和生正好比她大一倍。看来他对自己的少妻应对无方。另一边的花菜则一直瞪着御影，像是要给菜弥助威。

无奈之下，静马故意放开声量，向和生搭话。

"和生先生这几天是否觉出雪菜姑娘有反常之处？这个问题刚才我们也问过月菜姑娘。"

静马僭越了助手的本分，但这也是没办法的事。

"没有。"和生如梦方醒似的摇了摇头，"昨晚我也说过了，这次和春菜那时不同，我们的房间离得很远，而且我也是一把年纪的大叔了，就算有什么事她也不会向我吐露。"

"那么除了花菜姐妹，雪菜姑娘和谁最亲呢？"

"最亲嘛……花菜，你知道吗？"

花菜突然被点到名，一瞬间目光有些呆滞。

"除了母亲，我想就只有早苗了。"

"我们听月菜姑娘说了，她在学校和市原小姐关系不错。"

"没错。不过这个人冒冒失失，不大靠得住，我不觉得雪菜会找她商量事情……吉美的事你们是什么时候打听出来的？说起来，我干吗非得回答你这个萝莉控的问题啊！"

"你这么说对和生先生可是很失礼的。"

这些年来，其他的没学到，损人的工夫倒有长进。静马这么一反击，花菜沉不住气了。

"哪里提和生大叔了？和生大叔才不是你这样的变态呢！他只是喜欢和自己年纪有点差距的人而已。"

这话根本就没起到辩解的作用。花菜想必也意识到了这一点，懊悔地偷瞧了和生一眼。静马不无愧疚地拿和生当枪使，果其不然，菜弥把视线转向了他。

"你们两个在搞什么把戏？唔，你是……"

"我叫种田静马。"

"哦，劣马先生啊。还不快点把这个冒牌侦探带走？"

能瞬间把人名变换成侮辱性的叫法，也是一种本事。静马感到由衷的钦佩。在其人歇斯底里的言行背后，倒还有些智慧的火花。

这时，听到动静的久弥闯了进来。

"究竟出了什么事？干吗在这种时候吵吵闹闹的。"

菜弥倒是很镇静："没什么事。我们什么也没做，久弥叔叔。对吧，花菜妹妹？"

"是的。"

不过,花菜没菜弥那么能装模作样,脸上始终是一副阴沉的表情。

久弥环顾众人,似乎对情况有了大致的了解,他颇具长者风范地劝解道:"总之大家都冷静一下。"

"久弥先生,没问题的。我们现在正要回去。"静马向御影使了个眼色。

"是的。"从胶着状态中解脱出来的御影一点头,说道,"为了尽早破案,我还有很多事要调查。"

御影足底拖着地,毅然向门口走去。

"谢谢你。"

转过廊角时,御影向静马小声道谢。

"不管你母亲受了多少侮蔑,你也最好别做无益的争辩。"

御影的母亲既没有理会菜穗的挑衅,也没有反唇相讥。她对自己的才能就是那么地自信。相比之下,御影的发言怎么看都像是弱者的虚张声势。

"还有啊,真的要及早解决这个案子才行。就算是为了月菜姑娘。"

静马身为助手,能做的就只有规劝了。

6

旬一前来通知说栖苅想和御影谈话，是这天下午的事。

从外观上看，新建的御社与以前的几乎没有变化，不同之处也就是墙壁和木材比较新吧。即便如此，由于建成已有十八年，损伤随处可见，显得十分破旧。如今正是这栋建筑意蕴未出、破损却最为醒目的时期。

由旬一领路，一行人进入了寝所，纱菜子——不，栖苅见状立刻从御帐台上坐起身来。她与上代栖苅是姐妹，室内装潢又完全相同，令静马恍若回到了十八年前。当栖苅起身时，静马不由得全身一紧。

不过，与当年不同的是，纱帐已被卷起。到纱菜子这一代所发生的变化由此可见一斑，这也和此次栖苅主动寻求会面的气氛比较吻合。听月菜说，纱菜子还与家人一起用餐。

"昨晚我心慌意乱，还请见谅。你是御陵小姐吧，你的母亲非常优秀……请你务必抓住杀害雪菜的凶手。"

纱菜子的声音平和温柔，与在龙之潭时不同，不禁令人想起了过去的她。她原本是个端庄文雅的女子，或许是岁月和地位的熏染，使她具备了良好的气质与风采。

"我愿替妈妈尽早查明真相。"也许有一部分原因是慑于当场肃穆的氛围，只见御影一正坐姿，柔顺地答道。

随后，御影就雪菜的情况开始提问。然而，与当年的三姐妹遇害案一样，栖苅心中也毫无头绪。御影又问及恐吓信的事，回答也与之前没有不同。

问话告一段落后，栖苅喝绿茶润了润嗓子，说道："听旬一说，凶手与十八年前是同一人的可能性极大。这是否意味着我姐姐——不，上一代栖苅是无辜的呢？"

"完全有这个可能。"

"可怜的姐姐，"栖苅长发垂于胸前，伏面叹道，"不但被人夺走了三个女儿，死时竟还蒙受不白之冤。"

"非常抱歉，妈妈没能破案。我谨代妈妈向您致以深深的歉意。"

御影毕恭毕敬地低下头。今后，她还需如此这般向多少人谢多少次罪呢。念及于此，静马心里一阵难受。

"我没有责怪你的意思。你的母亲并无罪过，一切都是凶手的错。"栖苅坚毅地抬起头，反倒安慰了御影一番，"对了，上代栖苅为何要认罪呢？"

"这个我还不知道。也许是为了庇护某人，但是……"

御影答得含混不清。想必她自认已说得足够模糊，无奈栖苅意识敏锐。

"也就是说，上代栖苅不惜担上污名也要庇护的人就是凶手？"

"不，未必就是这样。我不知道栖苅大人认定的凶手是谁，但也有可能是她弄错了。"

"可我觉得，上代栖苅若无十足的把握，是不会假意认罪的。"

"话虽如此……"御影支吾起来。

"请你如实相告。琴折家中藏有凶手的事实已是昭然若揭。事已至此，无论你怀疑谁，我都不会吃惊了。至少与姐姐是凶手相比……更何况，这个世上没有什么比痛失骨肉更不幸的事了。"

栖苅情不自禁地想站起来，却被旬一摁住。始终沉默不语、在栖苅身旁候命的旬一，第一次向御影开口说道："这也是我的请求。现在要是有什么嫌疑深重的人，希望你能告诉我。这样，我想你在调查此人时，我也能尽力提供方便。"

"这个不行。"御影面露苦涩的表情，摇头道，"我妈妈为凶手的奸计所陷害，眼睁睁地看着秋菜小姐死去。现在我若是说些不谨慎的话，难免会重蹈妈妈的覆辙。当然，现在是有那么几条线索，也并非没有从中推导得出的结论。我对刑警先生们也说过一些，但我还没有自信敢说这不是凶手设下的圈套。"

御影诉说难处时面对的是旬一而非栖苅，想必是她觉得当过刑警的旬一应该能理解自己。

"可是……"旬一一度想开口，又闭上了嘴。他凝重地合起眼睑，随后答道："我明白了。我也早已不是刑警，搜查工作只能交给御影小姐和警方了。现在我们能做的只有一件事，那就是保护月菜和花菜。对不对，纱菜子？"

栖苅仍是无法释然的样子，但在丈夫的强劝下，也只得认可。她表情勉强地低头说道："拜托了。"

御影始终神色僵硬，多半是再次切身感受到了肩上的重担。既已拒绝对方的请求，便无论如何都不能再让下一个牺牲者出现。

"我有一事想请教旬一先生，是关于以前住在这里的岩仓先生的。假如岩仓先生正潜伏在村子里，就算他易容或整容过，你是否也能察觉？"

"什么！岩仓君躲在村子里？"

岩仓的存在多半已长久地沉睡在旬一的记忆底层，而旬一这种瞬间爆发式的震惊方式，又让人想起了年轻时的他。

"不，我只是做个假设。据警方说，他十几年前就已下落不明。如果是这样，虽说概率很低，但他来这个村的可能性还是有的。旬一先生应该也已认定，本案与十八年前的案子为同一凶手所为。既然如此，就必须把当年的当事人之一岩仓先生也纳入我们的视野范围。"

"你的想法我能理解……出于工作上的关系，我自认在辨识易容或整容方面有些心得，但确实没见过那样的人。当然，最近因为要造高速公路，出入此间的外乡人也多了，我不可能清楚所有人的情况。"

"是吗？既然旬一先生这么说，就不会有错吧。"

"不过，我一直不知道岩仓君失踪的事。到底是出了什么事呢？当年他还特地从东京赶来参加了我们的婚礼呢。"

旬一歪着脑袋，他心里似乎对岩仓并无情敌意识。而栖苅则沉着脸，像是被触及了一段不愿回首的往事。

"听说警察为慎重起见一直在搜寻他的下落。"

"可是，就算岩仓君回到了这个村子，他又为什么要杀人呢？"

"他一直在研究古籍资料，没准儿是在教义方面有了什么新发现。本案也可能是由某个尚不为人所知的隐秘动机引发的。"

"你和你母亲一样，也很重视狂热信从者这条线吗？可我只觉得凶手是在拿栖苅的教义当幌子……"

"只是一种可能罢了。现阶段,我们不该武断地认为天平会向哪一边倾斜。比如就拿'为何现在又发生了杀人案'这一点来说吧,我们可以这么想——是因为凶手生怕龙之首的倒塌导致恶龙的复活。龙一旦复活,蓬莱之琴已被焚毁的栖苅大人该如何应对呢?于是这就成了本次凶案的导火索。当然,我知道这想法不过是叠床架屋式的无用之论。"

"龙的复活啊,我根本就没想过这个,也不知道有什么书记载过这方面的内容。因诅咒而引发大难的事倒是唠唠叨叨地讲了不少,前人中也没有谁想到过龙的复活吧。而且,自那件事以后,土窖就被封起来了,因为我们觉得,进一步深入调查教义只会招致不必要的混乱,引发灾祸。当然,这也是因为,那时我们以为动机就是你母亲所说的'血统理论'。"

"这么说,现在没人在做研究?"御影显得有些意外,旬一话音未落,她就询问道。

"对,只继承了传承至今的文书和仪式,这是栖苅大人强烈要求的。"

旬一对纱菜子的称呼恢复为"栖苅大人"。栖苅顺势接下他的话头:"我认为,过去传承下来的东西自有它传承下来的价值,而那些没能传下来的东西也自有没能传下来的理由。父亲和旬一先生也赞同我的想法。"

不同于先前痛失女儿的慈母之言,栖苅的这番庄严辩辞与其身份颇为相称。

"我知道,轻视栖苅的风潮已在村中蔓延。纵观过往的种种原委,或许这也是理所当然之事。与其拘泥于教义而越发与村民背道而驰,我倒更愿意成为一个在当下短短一刻为人所信赖的栖苅。比如,将来做到和普通村民轻松交谈等等。当然,保守的人还很多,这并不是那么容易实现的,但我一直在想,栖苅的教义若能拓展得更为宽广就好了。"

静马觉得这个想法颇有纱菜子的风格。以前她就说过,她打算出门入世后再来支撑琴折家。

"对了,你终究没去东京的大学吗?"静马从旁问道,同时又担心这么问是否有失礼节。而栖苅似乎毫不介意,以平和的声音答道:"自那件案子以来,上代栖苅被视为世间罕有的鬼女,大难亦迫在眉睫,我无法弃这个家于不顾,而且……我之前的人生意义也得到了体现。"

室内弥漫着寂寥的气息。十八年前,作为栖苅的备选虚度人生的她,已不复备选之身。如果代价不是三姐妹的死,这本是一件值得高兴的事吧。静马后悔自己问了不该问的事。

然而,栖苅却对静马颇为体贴地说:"后来是因为有旬一先生陪在我身边。他说他要辞去刑警的工作,做我的支柱。"说着,她瞥了旬一一眼。

栖苅突然说起恋爱往事,令旬一措手不及。他勉力装出面无表情的样子,反倒显得很滑稽。

停了一下,旬一面对御影,语气略显郑重地说道:"过去我说你母亲是个不懂行的沽名钓誉者,心里看不起她,为此我必须向你道歉。其实从结果看,我来这个地方也好似是来找老婆的……我也知道这个家有人对你们看不惯。就说我吧,在龙之潭时还是半信半疑的,但是现在不同了。我恳请你们留在这里直到逮住凶手,我会保障你们在这里的行动自由。"

静马所认识的旬一是个性子直率、表里如一的人。现在的这一番话感觉也不是骗人的。

"非常感谢。就算是为了洗刷妈妈的污名,我也一定要找出凶手……所以我有一个请求——不马上兑现也没关系，如果可以的话能否让我自由地阅览土窖中的典籍呢？"

旬一略显迟疑，不过他与栖苅对视一眼后，便用力点头道："可以。"

穿过游廊来到主屋后门时，御影提议去小社的遗址。虽然小社的建筑已经没了，但她想去看一眼。

静马没有理由反对，于是两人换好鞋走进了庭园。和过去不同，现在对穿什么鞋没有规定。据说这里应栖苅的要求，每月都会邀请村民来举办茶会，所以废除了这个不自由的陈规。当然，村民只能走到池子的周围，御社所在的池中岛则禁止入内。这就是所谓最后一片圣域吧。

庭园的风景与过去相比几乎没有变化，一部分也是因为季节相同。当然，御社做过翻新，小社也已不复存在。隔断宅邸与庭园的篱笆也在五年前被改建成灰泥瓦墙。不过，背山而立的平和景象依然健在，池中的鲤鱼蹦得欢畅，想必早更新换代了。

昔日小社所在的池子西侧，交错种植着数株椿树、榎树和楸树。这些树围出了一个相扑场大小的草地，中央建有一座石碑。

石碑高约两米，形状如一枚细长的将棋子，顶端附近刻着琴折家的家纹。两人围着碑转了一圈，发现正反面俱无碑文，大概是因为没有说明的必要吧。这座慰灵碑至今仍散发着柔和的光泽，想来一直受到了细心的呵护。

"这里就是小社的原址吧。"

御影正在根据母亲的话想象小社的模样。

建筑虽然没了，但铺路石还保持着原样。

"这一带是小社的玄关吗？"站在铺路石接缝处的御影问道。

"大概是吧。"静马含糊其辞地点点头。

夹在榎树之间的铺路石到头后，再往前走数米就是慰灵碑。假如这里是小社的玄关，那慰灵碑正好就是摆放夏菜头颅的神坛所在的位置吧。

当时，静马没留意神坛上有人头，经御影提醒后吓了一大跳。这是一段让人既羞愧又怀念的记忆。然而，很快静马脑中便浮现出夏菜的脸，耳边传来的是那句"早点儿抓住凶手哦"。悲伤顷刻占据了静马的整个心房。十八年后的今天，凶手仍然逍遥法外。

静马面对石碑合掌默哀，同时听到御影向这边走来的脚步声。脚步声停了，静马侧目一看，只见御影也合起了双掌。

默哀毕，御影说道："其实我来这里是想多少也体验一下当时的氛围。小社命案中有两处令人生疑的地方，妈妈大概是觉得和锁定凶手无关所以舍弃了。但既然她的推理是错的，那么这两个疑点也许会成为导出真相的关键。"

"是指所谓'不合辙'吗？"

"倒也没到这个程度。一个是留在神坛侧面的手印。妈妈认为是凶手为掩盖沾上的某物，利用了夏菜姑娘的手。"

"嗯，她确实是这么说的。这不对吗？"

御影闻言当即否定道："不，我也是这么想的。只是，凶手究竟想掩盖什么呢？妈妈没有触及这一点。可能是觉得再探讨也没用，就放弃了。另一个是用打火机烧灼神坛底部的姿势。明明左侧空着，却要特地去有尸体的那一边，摆出别扭的姿态点燃打火机。"

"这难道不是为了趴着的时候,便于右手伸到里面去吗?"静马一边回忆御影的话一边指摘道。

"直到最近为止,不,是在发生了新案子、我开始反复咀嚼过去的案情之前,也是这么想的。但是,打火机跟笔和筷子不一样,用左手也能轻易点着。"

"被你这么一说……"

静马现在是不抽烟了,但他在还是种田静马的时候,也是个老烟枪,他记得当时有过右手没空就用左手来点烟的经历。

"好厉害,你竟然这么快就发现了你母亲遗漏的东西。"

虽说让人放心不下的地方随处可见,但说不定御影的能力其实要超过她母亲。静马投以赞赏的目光,而御影则谦逊地说道:"这纯属偶然。我只是昨晚在琴乃汤看到久弥先生一边干活一边用左手点打火机罢了……从不抽烟的母亲在脑中做了一番空想,我也是如此。但是,如果那焦痕是引母亲坠入陷阱的诡计,那么凶手可能也和我们一样,想当然地以为打火机是要用右手点的。"

"也就是说,凶手是不抽烟的人啰?"

出人意料的进展令静马兴奋不已。当时的吸烟者有达纮、伸生、昌纮、久弥、美菜子、登、源助以及菜穗,共八人。若把他们除外,嫌疑人将大大减少。其中还在世的有纱菜子、早苗、和生、旬一……岩仓。岩仓的名字又出现了。

纱菜子和旬一是雪菜的亲生父母;早苗在村中隐居;对和生来说,春菜三姐妹是他的亲妹妹。除去他们就只剩下岩仓了。

御影似乎读懂了静马的表情,说:"岩仓先生虽然是我提起的,但我们最好别过多考虑他。"

"那其他还有谁?"

"现在我还不清楚。"御影眼神乏力,缓缓摇头道,"但我只能如此这般不断地去发现妈妈的疏漏。"

从御影的表情中就能看出,这显然是一项艰苦的任务。

之后两人穿过庭园,攀到如今只是一座简易祠堂的古社前时,御影又说出了同样的话:"凶手掩埋外公的尸体,为什么要同时使用锄头和铁锹呢?只是挖个浅坑的话,有铁锹应该就够了。"

这次御影也只是提出疑问,并没有答案。话虽如此,仅凭她看到了母亲漏过或无视的那些疑点,就足以令人萌生破案的希望了。为母亲雪耻或许能成为现实。

杀人现场巡礼已毕,两人再次回到主屋时,就见和生站在后门口,一副心神不宁的样子。他一认出御影的身影,就慌忙跑上前来,低下了头。

"刚才真是对不起,菜弥和花菜说了很多难听的话。不过她们两个都不是坏人,只是出了这件事后有点上火。"

迟钝的和生终于也意识到了。他一个劲儿地道着歉,这还真像他的风格。

御影则温柔地对和生微笑道:"这些事我不在意的,请抬起头来吧。对了,我有几个问题想问你,可以吗?"

"请尽管问吧,只要答得上来,我知无不言。"放下心来的和生满口应承道。

他年纪是长了,可为人几乎和以前没什么两样。

"秀树先生是怎样一个人?我想他应该是唯一一个十八年前不在这里的人。"

"我岳父吗?听说岳父是已过世的登先生的友人之子。外祖母,不,是美菜子姨婆在事发两个月之后,操办了这场相亲。你恐怕也知道吧,关于岳母和我父亲的事。"

"我听母亲说了。"

"和生君也知道这个事?"静马忍不住开口问道。御影应该信守了与菜穗的约定,没把这件隐私告诉过别人啊。

"案子发生的一个月之后,我偶然听到了岳母和美菜子姨婆的争吵。"

和生出于自己的立场,无法向任何人倾诉,心中想必十分苦闷,就和过去的春菜一样。即便是现在把心一横说出了口,他脸上仍掠过了一丝阴影。

"如有冒犯还请恕罪。你明明知道这些复杂的内情,竟还和菜弥结了婚。"

"年轻时我很抗拒。而且,我做梦也没想过要和长得像岳母的菜弥成亲。不过,到了现在这个年龄,"三十四岁的男人面露苦笑,"我多少也理解了岳母的感受,感觉原因多半是出在这个家。不管怎么说,琴折家都是一个很封闭的地方。对喜爱浮华却鲜有机会出门的岳母来说,一切都不得不终结于这个家吧。虽说托栖苅大人和旬一先生的福,琴折家已有所开放……怎么说呢,其实我的一切也都在这里完结了。另外,岳母结婚后,对岳父也是一心一意。至于岳父么,总给人一种靠不大住的感觉——当然我这么说长辈不太好。但另一方面,岳父的包容力特别强。岳母可能也是被这一点吸引了。"

静马的心底涌起了一脉温情:和生长大了呢。之所以有这样的感慨,大概也是因为他对和生的孩提时代只有部分的了解吧。

然而,下一个瞬间,和生的表情又严肃起来:"我对岳母的情绪有所缓和，但父亲这边我是不原谅的。背叛病重的母亲搞外遇，没有任何值得同情的余地。而且之后他也不知悔改，好像又在外面养了别的女人。"

和生毫不掩饰厌恶之情，狠狠痛斥了自己的父亲。正因为是亲人，正因为有血缘关系，憎恨才会变得更深，静马太了解这一点了。

"这么说他和过去的登先生不一样，不是一个有野心、想在琴折家获取影响力的人？"御影抓住恰当的时机，再度发问道。

"只有岳父我敢说不是那样的人。他很配合我父亲和祖父，把大失所望的美菜子姨婆悔得肠子都青了。"

对见过美菜子是如何对待御影的静马来说，这是一条多少能让人心情畅快的小趣闻。

之后，御影重复了一遍向其他人也提过的问题，但没有新的收获。询问毕，这次轮到和生发问了，而且对象还是静马。

"对了，那件事以后种田先生是什么情况？你好像是和御陵小姐分别离开的。"

静马的旧伤被刺痛了。

"我吗？助手的职位二话没说就被解雇了，本来我就不擅长干这个。后来我回到东京，一直过着平常人的生活。十八年过去，东京和这里的栖苅村都大变样了，可我却没有任何变化，而且至今还是独身。"

"是吗？御陵小姐和种田先生站在一起感觉很不错啊，所以我还想到底是怎么回事呢。好吧，其实当时我根本顾不上这种事，是后来才想到的。不过，以前的你和现在的你，给人的印象很不同啊。那个时候怎么说呢，总有一种被什么事逼得不行的感觉，有些地方还挺吓人的。现在就稳重多了。"

和生使劲地剜着静马的伤口，当然他本人应该毫无意识。当时的静马已到了要自杀的地步，"被逼得不行"也确是事实，只是没想到连旁人都能看穿，他不免觉得有点害臊。

"呃，人的一生总会发生各种事情的嘛。而且我看上去稳重了，无非是因为年纪大了，皮肤松弛了吧。我都快四十岁啦。在我看来，你也成熟了很多啊。"

"是吗？不过，现在的种田先生待人亲切，感觉很舒服。啊，说这种没大没小的话，真是对不起。"

"这有什么。学生时代的友人也是这么说我的。"

这当然是谎言。如今静马身边已没有一个知晓他过去的人——除了琴折家的人。

从这层意义上说，琴折家可谓静马与过去的唯一接点，是静马十八年前的栖身之所，尽管当时的他正遭受着绝望的摧残。

"马上要轮班了，我这就告辞了。"和生看着腕表，向两人轻施一礼，转身离去。

待他的身影消失后，御影开口问道："静马先生，这十八年来你到底是怎么过的？"

"怎么啦？怎么连御影也问起这个来了？"

御影现在的表情与查案时一样严肃，静马不禁畏缩起来。

"我从粟津刑警那儿听说了，这十八年来静马先生杳无音讯。我请粟津刑警先等一会儿，说我会代警方向你查问。"

既然对岩仓的情况都做过调查，调查静马的过去也是理所当然的。静马一时疏忽，竟没想过此节。

"御影也知道我家里人的事吧。"

御影无言地点头。

"所以那桩案子过后，我抛弃了自己，因为我觉得很空虚。

那以后，我一直寄居在宫崎的日高先生处。现在是以日高三郎的身份活着。过后我会把联络方式告诉你，请警方确认即可。"

自杀的事还是隐去没说。虽然警察一盘问日高这件事就会暴露，但静马不愿自己说出口。

"是这样啊……对不起，问了这么冒昧的问题。"御影放了心似的道歉说。

"哪里哪里，我也是案件的相关人员嘛。而且，事发后很快就行踪不明了，再出现时又是在新案子发生的前一刻，被怀疑也是没办法的事。这个就叫自作自受。承蒙你关照，拦住了警方。粟津先生也就算了，要是那个叫石场的警察气势汹汹地来问我，我也心烦啊。谢谢你！"

静马坦诚地道完谢，就见御影的双颊微微一红。

"对了，十八年前在而现在不在的人还有一个，就是别所先生。"

以别所的身份，本不该把他列入名单。但处于同一立场的旬一既已和琴折家发生了联系，静马就不免有些在意。

"关于这个我问过警方。当时石场刑警对这个问题相当排斥。听他们说，别所先生三年前退休了，如今正和儿子儿媳一家住在一起悠闲度日。"

"没准儿还要跟孙子孙女做伴吧。"

别所那张如墙砖一般坚固的四方脸，在孙子孙女面前会不会变得像海绵布一样柔软呢？这么一想象，就觉得有点好笑。

待气氛恢复如常后，静马问道："那我们接下来干什么？"

御影答曰：去风见塔。

"这次的案子也跟风见塔有关吗？"

"不……风见塔是十八年前那桩案子的发端，我想亲眼看看从塔上望出去的风景。另一个理由是,我想先瞧瞧母亲过去追寻过的道路。后天雪菜小姐的葬礼一办,风见塔也会挤满来吊唁的客人,所以要去就得趁现在。"

"嗯,这倒也是。那我给你带路吧。"

7

风见塔是过去春菜热心前往视察村落的地方,正是以此为契机,静马才落入了犯罪嫌疑人的泥潭。这里也是菜穗和伸生幽会的场所。在女儿为继承栖苅之业积极前往的地方与人偷情,想到这里就觉得伸生这个人确实值得鄙视。

权力者俯瞰村庄的姿态与时代不合。基于这个想法,如今的栖苅以及雪菜都不曾使用过风见塔。大家倒是有个计划,要把这里改建成一座象征性的高塔,只能在村子里看到它,但不能上去。

静马望着把村子分为南北两半的高速公路,心想:这种程度的努力真能挽回栖苅的向心力吗?让一度离散的心重新聚拢起来绝非易事。

案发的前一天,久弥抱怨说村子里新开了一家气派的温泉旅馆,听说开业者是村长那一派的人。与其说久弥忧心出现了竞争对手,还不如说他对村民汲取神圣的温泉之水一事感到焦虑。温泉乃琴折家独占之物,这个长久以来的成规也已然形同虚设,今后还会有类似的禁忌接二连三地被打破吧。

"从这里几乎看不见龙之潭呢。"

御影站在露台的一端,用手压住被风吹散的头发,喃喃地低语着。倘若刮起一阵强风，感觉都能把她直接吹落下去。御影母女体格相差无几，但在母亲身上则没有那么明显的感觉，多半是性格差异造成的吧。

"不过，用那边的双筒望远镜可以清楚地看到龙之首的顶端。当然，现在龙之首已经倒了。"

"是这样啊……唔，其实我还想过，龙之首倒塌后，从这里望出去的风景也许形成了一幅暗示恶龙复活的构图。但是，我的期望落空了。"

御影并未显出沮丧的样子，多半一开始就没抱什么希望。

"不愧是御影的女儿啊！想到要从整体构图中汲取意义。你母亲也常把'不合辙'挂在嘴边呢……对了，御影，我问你一件事，要是得罪了你还请见谅。"

静马预作声明后，说出了从昨日起就一直很在意的疑问："你的左眼不是义眼吧？"

"嗯，是美瞳镜片。"御影坦率地承认了。

最初见面时静马没留意，后来才发现御影的左眼能和右眼一样活动。而且最重要的是，她的左眼也闪耀着生命的火花。

"妈妈和外婆很不幸，左眼都是义眼，而我两个眼睛都能看见。所以，虽然都号称御陵御影，但我和妈妈、外婆不同，不是'独眼侦探'。"

"来这儿之前我查了一下，视觉信息似乎会传给两边的大脑，这一点和人的手脚不一样。"

严格来说，只有一只眼睛的话，左眼的影像将传向右脑，右眼的影像将传向左脑。不过，左右脑能通过神经原交换信息，所以人最终是用两边的大脑在看、在处理。换言之，当年御影的"用右脑处理所以矛盾会浮现出来"的说法是不科学的。

"妈妈也明白这一点。她只是把它当作一种寻求'合辙'的侦探手段，有意识进行强调罢了。"

总之，静马完全被骗了。不过他并未感到不快。身为御陵御影，必须通过始于幼年的修炼，后天习得此法。从中静马倒是感受到了某种严格性与深邃性。

而眼前的少女也经受过同样的修炼吧。

"就是一种类似于自我暗示的东西吧。那你的隐形镜片也是这个目的？"

"是的。美瞳镜片是自我约束的道具。其目的是为了始终寻求'合辙'，辨识出'不合辙'之处。如果把镜片摘了，我的世界将归于平凡，我也不再是御陵御影，而是一个普通的女子。而且，有了这样的眼睛，我觉得自己就能和妈妈联结在一起了。"

御影举头望向湛蓝的天空。右眼自不用说，那翡翠色的左眼想必也映出了一片翡翠色的天空。这翡翠色或许是御影与母亲那一段段泛黄记忆的替代品。

"就类似于你母亲的遗物吧。真叫人羡慕啊。这套装束也是？"

"这是阿姨新近给我定做的。为了我这次的旅行。"

御影没有父亲，年纪轻轻时又失去了母亲，可她似乎有许多感情的羁绊和回忆，比过去的静马要多得多。最初静马想，自己若能成为这个不幸少女的回忆之一就好了。现在看来，想要回忆的也许是他自己。愿在背后支撑御影的想法莫非也不是基于她的期望，而是自己的期望？

这十八年来静马也拥有了各种羁绊。然而记忆恢复时，他感到这只是日高三郎的羁绊。当然，他自己也就是日高三郎。

静马将近一半的人生都是以日高三郎这个名字度过的。但不管怎样，静马总觉得自己与日高三郎之间存在着一层薄如米纸的隔阂。

下了风见塔，静马看见菜穗和秀树正向这边走来。他俩手拉着手，亲密无间走在一起的样子，正应了和生的话。

"咦，你们是在调查风见塔吗？"

先上来搭话的是菜穗。她化着与以前不同的淡妆，脸上的细小皱纹也因此变得十分醒目。旁边的秀树则笑嘻嘻地说了声"你们好"。

"是的。你们呢？"御影略怀戒心地答道。

"我们是来整理风见塔的。后天就是葬礼，会有大批的人过来，得把不要的东西都理出来。这里一直当仓库用，所以垃圾也多。久弥先生今天原本也会来帮忙，但是他要忙琴乃汤的准备工作，好像过不来了。"

"琴乃汤也会有前来吊唁的客人住吗？"

"是啊。光我们这个宅子不够住。就算是为了雪菜，我们也想把葬礼办得风风光光的。"菜穗爽朗的语声顿时消沉下来。

这稳重的言行举止令静马吃了一惊。与过去那个对御影尽显敌意的菜穗不同，如今的她给人温柔和蔼的感觉，眼神也相当平和。这就是十八年的岁月所带来的功效吗？

静马回过神时，发现菜穗正目不转睛地看着自己。

"你果然就是种田先生吧。录口供的时候，我还不敢肯定。你老了很多啊。"

"菜穗女士你也是……啊不，我指的不是年纪。"

"是说性格吧。别那么一惊一乍的好吗？当然了，反正你对我的印象多半还停留在过去。"

"所谓'过去'，是指菜穗头上长角的时候吗？那个时候啊，大家都怕她呢。"

插科打诨的是秀树。果汁软糖似的脸颊变得越发松弛了。

"对，就是你还有腹肌的时候。"

菜穗也还以轻松的玩笑。这要搁在过去，菜穗恐怕会和上次的菜弥一样，涨红着脸冲上去吵架。

"你真的变了呢。"

静马陶醉在暖意融融的氛围下，不知不觉地说出了这句话。菜穗也不恼。

"你也变啦。以前啊，你总是一副快要死了的模样。"

菜穗所言与和生如出一辙。难不成所有相关人员都觉得自己是个行将就木的人？想到这里，静马觉得很难为情。

"对了，你是御影的女儿吧。"

御影闻言，再度与菜穗寒暄了几句。

"对不起，菜弥好像说了不少怪话。这孩子啊，其实人很认真，是个非常非常善良的姑娘。你可不要误解她啊。"

"不会的。雪菜小姐遇害了，大家神经紧张也是在所难免的。"

菜穗表情有所缓和，似乎是放了心，但她还是说道："不过，这孩子再怎么年轻，到底是已经结婚的人了，稍微再稳重一点不好吗？当然，我也没资格大言不惭地说别人。一开始的时候，我也总是对秀树先生撒气。"

"没有啦。"秀树挠着自己日渐稀疏的头顶。

听了这一番对话，静马觉得很不可思议。他原本坚信一定是菜穗在教唆菜弥，给她讲了许多御影的坏话。菜穗像是看出了静马的心思:"那是我母亲啦。我父亲事业失败,人变得憔悴不堪,没多久就死了。从那以后母亲就越来越拧巴了。都这个岁数了,就不能消停一点吗……母亲自暴自弃喝闷酒,喝得太多结果得了糖尿病。然后我就不厌其烦地劝她好好养生,可她根本不听。这脾气到底是像谁呢?"

"原来是岳母啊。"一旁的秀树悠然自得地笑道。身为让看走眼的美菜子大失所望的女婿,这话颇符合秀树的风格。

"那么,跟和生君结婚的事也是美菜子女士的主意?"静马问道。

"菜弥从小就喜欢和生君。当然,会这么早就结婚,也有母亲撺掇的成分。就我来说,虽然早晚都要结婚,但我还是希望菜弥能上大学,先去看看外面的世界再说。"

菜穗不满地用手扶住脸颊,完全是一副母亲的做派。

"好啦,菜弥的人生得由她自己决定。而且我认为,与其去大学被一些奇怪的男人骗,还不如让和生君娶走更称心。"

另一边的秀树则发散着慈父般的溺爱之情。

"……对了,杀害雪菜的凶手你可有眉目了?"

"还没有。因为现在才刚开始着手。"

"可不是嘛,连你母亲都被难倒了。我还欠过你母亲的一份人情,有什么要帮忙的话,我会协助你的。"

御影只是回答道:"到时候就请你多多关照了。"

接下来的十分钟里,御影询问了雪菜和琴折家的事,但没有多少收获。

最后,菜穗嘴角浮出一丝坏笑,问道:"这位御影小姐难不成是你的女儿?"

"不是的!"

静马和御影同时否认道。他俩对视了一眼，急忙又尴尬地别过头去。

菜穗一脸若无其事的样子，撅着随风飘动的那头引以为豪的黑发，说道："什么呀！你们不是父女啊。那时我还觉得你俩挺般配的呢，气质太阴暗毕竟是招人厌啊。不过，现在的你可比以前好多了。"

看来菜穗一点也没觉得欠过静马的人情。

"我很震惊，这和我听说的菜穗女士完全不一样啊。"

走过从风见塔延伸而来的小路，御影略显兴奋地开口道。在认出菜穗的时候，她恐怕已经做好了最坏的打算。

"我也吃了一惊，还以为是另一个人呢。不过美菜子女士好像一点也没变。"

"静马先生似乎也有了变化。"

御影用小动物一般的眸子，瞟了一眼静马。

"当时我有那么阴郁吗……"静马装糊涂，又道，"关于这方面，你母亲是怎么说的？"

"呃……"

御影支支吾吾，就像一个三十出头的女人被人问起了年龄。看来这话不用问也知道是什么结果。

"好啦，不用回答了。"

"对不起。"

御影这一谢罪，让静马更害臊了。他准备换一个话题。

"对了，不是说美菜子女士得了糖尿病吗？达纮先生又卧床不起，现在琴折家的实权是不是在旬一先生手里呢？"

"怎么说呢。伸生先生是上代栖苅大人的丈夫，旬一先生和现任栖苅大人也不是那种仗势欺人的类型，所以应该是以伸生先生为尊吧。另外，我想，美菜子女士让菜弥小姐和生先生结婚，也证明了伸生先生在琴折家内部保有一定的影响力。"

"也是，那位美菜子女士不可能欣然同意一桩没有任何好处的婚姻。只是，和生君好像很讨厌伸生先生，看来继秀树先生之后她又一次眼花了。"

静马一笑置之，御影被他一带也微笑起来。天真无邪的笑脸。静马突然想，如果这个姑娘是自己的女儿那该多好啊。

然而，御影很快便收起笑容，恢复了侦探的表情。

"母亲会跌入陷阱，可能是因为对'栖苅大人继承权'这个琴折家最重要的部分关注过度了。刚才我也在栖苅大人面前提到了恶龙复活的事。包括实权斗争在内，没准儿只是我把问题复杂化了。"御影恍若伫立在雨中一般，吐露着心声，"或许案件的核心其实是在别的地方，只是继承问题过于引人注目，于是就成了凶手的隐身衣。"

"但是，除了栖苅大人的继承问题，很难想象还有其他杀害三姐妹和雪菜姑娘的理由啊。"

无法想象这些女孩会被人憎恨到想杀死她们的地步。即便是好心反遭仇怨，静马也想不出有什么动机能让人杀害四位可爱的少女。

御影也说不出答案。

8

今年的第一场雪降在了雪菜葬礼后的第二天晚上。直到前一日都是晴空万里的天气宛如一席谎言，如今户外一片狼藉。静马被风拍打窗户的声音吵醒了。

他慌忙拉开纸门。满目尽是积雪。

然而，从这片白银的世界里静马感觉不到美。唯有不祥的记忆苏醒了。

十八年前初雪降临的那个早晨，人们发现了夏菜的尸体。

静马感到心中一悸，敲了敲隔壁御影房间的门。御影已经醒了。

"今年的第一场雪来了。莫非静马先生也……"

御影似乎也抱着同样的想法。静马连忙点头。

"不过和以前不同的是，月菜姑娘和花菜姑娘在主屋睡一个房间。"

"是啊。只要不是两个人一起被杀的话。"

不审慎的话一出口，静马不由得噤了声。

"我觉得不会有问题，不过还是去看一下情况吧。"

也许是静马的话搅起了御影的不安，她如是提议道。

两人来到主屋，就见和生坐在月菜姐妹的房前，和过去一样轮流实施全天候的监护。

"出什么事了吗?"

一见静马等人,和生慌忙站起身,以为发生了什么事。

"没什么,就是看到下了第一场雪。"

"哦,是这样啊。"

和生明白原委后,脸部僵硬了起来。

"夏菜就是在初雪的那一天遇害的吧。"

始于静马的不安似乎传染给了和生,他回头向屋中呼喊了几声。

不一会儿,花菜从屋里探出头。她大概是刚睡醒,眼皮有点儿肿,连睡衣的领子都歪了。平日被漂亮盘起的头发也是乱糟糟的。

"月菜呢?"

"还睡着呢。"花菜不悦地答道。

"啊,没事就好。把你吵醒了真是不好意思。"

"没关系。"

说着,花菜揉了揉眼睛,这时就看见了和生身后站着御影。

"你为什么会在这里!"

完全醒了本是好事,可花菜却越发显出不快的表情,攻击起御影来。

"因为工作。"

"怎么着,你觉得我们被杀了事情就更精彩更好看了是吧?"

"喂,花菜!怎么说话的!"

然而,花菜无视和生的存在,狠狠地关上门,弄出了一声巨响。

"请你们原谅。"和生挠着头一个劲地道歉,"不过,好像什么事也没发生。"

"是我们担心过头了吧。"

静马苦笑一声后,和生一脸诚恳地反省道:"不,这个程度也许刚刚好。我倒是注意到下雪了,却把夏菜的事忘得一干二净。看来我也得绷紧神经才行啊。"

"但是,今晚过后,她们就要分房睡了吧。"

雪菜的葬礼已经结束。从今天开始,月菜为了修行必须搬入别栋的雪菜隔壁的房间,起床就寝自然也是一个人。没被安排在雪菜的房间里算是唯一的一点正面因素吧。

"是的。"和生不安地点点头,"我是觉得可以等一段时间看看情况再说,但只有这件事没法通融。不过,听说警方的人会一直在窗外监视,所以门外就由我们来负责。"

"真是辛苦啊。我也很想助你们一臂之力,但肯定不会得到许可吧。"

"你有这份心就够了。我的身子也比以前要结实多了,放心吧。"

和生郑重地道谢,这时昌纮从廊角拐了过来。昌纮已年近五十,至今还是独身。来介绍相亲的不少,但不知为何他总是拒绝。

"啊,怎么啦?难不成月菜她们……"昌纮还是那副迷迷糊糊的样子,只有眼睛睁得老大。

"不不,我们只是来看看情况的。看来我们在这里反而引起了不必要的担忧,还是就此告退的好啊。"

御影催着静马一起走。身后,昌纮与和生说起了当天搬家的事。

"凶手什么也没做。对此静马先生你是怎么看的?"

回别栋的途中御影问道。

"我吗？怎么说呢，毕竟是因为戒备森严凶手下不了手吧。"

警方也生怕重蹈覆辙，在警戒方面没有懈怠。

"可能吧。但是，雪菜姑娘的死和春菜姑娘的案子联系相当紧密。可这次凶手却什么也没干。说不定是有什么理由的。比如，昨晚由于某种情况凶手没在这幢宅子里。"

"原来如此……不过大家应该都在。"

前天是雪菜的葬礼。正如菜穗所言，非常隆重，据说比春菜那时还要盛大。静马不由得感到，琴折家在村里的向心力虽然已开始衰退，但对本县乃至全国的影响力仍然不可小觑。

然后是昨天，琴折家众人为葬礼后的清理工作忙得不可开交，所以应该没有人在外面过夜。

"说得也是啊。可能是我还没睡醒吧。我这个睡不醒的侦探，离成熟还远得很吧。"

御影一脸羞涩地苦笑起来。

下午过后，风停了，太阳开始露出脸来。静马从屋内往外眺望，看见旬一和栖苅正与女儿们一起在白茫茫的庭园里散步。月菜姐妹似乎很喜欢在银白色的地上留下脚印，像小狗一样四处奔跑。而旬一和栖苅则慈祥地守望着这一幕。

他们是想重新加深已缺失了一人的羁绊吧。这也是十八年前的庭园中不曾见过的、悲伤而又温馨的一幕场景。

当年静马在琴折家居住时，庭园里始终无人。即使没发生杀人案，恐怕也是如此吧。难以想象由于成规连饭也不在一起吃的栖苅，会与三姐妹一道亲密无间地散步。

大概是有电话来了，旬一取出了手机。其余三人体贴地离远了些，观赏起鲤鱼来。莫非是工作上的电话？无论案子解决与否，各种要务总会纷至沓来。葬礼期间想必也积压了大量事务吧。

旬一的电话拖了很久，好不容易享受全家欢乐时光的姐妹俩，只能无所事事地望着父亲。而栖苅则与她们说话，想把两人的注意力吸引过来。

村民若是见到这幅光景，对琴折家也许又会有所改观。自己是不是太乐观了呢？不过，静马既已心生好感，也就希望事实是这样没错。

静马的视线忽地一沉，就发现隔断别栋、主屋与庭园的围墙内侧晃动着刑警的身影。那是一个脸生的刑警。琴折家很大，想必动员了不少警察。他似乎就是和生所说的、监视月菜房间窗外的警员。静马注视良久，对方可能意识到了他的视线，也抬起头来。如鹰一般锐利的眼神。静马吓了一跳，情不自禁地后退了几步。

这样一来不就显得自己像凶手了吗？静马一边反省，一边再次来到窗前，然而刑警早已回归本职工作，将脸转向了一楼。看来他根本就没把静马当一回事。静马安心的同时，又觉得有点泄气。

静马再度放眼庭园，旬一的电话好像已经结束了，四人正其乐融融地沿池边行走。

家人……静马突然想起了小时候的事，想起了与父母一起，三个人在雪后的公园里散步的情景，想起了颈上绕着一圈又一圈的围巾，右手拉着母亲，左手拉着父亲，在寒气沉沉的公园小道上行走的情景。

静马不清楚父母是从何时起戴上的假面，所以也不知道这些记忆是真是伪。

对静马来说已经无所谓了。

从傍晚开始,天气再度变坏,转为了雨天。好不容易积起的雪也被冲刷得一干二净。天气预报说雨会下到明天早上。风也渐渐凛冽起来。

静马有一种山雨欲来风满楼的感觉。

9

雨持续下了一个晚上,在第二天早上停了。这场雨不仅冲走了前一天的积雪,也洗尽了凶手的足迹。

这天清晨,月菜的尸体在西侧别栋的一室被发现。有人发现在月菜屋外担负监视任务的石场昏倒在地上。其他警员慌忙赶往月菜的房间,就见被子里横躺着月菜被斩首的尸骸,唯有切口处淌血的头颅被摆放在神坛之上。

御影闻讯赶来时,粟津已经抵达现场。当时离发现尸体已有二十分钟。由于事情就发生在眼皮底下,众人一阵忙乱,谁也没想到去通知御影。

"果然只是嘴上能说!你们准备怎么负责?!"

御影正要进屋,就劈头盖脸地遭到了菜弥的痛骂。这情景十八年前也曾有过。见御影想开口说些什么,静马强行把她推进室内,关上了门。

"谢罪的话以后再说。"

听了静马的话,御影像是要鼓足勇气似的,重重地点点头,随后向窗边的粟津走去。

"凶手是从窗户入侵的吗?"

"好像是的。那边窗户的半月锁有一个是开着的。"粟津一脸苦涩地答道。

屋里朝北安着两扇及腰高的窗户，粟津所指的是东侧的那一扇。

"窗外有脚印吗？"

"没有，什么也没留下。估计都被雨水冲掉了。不过，室内还留有出入时雨水飘进来的痕迹，所以不会有错吧。"

"这么说，监视这个窗户的石场刑警是被人打昏的？"

"他说，昨晚十二点左右他突然被人击打后脑，昏了过去。当然，之后的事他全都不记得了。凶手好像给他闻过氯仿，结果就一直睡到了早上。"

"氯仿什么的，凶手还真是周到啊，而且手法也是少有的粗暴。"

现在才对连环杀人凶手冠以粗暴之名或许十分可笑，但迄今为止凶手确有趁人不备伺机作案的倾向。

"怎么说呢，也是因为有十八年前的教训在，我们丝毫没有掉以轻心。当然，结果人还是被杀了。"

粟津可能觉得部下被打晕是自己的疏漏，他手扶下巴，语气显得绵软无力。

"没觉出凶手迫近的迹象吗？"

"石场说因为雨声所以没注意到，又说当时屋子里还亮着灯。当然，这多半是因为死者害怕，睡觉时没关灯，所以没有任何参考价值。石场现在头被打了，人还发着高烧。打听出这些东西已经是费尽了周折。详细情况得等到他康复之后再说。"

在隆冬的雨中，一个晚上昏倒在地，没冻死就是万幸。听粟津说，达纮身体欠佳，主治大夫木野医师（老木野医师的儿子）那边的护士从前一天晚上起就一直在照看他，所以石场及时得到了紧急救治。这也是他能捡回一条命的原因之一。

"也许凶手就是这么计划的,所以才选择了雨天。"

"应该是吧。听起来像是我在包庇自己人,但石场怎么说也是有柔道段位的人,要是没有这场雨,他也不会出那样的丑吧。"粟津紧咬着嘴唇。

御影不再提及此事,平静地走向神坛。神坛位于房间西侧的壁龛。这原本是雪菜屋里的东西,昨天与放古籍的书架和屏风一起被搬到这里。神坛上是月菜面色苍白的头颅,颈部清晰地留下了绞杀的细痕。微微睁开的眼睛引人伤悲。台上被流出的鲜血染红了,一部分血已蔓延至下方。

静马看着血淋淋的头颅。它的主人昨天还是一个生龙活虎之人。如此经历静马十八年前已有过两次,但对御影来说还只是第一次吧。她的心中正翻滚着怎样的念头?是不幸致被害者殒命的屈辱、悔恨、歉意,还是对凶手的义愤呢?直到合掌默哀已毕,御影依然凝视着月菜。

"都是因为我没用。"

对静马之外的人绝不会说出口的示弱之辞,竟从她嘴里吐露出来。本应面无表情的脸也扭曲了,以至于静马觉得她马上就要哭出来了。

"御影!"静马严厉地叱喝道,"你要去寻找凶手。现在你别无选择!"

也许一个十六岁的少女无法忍受这样的现实,但静马仍硬起心肠训斥她。想必山科也一定会说同样的话。

"是啊……我是御陵御影。"

御影一度以扇掩面,调整自己的表情。随后她缓缓地将手伸向月菜的头颅。

确认完后脑的击打痕迹后，御影说道："和雪菜完全相同，我想是同一个凶手。"

"我也有同感。"

粟津的语调和先前没有任何变化，似乎是为了顾及御影的面子，假装没看到她刚才的失态。

御影拨开死者的眼睑和嘴巴，也做了一番确认。

"月菜小姐戴着隐形眼镜啊。"

"你也注意到了？我问过她的家人，说是她左右眼的视力相差较大，所以总是戴着硬式隐形眼镜。你看，现在是不是只有左眼没戴？"

"是的。应该是殴打的冲击力把镜片震掉了吧。掉落的镜片有没有找到？"

"还没有。你来之前，我们分头粗略地搜查了一下，毕竟这东西太小了。要是能发现镜片，估计也就能弄清死者是在哪里遇袭的了。"粟津挠了挠谢顶的脑袋。

"就我而言，如果能粘在罪犯的衣服上那才叫幸运。"

御影轻轻地放回人头，向屋子中央的尸身走去。

月菜裹着浅桃色的睡衣，披着白色外袍，仰卧在被褥上，仿佛正处于熟睡之中。她的衣服并不凌乱，只是在枕头的地方没有头，从切面流出的血染红了垫被。显然凶手是在垫被上斩首的，死者颈部附近的褥子面被柴刀整齐地切开了。

"据说发现时尸体被被子遮着，被子的上半部分也都是血。这个已经拿去鉴识了，你要不要看一眼？"

"我过后再看。从后脑勺被击打这一点来看，死者并不是在熟睡中遇袭的，在被褥上斩首大概是为了追求吸音效果吧。因为当时门外应该有人在轮班看护。"

"昨晚是和生先生当班。熬了一个通宵，再加上看到尸体时受到的打击，把他活生生地给累倒了。他的身体也不怎么结实啊。不过和生先生说了，当时他没有听到任何声响。"粟津以同情的口吻回应道。

御影弯下腰检查尸身，不久她便站起身，环视了一圈室内。静马是第二次来到这个房间，前一次时这里还是岩仓的书房。如今已没有挤满左右墙面的书架，使得月菜的房间看起来十分宽敞。不过，也许是搬家还没结束，家具配置有失均衡，给人杂乱的印象。屏风被摆在书桌的前面，也给人一种姑且先这么一放的感觉。

刚失去姐姐就必须搬动住处独自就寝，无论如何都会感到凄凉吧。没像夏菜那样搬进小社可以说是唯一的一点改善。但是，如果月菜和花菜在一起，凶手或许就束手无策了。从某种意义上说，残存的教义无疑是月菜之死的助推剂。

"这么看来，凶手是在月菜姑娘的允许下从窗口进来的。窗户自然是锁上了，而凶手要想硬行闯入，必定会发出很大的动静，这样和生先生应该就能注意到。不过话虽如此，凶手行的还是一步险招。"

"此话怎讲？"在书桌旁检查摆弄小衣柜的粟津抬头问道。

"假如凶手突然要求从窗口进屋，一旦月菜感觉可疑那就全完了。因为当时凶手已把石场先生敲晕，再无挽回的余地。另外，就算事先做过约定，月菜小姐一旦把话透露给花菜小姐，也照样完蛋。无论怎么吩咐月菜保密，也无法保证她不会说给妹妹花菜听。"

"原来如此。这么看来，凶手应该是被害者非常信赖的人。"

静马脑中描画着琴折家众人的形象。要说家人中有谁能让月菜信赖到可以在半夜开窗，也就是旬一、栖苅和花菜这寥寥数人吧。十八年前，母亲为了教义杀害了自己的孩子。然而这个结论是错误的，栖苅并未杀害春菜等人，同样旬一或栖苅也不可能杀掉自己的女儿。花菜亦是如此。但是……如果这是花菜为当上栖苅而采取的行动……

静马猛然摇头，仿佛是在驱逐心中的邪念。他会这么想，无非是因为花菜的态度给他留下了恶劣的印象。如果认为一切皆是花菜所为，或许冲击还能小一些。然而，不管怎么说，十八年前花菜都还没出生呢。

"快来看这个！"就在这时粟津叫了起来，"御陵小姐，你来看一下。这应该是凶手打来的吧。"

兴奋的粟津递过来的是月菜的手机，先前一直被放在小衣柜最上面的抽屉里。这是一款酒红色的小型手机，手机带上挂着一只眼大嘴尖、呈粉红色的吉祥物小鸟。

手机的来电记录中存有雪菜的名字，最新的日期是昨晚十二点五分，再往前是七点三十五分。不断往下滚屏，就发现雪菜的名字一直可以追溯到三天前。

"也就是说凶手拿了雪菜小姐的手机，用它和月菜小姐保持联系！"

御影也有点兴奋。她频频打量屏幕，像是要把来电时刻深深地植入脑中。

"但是，凶手为什么要用雪菜姑娘的手机联络呢？用自己的手机的话，过后一调查就会被怀疑，这个理由我能理解。可是，如果用了雪菜姑娘的手机，月菜姑娘一开始就会怀疑啊。"静马提出疑问。

"月菜小姐大概不知道雪菜小姐的手机被盗了。因为警方也有意压着没公开。我想凶手恐怕是花言巧语地骗她说，自己的手机坏了，所以就借用了雪菜的手机。"

"太卑劣了！"粟津狠狠地啐道。他满脸通红，像是真的怒了。同为资深刑警，粟津倒是一个感情外露的人，这一点和过去的别所等人不同。

"不过这么一来，就清楚地证明了凶手事先曾联系过月菜小姐。恐怕凶手从三天前开始就在等待时机，终于在下雨的昨天找月菜小姐说话来了。"

"浑蛋！我们打算先看看情况，所以没停掉雪菜的手机，想不到适得其反！不过，现在只要推算出通话时间，就能锁定凶手了。"

"说实在的，我觉得不能抱太大的期望。凶手也深知这一点，所以电话多半是在雪菜小姐的葬礼前后打的。特别是月菜小姐也可能把记录中的名字从'雪菜'改为凶手的名字，所以我认为凶手杀人后检查过手机。然而凶手却留下记录没删，说明凶手对此不屑一顾，认为从这条线根本查不到自己身上。"

"这家伙是越来越精明了。当然，对先后下手杀害过六个人的凶手讲这种话也许是不合适的。"

"也许性质比'精明'更恶劣。"丢出这句谜一般的话之后，御影向尸体旁的书架走去。

"怎么啦？"静马问。

"书架里的书放倒了。"

静马一看，只见直抵天花板的书架的最上一格中，有几本书上下颠倒了。数了一下共有四册。

"不对啊，前几天我看到的时候，还都摆得很整齐。"

御影凑近书架，踮起脚取下了一册倒立的书。这可能是琴折家教义典籍中的一本。由于是古文,加之字迹潦草,静马就连标题也读不出来。

"似乎都是琴折家在江户时期的日记啊,随处都是关于仪式执行情况的记载。不过,这四本书年代跳跃,看上去并没有什么关联性。"

"哗哗"翻着书的御影突然停下了手。

"粟津先生,为保险起见,请你们把这里的书全都检查一遍吧。"

"你是不是发现了什么?"

御影也不答话,默默地将打开的书递给粟津。

"喔!"粟津叫了起来。

静马凑上前观看,只见书页之间夹着业已干涸的隐形镜片。

接下来御影去的地方是月菜房间的窗外,也即石场遇袭的地方。石场一直在分隔西侧别栋与庭园的砖墙内侧监视月菜的屋子。据粟津说,石场倒在一棵大松树旁,而松树离墙有三米远。凶手多半是从墙内侧翻过墙顶,绕到石场身后去的。警方证实在他正后方墙顶的瓦片上有新近形成的破损。由于石场精神集中在窗户这边,雨声又大,所以他完全没注意到凶手。凶器就是那种角棒,在石场的后脑勺上留下了两处伤痕。毕竟面对的是刑警,凶手似乎没能一下把人打晕。至于脚印,自然是都被冲走了。

"沿着墙往西走十米左右,就有一扇通往别栋的拉门,凶手为何还要铤而走险地翻瓦顶呢?"

御影提出了疑问。正如她所言,瓦顶虽然一直连着,但灰泥白墙在途中有个缺口,那里安着一扇简陋的木门。

"大概是天黑没注意到吧。庭园里是没有灯的。不过,这个人还真是身轻如燕啊。难不成凶手当过杂技演员?"

粟津望着一人高的瓦顶,叹了口气。这个高度,一把老骨头的粟津是怎么也对付不了的,即使静马来爬也不会觉得轻松。虽说下着暴雨,可要不被刑警发觉从那里跳下来仍需要非凡的勇气。而且,不小心攀爬的话瓦片本身都可能发出声响。狡黠、大胆、轻灵、敏捷。静马感觉凶手的属性是越来越多了,同时他也不安起来——世上真有这样的人吗?

"那其他监视人员呢,都没注意到吗?"

"怎么说这也是一座大宅院啊。昨天我配备了十个警员,可惜互相之间没能很好地沟通,这是我的失职。从今天开始,我一定要把人数翻倍,加强联络的密集度。"

粟津懊恼地抱着他的光头。

"马上就要录口供了,御陵小姐要不要参加?"

"当然过后我来向你转述也行。"粟津又提议道。

御影在月菜房间的失态似乎让他有所顾虑。静马焦躁不安地看着御影,不知她会如何作答。

"谢谢你的关心。但我也是一名职业侦探。既然接受了委托,就不能再逃避了。"

御影说得斩钉截铁。这或许是虚张声势,但静马却松了口气。粟津似乎也有同感,眯着眼就像在看自己的孙女一样。

"好样的!就算以后事情不顺利,也请允许我做你的头号崇拜者!至于这位种田先生,比起崇拜者倒更像是你的家长,我应该能抢到头名吧?"

"嗯。"御影羞红了脸。

粟津的俏皮话很不合时宜,但没准儿他是为了缓解御影的紧张情绪。

"好了，我们走吧。"粟津脸上恢复了严肃，迈步向前走去。

虽然已做好心理准备，但录口供的过程对御影来说仍是一种煎熬。尤其是菜弥和美菜子的言语攻击凶猛异常，为了把话题引入正轨，粟津也费了不少周折。

夏菜那会儿，御影的母亲也有过类似的经历。但当时静马并不在场，而她也一句没提。所以静马只是凭想象去同情御影。

然而，这次静马亲眼得见，却又什么也做不了，这份焦虑令静马心如刀割。身为助手却帮不上忙，唯一能做的，就是注视着紧咬下唇忍受辱骂的御影。倘若一个回护不当，只怕会更加刺激对方。最关键的是，御影再苦也苦不过痛失月菜的琴折家人。

问话进入尾声时，和生也来了。他眼神空洞，语气平淡地提供了一些证词。和生从十点开始在月菜的屋前通宵值班。室内不再有CD音乐传出是在十一点过后，和生以为月菜睡了。之后他也没听到什么奇怪的动静，直到早上刑警赶来才发现出事了。

"求你了。请你答应我，一定要抓到凶手。"

和生对御影的诉求如此强烈，然而语声却是有气无力。对御影来说，和生纯粹的请求无疑要比菜弥等人的质问更让她痛彻心扉。

"我一定会抓到凶手的。"御影能如此回答已是耗尽了全力。

在石场被击晕后的一点左右，众人的不在场证明情况如下。

栖苅十一点就寝，旬一看她睡下后，便隔着帘子倚在墙边打瞌睡。

伸生因为公司的事十一点后才回到家。由于喝得有点醉，就一个人直接回自己的房间睡了。开车陪伸生同行的昌纮，一回来就直奔花菜的房门外看护去了。花菜的屋子位于西侧的尽头，也就是到前天为止与月菜合住的那间。

菜弥先是在东侧别栋的二楼与和生、花菜在一起。十点前和生去月菜那儿值班，过了十一点昌纮回家后，花菜顺势回了自己的房间。从那以后菜弥一直是一个人。

美菜子在屋里看电视看到十一点左右，不知不觉就打起了盹。她说她不记得自己是何时醒来后钻进被窝的。

秀树因为前一天值班的劳累，十点就上床了。菜穗在熟睡的秀树身边看了一会儿书，十一点时睡着了。

简而言之，除了接受护理的达纮，没有一个人拥有完美的不在场证明。

"这个凶手不光脑子好，运气也不错啊。大多数情况下，总有两三个人会拥有不在场证明的。"

静悄悄的会客厅里只听见粟津的牢骚声。也许是暖气开得太足，他手捏衬衫的前襟不住地扇风。之后，他像是警醒了似的反省道："啊，我又开始抱怨了。这个毛病可一定要改掉啊。"

"我认为不光是运气好的问题。"结束试炼的御影反驳道。

她显得非常疲惫，就像刚跑完了半程马拉松，纯白的水干服好像也暗淡了许多。

"雪菜小姐的葬礼刚结束，这两天大家忙于善后，都积压了不少疲劳，所以才会早早地睡下吧。"

"连这种地方都算计到啦！这个家伙不好对付啊。"

会客厅里回响起了粟津愕然的语声。

* * *

这天下午，案子的后续报告来了。

经尸检得知，月菜的死亡推定时间是十一点到一点，与石场十二点左右遇袭的证词及手机里的通信记录都一致。死因是窒息。此外，月菜右下部的肋骨折了两根，且已判明不是在抵抗时而是在死后断的。

"有外伤吗？还是因为骨骼疏松症？"

骨折一事似乎引发了御影的强烈兴趣。她圆睁双目，接连提了好几个问题。

"不，没有显著的外伤。至于肋骨，感觉与其说是被打断的，还不如说是被摁断的。当然报告里也没写是骨骼疏松症。凶手究竟为什么要这样做呢？旬一也说了，琴折家的传承里可没提到过肋骨折断什么的。"

"不留外伤地弄断健康的骨头，需要一定的力气。我在意的是，凶手为什么要特地干这种麻烦事。至今为止，凶手结合传说做了一些砍头之类的事，但其手法本身是极其合理的。反过来说，这个不合辙之处也许能成为破案的线索。"

御影的口吻让人感觉她已经发现了什么。

"另外，隐形镜片已证实是月菜左眼戴的那个。"

粟津继续做着说明。但是，除了御影偶然拿到手上的那本书外，再无其他发现。

"月菜可能是在书架前遇袭的。那些古籍就是被撞击书架的冲力给震下来了吧。"

"肋骨会不会是在撞到书架时折断的呢？要么就是被掉下来的书砸的吧？"

静马对粟津素有好感，也因此这句话轻巧地就出了口，哪知却被粟津一口否决。

"不,尸体上没有击打伤,所以应该不是。而且一开始我不就说了吗,肋骨是在死后折断的。"

静马这个尽显外行本色的问题,令御影丢脸似的垂下了头。这么一来反倒给御影拖后腿了。于是静马一耸肩,把嘴抿成了一字形,往后退了一步。

再说雪菜的手机记录。问过通讯公司得知,所有电话都来自琴折家附近的信号发射站。如此看来,至少在通话期间外出的人可以解除嫌疑。但是,正如凶手设想的那样,由于葬礼期间所有人都在宅内,能明确排除嫌疑的人一个也没有。

"说实话,我根本抓不住案件的全貌。虽然说的是龙,可我总觉得是在和八歧大蛇较劲。纵观十八年前的案件,凶手似乎是个很会耍花招的人。所以这次的案子也是,我完全搞不清哪些是线索,哪些是凶手的阴谋。说到底,我不明白凶手为什么那么喜欢砍头。"

粟津一筹莫展地挠着头。斩首与命案有何关联尚不明了,而且还必须把传说也纳入考虑范围。在无规则可循的案子里,刑警们依托于经验的直觉恐怕也没了用武之地。

御影将合起的扇子抵住嘴唇,似乎在思考着什么。

"我认为我们必须先下手为强。既然凶手拘泥于比拟杀人和过去的案子,我们若对此加以利用不就能找到光明了吗?"

"喔,你是不是有什么妙计?"粟津向御影投以期待的目光。

"现在还没有。不过,我想不久我就会找粟津先生帮忙的。"

"啊啊,乐意效劳!幸运的是,石场君的情况在不断好转,但我到底是被人摆了一道,伤了部下。现在哪还有空去顾及警察的面子啊。我会竭尽全力加强警备,决不让下一个牺牲者出现，直到你想出良策为止。"

粟津的言辞相当直白，去除了一切场面上的话。看来御影的话多少让粟津恢复了一点精神。

10

"雪菜小姐和月菜小姐也会被供奉在这里吧。"

御影站在夕阳映照下的慰灵碑前,神色凝重地低语道。碑影与人影合为一体,一直延伸到碑园的入口处。

"可能吧。"

包含着三姐妹名字的树木在山风的吹拂下"沙沙"作响。它们是在责备御影,还是在为她鼓劲呢?

那天,母亲遇害时,父亲用力地抱着静马安慰他。当然那只是父亲的假面具,但那一瞬间静马确实觉得颇有依靠,从心底庆幸:父亲在自己的身边真是太好了。

如今能支撑御影的只有自己。自己必须成为一个父亲一样的角色。静马的这个想法越发强烈了。然而,另一方面,他又苦于找不到方法。

过去的山科只是在一旁安详地守护御影。然而,这种同声相应的情感表达方式,有赖于父女俩长年的共同生活。更何况,御影的母亲要比御影坚强得多。

御影和静马之间不存在山科父女那样的羁绊,他们不过是一周前偶然相遇的陌路人。至今独身、没有育儿经验的静马,也不懂如何去承揽御影的所有烦恼。

但是，自己必须去发现。就算是为了御影，也要找到这个方法。这就是静马的心愿。即便这只是静马的一点自以为是又有何妨？

御影合起双眸，侧耳倾听。仿佛是在和死去的三姐妹对话。不久，她睁开眼睛对静马说："我一定会抓到凶手！"

与录口供时不同，御影的话语中充满了气势。这一刻，静马觉得自己明白了一件事，那就是御影为什么会来这里。

"关于刚才你对粟津先生说的那些话……"

从慰灵碑回来的途中，静马问那是不是御影为让粟津安心的权宜之计。

"不是。"御影摇头道，"那些话并不都是谎言。至少在雪菜小姐和月菜小姐的案子里，我自认已经看破了凶手使用的诡计……但是，再往前我就看不清了。"

"也就是说还没到锁定凶手的地步？"

"这个凶手设下的圈套即使被人看穿，也不会反噬其身。凶手似乎一直在巧妙地避免双刃剑式的危险行动。"

"怎么也抓不到马脚吗？真是狡猾啊。"

见多了御影母女的侦探活动后，静马有了一个发现。那就是凶手的失误总会成为一种名曰"不合辙"的现象。因此，面对一桩执行得完美无缺的罪行时，往往连一根头绪也抓不住。而如今的这个凶手，一边撒着似是而非的诱饵，一边就在完美地实施自己的计划。

不料，当静马说出这个想法时，竟遭到了御影的强烈反对。

"完美的犯罪是不存在的。要将自己置身于嫌疑圈外，就必定会在某处碰壁，就必然会有'不合辙'的现象出现。它们只是被巧妙地隐蔽起来了。无非是因为我还稚嫩,所以没能识别出来罢了……妈妈曾经说过,办这件案子时,由于自己是女性所以被蒙蔽了双眼。"

这是她母亲在栖苅面前说的话。

"没准儿我也在不经意之间被蒙蔽了双眼。我坚信只要知道了那是什么,现在笼罩着我的迷雾就会散去。"

尽管身处逆境,但御影的话里充满了自信。这大概要得益于母亲对她的训练。

随后,当两人沿灰泥砖墙前行时,御影突然问道:"对了,这围墙看上去还很新,以前是不是没有的?"

"以前是篱笆墙,没有现在的这么高,不过一直要延伸到山上呢,就像万里长城一样。"

"那这个木门以前也是没有的?"

御影指的是通往西侧别栋的那扇木门。

"嗯,没有。当时是没法直接在主屋和别栋之间来回的。而且,必须每次走到游廊,换上规定的鞋。"

这一点在夏菜一案中造成了重大误会。由此御影把登指为凶手,结果导致秋菜遇害。

静马的思绪稍稍回到了过去,而御影的脸不知何时却已经僵硬了。

"怎么了?"

静马的手刚碰到御影的肩,指尖就被静电刺得生疼。然而御影并没有意识到。她睁大两只颜色不一的眼睛,浑身就像凝固了似的。

御影的脸一动不动地朝向天空,丝毫不在意那炫目的阳光,倒像是在进行光合作用一般。

见识过两代御影的静马深信,她一定是找到了某种"不合辙"。

之后又过了五分钟,静马默默地等候在御影的身边。终于,御影像是恢复了意识,转而面向静马。她的脸从没有涨得那样红过。

"对不起,我要先回屋了。"

御影不等回答,便匆匆地穿门而去。

"好的。"静马在心里快活地点了点头。

御影来到静马的房间是在翌日下午的两点过后。自昨日傍晚分别以来,御影就一直待在自己的房间。

这期间,静马独自一人在邻室等待。什么事都没做,也无心做。静马唯一能做的就是等待。

御影一露面,静马便问道:"知道谁是凶手了?"

"我还没掌握确凿的证据,但应该不会有错。静马先生,现在我们到粟津先生那儿走一趟吧。"

御影脸色不佳,可能是过于专注,连饭也没顾上吃。她的眼眸中明显流露出忧郁之色。但是,即便静马担心地问一句"不要紧吗"或"是不是休息一下比较好",逞强的御影也只会拒绝。看来只有相信她的话,按她说的去做了。

在御影的请求下,警方把和生与旬一也带来了。过去的一幕又重演了。会客厅里,粟津正面而坐,年轻的刑警则镇守门户。

昨日的辛劳想必已令和生疲惫不堪,本就矮小的身子更是弓成了一团。他脚拖着地似的走进房间,死气沉沉的脸不安地环顾着四周。随后进来的旬一到底是当过警察的,似乎立刻就觉察出了室内的微妙气氛。

"为什么要把我们叫来？"

旬一刚在和生身旁坐下，就用充血的眼睛看着御影。

"我已知道凶手是谁。所以现在想告诉大家。"

"真的吗？！"

和生高兴地叫出声来，而旬一则谨慎地抿住了嘴唇。十八年前旬一所处的立场刚好和现在相反，他一定是在思考自己与和生被叫来的理由。

御影看着他俩，一丝哀怜从她的眸中一闪而过。

"那么我就开始说明了。"

她抬手整了整水干服的衣襟。一刹那，会客厅的空气骤然紧张起来。

御影把从倒放的古籍中找到月菜的隐形镜片一事告诉了旬一等人，随后说道："月菜小姐被凶手击打后脑时，应该是撞到了放古籍的书架。这股冲力导致了一边镜片的脱落，同时书架顶格里的古籍也掉了下来。可以认为，隐形镜片就是在这个时候被粘进古籍的。凶手没注意，把古籍摆回书架，哪知却心慌意乱地把书给放倒了。没有书脊的古籍的确很难判别上下。

"然而，倒放的书不止这一本，同在最上一格的书中共有四本是倒的。鉴于其他格子里的书上下摆得都对，可见这几本书也是杀人时掉下来的。可是，这四本又是分散排列的。也就是说，还有更多的书掉了下来，而凶手可能是在还回去时，偶然倒放了四本书。最靠两头的被倒放的书之间，还排有十几本书。到这里为止，大家都没什么问题吧？"

"嗯。"旬一代众人答道。

御影闻言取出扇子，也不打开，而是直指和生。

"这样的话，说起来就容易了。凶手杀人时明明有大量的书掉在地上，为什么隔着门监视的和生却没注意到呢？"

最初和生大概不解其意，只是发呆，渐渐地他的脸色苍白起来。

"我杀了月菜？怎么可能……我没杀人！"和生颤动着血色全无的嘴唇辩解道。

另一边的旬一始终默默地闭着眼睛，像是在勉力保持平静。

"我怎么会，我怎么会，我怎么会……"

和生歇斯底里地吼叫起来，濒临极限的神经似已崩溃。

"给我冷静一点！"

粟津发出威严的喝声，和生顿时就像一个刚撒完娇的孩子，不作声了。

"那么，和生先生在一点前后有没有听到书掉下来的声音呢？"

御影见缝插针地问道，但和生只是无力地摇头。

"如果和生先生是凶手，解释月菜小姐为何没有外伤肋骨却断了就很容易了。身高不足一米六的我踮起脚能勉强拿到那些古籍，但一米四出头的和生先生是够不到的。而月菜小姐身材苗条，胸板的厚度应该在十五厘米上下。"

"你是说他拿月菜小姐的身体垫脚，把书放回去了？"粟津难以置信地睁大了眼睛。

"他踩上去时的体重压断了尸体的肋骨。"

"那间屋子里不是有椅子吗，根本不需要用尸体啊？"

"椅子有，但是书桌前摆着屏风，要用椅子就必须把屏风移开。"

"可是他为什么要这么做？书掉了别理它不就行了吗？"

粟津仍是一副难以信服的样子。他挠着头，视线却一直在和生身上，姿态颇为滑稽。

"没错。倘若其他人是凶手，那么在门外放哨的和生先生如果没听到书掉下来的声音，凶手自会弃而不顾吧。对凶手来说，书掉在地上本身并不重要，重要的是听到声音的和生会起疑心，然后进门查看。换句话说，刻意花工夫把书放回，隐瞒书掉落过的事实，正表明和生先生就是凶手。"

和生已没有任何反应，只是如行尸走肉一般低垂着头。

御影瞥了他一眼，冷静地继续着自己的解说。

"最初雪菜的那个案子也是如此。我之所以判断杀人现场是雪菜的房间，是因为手表、围巾和杂乱的室内。假如这些是虚饰，是凶手的障眼法，那么整个案情都将为之突变。和生先生比雪菜小姐矮，可以被她的影子挡住从而不受阳光的干扰，所以即使在逆光条件下也能杀害雪菜小姐。"

"……可是，"旬一提出异议，"从手法来看，凶手应该和十八年前的是同一个人。春菜遇害时，和生君应该是在和另外两个妹妹一起打 TV 游戏，有不在场证明。"

毕竟是做过刑警的人，旬一的记忆力相当不错。他始终将视线对着御影，根本不往和生那边看。

"当时的游戏机基本是一人或两人玩的那种。也就是说，在两个人玩的时候，剩下的那个人就得在旁边看着。这期间，如果声称上厕所而离开房间，就算有个十分钟左右，沉湎于游戏之中的两姐妹也不会觉得奇怪吧。只要有十分钟，就能赶到小社杀人。然后，在确保行凶时有完美的不在场证明后，深夜再把尸体搬到龙之潭斩首，这样一来不在场证明就完美无缺了。

"回过头来想想，十八年前的案子里其实还有几个不合辙的地方。一个是夏菜小姐在小社遇害的时候,当时神坛的侧面留下了一个血手印。我想旬一先生应该还记得……"

"嗯,是一个貌似故意涂了血摁上去的手印。那个难道不是凶手为掩盖误粘上去的东西,才在上面加印的吗?"

"没错。问题是要掩盖的究竟是什么。有什么东西明明可以拿周围的布片或手帕擦,却非要用尸体的手呢;有什么东西用手掌来掩饰效率最高呢……如果和生先生是凶手,解释起来就简单了。凶手不慎把自己染血的掌印留在了神坛上。当然,凶手应该戴着手套。只是,即便没有指纹,小小的掌印也足以指向和生先生。所以,他为了遮盖自己的掌印,就覆上了夏菜小姐的手掌。"

"原来如此,这可能是最稳妥的方法。"粟津一边将右手向自己的左手合去,一边感叹道。

"另外,秋菜小姐在古社被杀时,我的外公也遇害并被埋在了古社背后。当时,凶手使用了古社里的锄头和铲子。我听说现场的土壤相对较软。用锄头掘土可以,但给尸体盖土就很困难了。换言之,凶手可能活用了这两样工具,挖土时用锄头,埋土时用铲子。可是,只是挖个坑埋人的话,光用铲子不就行了吗?"

"确实,光用铲子就够了……"旬一插了一句,仿佛自己也是刑警中的一员。

"只能认为,这是因为凶手挖坑时用不了铲子,或是用起来比较困难。假如和生先生是凶手,这一点也能得到解释。与可以两手握柄的锄头不同,用铲子时必须一只手拿住三角形的把手,另一只手握柄,利用杠杆原理把土翻起来。想象一下双手握柄挖土的情景,我想你们就能明白。对和生这样的矮个子来说,铲子是一件很不称手的工具。所以他才不得不使用锄头。"

粟津和旬一全都一声不吭,似乎正在脑中做着演示。静马也想象了一下,发现惯用手不拿住把手的话确实会很吃力。

"包括这次的案子在内,符合这一身体条件的人只有和生先生。而且最重要的是,如果上代栖苅大人的儿子和生先生是凶手,也就不难理解栖苅大人为何要顶罪自杀了。"

御影结束了悠长的推理,肩膀起伏着调整呼吸。

"动机呢?"这时旬一开口问道,"即使听到现在,我也不敢相信和生君是凶手。和生君对春菜她们的死最为伤心。雪菜和月菜死的时候,他也和我们一样悲痛。"

静马也有同感。过去和生不惜熬夜也要监视秋菜的房间,甚至还累倒了。这次为保护月菜他也比任何人都拼命。如今已是大人的和生或能许若无其事地披上伪善的假面,但十八年前还只有十六岁的他绝无可能戴上同样的假面。

"妈妈曾向栖苅大人说明过的动机——为了来日大难想让纱菜子而非三姐妹来继位的这个动机,并不只适用于栖苅大人。凡畏惧大难、抱持狂论者均在此列。和生因体弱多病无法上学,终年在宅中度日,若是因此而信仰剧增,被最为狂热的想法所困,也不足为奇。"

"那这次呢?大难已过,栖苅大人也没有姐妹啊。"旬一不肯罢休。

"其实是大难没有发生——请原谅我失礼的措辞。不难想象和生先生的价值观因此而崩溃了。信仰越深,遭遇背叛时的反应也就越大。令人恐惧到不惜牺牲妹妹性命的大难居然没有发生,和生先生无法再信仰栖苅大人。最初,我以为发生这次的案子都是因为我来到了栖苅村,以为是我打破了十八年来的沉默……但是，契机其实还有一个，那就是和生先生与菜弥小姐的婚姻。

"受到背叛、失去信仰的人通常会采取两种行动。一是彻底鄙视曾经的信仰对象，二是追求俗世的快乐。和生先生是男分家。若是本应继位的春菜小姐倒还能好些，可现任栖苅大人却是阿姨纱菜子，于是他被进一步边缘化。如此现状对已将目标转向俗世欲望的和生先生来说，想必是十分糟糕的，可以说这完全是他自作自受。然而，一桩婚姻给他带来了光明。如果菜穗女士当上了栖苅大人，将来他就可能成为一家之主。美菜子女士虽然也被大家指为怀有野心，但她的野心与菜弥小姐结婚与否无关。这桩婚姻只对于和生先生一人，才可能成为契机。"

"够了！"

和生发出几乎能震破窗玻璃的吼声，伏下脸去。随后他捂住耳朵，不停地左右摇头。

"够了……是我干的。什么都不用说了。"

他像个孩子似的抽泣起来。出人意料的自白令静马哑口无言。

"和生君，真的是你做的吗？"旬一难以置信地看着和生，竟也以颤抖的声音追问道。

"是的，是我干的。所以请你饶恕我吧。"

"和生君……"

"不是的！"

喊出这句话的居然是把和生指为凶犯的御影本人。她慌忙继续说道："请听我说，和生先生！我刚才的推理是真凶欲置你于死地的陷阱。你没有杀害任何人！"

也不知这些话有多少进入了和生的耳朵。他缓缓抬起涕泪纵横的脸。

"对不起，你并不是凶手。"

御影额头贴着桌面，向发呆的和生谢罪。

"……这是怎么回事？"

粟津大声地要求解释，多半是因为对现状完全不了解令他很焦躁吧。然而御影置若罔闻，只是低着头。三十秒后她终于抬起头来。

"我没料到和生先生会被我逼成这个样子。这是我的责任。"开场白过后，御影再度开始了解说，"在夏菜小姐的案子里，妈妈犯了一个致命的错误。于是警备被解除，秋菜小姐也死于非命。我感觉这次恐怕也是凶手的误导。凶手把镜片夹进古籍，故意和其他几本书一起倒放回去，然后踩上月菜小姐的遗体，弄断其肋骨，企图将嫌疑引向和生先生。"

"可是你不是说，不光这一次，就连十八年前的案子也与和生君有牵连吗？"

"在古社一案中，万一早苗女士比平时早到御社，使栖苅大人的不在场证明得以成立，凶手就需要另找替罪羊。掌印和锄头，可以说是凶手的第二或第三备选中的一个。和生先生有醒目的身体特征。而率先参与通宵守卫反令不在场证明不易成立，这也是凶手盯上他的理由之一吧。凶手只是对没炸响的炮弹进行再利用，策划了这次的案子。"

"那我不是凶手啰？"

和生终于开口了。或许是脑子还处于混乱状态，说出来的话不着四六。但是，静马无法去嘲笑和生，如果他处在这等境地，想必也会暴露出相似的丑态。

"对不起。"御影再次谢罪道,"然后我还有一个请求……我认为姑且顺着凶手的想法来也未尝不可。十八年前,警方逮捕了登先生,凶手趁隙犯下了第三件杀人案。所以这次凶手可能也是要拿和生先生当替罪羊,趁机直取花菜小姐。当然,没有和生先生的配合是做不成的……"

"原来如此。你是要引蛇出洞啊。不过这样的话,就必须活生生地减少警备力量,风险也会随之变大。"

粟津似乎很感兴趣,但碍于家人在场,于是谨慎地提出了疑虑。

"我明白。也许我们的计划会事与愿违,导致最坏的结果。所以除了和生先生外,我还把旬一先生也请来了。"

"让我这个做父亲的人决定要不要拿花菜当诱饵吗?"

旬一紧锁眉头,但那也只是一瞬间。

"好吧。"旬一点头道,"一想到今后或许也不得不和凶手一起生活下去,我也就释然了。既然没有更好的手段,多少冒一点风险恐怕也是在所难免的。不过,我希望以三日为限。"

"谢谢!不过,请务必保密,切勿说给任何人听,栖苅大人或花菜小姐也不行。我想旬一先生做过刑警,应该能出色地把这场戏一直演下去。但其他人就有被凶手识破的危险。"

和生向来与装腔作势无缘,之所以在他面前说这番话,恐怕是因为他即将被警方带走,不会有什么问题。

"你说得对。对了,你没想过我或和生君是凶手的可能吗?尤其是和生君,根据你的推理,他有可能是凶手啊。"

"旬一先生,你怎么能……"

和生的身子猛地一颤。他可别因为今日的变故,从此对被人怀疑这种事产生心理阴影啊。

"不，我只是做个假设罢了。我从没觉得你是凶手，不管是过去还是现在。"旬一连忙解释道。

御影来回打量二人，说道："既已对一切线索持怀疑态度，也就不会有任何清晰的确证了。坦率地说，旬一先生你也是，从某种意义上说，你有一点最可疑，那就是，只有你一个人打保票说作案手法与十八年前完全相同。所以，没准儿妈妈的推理是正确的，是新犯下杀人罪的旬一先生在说谎。"

"好吧，被这么怀疑也是没办法的事。"旬一的脸上不含笑容，但也没有责备御影的意思。

御影就凶手曾在葬礼前后用雪菜的手机与月菜联系一事做了说明，然后说道："下完初雪的第二天，旬一先生和栖苅大人、月菜小姐、花菜小姐一起在庭园里散步。当时，月菜小姐见过旬一先生用手机的情景。以自己的手机坏了为借口的事既已败露，月菜很可能会起疑心，并向花菜小姐吐露这件事。"

"那我呢？"和生好像还是放心不下，提心吊胆地问道。

"关于和生先生，只有一个消极的心证。那就是线索留得太多，反而很难认为你是凶手。不过，现在和生先生将被拘留，所以就算和生先生是凶手，这三天应该也不会发生任何事。"

"这样啊……"和生似乎有些沮丧。

"原来如此，我明白了。不过，即便说是诱饵，你们也得好好保护花菜啊。"

"这个就交给我吧。虽然月菜小姐那次我们失败了，但警卫工作的关键并不只在人数方面。"

粟津挺起胸膛接过任务，言下之意是：身为原刑警，你应该知道这一点。

三十分钟后，人生难得演一回的小剧场开幕了。和生假装供认不讳，随即坐上警车被带走了。

当然，琴折家的人谁也不愿相信。因为他们知道，无论是过去还是现在，和生总是舍己为人地守护着姐妹们，而且又有十八年前的登为前例。最后，就连听到风声的久弥也赶来质问。

如果只有御影一个人，肯定很难安抚处于躁乱状态的琴折家人。好在旬一毅然做了说明，众人才不得不相信。

凶手既已逮捕，警方便通告众人将减少警卫人数。之所以没有全部撤走，是因为以前有过失败的教训，现在还是如此不加防范的话，凶手反倒会起疑心。

"真的是和生先生干的吗？不会又是你们弄错了吧！"

菜弥直到最后仍不肯善罢甘休，旬一好说歹说才将她劝住。静马和御影回到别栋时，天已经暗下来了。

御影迈着疲惫的步子走上楼梯。

"我说，你觉得凶手会上钩吗？"

一个迄今为止不断嘲笑、耍弄警方和御影母女的狡猾凶手，会轻易陷入此等程度的圈套吗？静马很不安。

"我想对方恐怕也隐隐有所察觉了。但是，应该会来的。如果不来，凶手的目的就永远也达不成了。"

御影的断言如此自信，不禁让人觉得她已知道了凶手的真面目，只是没有确凿的证据。现在只能相信她的话了。

就在静马要回房的时候，御影以郑重的语气叫住了他。

"静马先生，我想问你一件事，就一件。"

"什么事啊？"

静马轻松地一回头，却见御影的脸色异常阴沉，如同触摸到了死神一般。

"喂喂，现在就沉着脸，后面还怎么办事啊。"

倘若计划以失败告终，花菜被杀了，御影的侦探生涯多半也就完结了。她深感压力巨大也是没办法的事。

然而，御影的问题完全出乎静马的预料。

"静马先生和妈妈……是不是在这里有了那样的关系？"

"你为什么问这个……"

静马一怔，随即又是一笑，打算说几句敷衍的话。然而，御影实在太真诚了。她的双眸仿佛集齐了全身的肌肉，凝视着静马，等待着他的回答。漆黑与翠绿，颜色不一的双眸均如义眼一般，目光停止了流转。

静马悟到，自己无法对眼前的姑娘撒谎……即使说出真相后会令她失望。

"是的。"静马点头，"只有一次，御影病倒后我们相爱了。"

"……是这样啊。"

覆于御影脸上的阴翳更盛了。想必在她眼里，自己的形象多半是一个乘人之危、行苟且之事的猥琐男。有此反应实属必然。

"谢谢你告诉我。"

御影微微低下头，随后转身离去。静马伸手想叫住她，却说不出话来。御影渐行渐远，消逝在门的那一边。"吧嗒"一声，门关上了。

静马预感，不，是确信：案子结束后，这位御影没准儿也会离开自己。

连遭母女两代人的遗弃吗……虽说是自作自受，但静马仍被一股强烈的空虚感攫住了。

11

这天夜里，静马到别栋一楼深处的温泉浴场泡澡，不知不觉就打起了瞌睡。

这股疲劳是精神上的。原因自然是傍晚时分对御影说的那些话。御影那心事重重的表情，阴郁的眼眸……一切都太迟了吗？不必烦恼了，一切都已无可挽回。但静马仍依依不舍，想寻求一份依托。

他还想诅咒打着如意算盘、妄图替代御影之父的自己。

热水突然涌入口鼻，静马"哇"的一声不由自主地叫了起来。他的嘴里满是酸涩的味道，一部分已越过喉咙进入胃中。

"静马先生。"这时，从更衣室传来了御影的呼叫声。磨砂玻璃上朦胧地印出了水干服的白、红两色。

"怎么了，御影？"

静马起身一半，就发现自己还裸着，便把身子又浸回浴池，发出了一阵响亮的水声。

"喂喂，我可是在泡澡啊。是发生什么事了吗？"

"是的，发生了很严重的事……花菜小姐遇害了。"

"什么？！"

情急之下静马刚要蹦出去，却想起自己没穿衣服，便又缩入浴池。

"明白了,我马上就到。你能不能先走一步?"

"好的。"回答的同时,御影的身影也消失了。

连花菜也被杀了。换言之,御影所说的圈套落空了,而且还是最坏的结局。这不光是推理的失败,更是在刻意放松警戒这一点上的严重失策。御影还能东山再起吗?

静马克制住急躁的心情,整整数了十秒钟后出了浴池。就在他的手伸向玻璃门的那一刻——

"请你收手吧!"

又是御影的声音,而且就来自门外。

御影还没离开更衣室吗……静马姑且拿毛巾挡在身前,正要出浴室时,发现御影的语调有些奇怪。

"不愧是御陵御影小姐啊。"

"为什么要这么做……"

奇怪的不只是语调,还有内容。声线高低虽有微妙的差异,但两个都是御影的声音。就如同在听御影演独角戏。

花菜都已经遇害了,还在这里玩什么啊。静马心下着急,打开了玻璃门,一瞬间他怔住了。

有两个御影!两人都穿着白色的水干服和红色的裙裤,相同的身材,黑发均束于脑后,连容貌也一样……不,略有差异。其中一个御影化着妆,年纪多少显得有点大。

"……难道你还活着?!"

就在这时,年长的御影单手握扇,向静马猛扑过来。年幼的御影插入两人之间,举右手防御。年长的御影见状,迅速飞起一脚,从侧旁横扫。年幼的御影抬小腿卸下劲道,伸左手直插敌方的双目。年长的御影以两指遮挡,顺势便想拗断对方的手指，但年幼的御影早已将手缩回。紧接着，年长的御影又从反向踢出一脚。双方你来我往，身法快得令静马目不暇接。

不久，两人攻防劲势开始减弱之际，年幼御影的右膝击中了对方的侧腹。伴随着一声闷响，年长御影的身子拗成了"く"字形。不过，很快她便飘然向后一跃，说道："你长大了。"与此同时，她的手也已伸向更衣室照明的开关。更衣室内顿时暗了下来。来自浴室的光线太弱所以看不清楚，只能辨出御影匆忙从门口逃走的身影。

静马呆了半晌后，向肩头起伏、大口喘气的御影走去。

"御影还活着吗？"

御影抬头望着静马，眼睛红得就像兔子。

"我从没像现在这样希望自己的推理是错的。"

急剧的喘息令御影的声音发颤。她的脸颊和眼睑微微抽搐，眼看就要哭出来了。卷起的袖子下露出的右臂一片乌青。静马用手搭住她的肩头想安慰她，这时就想到了花菜的事。

"御影，你要振作起来！相比之下，花菜姑娘被害的事……"

"那是妈妈的谎话。"

完全不明就里的静马僵住了。

"她为什么要说这种谎？"

头脑运转不起来，千头万绪不知该从何理起。不过，花菜安然无恙还是让静马松了一口气。他顿时感到全身乏力，摇摇晃晃地把身子靠向墙壁。

"……不用追上去吗？"

"我已经推测出妈妈的藏身之地了。所有真相应该都会在那里解开。"

御影以郑重的语气发出了宣言，不过她又接着说道："……

在此之前，有两件事我必须向静马先生道歉。一个是我让静马先生做了诱饵。凶手真正的目标不是花菜小姐，而是静马先生你。我明明知道却瞒着没说。"

"我？"

御影确实扑向了自己，可是她的目标为什么会是自己呢？静马完全猜不出来。而且，本该离世的御影还活着，似乎还是本案的凶手。

静马甚至想，莫非自己还在浴池里打盹，莫非是做了一场梦？如此倒是更具有真实感。

然而，御影并没有理会静马的困惑。

"另一个是……"她垂下眼帘，"我欺骗了你……其实我已经十七岁了。"

12

三十分钟后,御影来到了琴乃汤。她的旁边是静马,身后跟着粟津和石场。石场的脑袋还缠着绷带。据粟津说,石场听闻和生被逮捕后,硬是跑出了医院,在搜查本部了解完情况正在失望的时候,就得到了真凶已查明的消息。

粟津等人还不知道凶手的名字。御影说到了那边再解释,而他们也信任她。静马从浴场出来后也没听到任何说明。当然,御影还活着、御影是凶手,还有御影想杀掉自己的事实,令他的脑中至今还是一片混乱。

在满天星光下,已能瞧见门柱上挂着一盏小灯的琴乃汤了。

"各位,出了什么事?"

不消说,打开玄关门的久弥自然是吃了一惊。

"我是来见妈妈的。请你带路。"

面对脸上含笑的久弥,御影单刀直入地说明了来由。

"你说什么?"

久弥畏缩起来。同样,御影身后的粟津和石场也大为震惊。石场更是想开口问些什么,但被粟津制止了。

"刚才我已见过妈妈。我想如果妈妈没逃走还在这里逗留,那只能是因为她也在等我。"

久弥的笑容消失了。他沉默片刻后,语声苦涩地说道:"明白了,请随我来。"

转过身去的他,背部微微地颤抖,弓成了一团,显得前所未有的矮小。

久弥在前头领路,将众人带到了二楼的一个房间,那原本是久弥卧床不起的妻子光惠的住处。在房门前,久弥仍犹豫不决,不过很快他就下定了决心,说道:"你女儿来了。"

"让她进来。"

屋里传来了熟悉的声音,久弥安静地打开门,说了声"请",随即往后一退,把御影让入房间。静马也跟了进去。

屋子的中央躺着穿一身水干服的御陵御影。十八年后业已三十五岁的御影。在更衣室时,由于震惊和暗弱的光线没能分辨清楚,现在一看,正是当年的御影。

润泽的黑发,翡翠色的义眼,鲜红的嘴唇,无一不是往昔的模样。只是,当年不施粉黛的御影现在化着妆,让人感到了岁月的痕迹。

"御影!"静马想喊,但使劲忍住了。母女俩以凶手和侦探的身份对决,比想像中的十八年后的重逢场面要凝重得多。更何况,御影连瞥都没瞥他一眼。

御影宛如当年的栖苅,从被子里坐起身,微微一笑。

"欢迎光临。御影,你终于寻到这里来了。"她赞扬着自己的女儿,声音响亮而又清脆。

御影自然也看到了女儿身后的刑警们,但她脸上丝毫不见慌张的表情。

"要想从外部获取信息,我想就只有通过久弥先生了。而且,凶手使用雪菜小姐的手机时经由的信号发射站,除了琴折家宅邸，就只覆盖了琴乃汤。"

"是啊。不过，久弥先生什么也不知道。是我说'万一出什么事了我也好帮你'，他才把一些情况告诉了我。"

"明白了。"御影也点头表示认同。这当然是谎话吧。

从久弥在玄关处显露的吃惊之色来看，只能认为他也已隐隐有所察觉。即使最初不知情……

静马瞧了久弥一眼，只见他垂着头，双膝跪地。石场则在一旁监控，防止他妄动。

"可是，母亲您为什么要做这种事？"

"这得由你来做说明。现在你才是御陵御影对吧？既然是侦探，就要拿出侦探的样子来，让我来听听你的推理吧。"御影表情平和，声音却十分严厉。

"……是，母亲。请您听我的推理。"

御影重新给领口的系带打好结，随后在母亲身边坐下，取出扇子。

"先说我为什么会意识到真相。这得从月菜小姐的案子说起。当时凶手犯下了一个错误。凶手在潜入西侧别栋的一楼之前，把监视现场的石场刑警打晕，并让他昏睡过去。这时凶手为何要特地翻过瓦顶，绕到他身后去呢？石场先生守在离墙三米远的地方。穿过十米之前的木门，沿着墙绕到他身后去岂不是风险更小吗？考虑到瓦片会发出声响，一般人都会这么做吧。当然，庭园里没灯，所以很暗看不清。但是，琴折家的人应该都知道门的存在。就算记不住具体的方位，至少也会沿墙走上几步，摸索一下吧？于是我意识到，有人不知道五年前改建时造了这扇门，以为还是像十八年前的篱笆墙那样连绵不绝。而这个人就是凶手。

"至今为止,凶手虽然撒下了不少伪线索,但我确信这个是如假包换的真线索。为什么呢?因为凶手如果想用'不知道改建的人就是凶手'这套逻辑来诱导我们,那么嫌疑人中必须有不知道改建的人,否则就没意义了。说穿了,肯定知道改建之事的琴折家众人原本就想不出这种主意。那么,了解当时的情况但又不知道五年前改建一事的人都有谁呢?我想到了两个人。一个是现在下落不明的岩仓先生,另一个就是母亲您。"

"哦?岩仓先生失踪了?到底是出了什么事呢?"

静马一度以为御影与岩仓一直在保持联系,现在看来并非如此。而女儿御影也没有多做理会。

"另一个线索相对消极。那就是十八年前夏菜小姐的案子。在小社,凶手可能是为了伪装,用打火机烧焦了神坛底部,这里只有一处不合情理。那就是为什么要从局促的右侧点燃打火机。母亲给出的理由是凶手惯用右手,但这不过是纸上谈兵,其实用左手点打火机也不困难。凶手为什么要费这个工夫呢?第一个能想到的就是,凶手是左撇子所以想让我们以为是右撇子干的。然而,不管是当时还是现在,琴折家的人无一不是右撇子,所以一个也对不上。事实上,最初我也不明白。

"而我意识到有另一个理由,是在发现瓦墙线索之后。之前我从未想过母亲还活着,而当母亲的存在浮出水面之时,我终于明白了。地毯与底板之间的空隙为十厘米。从右侧窥探时,只有左眼才能看到里面的情况。若从左侧勉强用左手点燃打火机,恐怕会有人推理出这是因为凶手的左眼不好使。凶手为了避开这个危险,特地选择在右侧点燃打火机。当然,左眼不好使的凶手自然看不见底下的情况,但这个和找东西不一样,只是想烧焦底板的话,看不见也不要紧。而符合这一条件的人也就只有母亲您了。只是，这套逻辑太过薄弱，所以我只能设下圈套，等待也不知会不会真的出现的母亲。"

御影悲凉地结束了陈辞。现在她究竟是一种怎样的心境呢？为了洗刷母亲的污名，为了一雪轻易让月菜在眼皮底下遇害的耻辱，她奋勇前进，却换来了这样的结果。

"瓦墙的事是我故意弄的，不过打火机那边是我的失误。我为求尽善尽美，却聪明反被聪明误。"御影夸张地叹息道。

"'故意弄的'是什么意思？"

"考验啊。考验你作为御陵御影，今后能否出色地干好这一行。我知道瓦墙上有门，是久弥先生告诉我的。但是，不给你提供一个失误的话，你可就追查不到真相了。而且就像你说的那样，还有岩仓先生这个候补呢。在此期间我本打算完成最后一着，不料你的成长超出了我的想象。了不起啊，御影！"

御影待杀人案如同一项实地试验，这让静马不得不哑然失色。而且，她对女儿所说的话完全出自一个母亲的口吻而非一个凶手。

"所谓最后一着，是指杀害静马先生吧？"御影凄然道。

"是啊。"此时御影才第一次将视线转向静马，"好久没见了，静马。你老了很多嘛。"

口吻依旧。静马几乎忘记了现状，一股怀念之情油然而生。然而，来自这张笑脸的下一句话却把静马打入了无底深渊。"你还活着啊。我还以为你肯定自杀了呢。"

"……这、这是什么意思？"静马嘶声问出这句话已是竭尽了全力。

"十八年前，静马是为了自杀来这里的吧，所以才要在龙之潭等待第一场雪。那个投水传说你好像也知道。第一次见面的时候，我就明白啦。"

御影若无其事地用语言的利剑刺向静马。一剑、两剑……这利剑扎扎实实地穿透了静马的心脏。

看不过眼的御影为阻止母亲，同时开口说道："这次的案子，目的只是为了杀害静马先生。正如十八年前，母亲犯下罪案只是为了杀害外公一样。"

"什么？！"粟津大叫一声。

为尊重御影，粟津至今一声未吭，默默地听两人的对话，但这时他不由得眉毛一挑，探出身来。

"你，只为了杀一个人，到底把多少人给卷进来了呀！"

"看来这对死脑筋的刑警先生来说，有点太刺激了。不过，现在是我女儿至关重要的初次亮相，能否请你关照一下呢？"

御影如风抚柳条般一笑而过。不，倒不如说她是在火上浇油。这一番话越发激怒了粟津。

"你！你！我曾经非常地尊敬你！想不到……"

粟津的秃脑门一片赤红，眼看就要上来打人。两人先前的角色倒了个过儿，这回是石场倒剪粟津的双臂拦住了他。这期间，静马寸步难移，就连该做些什么也不知道。御影的目标是自己。可是自己为什么一定要被杀呢？静马的脑中唯有混乱与困惑。

"御影，继续往下说。"趁粟津平静下来的当口，御影催促道。

"十八年前，母亲打算杀掉外公。动机不清楚，也不知道是何时萌发的杀意。这些我想待会儿请母亲自己说……总之，在琴乃汤逗留的期间，母亲想好了杀害外公的计划。只是，光杀掉外公的话，母亲可能会受到怀疑。另外，母亲身为御陵御影，已继承外婆的名号，倘若凶手不明则有损美誉，于是就利用了颇有来头的琴折家。母亲的想法是，如果能形成外公出于偶然被卷入琴折家内讧的态势，自己就能进入安全圈。而契机就是春菜小姐来母亲处咨询一事。至于咨询了什么我也不清楚，因为恐吓信的消息来源只有母亲一人。从母亲是凶手以及春菜小姐未咨询过其他任何人来看，她恐怕没收到过什么恐吓信。春菜小姐忧心的应该只有伸生先生出轨那件事。不过，凶手能让她写下静马的名字，想来咨询内容应该与跨坐在龙之首上的可疑人员有关。"

"是恋爱咨询啦。"御影干脆挑明了真相，"春菜姑娘从风见塔上俯瞰村庄，注意到了一个跨坐在龙之首上的男人。然后日子一长，就一见钟情了。当然，看了好几天，所以也不好说是'一见钟情'吧。她性格内向不敢当面表白，而我算命极准的名声在她的学校竟也流传甚广。于是她就来问我这段恋情会不会成功。栖苅大人须与外乡人结婚，这是规矩。而春菜姑娘又不喜欢岩仓先生，如果一切顺利，没准儿就能迎静马入门当女婿。当然，春菜姑娘并没有说那么多……另外她大概还存着一个心思，如果去我所在的琴乃汤，就有可能和静马擦肩而过、近距离接触。对此她一定十分期待吧。"

静马惊呆了。他原以为春菜憎恨着自己，没想到她竟然喜欢自己，继而御影还将这淡淡的恋情用在了杀人计划上。与夏菜和秋菜不同，静马从未见过春菜，也没和她说过话。正因为如此，静马对春菜的代入感要比她的两个妹妹淡漠，这也是事实。静马在心中忏悔着自己的薄情。从某种意义上来说，春菜是因静马而死的。

御影听闻真相，似乎也一时无话可说。不过很快她就重振精神，紧握了一下合上的扇子，说道：

"……我们继续。母亲利用春菜小姐的恋情，深夜把她叫了出来。然后把她打晕后，勒死并砍下了头。母亲决定利用春菜小姐后，想必在琴乃汤的土窖里翻阅过古籍，对琴折家的知识有了一定程度的掌握。另外，我想凶器也是在琴乃汤挑选的某样不会被追查到的东西吧。"

"柴刀和琴弦你猜对了。角材是这个啦。"

御影从身旁的小架子上取下扇子。这是御影从不离手的东西，也是其女如今握在手中的东西。

"这个送给你。不过会被当作证物收走吧。"说着，御影将扇子递给女儿。

"是铁扇吗？"

看御影拿起时的样子，似乎很沉。她打开扇子后，心领神会地看了看母亲。

"嗯。这扇子用于防身，是我通过父亲从母亲那里接手的。当然，修补过好几次了。听说是京都名匠打造的，打开时不会发出铁器特有的声音，而且和真正的扇子没什么区别对吧？这东西很实用，我也一直想传给你，但又怕你发现其中的奥秘，只好作罢。幸好父亲连一点疑心也没起。"

静马想到御影一直在用她的细胳膊使扇子，不免有点吃惊。以前她还拿扇子指过自己的鼻子。当时要是一个失手，怕是他的鼻梁骨都碎了。

"然后琴弦我也一直收着。这个倒不是为了防身什么的，只是我在琴乃汤顺手牵来的。"

御影一拉水干服领口的系带，缓缓解开后从里面扯出一团纠缠在一起的琴弦。

"这个用完后再还回去是很费时间的。"

"这么说，柴刀也一直被你带在身边？"

御影合起铁扇，轻轻放在一旁，接过了用作凶器的琴弦。

"我把柄弄短后绑在了大腿内侧，不过刚才我扔了。入浴和就寝的时候还是得解下来。原本就是为了藏暗器防身，才要把这身装束的裙裤和袖子预先放宽的。这一点你要记住了，御影。因为我看你的袖子和裙裤里什么也没放嘛。"

无论警方如何搜查也找不到凶器实属必然，因为凶器一直由侦探带在身边。

"好像跑题了。你继续往下说。"

"母亲砍下春菜小姐的头，摆在龙之首上，再把从静马先生房间偷来的笔记本扔上河滩。然后，母亲在黎明时分又去了一趟龙之潭，确认头已被山风吹落后，把头放进了山岩腹部的祠堂。又或者，就算没掉下来，母亲可能也会自己把人头取下来。

"总之，如此作伪的目的是想让人以为，凶手在风见塔看到头被吹落后慌忙再去摆好，由此促使警方和琴折家众人都相信凶手是琴折家的人。斩首不光是比拟，还是一项诡计，旨在让案子看上去像是琴折家的人所为。同时这也是一个诱饵，因为斩首表明凶手异于常人，可使琴折家容易倾向于雇佣侦探。而最初设计静马先生这个可疑人物，也是为了让大家以为，凶手巧做手脚误导警方做出凶手是外部人员的判断。另外，住同一旅馆的静马先生受到怀疑，也能让凶手更容易介入原本与自己毫无关系的案子。"

"也就是说，是自导自演？"

静马实在忍不住插了一句。御影在龙之潭的推理，那凛然的身姿曾令静马为之着迷。他感激一个年仅十七岁的少女救了自己。哪知这一切全都是骗人的把戏。

"是的。然后妈妈成功地向他们展示了自己的侦探才能，得到了琴折家的委托。"

御影哀伤地注视着静马。不过，那不是同情也不是怜悯，而是一种与静马共负悲伤的眼神。

"一旦进入琴折家内部，就没有必要再花工夫伪装成内部人员犯案了。母亲堂而皇之地在宅内作案。去小社杀害夏菜时，母亲做了些手脚，一知道外面下雪了，就在拉门上也动了点脑筋。那一次，不，应该说是从那以后都没有斩首的必要。但如果只有第一次砍了头，警方很可能怀疑其中隐藏着特别的意图，所以她才会一直斩首下去。我想那时母亲恐怕还没决定由谁来当伪凶手。从第二天开始，母亲无非就是通过询问不在场证明，以所谓侦探的身份一边查案，一边对撒下的线索进行取舍，锁定称心的伪凶手吧。比如，通过掌印把怀疑引向和生先生的这条线，在十八年前被搁置了。同时，母亲也在物色适合下一次杀人的场所。

"在这双重扭曲的查案过程中，最终浮出水面的是登先生。母亲只在警察和登先生面前宣布自己的推理，设法只让登先生一人明白菜穗女士符合凶手的条件，虽然没到认罪的地步，但也促使登先生保持了沉默。"

"条件实在是太齐全了。比如菜穗小姐的不伦之恋，以及偷偷抽烟之类的。原本我设计的还要更牵强一点呢。当时我就想了，是老天助我啊。这种想法或许是侦探不该有的，但我还是兴奋不已，前一天几乎没睡着觉。"

御影眼望远方，诉说衷肠。看她那副澄澈、不设防的表情，似乎都已经忘记自己是杀人凶手了。

"正如母亲设想的那样，警方逮捕了登先生，解除了警卫。随后母亲断然决定向真正的目标——外公下手。通过比拟杀人，整个案情俨然就像是琴折家的一场内部倾轧，且具备连续性，而外公的死看上去只是一件副产品。之前牺牲两名少女搭建起来的虚像终于化为了实像。与此同时，母亲施展手段，令当时的栖苅大人看起来像是凶手。恐怕母亲在琴乃汤的土窖里查阅栖苅起源时，就已经有了杀害三姐妹的动机以及将栖苅大人作为最终BOSS的构想——也许母亲曾想过让最初提到的冬菜小姐成为一个貌似存在的人。当然，我想万一不巧栖苅大人拥有不在场证明，母亲就会把目标转向和生先生。

"不管是哪种情况，终究需要一个凶手的角色。因为御陵御影的出道第一案是不允许以失败告终的。同时，若能以意外的真相破解耸人听闻的命案，对失去外公、今后将不得不独自生存下去的母亲来说，也算是一个轰轰烈烈的新开始。"

"可是……我亲耳听到栖苅大人认罪了。如果是为了庇护和生君我还能理解，但栖苅大人有何理由要为御影这个外人去死？"

御影握有栖苅的把柄？可是，有什么把柄能让她背负杀女的罪行而自我了断呢？静马连猜都猜不出来。

"栖苅大人没有自杀，她是被母亲杀害的。是不是，母亲？"

"没错。就在我喊静马出门的前一刻。"御影满不在乎地承认道。

"那我遇到的栖苅大人又是谁？"

御影掩着嘴，扑哧一声笑了。

"静马真是什么都没变啊。好吧，这也就是我会带静马一起去的原因。御影，你来解释给他听。"

御影抗拒地瞪视着母亲,但还是接着说了下去。

"静马先生只是隔着帘子看到了栖苅大人,而且还是像现在母亲这样只直起了上半身。母亲只是用腹语术,制造了已死去的栖苅大人正与你们说话的假象。高灯台的火使冰冷的遗体映在帘上的影子微微摇晃,就像栖苅大人还活着一样。要问母亲为何请静马先生当见证人而不是别人,原因之一当然是带职业警察去的话会被识破,但更重要的是,静马先生是第一次见栖苅大人,之前从未听过她的声音。"

"可是。"静马还是不能信服,反驳道,"栖苅大人确实没怎么动过,但她服完毒向后倒下去了。"

"那可能是利用了藏臼。听说藏臼和母亲很亲,训练它一些技巧也并非难事。母亲可以事先堵住藏臼的嘴,捆上绳子,塞进御帐台的滨板下面,然后打暗号让它活动。暗号恐怕就是摔扇子的声音。由于是铁扇,所以应该会发出沉重的响声,但身处极限状态的静马先生没能注意到。从某种意义上说,这是母亲最危险的一次冒险。那绳子还连着简易的点火装置,所以同时也是放火的机关。至于是靠化学反应,还是像电子打火机的压电材料那样的电气装置,我就不知道了。然后,母亲装作一个人在火中寻找遗书,其实是弄死了藏臼,并连同点火装置一起收进了袖子或怀里。另外,作为凶器的柴刀只需在杀掉栖苅大人后藏入滨板下就行了。"

那时,御影用腹语术和已经死去的栖苅对话,静马则毫不知情地在一旁守候。女儿御影的讲述平淡而又充满自信,但静马仍然不敢相信,同时却又不得不认可。因为听女儿道明案情的御影露出的满意神情,已然肯定了一切。

"栖苅大人成为最后的凶手,十八年前的案子就此落下了帷幕。母亲同时完成了最初的目的——杀掉外公，以及解决侦探出道的第一案的目标。母亲离去后，琴折家恢复了平静。然而，悲剧又一次上演了，雪莱小姐也在龙之首遇害了。当然凶手是希望通过再现十八年前的案情，让人以为是琴折家的人干的。我想问母亲的是，一旦造成凶手与十八年前为同一人的态势，不就意味着母亲当年破案失败了吗？这真的不要紧吗？"

御影一耸肩，说道："我的业绩已堆积如山。就算现在说我的第一案解决有误，也不大会损坏我的名声。更何况，我早已'引退'。母亲失败的案子由女儿来解决，这样不是更具有轰动性吗？你的干劲也会节节攀升吧。"

说起来，御影为何要销声匿迹呢？这一点还没听她提起过。部分原因是为了操纵女儿吧，但好像也不是能力下降的缘故。而且，就算要抽身离去也不用伪装成淹死的尸体，宣布引退、从此过上隐居生活不就好了吗？

静马原本想问，但又觉得这个话题不久就会被提到，所以一直忍耐着。他既不想给御影添麻烦，又因为这次不知为何自己竟成了目标，所以不愿中途拦断话头。

"母亲恐怕是穿着水干服接近放学回家的雪莱小姐的。雪莱小姐应该听过御陵御影的事迹，琴乃汤住着一个身着同样装束的人的消息或许也已经流传开来。接着，母亲把她引到龙之潭，说是关于十八年前的案子有重要的话要讲。然后，母亲巧作安排，使人以为凶手作案后用围巾和手表等物品伪造了不在场证明。其实那是一种所谓双重伪造，制造凶手伪造了不在场证明的假象，是为了诱导人们下意识地得出凶手是家族内部人士的结论。之后，母亲还潜入雪莱小姐的房间……"

"御影，这里错了。"御影打断女儿的推理，"我可没去雪莱姑娘的房间，只是像以前那样在外面做了点手脚，否则我也未免干得太不漂亮了。"

"那这些都是怎么做到的？"

御影诧异地说明了椅垫和抽屉的问题。只听御影抿嘴"呵呵"一笑，说道："就跟我想的一样啊。侦探一旦带着预判去查案，就算看到中立的事项也会觉得和案子有关，总希望能有线索出现。我也曾经因此而失败过。所以才试了你一下。我是这么想的，一旦诱使你通过手表和围巾预判杀人现场在别处，你就一定会把雪菜姑娘房里的无关之物也与案子联系起来。诚然，只要是坐在椅子上，椅垫和抽屉就都成了反常事项。但是，如果是上学前走得急了呢，不就出现了另一种解释吗？慌忙从椅子上站起来，从抽屉里取出某物，然后直接冲出门外。雪菜姑娘是个文静的女孩，所以你就下意识地排除了这种可能吧，可你有没有确认过那天早晨雪菜姑娘是否走得很急呢？"

御影懊悔地摇了摇头。

"问题就在这里。今后你可要吸取教训了。"

"是……然后，母亲前天杀害了月菜姑娘。和十八年前不同，这次不是在初雪的那一天。今年的第一场雪已经在两天前下过了。一开始我以为，这只是因为警方和上次不同，布下了严密的戒备，所以凶手一直在等待时机。但是，一旦知道母亲是凶手后，原因就昭然若揭了。如果有积雪，琴折家内外必会清晰地留下凶手从外部侵入的痕迹，所以母亲才会选在一切都被瓢泼大雨冲走的那一天实施犯罪。

"母亲用雪菜小姐的手机联系月菜小姐时，恐怕是装成了我的模样。而月菜对我又很友善——花菜倒是挺恨我的——所以可以放一百个心，她不会向花菜小姐吐露这件事。母亲编了个理由，说想抓住凶手，希望对方协助，诱使月菜小姐在半夜一点从窗户放自己入内。如果是在灯光下，离着近点儿看，当然能明白不是同一个人，但月菜小姐怎能想到会有一个和我长得很像的人呢？她看到窗外母亲的水干服，就以为是我，于是打开窗把人唤进来。当她发现是另一个人时，已经晚了。当然，在此之前，母亲用铁扇打晕了担任警卫工作的石场先生……

"我可不想平白无故地杀人。说起来，殴打警卫这种做法本身就很粗暴，我素来不喜……而且，'御陵御影'一向奉行与警方合作、不在媒体上出风头的原则，因此和警方建立起了良好的关系。一旦杀害警察，好不容易得来的信赖关系不就崩溃了吗？御影，你也要注意别和警方搞坏关系。"

"你说什么？！"

石场保持端坐的姿态，一直忍到现在，如今他的火药桶似乎被点燃了。头上缠着绷带的他发出大猩猩似的吼叫，身子一晃就想站起来。

"对不起，"御影代母亲谢罪，语声几不可闻，"请你再忍耐一会儿。拜托了。"

石场似乎也理解御影所处的困境，他用杀气腾腾的目光瞪了御影一眼，坐回了原地。御影深吸几口气缓和心态，随后再次面向母亲。

"在这里母亲也进行了各种伪装，连同十八年前留下的线索，诱使我指认和生先生是凶手。然后和过去一样，利用由此而导致的防范上的疏漏。当然，我想母亲考虑到了我的存在，早已发现和生先生被捕只是一个陷阱吧。然而，就和过去的目标其实是外公一样，母亲这次的目的是要杀掉静马先生，并让人以为凶手利用静马先生设计了一个杀害花菜小姐的诡计。所以，就算花菜小姐最终幸免于难也无大碍。包括我在内的所有警卫力量都集中到花菜小姐身上，反倒更合母亲的意。"

"没错。就算演变成'凶手没意识到这个陷阱，最终没能杀掉花菜小姐'的情节，也足够了……我的目标是静马这一点已经被你看穿了嘛。"

"母亲为什么要杀害静马先生，还有外公呢？我了解得不全面，母亲也没有义务回答所有的问题。但是，只有这件事我很想知道。请母亲务必回答。"御影向前一探身，恳求道。自母女对峙以来，她第一次显出激烈的情绪波动。

静马当然也想知道，御影为何非要自己的命不可。他端坐于地，搁在膝头上的双手猛地一握拳。

"也是，关于这一点还没有任何信息。特别是我父亲这边，不知道也很正常。不过，提示还是有的。就在御影你的身上。"

"这是什么意思？"

或许是因为突然被拉上了舞台，御影略显困惑地问道。

"御影，你两边的眼睛不是都能看见吗？但母亲和我的左眼都看不见。我不清楚母亲失去左眼的原因。据说她以御陵御影的身份出道时就是那样了。但是，我的眼睛是怎么瞎的，我可记得一清二楚。那是父亲在我两岁时弄坏的。"

尽管内容骇人听闻，但御影的陈述平和而又冷静，仿佛是在回想遭受父母斥责的往事。而她的女儿则倒吸了一口冷气。

御影的脸上浮出一丝自虐式的笑容："父亲大概以为我年纪小，应该不记得这件事。可是，他挖我眼睛时的那张冷酷的脸和留给我的心理创伤，我到现在都记得清清楚楚。"

"外公为什么要这么做……"御影毫不掩饰心中的惊愕，当即追问道。

"因为失去母亲的父亲想把我打造成御陵御影。御陵御影通过右眼向左脑传送信息，进行推理。这当然是无稽之谈，可父亲却信以为真。父亲对母亲敬若神明，便在我身上寻求同样的东西。就像耶和华创造亚当一样，父亲企图用我来创造已经死去的母亲。"

御影无力地叹息一声，说道："我本想尽早抛开一切，但还是一直忍到了独立自主的那一天。因为我也想成为母亲那样的侦探。我讨厌做母亲的替身，但我崇拜母亲。虽然很不甘心，但为了这个目标我需要父亲的力量。父亲死去前的十五年，我每天都过着屈辱的日子。"

静马也曾听山科亲承过对御影母亲的敬爱之情，确实也不是没感觉到一点狂热的味道，但他一时间还是难以相信山科会不惜剜去亲生女儿的眼睛。同样，他也不敢相信御影向山科显露出的女儿对父亲的情感都是表演。

"那这次为什么要杀静马先生呢？"御影抑制住内心的激荡，耐心地问道。

"你应该有所察觉了吧。因为静马是你的父亲啊。"

自御影在更衣室吐露实情后，静马内心一直有此预感。不，倒不如说是期待。而现在，御影的母亲终于道出了真相。

静马重又打量御影，御影则害羞似的躲开了静马的视线。

"果然是这样啊。"

"御陵御影是不需要父亲的。我不想让你再受和我一样的苦。所以我才选择了静马，谁知现在他却恬不知耻地出现了……我只能用这样的办法来保护你。"

"……这么说，那天晚上的事也是一场戏？"

静马把拳头握得更紧了，指尖几乎刺破了掌心。

"那是当然。谁会因为一个被自己杀掉的人而大受打击,卧床不起呢?只是为了和你发生关系,推你一把罢了。"

"为什么要和我……"

眼前的人已不是静马认识的那个御影了。自己究竟在和谁说话呢……静马陷入了极度的虚无感中,仿佛脚下突然裂开了一个黑乎乎的大洞。

"开头我不就说了吗?我知道你有自杀意愿。我想要一个孩子,我想把御陵御影之位传续下去。最好是女儿,儿子也可以,但不需要父亲。所以不久于人世的你的精子是最合适不过的。而且把你的名字缩略一下,正好就是'种马'这两个字。如果没能怀孕我自有别的打算,幸运的是我怀上了御影……可惜,没想到你竟然活到了现在。由于你下落不明,我还松了口气,以为你早就神不知鬼不觉地死了。你为什么没死啊?"

"啊,我自杀过。只是没死成,失去了记忆。"

因御影的缘故,静马打消过自杀的念头,之后又决意自杀。这些情感、这些对静马来说近乎天翻地覆的情感,全都被御影一手掌控着。自己与御影从无一刻情意相通过。一切尽悉欺骗。愤怒至极的静马突然变得极度懊丧。

"静马竟然连自杀这种事都做不好。我真是看错你了,给你一个见习助手的职位都嫌可惜啊。"

话音刚落,御影便扬起右手,一道锐利的光芒从袖口闪出。静马不由自主地闭上了眼睛。然而就在下一个瞬间,御影飞快地摁住了母亲的手。

"母亲,您不能这么做。通过这次的案子,我与静马先生朝夕相处,发现他不是外公那样的人。而且,母亲在我出生前就因私心剥夺了我的父亲,如此做法又与夺走您眼睛的外公有何分别呢？还望母亲明察！"

"是吗……对你来说确实是这样吧。想不到，到头来，不管是父亲还是母亲，干的都是束缚孩子的勾当。我竟然让一个黄毛丫头给教育了，真是惭愧啊。"

御影无力地垂下肩头，将一把细长的小刀递给女儿。

"谢谢……可是母亲为什么要回栖苅村呢，甚至还装成已经去世的样子？只要母亲和我在一起，就算静马先生来了，也不用操任何心啊。"

"我的右眼已经看不清了。击倒石场刑警时连打了两下也是因为这个——第一下打偏了。我的双眼很快就都会失明，不能再以御陵御影的身份登场了。所以我决定以死亡的形式销声匿迹。更何况，我死了你才能拿到保险金啊，失踪是不行的。"

"那么和凶手同归于尽的人是谁？"

"是我的替身啦。侦探这种职业性质特殊，有时需要替身。十五岁的时候，我从父亲那儿得知有这么一个人。那是个孤儿，五年前因为和我长得像被父亲收留了。可能是成长环境的缘故，她比我要枯瘦一些，不过溺水的尸体过了一个月膨胀后，也就分辨不出来了吧。"

御影还杀了一个人。不，没准儿那个"凶手"也是她杀的。也许本案的最大牺牲品就是这个无人知晓、无人怜悯、无名无姓、就此踪迹全无的替身。

"在被黑暗笼罩之前，在死之前，我想再拜访一次这个令我得到新生的地方。于是，在龙之潭我与久弥先生重逢了。他不知道我在千叶下落不明之事，劝我在琴乃汤住宿。十天后，光惠夫人病情恶化，不幸去世。这时，久弥先生建议我以光惠夫人的身份在琴乃汤长住。当时他似乎隐隐察觉了我的心思，知道我在隐藏行踪，心里已做好死亡的准备。他还表白说当年就对我颇有好感。只是那时的我一心想着静马，所以没有留意他。主治医生木野大夫自幼就是久弥先生的挚友，所以虽然不太情愿但还是妥善安排好了一切。庭园里不是有一座墓碑吗？那就是光惠夫人的墓。

"此后我以光惠夫人的身份在这里生活，决定让琴乃汤成为我失去光明之前的最后居所。除了木野大夫，别说琴折家的人了，就连村民也没一个来看望过光惠夫人，所以我暂时过上了安稳的日子。然而，以龙之首的倒塌为契机，静马突然出现了，甚至连御影你也来了。"

"如果我没来，这件案子是不是就不会发生了？"

"谁知道呢？要是我听说你还活着，保不准其他地方也会发生同样的案子。"

静马觉得这是御影对自己的第一次，也是最后一次挂虑。

御影执起女儿的手，说道："御影，你合格了。看来你能干好侦探这一行。我正式将御陵御影之位传于你。不过，我有一个请求。木野大夫也好，久弥先生也好，都丝毫没怀疑过我是凶手，他们是出于善意为我隐瞒到了现在。所以……"

"我明白了，母亲。我，御陵御影向您保证。"

"谢谢。侦探之路荆棘密布，今后你也要好好努力啊。"

御影第一次露出了充满慈爱的表情。话音刚落，她一度以袖掩住嘴角，随后安详地闭上了双目。御影没再说一句话，也没再睁开眼睛。因为她服下了氰化物。

这就是名侦探御陵御影的最后一刻。

尾　声

"早上好。"

翌日清晨,御影来到静马的房间。静马看到御影的脸,心里一惊,因为她的两眼都是漆黑色的。

"你把镜片摘掉了?"

御影眼含忧伤,看着静马。

"那义眼是给母亲带来苦难、使她误入歧途的根源,我已经不需要它了。"

昨天,在母亲自杀之后,御影始终死死握住母亲渐渐冰凉的手,紧咬牙关强忍泪水,默默地注视着母亲的脸。

该不会是打算歇业吧……静马很担心。然而,御影就像读懂了映在静马双眸中的信息。

"我不会抛弃御陵御影这个名号,也不会抛弃这身装束。即使母亲已在全国恶名远播,今后我仍打算继续做一名侦探。况且母亲过去的破案经历也都是事实,我愿以此为荣继承家业。"

御影毅然决然地说道。这铿锵有力的凛然之姿,这十八年前令静马怦然心动的凛然之姿,经世代的更替,如今又重新出现在静马的眼前。不,如此一来自己与山科又有何区别?静马打消了这样的念头。

御影就是御影，与旁人无关。

"会很辛苦哦。"

"我知道。"

御影摇动着束起的黑发，使劲儿点头道。这个女孩应该能行。她的母亲也坚信这一点，所以才会给她考验。

"然后，我有一个请求……"

不知何时御影晕生双颊，神态忸怩起来。

"我能称呼您父亲大人吗？"

"这可不行。"

见静马当即回绝，御影顿时泫然欲泣。

"叫我父亲。'大人'二字我可不敢当。"

"谢谢您！"

御影的脸豁然开朗，变得倒快。和她母亲不同，这孩子的脸上没有伪装。

"这个'您'也不用了吧。还有啊，名侦探动不动就哭鼻子，谁还来委托你办案啊！"

"是，我知道了。"

御影用水干袖擦拭眼角，红唇泛起了笑容。

"对了，父……父亲。"

御影的声音生涩稚嫩，然而静马却因此而欣喜不已，因为静马也是第一次当上父亲。

"嗯？什么事啊？"

"父亲今后有何打算？还是要回宫崎去吗？"

御影漆黑的瞳孔凝视着静马。这模样哪像肩负大业的侦探御陵御影，活脱脱就是一个十七岁的少女。

"御影希望我怎么做？"

静马貌似从容，实则脊背已冷汗直冒。无论如何他都想听御影亲口说出来，说出她的真心话。

御影垂下眼帘，如静马所愿地说道："……我有一个不情之请，今后父亲能不能也一直守护着我呢？"

这个双亲俱犯下弑父之罪的女孩，这个从不知道父亲存在的姑娘，作为父亲，自己必须保护她，绝不能让她遭遇不幸。而且……这次，静马再也不会让机会溜走了。

"好的，我会做你的支柱。"

静马将御影拥入怀中，用力点了点头。

SEKIGAN NO SHOJO by MAYA Yutaka
Copyright © 2010 MAYA Yutaka
All rights reserved.
Original Japanese edition published by Bungeishunju Ltd., in 2010.
Chinese (in simplified character only) translation rights in P.R.C. reserved by New Star Press Co., Ltd., under the license granted by MAYA Yutaka arranged with Bungeishunju Ltd., Japan through East West Culture & Media Co.,Ltd., Japan.

图书在版编目（CIP）数据

独眼少女 /（日）麻耶雄嵩著；张舟译. — 2 版. — 北京：新星出版社，2024.9. — ISBN 978-7-5133-5698-5（2025.11 重印）

I . I313.45

中国国家版本馆 CIP 数据核字第 2024ZC0511 号

午夜文库
谢刚 主持

独眼少女

[日] 麻耶雄嵩 著；张舟 译

责任编辑	刘 琦
责任校对	刘 义
责任印制	李珊珊
装帧设计	黄千芮
封面绘制	KEN

出 版 人　马汝军
出版发行　新星出版社
　　　　　（北京市西城区车公庄大街丙 3 号楼 8001　100044）
网　　址　www.newstarpress.com
法律顾问　北京市岳成律师事务所
印　　刷　北京天恒嘉业印刷有限公司
开　　本　910mm×1230mm　1/32
印　　张　12.5
字　　数　203 千字
版　　次　2024 年 9 月第 2 版　2025 年 11 月第 5 次印刷
书　　号　ISBN 978-7-5133-5698-5
定　　价　56.00 元

版权所有，侵权必究。如有印装错误，请与出版社联系。
总机：010-88310888　传真：010-65270449　销售中心：010-88310811